Das Herz des Serienmörders
D. S. Richmond

D. S. Richmond

Das Herz des Serienmörders

Thriller

Impressum

Bibliografische Information der Deutschen
Nationalbibliothek:
Die Deutsche Nationalbibliothek verzeichnet diese
Publikation in der Deutschen Nationalbibliografie;
detaillierte bibliografische Daten sind im Internet über
http://dnb.dnb.de abrufbar.

© 2020 D. S. Richmond
2., bearbeitete Auflage 2021

© Cover- und Umschlaggestaltung: Farbenmelodie | Juliana
Fabula – www.julianafabula.de/grafikdesign

Korrektorat und Lektorat: Jojo Vieira
Zweitkorrektorat: Patrick Eicher

Herstellung und Verlag: BoD – Books on Demand,
Norderstedt

ISBN: 978-3-7519-8164-4

Für D.J., durch die ich überlebte.

„Into the forest I go,

to lose my mind and find a cadaver.”

Die Waffe lag neben ihrer Hand im Moos.

Das Sonnenlicht brach sich in den letzten Regentropfen, vergängliche Überbleibsel eines nachmittäglichen Schauers, und ließ das matte Schwarz der Waffe beinahe stumpf wirken. Unscheinbar. Tödlich, versunken im weichen, lebendigen Grün des Waldes.

Noir fuhr mit dem Finger über den Griff, ließ ihn an jedem Noppen kurz innehalten. Eine schöne Waffe, fand sie. Mit dem Schalldämpfer geradezu elegant, wenn auch nicht gerade klein.

Sie spannte das Bein an, fühlte, wie ihre Muskeln gegen das Halfter am Oberschenkel drückten. Im Gegensatz zur Glock wartete dort ein kleineres, handliches Modell darauf, eingesetzt zu werden. Nur zur Sicherheit.

Noir hob die Glock aus dem Moos und strich langsam über den Abzug. Die intensive Spannung jeder Jagd hatte von ihrem Körper und Geist Besitz ergriffen, hielt ihren Körper in angenehmer Spannung. Sie wusste, dass er sich in diesem Stück des Waldes aufhielt. Sie wusste, dass er heute versuchen würde, ihn zu verlassen. Und sie wusste, dass die Jagd heute beendet werden würde. So lag sie im feuchten Moos der Mulde, umgeben von dichtem, festen Gestrüpp, und beobachtete. Lauerte.

An strategisch wichtigen Punkten hatte sie unauffällig Männer stehen, sowohl am Waldrand und als auch weiter außerhalb. Falls er hinaus kommen sollte, käme er nicht weit, das war sicher.

Das war allerdings nicht der Plan.

Eine Kugel.

Ein Schuss.

Das war der Plan. Es würde heute enden.

Käfer krabbelten über die Äste und durch das Moos, erkundeten die für sie ungewöhnliche Gestalt in ihrem Territorium. Mit winzigen und doch eiligen Schritten

7

krochen sie über die dunkle Kleidung und suchten nach Verwertbarem, bis sie schließlich weiter ihres Weges zogen. Die Überreste eines toten Hasen, der unweit von ihr lag, waren deutlich interessanter für sie.

Füchse hatten an ihm ein Mahl gefunden und nur noch Teile des Fells übrig gelassen, aus denen wenige angenagte Knochen ragten, doch das genügte ihnen; langsam eroberten sie sie und beseitigten die letzten Erinnerungen von Leben, die noch an ihnen hingen. Eine grüne Hand aus Moos und Farn hatte nach dem Rest gegriffen und schob sich unaufhaltsam darüber, verleibte dem Wald ein, was er zuvor hervorgebracht hatte.

Leben und Tod bedingten hier einander.

Noir blieb geräuschlos liegen, die Waffe in Händen, und sah zu, wie das Sonnenlicht in den Tropfen glänzte.

Sie war geduldig. Es würde nicht mehr lange dauern, bis die Dämmerung anbrach.

Und die Dämmerung war die Zeit der Raubtiere.

EINS

Er steckte sich eine neue Zigarette an und trommelte im Takt der Musik auf das Lenkrad. Durch das halboffene Fenster zog eine kühle Brise in den Wagen, was ihm recht gelegen kam. Dass der Wagen allgemein eher einem Aschenbecher als einem Dodge glich, störte ihn nicht, im Gegenteil: Es war praktisch, die Zigarettenstummel direkt im Wagen zu entsorgen, und die Größe der eingebauten Aschenbecher hatte er schon immer für einen katastrophalen Konstruktionsfehler gehalten. Er nahm eh nur selten jemanden mit, wer also sollte sich über die Kippen im Fußraum, auf der Rückbank, auf dem Beifahrersitz beschweren?

Die Straße war gerade und leer, nur in der Ferne leuchteten noch vereinzelt Lichter der sich verstreuenden Siedlung. Je weiter er sich davon entfernte, desto heller wurden die Sterne, und er überlegte, ob er in ein paar Meilen anhalten und ein wenig die Aussicht genießen sollte. Die Erinnerung an das feuchte Gefühl an seinem Fuß ließ ihn den Gedanken verwerfen - der Sand würde sich in der Flüssigkeit festsetzen und das würde den Rest der Reise unangenehm am Fuß reiben. Er hatte an alles gedacht - Ersatzkleidung, Handschuhe, Mundschutz. All das lag jetzt im Kofferraum in einer extra mitgebrachten Mülltüte, zusammen mit einer Menge anderen Gerümpels. Nur an die Ersatzschuhe, an die hatte er natürlich nicht gedacht. Dabei hätte er sich denken können, dass sie nicht sauber bleiben würden. Und nun saß er in seinem Auto und hatte noch eine weite Reise vor sich, und würde die ganze Zeit über mit einem Paar Schuhe rumlaufen, von denen einer fast gänzlich von Blut bedeckt war. Wie lästig.

9

Nun, es war nicht mehr zu ändern, und er wollte sich die Zeit nicht verderben lassen, indem er einem Paar Schuhe hinterher weinte. Die Nacht war so schön und die Zigarette so befriedigend, die Musik erinnerte ihn an sein Zuhause; er war mit sich und der Welt im Reinen. Nichts sollte ihm diese Unternehmung verderben.

Mit der freien Hand drehte er an der Kurbel und fuhr das Fenster ganz herunter. Die sanfte Stimme von Conway Twitty drang zusammen mit kleinen Rauchschwaden aus dem Wagen und hinterließ eine schmale Spur aus Geruch und Geräusch, ehe sie sich in der Weite der Nacht verflüchtigte.

> Montag
> ein Ort nahe Washington, D.C.

Das grelle Mittagslicht fiel durch die hohen Fenster, malte kleine Kreise auf den grauen Teppichboden und spiegelte sich in den in die Haare geschobenen Sonnenbrillen. Im Raum war es angenehm kühl, die Klimaanlage lief geräuschlos und ließ die Hitze, die jenseits der massiven Wände lauerte, vergessen.

Um den Tisch herum saßen zehn Menschen; acht Männer, in dunkle Anzüge gekleidet, und zwei Frauen.

Kaffeetassen und Wassergläser sammelten sich neben unzähligen Papierstapeln, die von Aktendeckeln behelfsmäßig zusammengehalten wurden. Tablets und schmale Laptops waren vor jedem Teilnehmer der Konferenz aufgebaut, während an der Decke ein Beamer leise summte.

„In Ordnung." sagte Noir, schlug eine Akte zu und legte sie auf den Stapel vor sich. Sie saß an der Kopfseite des Tisches, die Fenster in ihrem Rücken, sodass das Licht ihre Umrisse überblendete. Das Jackett hatte sie als einzige ausgezogen und über die hohe Stuhllehne gelegt, und die fest in die dunkle Anzughose gesteckte weiße Bluse zeichnete ihre Konturen nach.

10

Sie griff nach einem schmalen Hefter, der bisher unberührt geblieben war und gemessen an der Dicke der anderen Akten geradezu lächerlich wirkte. „Dann haben wir noch eine Sache."

Der Beamer ließ die zahlreich markierte Weltkarte an der Wand erlöschen und stattdessen das Gesicht eines alten Mannes aufleuchten. Alle Köpfe wandten sich kurz zu ihm um.

„Garret Boise." sagte ein Mann mit kurzen blonden Haaren überrascht. „Den hatten wir lange nicht."

Noir lehnte sich zurück und überschlug die Beine. „Und wir werden ihn zum letzten Mal haben. Boise ist tot."

„Keine schlechte Nachricht." sagte die zweite Frau im Raum. Sie war blond, sehr schlank und Ende dreißig, trug im Gegensatz zu Noir ein Kostüm in dezentem Beige und verschwand, wenn sie schwieg, in der Wahrnehmung beinahe hinter ihren männlichen Kollegen.

„Todesumstände?" fragte ein Mann mit spanischen Akzent und hob fragend die Augenbrauen.

Noir schwieg lange genug, um die Blicke wieder auf sich zu ziehen.

„Wir gehen bisher von einem Schädeltrauma aus, Tajo. Wir wissen bisher noch nicht hundertprozentig, wo er starb, es ist nicht einmal wirklich gesichert, wann. Alles, was wir bekommen haben, ist ein Foto seines Leichnams. Das Labor ist dran, momentan lautet die vorsichtige Schätzung, dass er auf dem Bild relativ frisch verstorben ist, und dass das Bild von letzter Woche sein könnte. Er ist eindeutig identifizierbar, beim Rest müssen wir auf die Auswertung warten."

Das Foto an der Wand wechselte. Es zeigte das Innere einer Holzhütte, einfach gebaut aus dicken, soliden Baumstämmen. Vor dem Fenster erhob sich ein Mischwald vor einem roten Abendhimmel, der Rest eines Felsen ragte in die Bäume herein.

Auf dem Boden lag ein Mann, dünn und nackt. Die Rippen zeichneten sich deutlich ab, die Haut wirkte für den in ihr steckenden Leib seltsam groß und war so weit es ging an ihm herabgeflossen. Der Kopf war, leicht überstreckt, zur Kamera gedreht worden. Unzweifelhaft war es Boises Gesicht, das ausdruckslos und mit blinden Augen dem Betrachter entgegenblickte. Der Mund war geöffnet und wie zu einem Ausdruck der Überraschung verzogen, ein stummer Laut lag in seiner Mundhöhle. Über seinen Schädel, bedeckt mit schütterem, weißen Haar, zog sich eine lange, breite Wunde. Teile des Schädeldachs waren erkennbar eingesunken, auch wenn der größte Teil der Verletzung zur Wand zeigen mochte. Das Blut, das über sein Gesicht lief, war noch nicht getrocknet.

„Ich habe mir immer gedacht, dass er einen kurzen Penis haben muss, bei dem, was er gemacht hat." sagte die blonde Frau und musterte nachdenklich das Bild.

„Du denkst über die Schwänze von Serienmördern nach, Ellis?" fragte ein Mann mit kurzen braunen Haaren, und die Frau zuckte beiläufig mit den Schultern. „Ach, ich denke über so vieles nach."

„Entwickeltes Foto oder Druck?" fragte ein anderer.

Noir unterdrückte ein Lächeln. „Ausdruck auf einem einfachen Blatt Papier. Leider. Bisher keiner Drucker-codierung zuzuordnen."

Ein Mann mit blasser Gesichtsfarbe und wenig Haaren blickte zwischen dem Portrait und seiner Chefin hin und her. „Wenn er tot ist, wieso ist er dann noch unser Ding?"

„Weil bisher noch nichts bezüglich der Daten klar ist." Sie verschränkte die Arme vor der Brust. „Wir waren damals noch nicht in der Zusammensetzung wie heute, insofern mache ich noch mal eine kurze Zusammen-fassung. Wer den Fall kennt, darf sich langweilen, aber still. Für alle, die später dazugekommen sind: Hier sind die wichtigsten Fakten.

Garret Boise, Jahrgang 1954, war ein relativ erfolgreicher Auftragsmörder und hat daneben privat gern gemordet. Es fehlen, insbesondere zu seinem Privatleben, noch einige Daten, die im Laufe des Tages bei uns eintreffen sollten. Was seine, ich sage mal, ‚Berufstätigkeit' angeht, war er vorrangig in den USA und hin und wieder auch im Ausland tätig. Boise selbst war ziemlich frei von absolut jeder Wertung: Wer das Geld hatte, konnte seine Dienste kaufen, sofern er gerade Lust hatte zu arbeiten. Politik und Macht waren für ihn völlig uninteressant; wenn er Geld haben wollte, hat er gearbeitet, ansonsten hat er ein Privatleben völlig unter dem Radar gelebt. Oft umgezogen, selten länger als ein halbes Jahr am selben Ort, soweit nachverfolgbar. Ich habe kurz mit dem FBI gesprochen, es scheinen Lücken in der Dokumentation zu sein."

„Da hat jemand die Hand drüber gehalten." Es war keine Frage, die die blonde Frau eingeworfen hatte, sondern eine nüchterne, nicht zu hinterfragende Feststellung.

„Ich befürchte," gestand Noir ein, „dass genau das der Fall ist. Wir wissen nicht, inwieweit er mit Behörden oder Hochrangigen Deals hatte. Es ist aber naheliegend, dass man ihm mehr als nur ein Mal aus der Lage geholfen hat.

Sei es drum, er war das Problem des FBI und nicht unseres bis 2008, als er Adam Nelson traf. Nelson war ursprünglich für den chinesischen Geheimdienst in Europa tätig, wollte Ende der 90er zu den Franzosen überlaufen und ist dann von der Bildfläche verschwunden. Die letzten Jahre hat er sich bei uns im mittleren Westen versteckt, unter verschiedenen Namen. Zunächst hat er sich mit recht unbedeutender Kleinkriminalität über Wasser gehalten, hat lokal im Drogenhandel versucht, Fuß zu fassen. Auch noch ziemlich egal für uns. Hat sich dann 2006 mit der falschen Gang angelegt, die sein Gesicht daraufhin... kosmetisch etwas umgestaltet haben. Leider war das für Nelson eine verdammt gute Sache, denn aus dem, das sein Gesicht fortan war, konnte man ihn kaum

13

mehr erkennen. Er hat ziemlich schnell festgestellt, dass man mit Daten sehr viel Geld verdienen kann, und hat zunächst nur über die Chinesen verkauft. Ja, auch wir haben über ihn etwas bekommen. Über Umwege, aber auch wir haben den Hund gefüttert. Mit sauberer Weste gehen wir in die Sache nicht rein."

„Ich sehe noch nicht richtig, wie Boise dazu passt." unterbrach der blonde Mann und strich nachdenklich über sein Kinn.

„Wenn du mich ausreden lässt, verrate ich es." erwiderte Noir kalt. „Er traf vermutlich im Mai 2008 auf Boise. Sie wurden gemeinsam gesehen und haben wohl auch eine Weile zusammen gewohnt. In diesen Monaten hat Nelson Geschäfte angeleiert, bei denen er von mehreren ehemals beruflichen Kontakten umfangreich sensible Daten zusammengekauft hat und an den Meist-bietenden verkaufen wollte. Über eigene Kontakte wissen wir, dass es Daten über mafiöse Strukturen, Daten aus dem Zeugenschutz, von Richtern und fremden Geheim-diensten sind - und damit eventuell auch von uns. Einige seiner Ankäufe waren zwar schon abgeschlossen, aber höchstwahrscheinlich noch nicht alle. Nelson hatte seine Sammlung noch nicht vollständig, denke ich, denn ein konkretes Angebot hatte er noch niemandem gemacht, und er war niemand, der eine Gelegenheit auf schnelles Geld je in die Länge gezogen hat.

An der Stelle kann ich abkürzen, Boise hat ihn ermordet, bevor es dazu kommen konnte, die Daten sind seither verschwunden. Angeboten worden sind sie noch nicht. Wir gehen davon aus, dass Boise sie als Joker behalten hat, falls er mal gefasst werden würde. Keiner hat bisher irgendetwas davon gehört, wir gehen deshalb davon aus, dass er sie noch hat. Oder besser, hatte. Was jetzt damit passiert ist, müssen wir rausfinden, und uns darum kümmern. Das wird die Aufgabe der nächsten Tage sein. Vielleicht hatte er sie bei sich, als er starb. Vielleicht wurden sie ihm abgenommen. Vielleicht hat er sie an einem anderen Ort aufbewahrt. Die Zeit drängt."

Tajo wandte sich endgültig von dem Bild ab. „Wie sind wir an das Foto gekommen?" Er verschränkte die Arme vor der breiten Brust, wobei das Hemd leicht spannte.

Noir verzog unzufrieden das Gesicht. „Leider mit der Post. Laut Poststempel angeblich aufgegeben in einer Stadt namens Fort Billings, Utah. Ein falscher Hinweis, die Stadt gibt es nicht. Wir wissen bisher noch nicht, wo der Brief tatsächlich herkommt, aber wir haben Leute dran. In der Klebefläche des Umschlages sind zwei Milben gefunden worden, die bisher noch nicht zugeordnet werden konnten - momentan ist das die einzige brauchbare Spur."

Ein dunkelhäutiger Mann in den Fünfzigern strich sich mit den Fingern über den schmalen, langsam grau werdenden Bart. „Weiteres Vorgehen?"

„Tasche packen." Noir lächelte verhalten. „Und zwar alle. Es wird ein großer Einsatz, wir gehen mit mehreren raus: Fünf oder sechs von uns werden aufbrechen, sobald wir wissen, wo Boise sich zuletzt aufgehalten hat. Sofern das nicht sein üblicher Aufenthaltsort war, fliegt der Rest dorthin. Bis dahin: Sucht eure Kontakte. Schaut, was ihr hört."

Stummes Nicken, und Bewegung kam in die Körper.

„Wir sind in erhöhter Alarmbereitschaft, Freunde." Wenig an ihrem Tonfall ließ den Gedanken aufkommen, dass der Begriff *Freunde* einen tatsächlichen Umstand beschrieb. „Der Abruf kann jederzeit kommen. Bereitet eure Familien darauf vor, und vor allem: Bereitet euch darauf vor."

Wieder allgemeines Nicken.

„Gut, das war's für heute. Ich ruf euch, wenn ich weiß, wann es losgeht." Noir stand auf, nahm ihren Stapel der Akten und das Tablett und warf das Jackett darüber. Für einen sehr kurzen Moment ließ sie den Blick über die Gesichter der Männer und der Frau gleiten, die ihrerseits aufstanden und ihre Unterlagen zusammensuchten, das Geschirr stapelten und in die angrenzende kleine Küche trugen. Sie war zufrieden mit dem heutigen Briefing. Zwar hatte es den gesamten Vormittag in Anspruch genommen, aber die Mitarbeiter waren engagiert und die vorgebrachten Ergebnisse zufriedenstellend gewesen. In ihren Gesichtern lag jene ernsthafte Konzentration, die auch ihre eigene Mimik maßgeblich bestimmte und zu einer langsam immer deutlicher werdenden Falte zwischen ihren Augenbrauen führte.

Als sie an der Tür vorbei kam, löste sie eine Hand und betätigte einen kleinen Schalter. Der Beamer verstummte augenblicklich, das Bild an der Wand erlosch, das Totenbild verschwand.

Durch den breiten Flur waren es nur wenige Schritte bis zu Noirs Büro. Neben dem Eingang war ein gläsernes Schild angebracht, das sie nicht nur als „Dr. Noir Hills" und „Deputy Director" auswies, sondern auch eine dritte Zeile trug: „Head of cleaning facility".

Sie musste jedes Mal schmunzeln, wenn sie es las. Eine ganze Weile hatten sie sich selbst mehr scherzhaft als ernst „cleaners" genannt: Wann immer etwas beseitigt werden musste, kamen sie zum Einsatz. Unterhalb des Radars widmeten sie sich den dunklen Bereichen, brachten die Dinge in eine neue Ordnung und beseitigten die Spuren davon, dass die Welt je eine andere gewesen war. Irgendwann hatte sich der Name derart durchgesetzt, dass sie schließlich ein neues Namensschild angefordert hatte und die Bezeichnung hatte hinzufügen lassen. Firmenintern war bekannt, was es bedeutete, Gäste verstörte es bisweilen und sorgte für verunsicherte Blicke. Sie amüsierte die Irritation.

Die holzverkleidete Tür mit schwerem Metallkern schwang leichtführig und geräuschlos hinter ihr zu.

Noir schloss für einen Atemzug die Augen und ließ sich von der Stille und Ruhe des Raumes verschlucken.

Er war länglich, mit tiefblauem Teppich ausgekleidet, der penibel gepflegt wurde. Die deckenhohen Schränke an der rechten Seite aus warmem Sequoiaholz strahlten eine Beständigkeit aus, die sie genoss. Linksseitig stand ein dunkles Ledersofa mit zwei Sesseln, das mehr Obligation als tatsächlicher Nutzgegenstand war, eingerahmt von Sideboards aus dem selben roten Holz.

Noir strich beiläufig über ihre Oberflächen, während sie den Raum durchschritt, ließ im Vorbeigehen das Jackett von ihrer Schulter auf einen der Stühle fallen, die vor ihrem Schreibtisch standen, und nahm schließlich hinter ihm Platz. Auch der Schreibtisch, hinter dem sich die ganze Wand aus Fenstern emporhob, mutete im ersten Augenblick solide an, bestand wie die Schränke aus Sequoiaholz und war mit feingliedrigen Schnitzereien verziert. Auf der Oberfläche lag eine Glasplatte auf, die stoßfest und deshalb notwendig war. Zu viele Macken hatte sie bereits in einem Anflug von Verärgerung in das Holz gekratzt, dass sie letztlich deren Notwendigkeit akzeptiert hatte.

Noir schloss das Tablet an das Ladekabel an, bildete aus der Mehrheit der Akten einen ordentlichen Stapel und schob ihn an die Seite des Tisches, dann lehnte sie sich mit dem dünnen Exemplar zurück. Es war unbeschriftet, wie die meisten ihrer Akten. Sie betrachtete einen Augenblick lang das kopierte Foto auf der ersten Seite und ließ die wenigen Seiten durch ihre Finger gleiten. Schließlich blieb sie an jenem Portrait stehen, das gerade erst der Beamer verschluckt hatte.

Es war ein Mann Anfang sechzig, mit hohen Geheimrats-ecken, die sich anschickten, in absehbarer Zeit eine Halbglatze zu bilden. Die ursprüngliche Haarfarbe war zum Zeitpunkt der Aufnahme einem dunklen Grau gewichen, das auch die schmalen Augenbrauen durch-setzte. Kein Bartschatten, auch nicht am auffällig dominanten Adamsapfel. Die Lippen wirkten, passend zu den Augen, schmal und seltsam blutleer. Ein unange-nehmes Grinsen umspielte seine Gesichtszüge, von dem der Betrachter nicht sagen konnte, ob es Amüsement oder

17

Grausamkeit war. Es ließ seine Augen gänzlich unbewegt - emotionslos lagen sie tief in den Höhlen des Schädels, überschattet, klein und stechend. An der rechten Seite seiner Schläfe trat eine Ader hervor.

Disharmonisch., dachte Noir. Ob ihn das gestört hatte? Die schmalen Augenbrauen wirkten gezupft, vielleicht sogar gewachst. Das Fehlen jeden Ansatzes von Barthaaren ließ auf eine professionelle Entfernung schließen, die hinter den Lippen aufblitzenden Zähne waren unnatürlich weiß und standen in militärischer Ordnung gerade nebeneinander. Boise hatte viel Wert auf sein Äußeres gelegt, viel Zeit in es investiert. Und dann bestrafte ihn seine Genetik mit solch einem Gesicht.

Ja, er hatte darunter gelitten.

„Sic semper tyrannis." sagte sie nachdenklich zu dem Bild. Das Ende jedes Tyrannen war nicht die Entmachtung, sondern der Tod, ganz gleich, welches Grauen er zu Lebzeiten verbreitet haben mochte. Und wie so oft war auch dieser Tod ein gewaltsamer gewesen.

Die Sonne hatte ihren Tageszenit überschritten, und das erste direkte Licht fiel durch die bodentiefen Fenster. In absehbaren Stunden würde der Himmel erst golden, dann glutrot werden und schließlich in tiefe Schwärze übergehen, die sich über die Stadt in der Ferne und die Firma senken würde. Die Schatten der schweren, gewebten Fahnen, die rechts und links des Schreibtisches standen, würden wachsen und zu langen Speeren werden, die Noirs eigenen Schatten überragten.

| Montagabend |
| North Highlands, Arlington, Virginia |

William sah an die Decke, an der sich ein Ventilator drehte, und blies geräuschvoll Luft durch die Nase.

„Du bist so in Gedanken." Ellis hatte den Kopf auf seinen Bauch gelegt und fuhr mit dem Finger seinen Torso entlang. Ihr Haar breitete sich wie ein Seidentuch auf

18

seiner Brust aus, und William nahm ein paar Strähnen und spann sie zwischen seinen Fingern.

„Ich bin einfach nur entspannt." sagte er, beugte sich vor und küsste ihre Stirn. „Ich genieße die Zeit gerade sehr."

„Ich weiß." Sie ließ ihre Finger über seine Bauchmuskulatur fahren, über die Rippen, seine Achselhöhle und den kräftigen Oberarm entlang. Ein zufriedenes Seufzen drang von ihr. William, der es als Kompliment entgegennahm, lächelte breit und fuhr seinerseits mit der Hand über den nackten Rücken der Frau. „Es ist so brütend heiß, und wir schwitzen freiwillig miteinander." lachte er und ließ seine Finger auf ihrem Gesäß kreisen.

„Das ist es wert." Ellis schob sich auf Kopfhöhe und legte den Arm über Williams Brust, drückte ihre Brüste an seinen Oberkörper und schob ihr Bein zwischen seine.

Erneut küsste William sie, dann ließ er sich zurückfallen und verschränkte die Arme hinter dem Kopf.

„Meinst du, wir werden zusammen im Einsatz sein?" fragte er schließlich.

„Gleichermaßen wahrscheinlich wie unwahrscheinlich. Wir werden es sehen." Ellis schmiegte sich an seine Schulter. Nach einer kurzen Pause fragte sie: „Willst du es denn überhaupt?"

„Klar." William hatte begonnen, wieder mit ihren Haaren zu spielen, roch daran und ließ seinen Blick über den schlanken Körper gleiten, der neben ihm auf dem zerwühlten Bett lag.

Ellis war zweifelsfrei schön. Schlank, blond, von einem sehr hellen Hautton. Lange Beine mit schmalen, aber ausdauernden Muskeln, die nicht besonders hervortraten, ein makelloser Rücken, und kleine, feste Brüste. Sah man sie zum ersten Mal, wirkte sie geradezu unschuldig - der zierliche Körper, den sie stets in sehr femininer, heller Kleidung verbarg, große Augen, eine unaufdringliche Frisur. Sie wirkte wie eine Frau, die sich ihrer

Anziehungskraft nicht bewusst war und die Aufmerksamkeit ihres Gegenüber scheute.

Für einen Moment schloss er die Augen und dachte daran, wie sie gerade noch auf ihm gesessen hatte, wie der Schweiß auf ihrer Haut geglitzert hatte. Daran, wie er seine Hände in ihr Gesäß geklammert hatte, und an die Wärme und die Reibung, die er an seinem Penis gefühlt hatte, bevor er gekommen war. Ein Wohlgefühl durchströmte ihn, ließ ihn tief atmen und sich strecken.

Kurz riss er seinen Blick von Ellis los und sah in seinen eigenen Schoß. Sein Penis schwoll langsam wieder ab, und aus einer durchaus präsentablen Erektion wurde ein schrumpeliges Etwas, das, bedeckt von trocknender Samenflüssigkeit, nicht mehr so ganz vorzeigbar wirkte. William schlief gern mit Ellis, und er wunderte sich insgeheim, warum sie es offenbar auch tat. Kam er sich schon im erregtem Zustand nicht besonders gut ausgestattet vor, so war er sich nach dem Sex sicher, dass er tatsächlich ein eher kleines und nicht besonders schönes Glied hatte.

Ellis hingegen hatte sich nie in eine solche Richtung geäußert, im Gegenteil: Sie schien den Akt mit ihm sehr zu genießen und wirkte befriedigt, sodass er recht bald aufgehört hatte, sich Gedanken darüber zu machen, ob er ihr ausreichen mochte.

„Oder möchtest du lieber mit den anderen weg?" nahm er das Gespräch wieder auf.

„Nein, das wollte ich damit nicht sagen." Ellis stützte sich auf ihre Unterarme und beugte sich zu William, küsste ihn langsam und sanft. Sie strich ihm das kurze mittelblonde Haar aus der Stirn und zärtlich über seine Wange. Die Unsicherheit, die sich in Williams Augen ausbreitete, schmerzte sie.

„Aber?"

„Naja... es ist schwierig, das weißt du selbst." Sie konnte nicht verhindern, dass auch ihr Gesicht einen traurigen Ausdruck annahm. „Wir sind Kollegen, wir dürfen nicht..." Etwas hilflos deutete sie mit einer ausladenden Bewegung über ihre Körper. „Es darf halt nicht herauskommen."

William seufzte. Er kannte die Regeln genauso - keine Beziehungen untereinander, keine zu emotionalen, und keinesfalls sexuelle.

„Wir sind beide single, wir sind erwachsen." sagte Ellis wie zu sich selbst. „Wir sollten auch miteinander schlafen können, wenn wir das wollen."

„Können wir ja offensichtlich... dürfen wir nur nicht." versuchte William mit einem Lächeln zu sagen, das Ellis mit einer Handbewegung fortwischte.

„Es ist, wie es ist." sagte er schließlich. Sie beide wussten, dass diese Diskussion sinnlos war.

„Meinst du, der T-Rex weiß es inzwischen?" fragte Ellis nach einiger Zeit, in der nur der Ventilator den Raum mit einem rhythmischen Klappern gefüllt hatte.

William schwieg einen Augenblick, dachte nach. „Ich weiß es nicht." gestand er schließlich. „Ich wüsste nicht, woher. Niemand weiß von uns. Wir treffen uns nicht auf der Arbeit. Sind distanziert im Team. Ich habe an Noir kein Verhalten beobachtet, das nahelegen würde, dass sie es wüsste. Andererseits kann ich mir auch nicht vorstellen, dass ihr das entgangen ist. *Wenn* sie es weiß, dann lässt sie es sich jedenfalls nicht anmerken."

„Gerade das macht mir Angst." sagte Ellis. „Wenn sie einen anschreit, ausrastet, weiß man, woran man ist. Wenn sie schweigt... macht mich das unruhig." Ein unangenehmes Gefühl breitete sich bei dem Gedanken daran in ihrem Bauch aus, das sie zu ignorieren versuchte.

William schwieg. Der Gedanke ließ auch ihn Unbehagen spüren. Es war nicht geplant gewesen, dass sie im Bett landeten, es war einfach passiert. Und seitdem hatten sie nicht wieder damit aufgehört, sich ein oder zwei Mal in der Woche bei einem von ihnen zu treffen und miteinander zu schlafen. Unverbindlich. Die Nächte verbrachten sie nie miteinander - irgendwann in der späten Nacht verließen sie einander, entspannt, zufrieden. Den Gedanken daran, wie sie es bezüglich der Arbeit halten wollten, hatten sie immer beiseitegeschoben.

„Es ist doch nur dieses eine Mal gewesen." hatten sie zuerst gesagt.

„Es ist einfach nur eine Phase, es ist nichts Ernstes." hatten sie danach gesagt. Doch langsam schob es sich immer mehr in ihrer beider Bewusstsein, mit jedem neuen Treffen wurde die Phase eine feste Einrichtung, mit jedem Sex verschwand die Fremdheit und wich einem Vertrauen auf und in den Körper des anderen.

Ein leichter Druck an der Penisspitze holte William aus den düsteren Gedanken. Irritiert hob er den Kopf und beobachtete Ellis' Finger, die vorsichtig einen kleinen Tropfen verbliebene Samenflüssigkeit aus der Eichel hervordrückten. Sie nahm den Tropfen mit der Fingerspitze auf, führte ihn an die Lippen und nahm ihn achtsam mit der Zunge auf. William lächelte, auch als Ellis leicht den Mund verzog.

„Baah, was hast du denn heute gegessen?"

ZWEI

George hob den Blick vom Fernseher, auf dem die elf Uhr Nachrichten gerade endeten, und sah zur offenen Flügeltür. Er hatte das Platschen ihrer nassen Füße bereits auf der Treppe gehört und sah seiner Frau entgegen, die das Wohnzimmer betrat. Den Bademantel hatte sie lose um den Körper geschlungen und rieb das lange, dunkle Haar mit einem Handtuch.

Das weitläufige Wohnzimmer war von mehreren dezenten Lichtquellen erhellt, die auf die Nacht einstimmten und große Schatten warfen, die die Möbel empor krochen und sich in das dunkle Holz schmiegten.

Liebevoll sah sie im Vorbeigehen auf den Flügel, dessen Klaviatur sie im Vorbeigehen beinahe unter ihren Fingern tanzen spüren konnte. Um tatsächlich zu spielen war es zu spät und sie war zu müde, doch die sanften und durchdringenden Klänge, die der Korpus in sich barg, ließen ein Lächeln über ihr Gesicht gleiten.

George strecke den Arm aus, und sie setzte sich zu ihm und legte den Kopf an seine Schulter.

Die noch feuchten Haare fielen herab und bildeten kleine feuchte Abdrücke auf seinem Hemd. Es störte ihn nicht.

Noir atmete hörbar aus und schloss die Augen. „Ich schätze, morgen geht es los." sagte sie und zog die Beine an den Körper, kuschelte sich an ihn.

„Je eher, desto besser." Er genoss es, sie im Arm zu halten; ein zeitweise seltenes Privileg. „Wir haben bisher nicht Bescheid gegeben, dass er tot ist. Ich will nicht, dass euch jemand in den Weg kommt - sobald die anderen es wissen, geht die große Hatz los, und solange wir nicht wissen, welche Informationen genau vorhanden sind, will ich nicht, dass jemand anders sie bekommt."

„Niemand anders wird sie bekommen. Wir kümmern uns darum." murmelte Noir. Sie entspannte sich, lauschte seinem regelmäßigem Atem und spürte die Wärme seines Körpers. Seine Hand hatte ihren Weg zu ihrem Nacken gefunden und kraulte ihn behutsam. Er beobachtete sie genau dabei, bereit, sie beim ersten Anzeichen von Anspannung loszulassen, doch Noir blieb gelöst.

George angelte mit dem Fuß nach der Decke und zog sie über seine Frau. „Schön, dass du da bist." sagte er ruhig und küsste ihre Stirn. Ein müdes, erschöpftes Lächeln huschte über ihr Gesicht. „Ich wünschte, es wäre öfter so."

„Ich weiß." Ihre Stimme klang müde und nur noch am Rande des Wachseins.

Er zog sie ein wenig enger an sich und beobachtete ihren Brustkorb, der sich unter der Decke regelmäßig hob und senkte. Hatte sie von der Arbeit ihr übliches Maß an Anspannung und Stress mitgebracht, spürte er, wie sie langsam zur Ruhe kam. In seiner Nähe war sie bereit, etwas zu tun, das sie andernorts geradezu zwanghaft vermied: loszulassen. Es hatte gedauert, bis sie bereit gewesen war, ein Gefühl von Sicherheit in seiner Nähe zu entwickeln.

George stellte den Fernseher leiser und überflog kurz die Untertitel der Politiksendung, die sich an die Nachrichten angeschlossen hatte. Nichts von Relevanz, entschied er, aber der monotone Klang der Stimmen verbreitete in seiner Eintönigkeit eine unbedrohliche Ruhe. Bekannte Gesichter schwammen über den Bildschirm und ebenso bekannte Phrasen wurden von den Lautsprechern in die sanfte Dunkelheit geflüstert; nichts, worauf man sich konzentrieren musste.

Ihr Körper wurde schwerer, ihr Atmen tiefer. Die Hand, die sie auf seine Brust gelegt hatte, rutschte langsam herunter und blieb auf seinem Bein liegen. George legte seine auf ihre, betrachtete ihre Hände und fuhr mit dem Finger nachdenklich über ihren Ehering. Manchmal wunderte er sich noch immer, dass sie sich auf ihn eingelassen hatte. Trotz all der Jahre, die sie ein Paar waren, fürchtete er in manchem ruhigen Augenblick, dass es ein flüchtiger Traum war, aus dem er jeden Moment zu erwachen drohte.

Es hatte viel gegeben, das gegen ein gemeinsames Leben gesprochen hatte: dass sie mit ihren siebenunddreißig Jahren über zwanzig Jahre jünger war als er. Dass es Wellen aus Gerüchten und Rederei in der Firma gegeben hatte, als sie die Ehe öffentlich gemacht hatten. Persönlich angesprochen hatte ihn niemand, doch das Gerede hinter vorgehaltenen Händen blieb, erhielt sich und trug sich selbst stetig fort, existierte nach wie vor. Dass es *ihren* Ruf und *ihre* Integrität deutlich mehr bedrohte als seinen, war sie schließlich seine Mitarbeiterin und ihm unmittelbar unterstellt. Dass er Kinder hatte, die älter waren als sie, und dass sie Kinder hatte, die noch Teenager waren und ihren Vater brauchten und einforderten, welcher er nicht war.

All das waren Argumente, die es unwahrscheinlich gemacht hatten, dass sie sich je aufeinander einlassen würden. Und doch, sie waren ein Paar geworden. Hatten Liebe zueinander entdeckt und schließlich geheiratet. Nicht seine erste Ehe, nicht ihre erste.

Und nun lag sie in seinem Arm, keine halbe Stunde daheim, und schlief tief und fest. Er wusste, dass sie das dringend brauchte. Als in der vergangenen Nacht das Telefon geklingelt und sie beide aus dem Schlaf gerissen hatte, war sie nach ein paar kurzen Sätzen sofort aus dem Bett gesprungen, hatte ihn über die maßgeblichen Fakten informiert und war dann ins Büro gefahren, um sich selbst ein Bild zu machen. Dienst auf Abruf, selbst wenn die eigentliche Dienstzeit vorbei war. Wie so oft.

Die letzten einundzwanzig Stunden hatte sie bei der Arbeit verbracht, den Einsatz vorbereitet, Briefings abgehalten und Telefonate geführt, Akten durchgearbeitet und ihm zur Entscheidung vorlegt, was ihre alleinigen Kompetenzen überschritt. Zum Mittag hatten sie einen Kaffee zusammen getrunken - zehn Minuten, die ihnen gemeinsam gehört hatten, wenn die Zeit schon nicht zum Essen reichte. Dann war es weitergegangen, in nebeneinanderliegenden Büros. Sie hatten früher einmal überlegt, ein gemeinsames zu beziehen, doch es gab Dinge, die der andere nicht wissen durfte. Die Firmenführung lebte von der Kenntnis des schmalen Grades, was besprochen werden musste und welche Dinge im Dunkeln blieben.

George wob seine Finger zwischen ihre, streckte sich auf der Couch aus und zog sie neben sich. Noir wurde nur halb wach dabei. Sie spürte, dass er bei ihr war, roch seinen Geruch, fühlte seine Nähe, und ließ sich zurückfallen in die Schwere des Schlafes. Solange er bei ihr war, fühlte sie sich sicher.

Nur unterbewusst nahm sie wahr, dass er auch ihren Körper ausstreckte und er ihren Kopf wieder auf seiner Brust bettete, bevor er den Arm um sie legte und die Augen schloss. Diese Nacht hatten sie zusammen - hoffentlich. Beide Handys lagen in Hörweite, bereit, zu unterbrechen und einzufordern, wozu sie beide verpflichtet waren. Doch diese Nacht schwiegen sie.

> Dienstagvormittag
> Luftraum über dem mittleren Westen der USA

Der Jet lag ruhig in der Luft. Der Start war etwas holprig gewesen, doch sobald sie die nötige Höhe erreicht hatten, war der Flug angenehm und erschütterungslos. Durch die Fenster sah man auf eine Wolkendecke herab, die Kühle und Feuchtigkeit erahnen ließ, während der Himmel sich unendlich weit um sie herum erstreckte.

Von den Vierersitzgruppen war nur die zweite belegt. Vier Männer saßen einander gegenüber, auf dem Tisch zwischen ihnen standen Tassen und Wasserflaschen. Der Geruch von Leder lag dezent in der Luft, vermischte sich mit dem von starkem Kaffee, der aus einer Thermoskanne geschüttet wurde. Matthew fragte sich, wann der unvermeidliche Unfall passieren würde und jemand sein Getränk über die hellen Sitzbezüge verschüttete. Wie auch immer sie es geschafft hatten, war es bisher noch auf keinem Flug geschehen, und eine gewisse Anspannung befiel ihn jedes Mal von neuem bei dem Gedanken, dass er derjenige welcher sein könnte.

Noir stand im Gang, an den Tisch der benachbarten Sitzgruppe gelehnt, und verteilte einen Stapel Akten.

„Perez."

Cooper ließ sich seine Akte ans Fenster reichen und schlug sie auf. Auf der ersten Seite des von flachsfarbener Pappe zusammengehaltenen Stapels war das bereits bekannte Portrait von Boise abgebildet, das ihm kalt und stierend entgegenblickte.

„Davis." Noir reichte die nächste Akte an Matthew, ohne den Blick zu heben.

„Scott." William richtete sich auf und nahm seine Akte an.

„Und Moore." Die vorletzte Akte ging an Quentin. Der stämmige und grauhaarige Mann wirkte etwas blass, wie jedes Mal, wenn er in der Luft war. Sein robustes Aussehen ließ den schwachen Magen nicht erahnen, und Noir empfand es als berührend menschlich, den Navy-veteran zumindest phasenweise angreifbar zu erleben.

Die letzte Akte behielt sie selbst, hielt sie jedoch geschlossen und gab den Männern ein paar Augenblicke Zeit, die neuen Unterlagen durchzusehen.

Schließlich räusperte sie sich verhalten und zog damit die Aufmerksamkeit wieder auf sich.

„Garret Boise, ist nach allem, was wir wissen, seit Freitagabend oder dem frühen Samstag tot. Das Bild - ihr habt's auf Seite zwei - macht die Frage, ob es ein natürlicher Tod war, ja relativ überflüssig. Hatten wir gestern ja schon in der Besprechung, es ist wenig neues dazu gekommen. Mehr als Spekulationen über Täter und

Zusender haben wir gegenwärtig nicht." Sie machte eine Pause, entschied sich jedoch dagegen, eine persönliche Einschätzung abzugeben.

„Wenn ihr auf Seite elf blättert, seht ihr da eine Liste der Opfer, von denen das FBI davon ausgeht, dass sie auf ihn zurückzuführen sind. Einige sind unzweifelhaft, einige werden ihm nur über den modus operandi zugerechnet."

„Uns hilft jemand beim FBI?" William hob zweifelnd die Augenbrauen, während er die Liste überflog.

„Nicht offiziell, nein. Ich habe mit meinem Kontaktmann lange verhandeln müssen, aber was die Opfer angeht, war er diskussionsbereit. Ich rechne auch nicht damit, dass die Liste vollständig ist - was für uns wiederum nicht besonders wichtig ist. Sein erster Mord, der als Auftrag anzunehmen ist, war im Alter von sechsundzwanzig Jahren. Das wäre spät für jemanden wie ihn. Seine ‚Arbeitsliste' umfasst insgesamt dreiundvierzig Tote, mit einer deutlichen Häufung zwischen 1989 und 1996. Danach wurde es ruhig, die letzten vier Toten verteilen sich im Zeitraum von 1997 bis 2006."

„Und sein privates Wirken?" Cooper Perez strich sich eine dunkelblonde Locke aus der Stirn und musterte Noirs Gesicht. Er meinte, einen Anflug von Missbilligung zu sehen, während sie ihre eigene Akte aufschlug und ihren Blick flüchtig über einige Seiten gleiten ließ.

„Ab Seite siebzehn." fuhr sie fort. „Offenbar war es für ihn naheliegend, Auftragsmöder zu werden; so hat er sein Hobby zum Beruf gemacht. Der erste auf ihn zurückführbare private Mord fand statt, als Boise gerademal sechzehn war. Ob es allerdings wirklich der erste war oder nicht - ich weiß es nicht. Als sicher würde ich allerdings annehmen, dass wir nicht alle seiner Frauenmorde kennen - ein paar werden unentdeckt geblieben sein, zumal er auch im Ausland unterwegs war. Sein letztes gesichertes Opfer ist von 2009. Es ist nicht naheliegend, dass er danach wirklich aufgehört hat."

Quentin überflog eine eingeheftete Landkarte, übersät mit zahlreichen Punkten. „Der ist ganz schön rumgekommen." stellte er mit seiner tiefen, brummigen Stimme fest. „Nette Übereinstimmung der Orte der Auftragsmorde mit den der privaten Leichen."

„Ja, er hat keine Zeit verschwendet; außer mit Nelson. Bilder dieser moralischen wie ästhetischen Schönheit sind vorsichtshalber auch beigefügt."

Allgemeines Blättern bis zu den Seiten, auf denen ein mittelalter Mann mit Bauchansatz und halblangem Haar abgebildet war. Adam Nelson war nicht schön genug, um sich an ihn zu erinnern, allerdings auch keine derartige Merkwürdigkeit der Natur, dass man ihn deshalb gesondert wahrnahm; ein Durchschnittsmensch. Auf einem Bild, das offenbar aus großer Distanz aufgenommen worden war, saß er in einem Tretboot inmitten eines Sees, eine alberne Mütze auf dem Kopf, und bewarf Enten mit etwas Unerkennbarem. Ein anderes zeigte ihn an einer Hauswand lehnend, auf einem dritten war er gemeinsam mit Boise vor ländlicher Kulisse zu sehen.

„Sieht ein wenig aus wie der klassische Nuttenpreller, findet ihr nicht?" Cooper sah in die Runde.

„Du musst es wissen, Coop. Ist jetzt mehr dein Metier als meins." tat Noir es ab, aber er erntete ein unterdrücktes Lächeln. Mit Unbehagen stellte er fest, dass ihm eine leichte Röte ins Gesicht stieg, und eilig vertiefte er sich wieder in seine Akte.

„Jedenfalls verbrachten Nelson und Boise etwa ein Jahr miteinander. In dieser Zeit wurde es verdächtig ruhig um Boise, was mir insgesamt untypisch für ihn scheint; er hat zeitlebens darauf geachtet, menschliche Bande zu vermeiden, war selten länger als ein paar Monate am selben Ort. Mit Nelson blieb er allerdings konstant in einer Stadt namens Fairview Lake in North Dakota.

Dann - und das beunruhigt mich wirklich - wich Boise von seinem Muster ab und tötete das erste Mal in seiner Laufbahn einen Mann. Tatortbilder sind auch dabei; wer die Schlachtung sehen will, bitte sehr, ich brauche es nicht noch mal."

„Wir gehen nach wie vor davon aus, dass es kein Auftrag war?" fragte William und schlug angewidert die Akte zu, nachdem er die Tatortfotos gefunden hatte.

„Ja. Er tötete anders, wenn er beauftragt wird. Clean. Effizient. Schnell. So wenig Dreck wie möglich. Wenn er für sich tötete, dann ist es... eine Sauerei. Er lässt sich Zeit. Er *genießt*, würde ich sagen. Und die Handschrift an Nelson passt zu seinen anderen privaten Opfern."

„‚Sauerei' trifft es." murmelte Quentin. Seit einiger Zeit hielt er einen Becher Kaffee in der Hand, der langsam abkühlte, ohne dass er auch nur seine Lippen an ihn gelegt hatte. Ihm war übel. Wegen des Fliegens, wegen der Bilder, wegen der Widerlichkeiten, die hinter jedem Umblättern neu auf ihn warteten. Die erwärmte Wand des Bechers in seiner Hand beruhigte ihn. Je mehr er erkaltete, umso unwohler fühlte Quentin sich wieder, und umso mehr krampfte sich sein Magen in sein Inneres.

„Und man hat inzwischen die Leiche gefunden?" Matthew blätterte an das Ende der Akte und las die Informationen nach, die Noir ihnen parallel erzählte.

„Boises Reste sind am Sonntagnachmittag in den Wäldern von Oregon, zwischen zwei Orten namens Lexington und Milford, gefunden worden. Offiziell gilt er als noch nicht identifiziert, aber er *ist* es; wir haben vorab einen kleinen Abstrich bekommen und konnten seine Identität bestätigen. Zur Todesursache kann man nichts mehr sagen - sie vermuten, dass ein Bär dran war. Der Bericht des Rechtsmediziners wird frühestens morgen Spätnachmittag bei uns eintreffen, Tendenz eher später. In den Wäldern kommen immer mal wieder Menschen weg und tauchen dann später stückchenweise wieder auf, da hat so etwas nicht wirklich Priorität. Dort geht man einfach von einem verunglückten Wanderer aus."

Quentin studierte aufmerksam ein Foto der Auffindesituation des Leichnams. „Vom Erscheinungsbild her kann das erst mal passen, würde ich sagen." brummte er. „Ein typisches, beinahe mustergültiges Beispiel für einen Bären, der gestört wurde." Er schwieg einen Augenblick. „Vielleicht zu perfekt."

„Genau deswegen habe ich dich dabei." Noir nickte ihm dankbar zu, und er erwiderte das Lächeln gequält.

„Hat sonst noch jemand so ein Foto bekommen wie wir?" fragte Matthew.

Sie schüttelte den Kopf. „Bisher ist jedenfalls nichts bekannt geworden, aber das muss nicht unbedingt etwas heißen. Pressetechnisch halte ich es für ausgeschlossen, aber halten wir weiter die Ohren auf. Allerdings gab es einen Tipp, na, eher eine Vermutung, der wir nachgehen. Boise scheint sich in einer Hütte nahe dem Wald aufgehalten zu haben, die halbwegs in Reichweite von Lexington liegt. Würde gut zum Ablageort passen, und auch zu den auf dem Umschlag gefundenen Milben. Ist wohl eine ganz besondere Mutation, die vor einigen Jahren nur ein bestimmtes Gebiet in Oregon geradezu überfallen hat. Wegen der hohen Schäden, die sie angerichtet haben, ist ihnen ordentlich zu Leibe gerückt worden, und vereinzelte Exemplare leben noch in dem Wald, in dem auch die Leiche lag. Wir schauen einfach mal. Quentin, Cooper und ich werden in einem Hotel in Lexington einchecken, offiziell gehören wir zu einer überregionalen Wandergruppe, die sich am Wochenende dort treffen und die Waldwege erobern will, wir werden nicht auffallen. Matthew, William, ihr werdet die Hütte im Auge behalten." Matthew knirschte leicht mit den Zähnen. *Hütte im Wald beobachten* hieß Zelten. Wenn er hätte wählen dürfen zwischen einem klimatisierten Hotelzimmer mit funktionierender Dusche und Toilette, mit Essen, das man bestellte und nicht selbst zubereitete, und einem kleinen Zelt im Wald, dann wusste er, dass er nicht das Zelt wählen würde.

„Zelten wir zusammen oder getrennt?" fragte er mit

31

einem Seitenblick auf William.

„Beurteilt es nach den Gegebenheiten. Habt nur im Kopf, dass es Bären gibt, für die wir nicht mehr als ein kleiner Snack nebenbei sind. Ich mag euch gern in einem Stück wieder mit nach Hause nehmen."

Matthew nickte Williams zu. Also gemeinsames Zelten. Immerhin.

„In ca. vier Stunden landen wir nördlich von Cannon Beach, von dort aus geht es getrennt mit den Autos weiter nach Lexington. Um neunzehn Uhr werden wir an der Hütte sein, es wäre gut, wenn ihr bis dahin fertig aufgebaut habt. Zelt und alles wartet in eurem Auto. Die Hütte ist hinten in der Karte eingezeichnet." Noir sah in die Runde. „Noch Fragen?"

„Ich komme mir für eine Wandergruppe etwas... overdressed vor." Cooper zog an seinem mattschwarzen Jackett, ließ die Uhr dabei unter seinem Hemd hervorrutschen. Neu, makellos und teuer.

„Unser Beau hier hat leider recht, wir werden uns umziehen müssen." antwortete Noir, und Cooper konnte nicht sagen, ob sie einen Scherz machte oder es tatsächlich bedauerte. „Es reicht aber, wenn wir das am Flughafen tun. Genießen wir den Luxus noch, solange wir ihn haben." Sie zwinkerte ihm zu, nahm dann ihre Akte und ging zur vordersten Sitzgruppe zurück.

Der Platz der Führung. Ihr Platz. Optisch unterschied sich der Bereich kaum von den anderen vier Sitzgruppen oder der langen Bank im hinteren Bereich der Maschine; helles Leder, gespannt über einen Korpus aus dunklem Nussbaum an den Sesseln. Nur die leicht Erhöhung, auf der die Sitzgruppe installiert war, gab einen Hinweis darauf, dass es sich um einen besonderen Bereich handelte.

Unausgesprochen und dennoch unangefochten war die Regel, dass der vordere Bereich von anderen nicht betreten wurde. Von hier aus hatte Noir die Maschine vollständig im Blick - und ihre Mitarbeiter. Sie sah zu, wie sie lasen, Karten spielten, schliefen, schwiegen. Wie sie sich vorbereiteten, wenn sie auf dem Hinflug waren, und wie sie verarbeiteten, wenn sie den Heimflug antraten. Sie las in ihren Gesichtern, beobachtete ihr Zusammenspiel. Sie sah, wer mehr damit zu kämpfen hatte, sich von dem zu distanzieren, was sie gesehen und getan hatten und wen es nicht mehr berührte.

Und sie war sich bewusst, dass sie an diesem Platz für alle zu sehen war, was nicht minder wichtig war. Sie gingen gemeinsam in den Einsatz, sie kamen gemeinsam daraus zurück. Noir war sich ihrer Verantwortung bewusst: Sie trug nicht nur Sorge dafür, dass sie die richtigen Entscheidungen traf, damit alle lebend zurückkehrten. Es ging auch darum, das Erlebte bewältigbar zu machen. Kontrolle, Kraft, das Gefühl, es verkraften zu können - all das musste sie ausstrahlen, gleichgültig, wie verzweifelt und belastet sie selbst empfand. Gleichgültig, für wie unwahrscheinlich sie es hielt, dass es gut endete, oder ob sie selbst es würde überwinden können. Sie musste der Ruhepol des Teams sein, erkennen, wer Hilfe brauchte, und wer in der Lage war, weitgehend allein die Bilder, Gerüche und Geräusche zu verarbeiten, die ihnen entgegenschlugen, sie manchmal überrollten und in einen Sog aus Schmerz und Furcht herabzogen, noch lange, nachdem der Letzte das Feld verlassen hatte.

Kein Blick zurück, predigte sie ihnen. *Habt das Herz eines Serienmörders - was hinter euch liegt, ist irrelevant.*

Sie wusste, dass es Quatsch war. Und sie wusste, dass ihre Mitarbeiter es wussten. Es war eine grobe Erinnerung daran, die Welt nicht zu nah an sich heranzulassen, keine Bande zu knüpfen, bereit zu sein, um loslassen zu müssen. Eine Bewältigung war dadurch freilich nicht zustande zu bringen; dafür gab es Supervisionen und Krisenmanagementteams nach dem Einsatz. Doch in den ersten Stunden danach, da war nur sie da. Und in dieser Zeit musste sie diese Menschen auffangen, ganz gleich, was die anderen oder sie selbst empfand.

DREI

Der dunkelgraue Range Rover Sports arbeitete sich unermüdlich über die hügelige Straße. Die größeren Städte lagen bereits hinter ihnen, die Landschaft wurde bergiger und waldiger, verströmte einen harzigen und von ätherischen Ölen geschwängerten Duft.

Cooper saß am Steuer und lenkte mit einer Hand. Den anderen Arm hatte er entspannt gegen das geschlossene Fenster gestützt, die Finger der Hand leicht an die Schläfe gelehnt. Er war für seine Bräune dankbar; verschwand sein Körper sonst unter den Anzügen, zeigte er in dem Poloshirt ungewohnt viel Haut. Die kurzen Ärmel schmeichelten seinen Armen, die sehnig und mit ausgeblichenem Haar bedeckt waren, der V-Ausschnitt ließ die haarlose Brustmuskulatur erahnen. Er war zufrieden mit seinem Körper und fand Gefallen an dem Gedanken, ihn zumindest die nächsten Tage offener zeigen zu können.

Am Flughafen hatten sie die zwei Wagen abgeholt und in ihnen bereitgestellte Taschen gefunden, gefüllt mit legerer Kleidung, wandergeeignete Alltagskleidung. Nach einer kurzen Durchsicht hatte Cooper sich für die hellbraune Funktionshose und ein schlichtes dunkles Shirt entschieden - nicht sein bevorzugter Kleidungsstil, aber das geringere Übel der dargebotenen Kleidung.

Quentin hatte entweder Pech bei der Zusammenstellung seiner Sachen gehabt oder er hatte sich entschieden, die Gunst der Stunde zu nutzen, um sich so bunt wie möglich zu kleiden: Blaue Wanderstiefel, eine rote Hose und ein grün gemustertes T-Shirt, das die Blässe seines Gesichts unangenehm unterstrich. Cooper überlegte, ob es ihm ein inneres Bedürfnis war, aus der Welt der Unauffälligkeit auszubrechen. Erst die Navy, dann die Welt der dunklen

34

Anzüge und weißen Hemden - es mochte für manchen ein Befreiungsschlag sein, aus diesem Schwarzweiß auszubrechen, und sei es auch noch so kurzfristig. Ihm selbst wäre es nicht angenehm gewesen.

Cooper mochte Quentin auf eine sonderbare Art. Der gedrungene, kräftige Mann, der beinahe quadratisch wirkte, strahlte eine Autorität aus, die er sympathisch fand. In den letzten Jahren hatte Quentin sich intensiv in die Bereiche der Anthropologie eingearbeitet, hatte sechs Monate auf einer Body Farm arbeiten können und kannte sich besser mit der Verwesung aus als jeder andere im Team. Cooper hörte ihm gern zu, wenn sie zusammensaßen. Die ruhige, kräftige Stimme war angenehm in seinen Ohren. Den Gedanken, ob Quentin etwas Väterliches für ihn hatte, schob er weit von sich.

Dass Noir dunkle Sachen bevorzugt hatte, hatte ihn nicht überrascht: eine schwarze Hose mit unzähligen Taschen, die ungewohnt weit ihre Beine umspielte, ein schwarzes Poloshirt, das leicht über ihren Brüsten spannte. Ihr Basecap hatte sie direkt in den Kofferraum geworfen, ehe sie auf dem Beifahrersitz Platz genommen hatte und dort seit Beginn der Fahrt zwischen Papier und Tablet wechselte. Hin und wieder führte sie kurze Telefonate, die maßgeblich aus „Ja.", „Nein.", „Verstanden." und „Danke." bestanden, was Cooper vermuten ließ, dass es Anrufe aus dem Labor waren. Quentin und er hatten sich auf der ersten Strecke durch die Stadt noch unterhalten, ehe auch der Veteran sich erst in die Akte vertieft hatte und seitdem tief in Gedanken aus dem Fenster starrte.

Die Stille im Wagen, nur selten durchbrochen mit dem leisen Rascheln von Papier oder den kurzen Telefonaten, hatte etwas entspannendes. Cooper war zufrieden damit, zu denen zu gehören, die im Hotel wohnen durften - selbst wenn er mit Quentin ein Zimmer würde teilen müssen, wäre es unproblematisch. Allemal luxuriöser als ein Zelt.

In Sichtweite tauchte eine kleine Wegabzweigung auf, und er warf einen kurzen Blick auf das Navigationsgerät. Die

Abzweigung war uninteressant für sie, ihr Weg folgte noch etliche Meilen der Straße. Aus den Augenwinkeln nahm er wahr, dass Noir ihre Unterlagen inzwischen zusammengeschoben hatte. Ein Ausdruck des Leichnams lag oben auf, den sie durch die Sonnenbrille intensiv studierte. Sie alle kannten es und hatten sich ihre Gedanken darüber gemacht. Nun lag es dort, auf ihrem Schoß.

Coopers Blick wanderte von dem Bild kurz über ihre Beine, und er war bereits dabei, ihn wieder der Straße zuzuwenden, als er an dem Fleck heller Haut auf ihrer Brust hängen blieb. Das Shirt lag eng an, der Ausschnitt war nicht vollständig zugeknöpft; weit genug, um nicht provokant zu sein, nicht weit genug, um den Ansatz der Busen gänzlich zu verdecken. Er fragte sich, ob sie einen Push-Up trug oder ob sie wirklich so volle Brüste hatte.

Noir, die registriert hatte, dass Cooper sie ansah, wies ohne aufzusehen mit dem Finger nach vorn durch die Scheibe. Er war sich nicht sicher, ob sie ihm damit bedeuten wollte, dass er die Weggabelung ignorieren und geradeaus weiterfahren sollte, oder ob es eine Anweisung war, ihr nicht weiter auf die Brüste zu starren. Gleich, was es war, er nahm peinlich berührt den Blick von ihr und richtete ihn wieder auf die Straße.

„In etwa einer Stunde sind wir am Hotel." sagte er mit fester Stimme. „Wie groß ist Lexington eigentlich?"

„Geht." sagte Noir. Cooper wartete noch einen Augenblick in der Annahme, dass sie es näher ausführen würde, doch ‚Geht.' schien für Noir alles zu sagen, was über Lexington gesagt werden musste. Ihre Aufmerksamkeit galt nach wie vor dem Foto.

„So klein ist es wirklich nicht." nahm Quentin den Faden auf. „Etwa 200.000 Einwohner, recht große Fläche. Seit es dort ein Kongresszentrum gibt, ist es gewachsen, durch die Nähe zum Mount Hood National Forest und dem Gillford Pinchot National Forest herrscht aber das ganze Jahr über ein recht stabiler Tourismus. Ich schätze, wir haben es schon schlimmer getroffen."

Cooper gab einen zustimmenden Laut von sich.

„Ist ja eher sehr ungewöhnlich, dass wir diesmal inländisch unterwegs sind." murmelte Noir.

„Macht es das mehr oder weniger gefährlich?"

„Hier wie dort werden Leute auf uns schießen wollen." Noir drehte sich unvermittelt zur Quentin um. „Ob es die Sache besser macht oder nicht, dass wir dieses Mal mit Menschen zu tun haben, die das professionell tun, überlasse ich deiner Bewertung."

Cooper grinste verschmitzt. „Das tun wir auch." sagte er leise genug, dass nur Noir es hören konnte. Sie wandte sich ihm zu und lächelte ebenfalls. „Wir sind einfach nur Menschen, denen die Umwelt am Herzen liegt." erwiderte sie mit ironisch hochgezogenen Augenbrauen. „Ein Schelm, wer Böses über uns denkt."

Sie zwinkerte Cooper zu, legte dann den Kopf gegen die Nackenstütze und schloss die Augen. „Wir haben nachher nicht wirklich Zeit, uns frisch zu machen, wir werden heute noch zu der Hütte wandern. Beeilt euch mit dem einchecken."

> Dienstagnachmittag
> Oregon

Wald.

Tiefer, dunkler, lebendiger und alles verschluckender Wald. Die Bäume ragten wie dunkle Giganten in den Himmel, ihre Äste weit von sich gestreckt und ineinander verwoben, überspannten den unwegsamen Boden mit einem undurchdringlichen Dach aus Nadeln und Blattwerk. Nur hier und dort bot es der Sonne kleine Einfallstore und stellte goldene Säulen aus Licht in das schattige Dickicht.

„Kack! Mücken!" fluchte Cooper laut und schlug kraftvoll auf das Insekt auf seinem Unterarm. „Die Viecher kommen auch nur zu mir, oder?"

„Wir jammern einfach nicht so viel wie du."

37

brummte Quentin und kämpfte damit, seinen Fuß aus Efeuranken zu befreien. Den Wanderweg hatten sie längst hinter sich gelassen, seit etwa einer Stunde ging es querfeldein. Äste hingen tief und angelten nach der Kleidung, manche Bäume standen so eng beieinander, dass sie die Rucksäcke und Gewehre abnehmen mussten, um sich durch die schmalen Lücken zu quetschen. Der Boden war uneben und von dicken, alten Wurzeln durchsetzt, die sich unter Ranken und niedrigen Büschen verloren. Stolperfallen durch und durch.

„William kommt uns gleich entgegen." sagte Noir und sah auf das GPS Gerät. „Es kann nicht mehr weit sein."

„Jedenfalls liegt die Hütte weit genug weg vom Schuss, dass Boise seine Ruhe gehabt haben dürfte." Cooper kratze die Überreste der Mücke von seinem Arm und sah sich kurz um. „Schätze, einer wie er braucht aber auch die Abgelegenheit für seine Hobbys."

„Sollte man meinen. Tatsächlich ist es so, dass er den Großteil seiner Taten eher in bewohnten, öffentlichen Gebieten begangen hat. Mehrparteienhäuser. Eine sogar im Kino, glaube ich. Ein gewisses Maß an Öffentlichkeit ist ihm offenbar nicht unrecht gewesen." Sie strauchelte und fing sich an einem Stamm ab. „Oder die anderen hat einfach keiner gefunden, weil sie absolut im Nirgendwo liegen." fügte sie hinzu.

„Freak." konstatierte Quentin schlicht. Diese Feststellung bedurfte keiner Korrektur, und so kämpften sie sich schweigend weiter durch das inzwischen stetig ansteigende Gelände, bis in Hörweite trockene Äste brachen.

Alle drei legten die Gewehre an, während sie die unübersichtliche Umgebung absuchten.

„Ich bin's!" rief eine Stimme, während die Geräusche näher kamen. „Nach Möglichkeit bitte nicht erschießen!" William hatte beide Arme schützend über den Kopf gelegt und schlug sich durch die tiefhängenden

Tannenzweige. „Hölle." kommentierte er und fegte sich die herabgefallenen Nadeln aus dem Haar.

„Fertig aufgebaut?" fragte Noir und zog sich ein paar abgebrochene Zweige aus den Wanderschuhen. Wusste der Teufel, was für Getier schon alles seinen Weg unter ihre Kleidung gefunden hatte; sie hoffte, dass das Zeckenspray seine Wirkung tat.

Mit jovialer Miene breitete William seine Arme aus. „Besucht uns in unserer großzügigen Lodge! Keine Küche, kein Bad, aber dafür kuschelige eineinhalb Quadratmeter, die keinen Luxus missen lassen!" Er schnaubte. „Scherz beiseite, ja, wir sind eingerichtet. Folgt mir, es ist nicht mehr weit. Matt sichert den Platz gegen Wildtiere."

So dicht, wie der Wald war, so unvermittelt endete er und öffnete sich in einen sonnengefluteten Platz. Von einer Mischung aus Erde und Lehm bedeckt, war er leicht abschüssig gelegen und gänzlich von Pflanzen befreit. Ein kleiner Bach floss am Rand entlang und stürzte sich über eine kleine felsige Klippe, bildete unter ihr einen See und fand von dort aus seinen Weg in den Wald. Das sanfte, gleichmäßige Gurgeln des Wassers mischte sich in den Wind.

Abgesehen vom Bach war der Großteil des Areals vollkommen leer; ein unregelmäßiger Kreis, umrandet von hohen Bäumen, den nicht einmal das Moos erobert hatte. Am hinteren Ende wuchs ein Fels empor, steil und kaum zu erklimmen, der bereits am frühen Abend einen langen Schatten warf. In diesem Schatten, als sei sie an den Fels geschmiegt, stand eine quadratische Hütte aus Holz.

Jemand hatte sich mit der Konstruktion Mühe gegeben: Gebaut aus sorgfältig bearbeiteten und ineinander gefügten Baumstämmen hatte die Hütte den Witterungen standgehalten, ihnen gar getrotzt. Trotz der Jahre, die sie erkennbar schon stand, verströmte sie immer noch einen dezenten Geruch nach Harz und Nadelholz. Sie war eingeschossig und nicht besonders groß, das angeschrägte Dach konnte jedoch einen Kriechspeicher beinhalten.

Bis auf den Eingang verfügte jede Hausseite über ein Fenster, das von hölzernen Läden größtenteils verdeckt wurde. Vor der Tür, verschlossen mit einer dicken, metallenen Kette, die im Gegenteil zur Hütte neu und fehl am Platz wirkte, waren einige Holzbretter zu einer Veranda improvisiert worden. Sie war erkennbar nachträglich angelegt worden und aus nur behelfsmäßig bearbeitetem Holz. In ihrer unmittelbaren Nähe befand sich ein runder Fleck aus unsorgfältig verscharrter Asche.

„Hinter dem Haus steht ein Dieselgenerator." sagte William. „Er hatte hier Strom."

„Wir nehmen unseren eigenen." Cooper zog eine Taschenlampe aus der Gürtelhalterung und ließ demonstrativ das Licht aufleuchten. „Wer weiß, was an den Leitungen auf uns wartet."

„Den Platz hier hat er penibel sauber gehalten." sagte Noir und betrachtete den pflanzenlosen Boden kritisch. Von der Tür der Hütte führten schlecht verwischte Spuren in das Dickicht, ansonsten war der Boden gänzlich unberührt. „Ich frage mich, warum."

„Die Fußspuren da hinten werden nicht von ihm sein." schloss William sich an und deutete auf die Tür. „Boise hätte sie nicht hinterlassen, wenn es seine gewesen wären."

„Wie weit sind sie verfolgbar?" fragte Quentin, der inzwischen neben ihnen am Rand des Waldes stand und skeptisch über das Areal blickte.

„Nur bis zu den Bäumen, danach ist nichts mehr erkennbar. Matthew und ich haben weiträumig gesucht, aber es gibt nicht mal auffällig abgebrochene Äste. Und die, die da sind, können auch gut und gerne von den Bären oder Wildschweinen der Gegend hier sein." antwortete William, und setzte hastig hinzu: „Matthew sichert gerade. Wir werden hier nicht überrascht." Er deutete in den Felsen, der hinter der Hütte in den Himmel wuchs. „Wir haben das Zelt dort aufgeschlagen. Wir sehen, was sich hier bewegt."

„Dann wollen wir mal!" sagte Noir und bewegte sich dennoch nicht. Ihr Blick galt immer noch dem unberührt wirkenden Boden, während sie einen kleinen, durchsichtigen Kopfhörer in ihr Ohr einsetzte; so gut wie keine Tannennadeln und kaum Blätter, die der Wind hergetrieben hatte. Keine Fußspuren abgesehen von denen an der Tür, keine Spuren von Besen oder Haken. Noir ging in die Hocke und neigte den Kopf, um den Bodenverlauf näher zu betrachten

„Zu plan." murmelte sie. Der Kopfhörer in ihrem Ohr piepte leise, als sie darauf drückte. „Kannst du mich hören, Matthew?"

„Kann ich, hier ist alles in Ordnung. Vorhin ist ein Wildschwein in der Nähe aufgetaucht, ich warne euch vor, wenn weitere kommen." drang Matthews Stimme klar und störungsfrei in ihr Ohr.

„Auf dem Platz sind keine Tierspuren." stellte sie fest, ohne es an jemand speziellen zu richten. „Entweder hat es intensiv geregnet, oder selbst die Tiere meiden den Ort hier."

„Überprüfe ich." sagte Quentin.

„Wenn selbst die Tiere fortbleiben... nicht gut." sagte sie wie zu sich selbst, während die Besorgnis in ihr wuchs. „Ich denke, wir sind am richtigen Ort."

„Die letzten zwei Nächte hat es schon Regen gegeben." informierte Quentin nach kurzer Recherche. „Aber ob das genügt, um Spuren so vollständig zu verwischen - schwer zu sagen. Ich will es nicht völlig ausschließen, aber ich denke nicht, dass das möglich wäre."

Noir nickte langsam. „Wir meiden den Platz und beschränken uns auf Waldrand und Hütte." entschied sie. „Morgen können wir ihn untersuchen. Für heute - nein."

„Du rechnest mit Sprengfallen?" fragte William und folgte nachdenklich ihrem Blick.

„Wenn es wirklich seine Hütte war, schließe ich es erst mal nicht aus. Wir nutzen die Bretter, um uns einen

41

Weg um das Haus zu legen. Vamos!" Mit schnellen Schritten bewegte sie sich am Waldrand auf die Hütte zu, ließ sich dabei das Gewehr von der Schulter rutschen und legte es an.

„Ich mach mal den Straßenbauer." sagte Cooper und schob sich an Noir vorbei. Eng an die Felswand gedrückt bewegte er sich auf die Hütte zu und machte sich ein Bild von der Konstruktion vor ihrem Eingang. Schließlich hebelte er die einzelnen Bretter auseinander. Es brauchte nicht viel Kraft, die Nägel war dünn und kurz.

„Wenn was ist, wird's jetzt laut." sagte er schlicht und warf das erste Brett auf seine Kollegen zu. Mit einem dumpfen Knall schlug es auf den Boden und wirbelte eine Wolke aus Staub und Dreck auf, noch bevor sie sich ducken konnten.

Stille folgte. Nichts geschah.

„Wäre nett gewesen, wenn du gewartet hättest, bis wir uns in Sicherheit gebracht haben." stellte William betont kühl fest.

„Ach komm." Cooper hatte sich auf das Brett geschwungen und warf das zweite daneben. „Sicherheit wird überbewertet."

Nach und nach verschwand die Terrasse, und unter aufwirbelnden Staubwolken entstand ein schmaler, unterbrochener Bretterweg um das Haus.

„Der rote Teppich liegt für Sie bereit, Mylady!"sagte Cooper zufrieden und verbeugte sich übertrieben.

Während William den Platz weiter untersuchte, verteilte sich der Rest auf die einzelnen Hausseiten.

Nach einer ersten Inaugenscheinnahme schob Noir mit der Spitze des Gewehres die Fensterläden an der offenen Seite des Gebäudes vorsichtig auf. Die Fensterscheibe, die aus dem Schatten der Läden bereits dunkel hervor gelugt hatte, offenbarte eine Wand aus schwarzer Farbe, die von innen ungleichmäßig aufgetragen worden war. Das Innere der Hütte blieb vollkommen vor Blicken geschützt.

„Hier keine Sicht." rief Noir.

„Hier auch nicht." meldeten Cooper und Quentin zurück.

„Schwarze Farbe, ziemlich unordentlich." setzte Cooper hinzu und kam zu Noir zurück. Die Hände hatte er inzwischen in lederne Handschuhe gesteckt und zog eine dicke Metallzange aus dem Rucksack. „Wollen wir?" Er ließ die Zange klicken und wies mit dem Kopf auf die Tür.

Quentin kehrte ebenfalls zu ihnen zurück. „Von außen soweit erst mal nichts erkennbar. Jedenfalls also keine offen sichtbare Fallen, keine Drähte, die ungewöhnlich wären. Der Generator hinter dem Haus ist wohl noch okay. Daneben ist eine Klär- oder Sickergrube, falls von Interesse. Ziemlich gefüllt."

Noir tippte auf den Knopf in ihrem Ohr. Ein leiser, kurzer Ton ertönte in den Empfängergeräten der anderen - das Signal zum Zusammenkommen. William, der bis dahin die Ränder des Platzes untersucht hatte, näherte sich schnellen Schrittes. „Nichts von Bedeutung." sagte er, schüttelte die Schultern aus und zog seine Schusswaffe aus dem Halfter. „Ich sichere euch."

Noir nickte knapp. Cooper nahm die Kette näher in Augenschein, die einen einfachen Holzgriff an der Tür mit einem nachträglich in das Holz eingelassenen Metallring verband. Dickes Metall, sauber verarbeitet.

„Es wäre für Wanderer ohne Probleme möglich, die Tür rauszubrechen, wenn sie unbedingt rein wollten. Oder ein Fenster einzuschlagen. Warum so ein martialisches Ding, wenn es nicht wirklich nötig ist? Oder ein kleineres es auch getan hätte?" Er wog das Metall in der Hand, beugte sich hinunter und schnupperte daran. „Riecht irgendwie unangenehm, aber ich weiß nicht, nach was." stellte er fest.

„Vielleicht hatte er kein anderes." mutmaßte William, die Waffe erhoben und schussbereit. „So sauber, wie es aussieht, wird es Boise gehört haben."

„Wenn Boise sie selbst vorgelegt hätte, dann hätte er seine Spuren besser verwischt." Noir schüttelte kaum merklich den Kopf. „Mach auf."

Mit kräftigem Druck umklammerte die Zange das Kettenglied, ließ sich die Klingen langsam in das Metall graben. Coopers Arme spannten unter der Kraftanstrengung, bis das Metall langsam nachgab und die Schneideblätter ruckartig ineinander schnappten. Mit einem lauten Klirren fiel die Kette von der Tür ab.

Noir sah kurz zu William, der den Blick erwiderte und nickte. Alles bereit.

Während die anderen etwas zurücktraten, positionierten sich beide seitlich der Tür. Ohne zu zögern öffnete sie in einer schnellen Bewegung die Tür.

Es folgte ein Moment absoluter Stille. Vier Waffen richteten sich auf die kleine Öffnung in der Wand, aus der außer einem feuchten, strengen Geruch und einem unterschwelligen Summen nichts nach außen trat.

Cooper nahm mit der freien Hand die Taschenlampe und ließ ihren Strahl dem Lauf der Waffe folgen. Der Lichtkegel tanzte über einen intensiv abgenutzten Holzboden, beleuchtete eine hölzerne Pritsche, auf der weder eine Matratze noch eine Decke lagen, und einen kleinen Esstisch, an dem ein einzelner Stuhl stand. Cooper ließ ihn die Wände empor wandern, beleuchtete einzelne Regalbretter; alles war leer. An der Decke hing eine nackte Glühbirne, angeschlossen an schlecht verlegte Kabel. An der rückwärtigen Wand schob sich eine kleine Wand in den Raum und versperrte den Blick auf die letzte Nische.

„Was sind das alles für Punkte?" fragte Cooper und versuchte, in der nur spärlich erhellten Dunkelheit genauer zu erkennen, während das Summen lauter wurde.

„Lucilia serecata." antwortete Quentin, ohne hinzusehen. „Schmeißfliegen. Da verfault was drin. Oder wer."

Mit weiteren Taschenlampen gewaffnet betraten sie den nur zwölf Quadratmeter großen Raum. Gestört von den unerwarteten Eindringlingen schwoll das Summen, das aus allen Ecken der Hütte zu kommen schien, zu einem bedrohlichen Sturm heran, und dicke Fliegen suchten ihren Weg hinaus.

„Lecker." William verzog das Gesicht. Als erster durchquerte er den Raum und leuchtete den Bereich hinter der kleinen Wand aus. „Sicher." rief er, und ließ die Waffe sinken. „Ist ein Klo... denke ich."

„Ich mache die Tür." sagte Quentin und schob sich wieder hinaus.

„Was bitte stinkt hier so bestialisch?" fragte Cooper und unterdrückte den Impuls, sich die Hand vor Nase und Mund zu halten. „Läuft die Toilette aus?"

„Das ist nicht nur Scheiße. Das ist Verwesung." antwortete Noir und stieß kurzerhand eines der Fenster auf. Unvermittelt ergoss sich ein Schwall aus Licht in das Innere und blendete sie für einen Augenblick.
Der Geruch brannte ihr in den Augen, und sie spürte eine leichte Übelkeit in sich wachsen. Das, was das Sonnenlicht in sanftes Nachmittagslicht tauchte, hatte sich bereits erahnen lassen, als die Taschenlampen den Boden und mit ihm seine dunklen Flächen abgetastet hatten: In der Mitte der Hütte war er großflächig dunkel verfärbt und das Holz teilweise mit tiefen Kerben durchzogen, in denen die Fliegen zu hunderten saßen. Die Holzschäden mussten relativ neu sein, sie waren heller und rochen intensiver nach ätherischen Ölen, die sich mit dem süßlichen und metallischen Geruch von faulendem Fleisch und Blut vermischten.

„Mehr Licht." forderte Noir, doch William hatte schon begonnen, die verbleibenden Fenster zu öffnen. Je heller es wurde, umso offensichtlicher wurde die riesige Blutlache, die sich über weite Teile des Bodens zog, in Form von Tropfen hier und dort an den Möbeln empor gekrochen war und sich vermehrt an der Tür und der Bettkante sammelte.

„Tier oder Mensch?" fragte Cooper.
Quentin beugte sich in den Raum hinein und beäugte die Größe der Lache kritisch. „Kann man so nicht sagen, von der Menge her kann's beides sein. Ich tippe auf Boise."

45

„Das Foto wurde definitiv hier aufgenommen." sagte William und deutete aus einem der Fenster. Er hatte Recht: Der Holzbau, die Einrichtung, und insbesondere die Mischung als Wald und Felsen, die sich in der Sonne wärmte, stimmten überein. Nur der tote Körper eines Mannes fehlte hier, der auf dem Bild mit klaffendem Loch im Schädeldach gelegen hatte.

„Kein Kopf blutet so." stimmte Noir entschieden zu. „Dafür hätte er schon kopfüber aufgehängt werden müssen, und selbst dann wäre das Blut verklumpter, bevor es vollständig ausgetreten wäre. Kann schon sein, dass hier auch Tiere zerlegt wurden, wir nehmen Proben. Mein Gott, wo kommt dieser widerliche Gestank her? Das kommt doch nicht nur vom Boden!"

Cooper sah sich um und versuchte, sich mit der Nase an den Ursprung heranzutasten. Der Geruch kam nicht aus der Ecke mit der Toilette, auch wenn eine deutlich fäkale Note wahrnehmbar war. Er näherte sich dem Bett, ging in die Knie und sah darunter.

„Einsammeln?" fragte er und schickte sich an, hinauszugehen.

Auch William ging in die Knie und richtete sich schnell wieder auf. „Irgendwas Totes." sagte er nur.

„Das erklärt's." Noir gab sich Mühe, ihrer Stimme keinen zu deutlichen Ekel anmerken zu lassen. „Menschlich?"

„Ich denke, ja." sagte Cooper, der mit dicken Plastikbeuteln und Latexhandschuhen zurückkehrte. Er wartete noch, bis Noir eine Foto gemacht hatte, dann griff er beherzt unter das Bett und zog das wulstige Organ hervor. „Quentin?"

„Ach, guck. Ein Dickdarm. Findet man nicht so oft. Und du hast Recht, menschlich. Sieht man an der Fettfarbe." Er bedeutete Noir, näher zu kommen und zeigte auf das Gewebe, das noch am Organ hing, doch sie winkte ab.

„Danke, so genau will ich es gar nicht wissen."

Cooper lächelte. „Ziemlich kaputt." stellte er fest und wiegte es leicht in der Hand. Es war nur ein Teil eines Kolons, mehrfach von Schnittverletzungen durchsetzt. An den Schnittstellen faulte das Gewebe bereits deutlich, während aus dem Inneren angetrockneter Kot hervorquoll.

„Da war jemand kein Chirurg." Vorsichtig versuchte er, die Fliegen wegzuwischen, ohne den Kot allzu weit zu verteilen.

„Warum überhaupt rausnehmen und hier lassen? Entsorgt hat er Boise doch auch in den Wäldern." Quentin nahm den inzwischen verschlossenen Beutel von Cooper entgegen und reichte ihm stattdessen eine Box mit sterilen Röhrchen.

„Vielleicht um den Bären anzulocken." mutmaßte Noir. „Offene Körper riechen intensiver als verschlossene. Vielleicht hatte er auch Sorge, dass es nicht nach einem Bärenangriff aussähe, wenn noch alle Organe da wären. Wobei er die Sachen dann auch einfach neben ihm hätte entsorgen können, irgendein Fuchs hätte es notfalls schon fortgeschleppt. Außerdem blutet ein offener Körper doch viel mehr als ein verschlossener - wer nimmt denn freiwillig die Sauerei auf sich, das zu transportieren, wenn er es nicht muss? Und die erhöhte Gefahr, dass beim Transport Wildtier angelockt wird - alles nicht besonders sinnvoll gemacht."

„Wenn es wirklich ein ungeübter Täter war, dann war es vielleicht ein Versehen?" Cooper verteilte die Probenröhrchen, während er sprach. „Dachte sich, er macht es sich einfach, wenn er hier das Verletzungsmuster herstellt, dann hat er es am Ablageort schneller?"

„Aber würde sich ein so versierter Killer wie Boise von einem Stümper töten lassen?" klang Matthews Stimme aus dem Ohrstöpsel. „Wer so lange in dem Milieu überlebt, der weiß zu überleben."

„Dachte ich auch gerade." stimmte Noir zu, doch William schüttelte entschieden den Kopf.

„Gut zu schießen heißt nicht, dass man auch gut

schneiden kann. Schütze und Metzger sind schon immer noch verschiedene Berufe." Er dachte einen Moment lang nach, dann setzte er hinzu: „Und wenn er ihn nur versehentlich abgetrennt und dann hier vergessen hat?"

Käme bei der Länge hin., dachte Noir. Der gefundene Teil war keine vierzig Zentimeter lang, das war bei weitem nicht der gesamte Dickdarm. Eine interessante Frage für sie, insgesamt. Andererseits wussten sie bisher nicht, ob er auch wirklich zu Boise gehörte, oder ob er ein Andenken für ihn an jemanden war, der - offenbar vor Kurzem erst - in seiner Hütte sein Leben gelassen hatte.

„Wir drehen hier morgen alles auf links." entschied sie schließlich. „Heute reichen erst mal Proben, wir müssen gucken, dass wir im Hellen zurückkommen. Will, bitte mach die restlichen Fotos, bevor wir anfangen." Sie warf ihm die Kamera zu und begann einen ersten intensiven Streifzug durch den kleinen Raum. Die Decke war frei, ein Dachboden oder Kriechspeicher war nicht angelegt worden. Das machte die Sache einfacher.

Vor dem Klo blieb sie stehen. Es war offenbar nachträglich eingefügt worden und nicht mehr als ein einfacher, nach unten offener Holzkasten, in dessen Mitte ein breites Loch eingelassen war. Unter ihm war dunkel eine Grube zu erkennen, aus der ein intensiver Geruch aufstieg.

„Jungs, das ist nicht gut." rief sie den anderen zu. „Wir werden das Ding morgen ausheben müssen."

> Dienstagabend
> in der Nähe von Henderson, Nevada

Er saß im Auto und rauchte.

Beobachtete das Haus auf der gegenüberliegenden Straßenseite.

Und rauchte weiter.

Handerson lag nicht wirklich auf seiner Route, aber er fand, dass er sich einen kleinen Umweg leisten konnte;

wer arbeitete, durfte sich auch etwas gönnen. Eine Weile war er ziellos durch die Straßen gefahren und hatte sich umgesehen. Mit einer Stadtkarte in der Hand, die er an einer Tankstelle neben zwei Stangen Zigaretten und einem labberigen Sandwich gekauft hatte, hatte er neben ein paar Menschen angehalten und nach dem Weg gefragt. Nicht, dass er zu dem Ort, den er erfragt hatte, wirklich hingewollt hätte - er machte sich einfach einen Eindruck davon, wie gut besucht und aufmerksam die Nachbarschaft war. So konnte er auch langsam an den Häusern vorbeifahren und erkennbar schauen, ohne dass man ihn als besonders sonderbar empfunden hätte, er war schließlich nur ein Tourist auf der Suche nach einer Adresse.

Letztlich war er in einer Gegend stehengeblieben, die er der unteren Mittelschicht zuordnete. Etwas ungepflegte Gärten an Häusern, die man durchaus mal renovieren durfte; Drahtzäune statt Holz, Müll neben den überquellenden Tonnen und auf den Straßen. Er nahm an, dass es hier auch mal lauter werden konnte, ohne dass es die Nachbarn direkt scheren würde. Je ärmer eine Gegend war, umso akzeptierter war Lärm und umso weniger mischten sich Fremde ein.

In der Gegend hatte man wahrscheinlich Waffen, draußen am Körper, im Haus in der Schublade. Das ängstigte ihn nicht, denn er war schnell. Der Moment, in dem ein Mensch begriff, in welcher Situation er sich befand, sich orientierte und nach einer Waffe greifen konnte, war lang. So lange brauchte er nicht - nie. In all den Jahren war er nie durch eine Waffe verletzt worden, jedenfalls nicht durch eine fremde. Am Anfang war er mal am Griff des Messers herab gerutscht und hatte sich die Klinge selbst in die Handfläche getrieben, ja, das waren Anfängerfehler, die verzeihlich waren. Kratzer, blaue Flecken - nun, jedes Hobby hatte seine Risiken, nicht wahr? Wirkliche Verletzungen hatte er vermeiden können.

Das Haus vor ihm wirkte verhältnismäßig gepflegt. Neben

der Tür stand ein kleiner Kübel mit plakativ bunten Blumen, der Rasen war wenigstens zur Hälfte gemäht. Durch die Fenster konnte er die Frau sehen, die sich in einen Sessel im Wohnzimmer hatte fallen lassen. Sie saß dort und rauchte, und das machte sie ihm sympathisch.

Letztlich hatte die Zeit den Ausschlag gegeben; er hatte mehrere Möglichkeiten gehabt und zu lange überlegt, er musste sich entscheiden. Also sie.

Seit einer Weile saß er im Dunkeln in seinem Auto, nur die Zigarettenspitzen glomm rot auf, und sah zu, wie die Nacht die Straße verschluckte. Die Frau hatte allein am Tisch gesessen und ein Brot gegessen, ein wenig telefoniert, und saß nun vor dem Fernseher. Was wohl lief? Na, er würde es erfahren.

Sie war allein im Haus, das war ihm schnell klar gewesen. Er schätzte sie auf Ende fünfzig, vielleicht etwas älter - bei farbigen Frauen war er sich oft nicht so ganz sicher, wie korrekt seine Schätzung war. Die seinen Morden folgenden Zeitungsberichte hatten sein Interesse nie wecken können, sodass er auch keine Berichte über die Opfer las, die ihm hätten verraten können, ob er mit seinen anfänglichen Schätzungen richtig gelegen hatte. Letztlich war das Alter auch nicht entscheidend für ihn, er riet einfach nur gern.

Am Ende der Kreuzung bog ein Spaziergänger mit seinem Hund in die Seitenstraße ab. Die Straße war nun leer und dunkel. Zeit, anzufangen.

Er drückte seine Zigarette auf dem Armaturenbrett aus, langte unter den Fahrersitz und zog eine Plastiktüte hervor. Steril verpackt wartete ein Paar Latexhandschuhe darin, das er sorgfältig und doch unbeholfen überstreifte. Seine Hände schwitzten immer so schnell darin, er empfand sie als lästig. Gerade, da er zuletzt wieder mit den baren Händen hatte arbeiten dürfen, fühlte er sich eingeengt. Den Vergleich zur Verurteilung zum Sex mit Kondom konnte er nicht abstreiten.

Hatte er damals schon unnötig gefunden und sich über die Frauen geärgert, die nach dem Aufkommen der AIDS

Wellen stur darauf bestanden hatten. Eine Weile hatte er das mitgemacht, gerade als junger Mann, und anfänglich fand er Gummis für Vergewaltigungen auch ganz sinnvoll. Man wusste ja nie, wer vorher schon an der Frau dran gewesen war, und auch, wenn er sich als gesundheitlich robust einschätzte, hatte er wenig Lust auf Krankheiten, die sein bevorzugtes Klientel oft hatte. Letztlich hatten Kondome ihm aber zu viel Spaß genommen, und er hatte mit dem Sex ganz aufgehört. Es gab ohnehin nur einen einzigen Menschen, der ihn sexuell anzog, und an den traute er sich nicht heran. Wieso sollte er sich dann mit so einer kurzen Vergnügung aufhalten, wenn er ein so langes Entzücken erleben konnte wie es ihm nun bevorstand? Und es ersparte ihm das widerliche Geheule der Frauen, die im schlimmsten Fall auch noch versuchten, mit ihm zu reden. Nein, er mochte die Stille lieber. Im Ruhe zu arbeiten, konzentriert, genüsslich - das war seins.

Behandschuht zog er eine zweite Plastiktüte hervor. In ihr befand sich ein zweites Paar Handschuhe, das er nur mit Mühe über das erste Paar zwängte. Aus der Tüte förderte er eine Sturmmaske hervor, die ihm geübt über den Kopf glitt. Er sah an sich herunter und empfand sich als bereit. An einer Tankstelle in Oregon hatte er Schälmesser gekauft. Dreierpack, 8,99$. Gab es in so ziemlich jedem Supermarkt. Er löste eines davon aus der Verschweißung, prüfte die Verankerung der Klinge im Griff und wusste, dass es ausreichen würde.

Mit einem letzten prüfenden Blick die Straße hinauf und herunter stieg er aus dem Auto und lehnte die Wagentür nur an. Leise sein, das ging überraschenderweise trotz seiner Statur. Die Straßenlaternen standen recht weit auseinander und tauchten die Gehwege nur unregelmäßig in mäßig helle Lichtkreise. Manche waren ganz ausgefallen, was es aber nicht gebraucht hätte - die Schatten zwischen ihnen waren breit genug, dass er bequem in sie eintauchen konnte, in der Dunkelheit zum Haus und um es herum schwimmen konnte.

Außer im Wohnzimmer waren die Lichter erloschen. Das erlebte er häufiger bei dieser Generation: Licht kostete Strom, und Strom kostete Geld. Deshalb wurde nur das erhellt, das nötig war.

Er hatte das Haus umrundet und die Tür in den kleinen Garten gefunden. Man hatte versucht, hier ein wenig Wohlgefühl hervorzurufen, hatte ein paar Pflanzen gesetzt, die einsam und ohne erkennbare Struktur hier und dort aus dem Boden ragten. Eine metallene Sitzgruppe stand unter einem Baum, ein Stuhl war umgekippt, es kümmerte niemanden.

Die Gartentür war verschlossen, aber mit dem Messer leicht zu öffnen. Die Scharniere quietschten leise, als er sie aufschob, und er hielt inne und lauschte. Die Klänge des Fernsehers drangen zu ihm heraus, beruhigten ihn. Es klang nach einer Sitcom oder Comedyshow, das Publikum lachte in kurzen Abständen und klatschte. Das Quietschen würde nicht aufgefallen sein, selbst wenn sie es gehört hatte.

Er glitt in die dunkle Küche, die sich an den Gartenzugang anschloss. Sie war ordentlich, aber deutlich herabgewohnt. Er sah sich einen Moment um und nahm schließlich eine Tasse von der Spüle, schlich mit ihr weiter durch die Küche hindurch und in den engen Flur.

Von hier aus konnte er einen Teil des Wohnzimmers sehen, den Rücken des Sessels. Auf einem kleinen Tischchen standen ein paar gerahmte Fotos und etwas, das nach Selbstgebasteltem aussah. Dass sich die Leute so einen Tand immer aufheben mussten... Er verstand es nicht.

Er tat einige tiefe Atemzüge, sog die Atmosphäre in sich ein und spürte, wie warm und gierig sein Körper war. Mit einer kräftigen Bewegung schleuderte er die Tasse auf den Boden. Sie zerschellte mit einem hellen, lauten Klang an den Fliesen.

Der Tanz hatte begonnen.

Aus dem Wohnzimmer drangen Geräusche zu ihm. Ein

Laut des Erschreckens war der Frau entwichen, nun bemühte sie sich, aufzustehen. Die Zeit, die sie dazu benötigte, ließ ihn vermuten, dass sie wenig Widerstand würde leisten können. Gefühlt dauerte es eine Ewigkeit, bis sie sich mit kleinen, schlurfenden Schritten auf ihn zu bewegte. Er stand dort, in der Dunkelheit, bereit.

Die Schritte näherten sich, er hörte sie bereits atmen. In dem Licht sah er ihre Umrisse, wie sie sich dem Flur näherte und mühsam den Arm hob, um auf den Lichtschalter zu drücken. Ein düsteres Grinsen fraß sich in sein Gesicht.

Die Lampe brannte auf.

Alles, was die Frau ihm gegenüber herausbrachte, war ein einfaches „Oh." Sie war älter, als er erst gedacht hatte. Ihr Gesicht war von Furchen durchzogen, das krause Haar grau. Sie stand leicht gebückt, die Augen wirkten wässrig und überrascht.

Sie stand nur einen Schritt von ihm entfernt, die Hand immer noch am Schalter. Die Distanz überwand er beflügelt. Das Messer funkelte kurz im Lampenlicht, dann drang es nahezu widerstandslos in ihren Hals ein.

Der Griff war kurz, und er spürte trotz der Handschuhe die Wärme ihres Körpers, während er begierig dabei zusah, wie es durch ihre Haut glitt. Ohne mehr Kraft zu erfordern, tauchte es in Halsschlagader und Drosselvene ein, durchtrennte sie mit einem sauberen Schnitt und schwamm durch die letzten ermüdeten Muskeln, ehe es aus der Haut wieder auftauchte.

Die Frau starrte ihn nur an. Den Mund noch vor Überraschung geöffnet, sah sie auf die dunkle Figur, während sein Blick an der klaffenden Wunde klebte, die mit kräftigem Druck das Leben aus sich stieß. Das Blut traf die Wand, in immer kleiner werdenden Bögen, bis die Frau stumm zu Boden sackte. Während ihr Herz verzweifelt und doch aussichtslos kämpfte, fiel sie erst auf die Knie, dann nach vorn auf den Boden. Den Versuch, mit der Hand nach der Wunde zu tasten, konnte sie nicht mehr beenden. Noch ein paar Sekunden lang brachte der Schnitt kurze rote Wellen hervor, die sich schnell in ein dünnes Rinnsal verwandelten, das sich schließlich nur noch kaum merklich bewegte.

Er war zufrieden. Die Ruhe, die jetzt eingekehrt war, behagte ihm besonders. Erneut sog er die Stimmung tief in seine Lungen, inhalierte den Geruch nach Eisen und Furcht, dann stieg er über sie hinweg und löschte das Licht im Flur. Im Wohnzimmer ließ er es brennen, so spendete es genug Helligkeit, dass er sie sehen konnte. Von draußen brauchte der Flur jedoch nicht einsehbar zu sein.

Das Kunstwerk, das vor ihm lag und sich über die Wände, die Decke, seine Kleidung und ihre erstreckte, war in der nächsten Zeit ausschließlich seines. Später durfte es die Öffentlichkeit sehen, nun jedoch war dieses intime Werk nur für ihn. Er ließ sich auf dem Boden nieder und betrachtete es mit Ruhe und Liebe, während aus dem Fernseher immer wieder das Klatschen drang.

VIER

Insgeheim hatte Matthew befürchtet, dass es Bemerkungen geben würde, kleine Seitenhiebe, dass es ihm doch sicher nichts ausmachen würde, in die Jauchegrube zu fassen, schließlich sei er als Schwuler den Ärschen der Männer doch deutlich näher als die anderen; irgendetwas dieser Art. Zwar wusste er, dass sie es nicht ernst meinen würden und sie auch keinesfalls erwarteten, dass er sich freiwillig meldete, bei der Aushebung zu helfen. Dennoch war er nicht erpicht darauf gewesen, auf solche Äußerungen antworten zu müssen.

So war es eine Erleichterung für ihn gewesen, dass diese Sprüche ausgeblieben waren. Gegen acht Uhr am Morgen hatten sich alle fünf an der Hütte getroffen und begonnen, den Ort zu untersuchen. Während sie gemeinsam am Rand gewartet hatten, war eine empfindliche Sonde Meter für Meter über den Platz gekrochen und hatte Sicherheit darüber gegeben, dass sich keinerlei Metall im Boden verbarg. Es war eine zeitraubende Abgelegenheit, die Ungeduld schürte und doch dringend notwendig war.

„Nichts." hatte Cooper mit zufriedenem Gesicht gesagt und die Sonde zu sich zurückgelenkt. „Selbst wenn es ein Plastiksprengkörper gewesen wäre, hätten wir den Zünder feststellen können. Falls was unter dem Boden ist, ist es wenigstens keine klassische Sprengfalle."

So hatten sie ihre Arbeit fortgesetzt, alles zu fotografieren und Proben zu nehmen. Matthew kam es vor, als schöben alle die Aufgabe vor sich her, die extra mitgebrachten Schutzanzüge anzuziehen und hinter das Gebäude zu kriechen. Ihr Beruf hatte unschöne Seiten, aber dass sie mit den Händen in Exkrementen graben mussten, war dann doch ein Sonderfall, bei dem niemand gern der Vorreiter sein wollte.

Wenn auch nicht geäußert, mutmaßte jeder, wer wohl dazu angewiesen werden würde. Schließlich hatte Noir die Anzüge ausgepackt, begonnen, sich selbst die Schuhe auszuziehen und ohne jemanden anzublicken „Wer hilft freiwillig?" gefragt.

Cooper war kurz überrascht gewesen - dass die Chefin selbst in die Grube steigen würde, hatte er nicht unbedingt erwartet. Einer der großen Vorteile, Vorgesetzter zu sein, war, dass man genau solche Aufgaben nicht mehr machen musste. Zugleich stellte er fest, dass es ihn auch nicht allzu sehr irritierte - seitdem er für sie arbeitete, hatte er nicht erlebt, dass sie unangenehme Dinge vermied. Sie erwartete vollen Einsatz und war bereit, diesen Einsatz auch selbst zu leisten. Er hatte überlegt, ob er sich nicht melden sollte, dann aber einen Moment zu lange gezögert, denn William hatte das Wort ergriffen.

„Na komm, machen wir zusammen. Wird schon."

Er hatte mit einem Gesichtsausdruck, der wenig Freude verriet, den weißen Anzug von ihr angenommen und sich hingesetzt, um sich ohne große Eile umzuziehen.

Quentin hatte sich mit einem Stapel dickwandiger Plastikbeutel neben die Grube gehockt und wartete darauf, das einpacken zu können, was für mitnahmefähig erklärt wurde. Und so waren Cooper und Matthew zur Sicherung abgestellt worden, während William und Noir den schmalen Platz zwischen der Hütte und Felswand so gut es ging nutzten.

Die Grube war nicht sonderlich breit, dafür tief. In ihr vermischten sich menschliche Hinterlassenschaften mit Schichten aus Blättern, Nadeln und Insekten, eine Art natürlicher Kompost, der erbärmlich roch.

Anfänglich hatten sie noch neben der Grube gestanden und mit einer Schaufel Schicht um Schicht abgetragen, ab einer gewissen Tiefe war das allerdings nicht mehr möglich. Da die Grube nur teilweise unter dem Haus hervorschaute und ansonsten unter die Hütte ragte, mussten sie letztlich die Methode wechseln.

William war zuerst hineingeklettert und hatte mit den Armen die Masse unter dem Haus hervor gezogen, die Noir dann hochgeschaufelt und durchsucht hatte, dann hatten sie gewechselt.

Sie waren sich darüber im Klaren, dass sie inzwischen selbst elendig stanken. Die ehemals weißen Anzügen waren verschmiert, selbst auf den Kapuzen klebte die Masse, die Schutzbrillen und Atemmasken waren mit Spritzern übersät. Es war unsagbar heiß in der Hülle aus Plastik, die an ihrer verschwitzten Haut klebte und keine Feuchtigkeit nach außen ließ.

„Was suchen wir genau in dem Ding?" hatte William zu Beginn gefragt, die Antwort aber bereits gewusst. Sie mussten schauen, ob weitere Dinge verborgen worden waren. Solange nicht sicher war, weshalb der Teil des Darms dort gelegen hatte, mussten sie davon ausgehen, dass es auch eine Botschaft sein konnte. Für diesen Fall wäre es unverzeihlich, diesen Ort aufzugeben, ohne ihn komplett durchkämmt zu haben.

Die Arbeit war eine undankbare, und William konnte sich nicht daran erinnern, jemals etwas ähnliches getan zu haben. Mit dem Fortschreiten der Zeit hatte er sich etwas an den Geruch gewöhnt, an das schmatzende Geräusch, wenn eine weitere Schicht von der darunterliegenden getrennt und aufgefächert wurde. Die Käfer, die die Eindringliche erst irritiert wahrgenommen hatten und dann als mögliche Nahrungsquelle intensiv untersuchten, störten ihn nicht mehr.

„Irgendwas ist hier." Noir richtete sich auf. Die Grube war etwa manntief, und sie hatten beinahe den Grund erreicht. Von den Handschuhen rann eine undefinierbare Masse und floss in großen Tropfen auf ihren Körper und in die Grube zurück, während sie einen länglichen, grauen und fleischlosen Knochen in die Höhe hielt.

„Femur." sagte Quentin überrascht, während sie

den Dreck von der Oberfläche abwischte.

„Vermisst Boise denn einen?" fragte William und nahm ihn entgegen. Er betrachtete ihn, drehte und wog ihn in der Hand. Die Oberfläche war gänzlich von Fleisch und Knorpel befreit worden, ohne den Knochen dabei merklich zu verletzen. „Scheint mir ein bisschen zu klein für ihn zu sein." Dann gab er ihn an Quentin weiter.

„Das weiß ich noch nicht, ich komme erst heute Abend in die Rechtsmedizin. Wir nehmen's mit und finden es raus." Eine gewisse Freude schwang in Noirs Stimme mit. Nicht nur, weil es absehbar war, dass sie dieser stinkenden Hölle entkommen konnte, sondern auch, weil sich die Mühe gelohnt hatte. Dass der Knochen von Boise war, hielt auch sie für unwahrscheinlich - ein so großer Mann wie er hätte einen wenigstens fünf Zentimeter längeren Oberschenkelknochen haben müssen. Wer das hier sein mochte, konnte aber immerhin einen Anhaltspunkt liefern - zufällig war er gewiss nicht in der Sickergrube gelandet.

„Vielleicht ein kleiner Mann, ich tippe aber eher auf weiblich." rief Quentin herüber. Er hatte den Knochen bereits sorgfältig verpackt und verstaute ihn in einer Thermobox. „Grob, *ganz grob* geschätzt, vielleicht acht oder neun Wochen lang da drin gewesen, falls er so geschält dort hineingelegt worden ist. Aber das ist wirklich nur sehr vorläufig. Um von Boise zu stammen, ist er auf jeden Fall zu lange schon nicht mehr am Körper, das kann ich mit Sicherheit sagen."

Mit den Gummistiefeln, die mit Panzertape großzügig an dem Anzug festgeklebt worden waren, schob Noir ein paar letzte Matschhaufen von rechts nach links. „Hier ist nichts mehr. Das war's."

William atmete erleichtert auf. Die Arbeit war ihm nicht leicht gefallen; auch deshalb hatte er sich gemeldet. Es gefiel ihm nicht, Abscheu vor etwas zu empfinden, und so suchte er in aller Regel die Konfrontation damit. Also hatte er sich gezwungen, seinen Ekel zu überwinden und so intensiv wie möglich zu suchen.

Zudem erschien es ihm sinnvoll, eine Arbeit gemeinsam mit Noir zu erledigen: In manchen Momenten beschlich ihn immer mehr das Gefühl, sie zu hintergehen. Er wollte das mit Ellis nicht aufgeben, was auch immer es überhaupt war. Es zu verheimlichen fiel ihm im Allgemeinen nicht schwer - Noir gegenüber allerdings schon. Die Bindungen im Team waren eng, bei Zeiten für sein Empfinden zu eng. Der T-Rex, wie sie sie intern nannten, legte Wert darauf, dass bedingungsloses Vertrauen herrschte, schließlich legten sie ihr Leben in die Hände des anderen. Zugleich durften die Bande auch nicht so emotional werden, dass sie zu irrationalen und unklugen Entscheidungen führten. Anweisungen waren auszuführen, Regeln waren einzuhalten - und eine solche Regel brach er seit längerem. Er fühlte sich schuldig, und ein Stück weit war es auch diese Schuld, die ihn zu der Übernahme der Aufgabe verpflichtet hatte - ihr gegenüber, aber auch dem Team gegenüber. Er wollte die Gelegenheit nutzen, um herauszufinden, ob sie ihm gegenüber betont distanziert oder herablassend war, woran er ablesen zu können hoffte, ob sie von seinem Verrat wusste.

Davon hatte er allerdings nichts bemerken können; sie hatten größtenteils schweigend gearbeitet, nur begleitet von einzelnen Lauten des Ekels, der Abscheu oder der Überraschung, und dem Nötigsten an Kommunikation. Die war sachlich und ohne persönliche Spitzen gewesen, und William wusste nicht, ob ihn das erleichterte oder unsicher machte.

Er wartete, bis sie aus dem Loch herausgeklettert war, dann drängte er ins Freie, vorbei an Quentin, der sich vom Geruch überwältigt abwandte. Die Stiefel begleiteten jeden seiner Schritte mit glucksenden Geräuschen.

Cooper und Matthew waren am Rand der Lichtung zusammengekommen und sahen ihnen entgegen. Matthew lachte laut auf, als die beiden in knisterndes Plastik eingepackten Menschen, deren Anzüge über und über mit einer Mischung aus Blättern und Ausscheidungen bedeckt waren, leicht staksig aus dem Schatten traten. „Du liebe Güte, wie seht ihr denn aus?"

Noir nahm Maske und Brille ab und ließ sie achtlos auf den Boden fallen. Sie hatte das Gefühl, als sei der Geruch in ihre Haut eingedrungen, in ihre Haare, in jede Faser ihrer wenigen Kleidung, die sie unter dem Anzug anbehalten hatte. Ursprünglich hatte sie geplant, sich schlicht wieder umzuziehen, aber das würde nicht genügen, um ein halbwegs sauberes Gefühl zu bekommen. Zwar hatten die Anzüge der Aufgabe standgehalten und William und sie vor direktem Hautkontakt geschützt, aber es war letztlich eine Tätigkeit gewesen, die ein Gefühl von intensivem Ekel hinterließ.

„Wieso, ist was?" fragte sie ganz erstaunt und sah an sich herunter, als wisse sie nicht, was Matthew meinen könnte. „Wir haben einen Beinknochen gefunden." fuhr sie fort und deutete auf Quentin, der seine Sachen zusammengepackt hatte und in sicherer Entfernung stehen blieb.

„Wie machen wir das jetzt?" William stand mit halb geöffneten Reißverschluss unschlüssig auf dem Platz. Auch er trug nur seine Unterwäsche unter dem Anzug, die dunkel unter ihm hervor lugte.

„Ich weiß nicht, was du machst," rief Noir über die Schulter. Sie hatte schon den Bachlauf erreicht und öffnete ihren Anzug. „Aber ich geh mich waschen."

Damit ließ sie die weiße Hülle zu Boden fallen, stieg aus den Gummistiefeln und trat in das flache Wasser.

Unwillkürlich trat Cooper näher.

William zog seinen Anzug ebenfalls aus, sammelte Noirs ein und verstaute beide in einer verschließbaren Verpackung. Der Geruch nahm spürbar ab, und er betrachtete angewidert seine verschmierten Hände. Als er sich wieder dem Bach zuwandte, war seine Kollegin verschwunden. Einen Moment zögerte er irritiert, dann folgte er Coopers Blick und sah über den kleinen

Felsvorsprung, hinter dem der Bach seinen kleinen See bildete.

Noir war kurzerhand über die Klippe geklettert und bereits hüfttief in das klare, kalte Wasser gegangen. Einen Moment ließ sie sich treiben, dann tauchte sie ganz unter. Die Kälte auf der Haut bot einen erleichternden Kontrast zu der Hitze, die sich in dem Anzug gestaut hatte, sie fühlte sich sauber und frisch an.

Einen Augenblick blieb sie mit den Kopf unter Wasser, genoss die Abwesenheit von Geräuschen außer dem leisen Gurgeln des weiter oben herabströmenden Wassers. Vollkommen umschlossen fühlte sie sich in einer anderen Welt, heil, ungestört.

Dann tauchte sie wieder auf. Der erste Atemzug abseits der Gerüche, die sie die letzten zwei Stunden umhüllt hatten, füllte ihre Lungen, nun voll von Wind und dem Duft nach Holz und Nadelwald, nach Freiheit und Weite und der Abwesenheit von Menschen. Der Augenblick hatte etwas berauschendes, und sie atmete tief und versuchte, so viel wie möglich von diesem Gefühl in sich aufzunehmen.

William, nur noch mit seiner Unterhose bekleidet, stand am Rand des Sees und wusch sich zunächst die Unterarme sauber, dann zog er die letzte Kleidung auch aus und stieg nackt in das Wasser.

Noir nahm es zur Kenntnis, mehr nicht. Sie waren, wenn sie gemeinsam in den Einsätzen waren, teilweise tagelang eng beieinander; es war nur natürlich, dass sie sich vor den Augen der anderen umzogen oder auch einander anfassten, wenn Verletzungen zu versorgen waren oder sie einander bergen mussten, wenn jemand verwundet war. Befindlichkeiten wegen bestimmter Körperregionen konnten sie sich nicht leisten. Für sie waren es neutrale Körper. Der eine schöner als der andere, so viel Beurteilung erlaubte sie sich im Stillen. Nur anziehend fand sie keinen von ihnen.

Sie selbst hatte sich nicht vollständig entkleidet, sondern

war mit Slip und Sport-BH ins Wasser gegangen. Daran, dass sie auch diese Wäsche wechseln wollen würde, hatte sie nicht gedacht, und der Gedanke, den Geruch der Grube unter der Kleidung weiter mit sich herumzutragen, war ihr unerträglich. Hier im See konnte sie sie direkt mit reinigen; in der Sonne würde es zügig trocknen, dafür war es warm genug.

Während William mehrmals untertauchte und prustend wieder auftauchte und offenkundig die selbe Erleichterung wie sie verspürte, watete sie zurück zum Ufer. Sie spürte die Schwere ihres Körpers, als das Wasser ihn preisgab und sie sich die niedrige Klippe hochzog. Mit den Beinen über die Kante hängend ließ sie sich auf einem größeren Stein im Bachlauf nieder und seufzte. Ihre Unterschenkel wurde von frischem Wasser umspült, das kühlte und ihr ein Gefühl von Sauberkeit gab, das sie noch nicht loszulassen bereit war.

Cooper spürte, wie ihm heiß wurde. Mit dem Versuch, einen so unbeteiligten Gesichtsausdruck wie möglich zustande zu bringen, sah er sie an. Er beobachtete, wie sie die nassen, langen Haare zusammenschob und wieder zu dem gewohnten hohen Knoten zusammenband, den sie oft trug. Im warmen Sonnenlicht streckte sie sich, schloss die Augen und wandte das Gesicht der Mittagssonne zu, während der Bach um ihre Beine floss und ihren Körper mit einem feinen Sprühnebel bedeckte. Die Wassertropfen schimmerten im hellen Licht auf ihrer Haut, und Cooper empfand den beinahe unwiderstehlichen Drang, sie von ihrem Körper abzulecken.

Der Wunsch traf ihn mit einer solchen Wucht, dass er augenblicklich Scham deswegen empfand. Dennoch hielt ihn etwas davon ab, den Blick abzuwenden, von ihren etwas zu definierten Bauchmuskeln, von ihren Beinen. In der Mehrheit der Fälle trug Noir bei der Arbeit Hosenanzüge, und wenn es doch mal ein Rock war, dann steckten ihre Beine in glänzenden Strumpfhosen; dass er sie so lange nackt betrachten konnte, war bisher nicht vorgekommen. Mit aller Macht versuchte er, zu vermeiden, auf ihre Brust zu starren, und konnte doch nicht verhindern, dass sein Blick letztlich auch dorthin glitt.

Er wusste nicht, ob er dankbar dafür sein sollte, dass der schwarze Stoff relativ viel bedeckte, oder ob er es bedauerte.

Die Kraft, die es brauchte, um sich umzudrehen und zurück zur Hütte zu schauen, erschien ihm am Rande des Leistbaren, doch letztlich brachte er sie auf. Er spürte, dass sein Gesicht rot geworden war. In der Wärme der Sonne würde er versuchen, es als Sonnenbrand auszugeben, doch er hatte erheblichen Zweifel, dass seine Kollegen bereit waren, diese Lüge zu glauben. Vorsichtshalber schob er eine Hand in die Hosentasche und zog den Stoff etwas von seinem anschwellenden Glied; die Reibung konnte er gerade nicht gar nicht gebrauchen.

Konzentriert sah er auf die Hütte, versuchte, sich die Maserung des Holzes einzuprägen, die Anzahl der verbauten Stämme, die Menge der eingeschlagenen Nägel und Schrauben zu schätzen. Mit langsamen Schritten entfernte er sich wie beiläufig von der Gruppe und hoffte inständig, dass es nicht zu einer vollständigen Erektion kommen würde.

So durfte es nicht weitergehen, das wusste er. Was, wenn sie es bemerkt hatte? Was, wenn es ihr Mann erfuhr? Was riskierte er alles, und wofür? Einen Job, den er liebte, der seinen Fähigkeiten entsprach und ihn nicht nur finanziell absicherte, sondern auch in die schönsten, wildesten und gefährlichsten Ecken der Welt brachte. Er mochte seine Kollegen, auch wenn er als Sniper darauf ausgerichtet und häufig auch so eingesetzt war, dass er allein unterwegs war.

Auch etwas, das ihn mit Noir verband: Beide hatten eine Scharfschützenausbildung absolviert und waren exzellente Jäger mit der Waffe auf langer Distanz.

Allgemeine Unruhe kam auf, die Coopers Konzentration von der Hütte zog. William hatte das Wasser ebenfalls wieder verlassen und war den Abhang heraufgeklettert. Er hatte seine Unterbekleidung wieder angezogen und gab mit seinem Weg zu den ordentlich abgelegten Wanderkleidern der Gruppe allgemein das Signal zum Aufbruch, weg vom Bach. Auch Noir erhob sich und ging mit einigem Abstand hinter den Männern her.

Die Stimmung war insgesamt gelöst; sie hatten erreicht, was sie erreichen wollten, nämlich den Tötungsort und damit letzten Aufenthaltsort von Garret Boise gefunden. Alles auf dieser Lichtung sprach dafür, dass er sich hier nicht nur in den letzten Momenten seines Lebens aufgehalten hatte, sondern geraume Zeit hier verbracht hatte, und sie hatten etwas gefunden.

Es fehlten noch Ergebnisse aus den Laboren, der Oberschenkelknochen musste überhaupt erst hingebracht werden, ein paar Informanten wollten sich noch bei Kontaktpersonen melden. In der Rechtsmedizin mussten auch noch Proben genommen und ausgewertet werden. Noir nickte gedankenvoll. Für den Abend hatte sie eine Besprechung angesetzt, um gemeinsam die bisherigen Daten auszuwerten. Dafür würden Ellis und Tajo anreisen, ihr Flugzeug musste in diesen Stunden gelandet sein. Quentin würde sie zur Probenuntersuchung ins Labor schicken. Soweit, so gut. Sie war zufrieden.

Mit dem T-Shirt rieb sie die letzte Feuchtigkeit aus der Unterwäsche, ehe sie es sich über den Kopf zog und sich wieder in die Hose schwang. Der Stoff schmiegte sich leicht und angenehm an die Haut, kein Vergleich zu der Plastikhülle, die inzwischen geruchssicher in einem der Rucksäcke verstaut war. Ein wenig schmerzte es sie, diesen Ort zu verlassen. Wenn auch aus anderen Gründen, konnte sie verstehen, warum Boise Gegenden wie diese für sein Leben bevorzugt hatte.

Während sie den Gürtel anlegte und den Sitz des Holsters und der Waffe korrigierte, betrachtete sie die Hütte inmitten dieser Einsamkeit. Es brachte einen bitteren Geschmack mit sich, darüber nachzudenken, dass ausgerechnet der einzige Mensch, der hier gelebt hatte, derart Böses mit sich gebracht hatte.

„In Ordnung, alle fertig?" rief sie und riss sich damit selbst aus den Gedanken.

„Matthew pinkelt noch." rief Quentin zurück. „Der Rest ja."

„Wenn er damit fertig ist, brechen wir auf. Alle. Will, Matthew, ihr baut das Zelt ab und kommt zu uns ins Hotel, hier draußen sind wir fertig."

William nickte. Der Abbau würde schnell gehen.

„Quentin? Du nimmst den Knochen mit und bringst ihn ins Labor nach Cara Hook. Die Anzüge auch auswerten, ich will wissen, wie viele DNA Sätze da drin vor sich hin gammeln. Du fährst, sobald die Proben aus der Rechtsmedizin da sind. Den Rest sehe ich um neunzehn Uhr. Alles klar?"

Allgemeines Nicken. Während Matthew sich die Hose wieder zuknöpfte und aus dem Schatten der Bäume trat, um mit William zusammen Richtung Zelt aufzubrechen, traten Quentin, Cooper und Noir den Weg nach Lexington an. Alle warfen einen letzten, stummen Blick zurück auf die Hütte, die sie mit geöffneter Tür zurückließen.

Mittwoch, früher Abend
Gerichtsmedizinisches Institut von Lexington

Ellis stand in der schmalen Eingangshalle und wartete. Innerlich wappnete sie sich gegen das, was sie gleich sehen würde, es würde schwierig werden. Informationen zum Zustand des Toten hatte niemand so wirklich gehabt, außer, dass es inzwischen nicht möglich war, ihn direkt zu identifizieren. Sie ging also nicht mehr davon aus, dass nur das Schädeldach Schaden genommen hatte, vermochte sich jedoch nicht auszumalen, in welcher Verfassung der Körper sein würde.

Nervös glitten ihre Finger am Trageriemen der legeren

65

Schultertasche entlang, in welcher die Digitalkamera auf ihren Einsatz wartete.

Durch die Fenster in den alten, hölzernen Türen konnte Ellis nicht nur das von einem Zaun abgesicherten Gelände sehen, sondern auch eine der Hauptverkehrsstraßen von Lexington. Sie war belebt, Menschen drängten sich dort, lachten, diskutierten. Ein älterer Mann gestikulierte wild mit den Armen, was bei einem Teil seiner Zuhörer auf großes Interesse zu stoßen schien. Aus der Ferne vermochte Ellis nicht zu erkennen, ob der Mann etwas imitierte und die Bewegungen dabei ins Lächerliche überzeichnete, oder ob es sein Naturell war und er in einer ernsthaften Diskussion seinen Standpunkt untermauerte. Missbilligend verzog sie das Gesicht. Große Gesten mochte sie nicht.

„Sind Sie die?" fragte eine wenig interessierte Stimme.

Ellis wandte sich um und sah sich einem jungen Mann gegenüber. Er war Anfang zwanzig, sehr hoch gewachsen und mit dunklem Haar, das ihm zottelig in die Augen hing. Sein Gesicht war von Aknenarben übersät, und hier und dort brachen noch kleine entzündete Vulkane durch seine Haut.

So wenig engagiert, wie seine Stimme geklungen hatte, stand er auch vor ihr: Mit hängenden Schultern und gelangweiltem Gesicht sprach sein ganzer Körper aus, wie lästig es ihm war, hier zu sein.

„Ja." erwiderte Ellis knapp und griff in die Jackentasche.

„Haben Sie's dabei?" fragte der junge Mann ohne erkennbare Veränderung in der Stimme.

Ellis antwortete nicht, sondern zog ein gerolltes Bündel Geldscheine hervor und reichte sie ihm. 200 Dollar, in kleinen Scheinen. Sie konnte sich ausmalen, wie viele davon für Cannabis und andere Drogen investiert werden würden. *Etwas Antriebssteigerndes wäre nicht schlecht.*, dachte sie und fühlte sich jetzt schon genervt.

Der Mann blätterte die Scheine durch und nickte dann. „Hier lang." sagte er und schlurfte los. Ellis folgte ihm und war bemüht, ihm nicht in die Hacken zu treten. Sie hatte sich einen geschäftigen und schnellen Gang angewöhnt, und die Langsamkeit des Mannes störte sie.

Sie betraten einen Raum mit Kitteln und Messbechern, Modellen von menschlichen Körpern und einer Wand voller abgegriffener Bücher. Über dem Spülstein hingen ausgewaschene Reagenzgläser und trockneten kopfüber.

Nicht der Raum, in dem üblicherweise die Angehörigen warten, nahm Ellis an.

„Wenn Sie wollen, nehmen Sie sich einen." Der Mann deutete auf die Kittel, die ordentlich aufgereiht neben der nächsten Tür hingen. Ellis zögerte kurz, dann nahm sie einen und zog ihn über. Sie machte eine gedankliche Notiz, dass sie DNA Proben gegebenenfalls als verunreinigt deklarieren müsste, wenn Schutzkleidung hier nach dem Prinzip der eignen Bequemlichkeit getragen wurde. Aus der Tasche beförderte sie ein paar eigene Latexhandschuhe und eine medizinische Atemmaske, die sie über ihr Gesicht stülpte und deren Gummibänder unangenehm in ihre Haut drückten.

Ihr Begleiter, der ihr schon im Kittel entgegengetreten war, wartete nicht auf sie, sondern hatte die nächste Tür bereits geöffnet und war in dem Raum dahinter verschwunden. Ellis folgte und holte ihn ein, noch bevor er diesen halb durchquert hatte. Es stellte sich als eine Art kleine Schleuse heraus, in dem sich die Rechtsmediziner für gewöhnlich umkleideten und hygienisch auf die anstehende Arbeit vorbereiteten. „Müssen Sie nicht, wenn sie nicht wollen." sagte er achtlos und deutete nur vage auf die breiten Waschbecken mit den weit hervorstehenden Wasserhähnen. Er selbst sah keine Notwendigkeit, sich zu reinigen.

Die nehmen es hier ja genau. Ellis fühlte sich zunehmend unwohl. Nicht nur die Kälte des nächsten Raumes war hier bereits spürbar, sondern auch der Mann strahlte in seiner Lethargie und Gleichgültigkeit etwas aus, das wenig Menschliches an sich hatte.

Sie wollte den Besuch so kurz wie möglich halten, schüttelte nur den Kopf und bewegte die Finger in den Latexhandschuhen. Trotz der kurzen Zeit, die sie sie trug, fühlten sich ihre Hände bereits feucht an.

Die nächste Tür wurde aufgestoßen, und eine Welle eisiger Luft schwappte in die Schleuse. Der Geruch von Formaldehyd und Desinfektionsmitteln schlug Ellis entgegen, gemischt mit dem süßlichen, leicht moorigen Beiklang von Verwesung und Blut.

Zügig schloss sie zu dem jungen Mann auf, während die Tür zur Sektionshalle geräuschvoll hinter ihr zu schwang.

„Ich hab ihn hier vorne hingelegt." sagte er und deutete auf einen der vier Sektionstische. Sie überlegte, ob diese tiefsitzende Gleichgültigkeit jeden einholte, der hier arbeitete, oder ob er überhaupt erst hier arbeiten konnte, weil ihm alles derart gleichgültig war.

Noch bevor sie an den Tisch trat, holte sie die Kamera heraus und machte erste Aufnahmen aus der Distanz. Von ihrem Standpunkt aus sah es wie eine unregelmäßige Anhäufung von Unidentifizierbarem aus, obwohl der junge Mitarbeiter sich offenbar Mühe gegeben hatte, alles an seinen richtigen Ort zu legen.

Vorsichtig näherte sie sich und begutachtete, was der Tisch für sie aufbahrte: Ein menschlicher Torso lag dort, so viel war noch erkennbar. An ihm hing ein Bein, das über einige Verletzungen verfügte, und zu dem offensichtlich einem gebrochenen Fuß gehörte, der nur lose hinzugelegt worden war. Im Gegensatz zum anderen Bein war es immerhin noch fast vollständig; das andere endete am Kniegelenk, der Unterschenkel fehlte. Haut und Oberschenkelmuskulatur waren deutlich beschädigt, unregelmäßige Wundränder offenbarten einen Blick in die angegriffenen Muskeln und bis auf den Knochen.

Ellis verbarg das Gesicht hinter der Kamera und machte weitere Bilder. Es war weder die erste Leiche, die sie sah, noch die erste, die in einem derartigen Zustand war. Der Krieg brachte oft das Innere des Menschen ans Tageslicht, auf die eine oder andere Art. So hatte sie bei Einsätzen in Krisengebieten nicht nur das sehen müssen, was Menschen anrichten konnten, sondern es auch auszuhalten gelernt, zerstörte Körper zu sehen. Selten jedoch hatte die Notwendigkeit bestanden, es derart intensiv zu betrachten.

„Für welche Zeitung schreiben Sie eigentlich?" fragte der Mann. Er klang nicht wirklich interessiert, und Ellis fragte sich im Stillen, weshalb er überhaupt zu Sprechen begonnen hatte.

„Ein Umweltmagazin." antwortete sie kurz. Zwar gab es eine kleine Legende, wer sie war, wofür sie schrieb, warum sie überhaupt Interesse an dem vermeintlichen Bärenopfer hatte, doch sie schätzte die Situation nicht so ein, dass sie nähere Auskunft geben musste. „Der wievielte Journalist bin ich denn, dem Sie die Leiche zeigen?" fragte sie so beiläufig wie möglich und beobachtete die Reaktion des Mannes sehr genau.

„Der erste." sagte er, mit leichter Verwunderung in der Stimme.

„Wie kommt's?"

Er dachte einen Moment nach. „Es hat bisher einfach kein anderer gefragt." sagte er dann und sah Ellis das erste Mal etwas wacher in die Augen. Sie wusste nicht, ob er von der Frage oder dem Umstand, dass er noch nicht darüber nachgedacht hatte, überrascht war.

Der Anflug von Emotion an dieser phlegmatischen Gestalt wirkte irreal auf sie.

Ellis beschloss, nicht näher nachzufragen, und wandte sich wieder dem Leichnam zu. Gegen ihr inneres Bestreben zog sie den Blick von den Beinen hoch zum Torso.

Die Bauchdecke fehlte in weiten Teilen, die Hautränder waren zerrissen und nicht unterblutet; ein deutliches Zeichen, dass bereits kein Blutkreislauf mehr bestanden hatte, als das Tier seinen Fraß gefunden hatte oder der

Körper anderweitig geöffnet wurde.

Ellis zog die Stirn kraus. Es war Grundwissen, das keinen ausgebildeten Mediziner brauchte, um erkannt zu werden, und sie fragte sich, ob der junge Mann es nicht hatte sehen wollen oder ob es ihm egal gewesen war.

Im Inneren des Körpers lag nur noch das knöcherne Skelett. Einige Rippen waren geborsten und in das Gewebe gesplittert, die Wirbelsäule war an mehreren Stellen gebrochen oder angesplittert. Auch das fotografierte Ellis gewissenhaft im Detail.

Die Organe fehlten in Gänze, lediglich ein Stück der Luftröhre ragte aus dem Hals in den Torso hinein. Traurig und einsam hing er wie ein schlaffer Luftballon in den Körper, und obwohl es das einzige war, was noch an Ort und Stelle war, wirkte es fehl am Platz. Der Hals wies an der Außenseite einen Gebissabdruck auf, den Ellis vage einem Bären zuordnen würde. Auch hier wieder keine Unterblutungen.

Der Kopf fehlte, was den Umstand, dass der junge Mann die Kopfstütze unter den Nacken des Toten geschoben hatte, bizarr wirken ließ. Routine führte manchmal zu seltsamen Handlungen.

„Einfach ein armer Tropf, den ein Bär erwischt hat." sagte der Mitarbeiter und begann, den Inhalt einer Plastiktüte auf einem zweiten Tisch auszubreiten: offenbar die Überreste der Kleidung des Mannes.

„Typisches Verletzungsbild dafür?" fragte Ellis und unterdrückte ein Schütteln. Sie stand über den Leichnam gebeugt und fotografierte die Bauchhöhle. Das Kameralicht blitzte in den Körper hinein und ließ das lilagrau gewordene Gewebe für einen Moment so wirken, als liefe an ihm noch Flüssigkeit herunter. Ellis schluckte, versuchte jedoch, sich nichts anmerken zu lassen. Sie atmete langsam und kontrolliert durch den Mund, obwohl die Gerüche nicht überwältigend waren.

„Absolut." antwortete der Mann. „Haben wir ein paar Mal im Jahr hier - kommt aber sehr viel häufiger vor, die finden nur die Überreste selten. Hier ist ja auch nicht mehr viel da." Er zuckte mit den Schultern. „Die anderen bleiben dann einfach verschwunden, und gut ist. Natur ist Natur."

„Noch keine Autopsie gemacht?"

„Nein, der hat keinen Priorität. Gibt ja auch nichts, wovon man schnell einen Checkup machen könnte. Zähne weg, Hände weg, außerdem passt er zu keiner aktuellen Vermisstenmeldung. Der kommt dran, wenn Zeit ist, morgen oder so."

Mit Fingerabdrücken konnte tatsächlich nicht gerechnet werden - beide Hände fehlten. Es war nicht mehr beurteilbar, ob sie abgetrennt worden waren oder ob ein Wildtier sie fortgeschafft hatte, jedenfalls wiesen die unterschiedlich langen Oberarmknochen Zahnspuren auf. Bären, Füchse, Wildschweine; alle waren einer solchen Mahlzeit nicht abgeneigt. Je nach Anzahl der Tiere konnte ein menschlicher Körper innerhalb von drei Tagen vollständig verschwunden sein, bis auf den letzten Knochen. Dass es bei Boise anders war, erschien ihr nicht wie ein Zufall.

Sie arbeitete schweigend weiter, fotografierte die Biss-ränder und Brüche. Da ebenfalls fehlend, konnte sie keine Genitalien ablichten, was zumindest einen ersten Abgleich mit dem Foto ermöglicht hätte. So waren sie auf andere Methoden angewiesen.

„Was ist das da?" fragte sie und deutete auf Verwachsungen am Beckenknochen und der minimalen Fettschicht im Rücken.

„Hm?" Der junge Mann beugte sich vor und folgte Ellis' Finger. „Keine Ahnung. Vielleicht Alterserscheinung-en." beschied er desinteressiert.

„Mhm." brummte Ellis unzufrieden zurück. Quentin oder Tajo würden es hoffentlich besser diagnostizieren können.

Mit einem kritischen Blick überprüfte sie die geschossenen Fotos, dann legte sie die Kamera beiseite. Aus ihrer Tasche holte sie Abstrichsets und betupfte damit verschiedene Stellen des Körpers. So unauffällig wie möglich rieb sie sie auch über die Verwachsungen, beschriftete sie, und verstaute sie kommentarlos wieder in ihrer Tasche.

Auf dem zweiten Tisch lagen, inzwischen ordentlich aufgereiht, ein zerrissenes Hemd, Überreste einer dunklen Jeans und eine mit Exkrementen verschmutzte Feinrippunterhose. Mit Befremdung dokumentierte sie auch das.

„Kann ich die Sachen mitnehmen?" fragte sie bemüht unschuldig.

Der junge Mann überlegte. Langsam. „Ich denke, das würde auffallen." sagte er dann. „Aber wenn wir fertig sind und die Dinger in die Vernichtung kommen sollen, kann ich Sie ja noch mal anrufen."

„Gut."

„Sollte Ende der Woche der Fall sein." Der Mann begann, die Kleidung wieder zurück in die Tüte zu stopfen, hielt dann doch inne und sah Ellis kritisch an. „Oder soll ich Sie erst rausbringen?"

„Das wäre nett." Sie warf einen letzten Blick zurück auf die Überreste, versuchte, die Bilder hier zu lassen, die sich gerade in ihr Gedächtnis zu zwingen versuchten. Ein Mensch, der unsagbares Leid über Menschen gebracht hatte, lag tot auf einer Bahre. Von ihm ging nicht mehr Schrecken aus als jener, der von der Gewalt seines eigenen Todes erzählte.

Auf dem Weg zurück durch die Schleuse entledigte Ellis sich bereits des Kittels und hing ihn dankbar zurück an seinen Haken. Ihr Gesicht war unter der Maske feucht, und sie widerstand dem Impuls, das kondensierte Wasser ihres Atems mit dem Ärmel fortzuwischen. „Warum ist eigentlich kein Arzt hier?" fragte sie, während sie sich das Jackett glatt strich. Das Gefühl von feinem, weichen Stoff unter ihrer Hand beruhigte sie etwas.

Der junge Mann zuckte mit den Schultern. „Ich bin doch hier. Die Anderen kommen erst morgen wieder."

„Und Sie sind...?"

„Ich mach hier nur die Annahme." sagte er mit dem ihr inzwischen vertrauten emotionslosen Ton. Er wartete einen Moment, ob sie noch weitere Fragen hatte, doch Ellis sah ihn nur an. Manchmal kam sie sich selbst kalt vor, zu unbeteiligt und distanziert zu den Dingen um sie herum - im Vergleich zu diesem Pförtner zur Kühlkammer der Verwesung empfand sie sich allerdings als völlig adäquat involviert.

Er zuckte noch mal mit den Schultern, drehte sich dann um und schlenderte fort. Mit der Hand spielte er in seiner Hosentasche, und sie vermutete, dass seine Finger freudig über das Geldbündel strich.

Draußen vor der Tür empfing Ellis das warme Abendlicht. Sie atmete mehrmals tief durch, zog die Handschuhe aus und steckte sie zur Kamera in die Tasche. Sie schüttelte sich und entfernte sich dann zügig von dem Backsteinbau, in dem gerade die sterblichen Überreste eines Mannes zurück in einen dunklen Plastiksack geschoben wurden.

F Ü N F

Man traf sich in Coopers Zimmer. Quentin war bereits zum nächstliegenden Labor aufgebrochen, in dem er ungestört arbeiten konnte, und so hatte Cooper kurzerhand den Raum für alle geöffnet. Tajo war inzwischen eingetroffen und war etwas unschlüssig - wo er schlafen würde, war ihm noch nicht klar.

Die Stimmung war entspannt; zwar verzögerte sich die Besprechung, aber das Essen war geliefert worden und brachte Düfte mit, die sie an Angenehmeres denken ließ.

Tajo und William saßen auf der ausladenden Couch, während Matthew sich auf den Boden gesetzt und so den besten Zugriff auf die Pizza hatte. Cooper war gerade dabei, mit der kleinen zimmereigenen Maschine einen recht passablen Kaffee zu kochen, als es klopfte.

„Ist offen!" rief er laut über die Gespräche seiner Kollegen hinweg, und die Tür schwang auf. Entgegen seiner Erwartung trat zunächst nicht Noir ein, sondern Ellis, die mit einem schnellen Blick in die Runde grüßte und William ein sehr kurzes Lächeln schenkte. Noir, die ihr die Tür aufgehalten hatte, trat nach ihr ein und ging wortlos direkt zum Balkon durch, das Telefon dicht an das Ohr gedrückt.

„Was machst du denn hier?" fragte William ohne die Bemühung, seine Überraschung zu verdecken. „Ich wusste nicht, dass du auch herkommst!"

„Hat Tajo nichts gesagt? Wir sind gemeinsam hergeflogen." fragte sie und sah zu ihrem Kollegen, der beschwichtigend lächelte.

„Verschwiegenheit, Verschwiegenheit." summte er vor sich hin und ließ das R besonders klangvoll rollen.

„Wir sind zusammen hergeflogen, die Order kam heute Morgen." erklärte Ellis und sah sich um. Neben dem

74

Bett und der Couch gab es nur noch einen einzelnen Stuhl, der an dem schmalen Schreibtisch stand. Den zu nehmen wagte sie nicht, und so nahm sie auf der Couchlehne neben Tajo Platz. Vorsichtshalber vermied sie es, zu William zu sehen und hoffte, dass er gleiches tat. Sie hatte ihn gesehen und einen kleinen Moment eine Wärme gespürt, die ihr nach dem Nachmittag gut tat, war jedoch bemüht, die einsetzende Erleichterung ungesehen zu halten.

„Kaffee, Pizza?" fragte Cooper und hielt die Kanne hoch.

„Weder noch, bitte. Ich hatte keinen so appetitlichen Nachmittag." antwortete Ellis und schob sich die Hand über den Magen. Nein, heute würde sie nicht mehr essen wollen.

„Na, frag mich mal." William rollte mit den Augen bei dem Gedanken an die Grabungen des Tages und griff beherzt nach einem weiteren Stück Pizza. Ganz gleich, wie widerlich der Tag gewesen war, er konnte essen. Und das tat er.

Da auch kein anderer Bedarf anmeldete, goss Cooper zwei Tassen ein, eine für sich, eine für Noir, und setzte sich mit beiden in der Hand auf das Fußende seines Bettes. Der Duft stieg aus den sich erwärmenden Tassen auf und stieg in seine Nase, ließ ihn dankbar und genussvoll einatmen.

Die Balkontür schob sich wieder auf, Noir schlüpfte zurück ins Zimmer. Ein letzter, liebevoller Blick ruhte auf ihrem Handy, dann hatte sie es eilig verstaut. Es war schwer gewesen, das Telefonat mit George zu beenden.

Cooper streckte ihr die Kaffeetasse entgegen, die sie dankbar nahm und sich dann neben ihm auf dem Fußende niederließ.

„Okay, danke für euer Kommen. Verzeiht bitte die Verspätung, ich bin aufgehalten worden. Ellis, ich danke dir dafür, dass du mich heute in der Leichenhalle vertreten hast, ich hätte es zeitlich nicht mehr geschafft. Unschöne Bilder!" Sie verzog das Gesicht. „Ich hätte es weniger schlimm erwartet."

Ellis winkte scheinbar unbeteiligt ab und konnte doch nicht verhindern, dass ihre Miene härter wurde.

William sah zu ihr. Die Bilder, die inzwischen in den Tablets auf Begutachtung warteten, hatte er noch nicht gesehen und offenbar war nicht zu viel Angenehmes zu erwarten. Es würde ihre blasse Gesichtsfarbe erklären, dachte er.

Noir nahm einen Schluck und warf Cooper einen dankbaren Blick zu. „Ich würde vorschlagen, dass Tajo uns kurz einen Abriss der aktuellen Faktenlage gibt, und dann schauen wir."

Tajo räusperte sich, ließ sich ein Tablets reichen und ließ den Bildschirm noch schwarz. „Wir haben inzwischen verschiedene Informationen aus verschiedenen Quellen." setzte er an. „Fangen wir mit den einfachen Dingen an:

Das Blut, das ihr auf dem Hüttenboden gefunden habt, ist eine Mischspur gewesen. Es war sowohl tierische als auch menschliche DNA darin, wobei die DNA zu Boise passt. Das tierische Blut stammt von einem Reh, die tiefen Kerben in dem Holz können also sowohl von einer Schlachtung des Wildes kommen als auch von Boises Tod herrühren.

Der Körperteil, den ihr gefunden habt, ist, wie ihr schon wisst, Teil eines Dickdarms - und deutlich von Krebs zerfressen. Er stammt ebenfalls von Boise, die Abtrennung ist alles andere als fachmännisch gewesen, so unser Labor. Und wenn ich meine bescheidene Meinung dazu äußern darf, dann sehe ich da einen nicht erfahrenen Chirurgen am Werk."

Er machte eine kleine Pause, wartete, bis auch seine Kollegen technisch ausgestattet waren, dann fuhr er sein Gerät hoch und öffnete eine Bilddatei, deren Darstellung sich augenblicklich auf den anderen Displays teilte.

„Ihr seht hier die Stelle, an der Boises Reste gefunden wurden. Das, was ihr da rechts hinter den Büschen noch so halb seht, ist ein Picknickplatz an einem der Hauptwanderwege, er wurde also recht öffentlich abgelegt. Überraschend, wenn man darüber nachdenkt, wie unbemerkt man ihn hätte verschwinden lassen können. Das sollten wir im Hinterkopf behalten." Sein Blick glitt über das Foto, das die Ranger aufgenommen hatten, nachdem ein völlig panischer und mit der Situation überforderter Familienvater den Körper nur wenige Schritte vom Platz entfernt gefunden hatte. „So wie es aussieht, ist er nicht am Picknickplatz selbst abgelegt worden, sondern wirklich so minimal versteckt, wie er es war, als er gefunden wurde. Schleifspuren sind nicht erkennbar."

„Auffällig unauffällige Präsentation. Nicht zu aufdringlich, kein Narzisst. Aber auch nicht ansatzweise versteckt. Er sollte definitiv gefunden werden." Matthew schob nachdenklich den Kiefer von rechts nach links. „Hätte ihn ein Bär nicht weiter reingezogen?"

„Berechtigte Frage." stimmte Tajo zu. „Möglich, aber es ist schwer zu sagen, ob er früh gestört wurde oder ob es vielleicht ein Jungtier war. Man hat jedenfalls Bärenhaufen in der Nähe gefunden, die frisch waren - es war definitiv ein Bär in der Nähe, die Bissspuren legen auch nahe, dass der Leichnam zumindest beknabbert wurde. Nach Auskunft der Ranger ist das Bild typisch für einen Bärenangriff, wir wissen also nicht, wie er aussah, als er abgelegt wurde."

Ellis verglich die Bilder vom Fundort mit denen, die sich am Nachmittag selbst angefertigt hatte: Im Großen und Ganzen deckten sie sich. Die Kleidung war blutverschmiert und befand sich stark zerrissen noch am Körper, doch das Ausmaß an Zerstörung war ähnlich. Wenigstens war beim Transport nicht viel kaputt gemacht worden.

„Für die Polizei und die Ranger ist es noch völlig unklar, um wen es sich handelt. William," - Tajo nickte in seine Richtung - „hat überprüft, ob sie aktuell nach irgendjemandem suchen, der vermisst gemeldet ist und auf den seine Beschreibung ungefähr passen könnte, das

77

ist nicht der Fall. Von Menschen, die in den alten Wanderhütten leben, war nichts verzeichnet, wir sollten aber da nochmal an die Offiziellen gehen. Auch an die Wanderführer. Wenn wer davon wusste, dann am ehesten die.

Ich habe vorhin kurz mit Quentin gesprochen, der mir mitteilte, dass es sich bei dem in der Klärgrube gefundenen Knochen höchstwahrscheinlich um den Knochen einer mittelalten Frau handelt. Kaum Verschleiß, keine äußerliche Beschädigung erkennbar bis auf die Kratzer, die von der Auslösung zu stammen scheinen. Die DNA Analyse läuft noch."

Noir stellte den Kaffee ab und ließ sich rücklings auf die Matratze fallen. Gedanklich ging sie die Hütte noch einmal durch, die Anordnung der Möbel, das Fehlen jeder persönlichen Dinge, die beinahe klinische Sauberkeit des Platzes vor dem Haus. Sie seufzte laut, was Cooper ein Lächeln entlockte.

„Ich habe meine Kontakte durchgespielt, und es heißt einhellig, dass Boise schon in den letzten Jahren nicht mehr als Auftragskiller anheuerbar gewesen sei." fuhr Tajo fort. „Dafür ist er in den letzten vierundzwanzig Monaten vollkommen von der Bildfläche verschwunden, für keinen war er noch kontaktierbar. Die ernstzunehmende Szene weiß offenbar noch nicht, dass er tot ist - was auch eher dagegen spricht, dass es das Werk eines Profis ist. Morde an Ihresgleichen sind eine Trophäe, mit der geprahlt wird. Das hätte spätestens vier Stunden nach der Tat jeder gewusst. Ich warte noch auf die Nachricht eines Informanten, der sich umhören wollte, ob Boise vielleicht mit der Mafia geliebäugelt hat, scheint mir bei ihm aber eher unwahrscheinlich.

Der Weg zwischen Tatort und Fundort ist etwa eine Meile lang, er könnte zu Fuß transportiert worden sein, ich kann mich dabei aber irren."

„So, wie er aufgefunden wurde, ist er eher nicht transportiert worden. Das hätte erstens Spuren hinterlassen und wäre zweitens für einen einzelnen Menschen kaum möglich gewesen." schaltete Ellis sich ein. Sie hatte die Bilder aufgerufen, die sie selbst aufgenommen hatte.

Tajo nickte ihr zu, bedeutete ihr, dass sie übernehmen konnte.

„Der Körper wäre auseinandergebrochen oder gerissen, wenn sie ihn so zerlegt bewegt hätten. So ekelig das klingt, aber es ist so. Selbst eine einsetzende Leichenstarre hätte es nicht einfacher gemacht. Maximal kann er auf einer Art Karren transportiert worden sein... was aber auch riskant ist. Die Teile, die fehlen, weisen Tierfraß auf, das ist auch nicht ungewöhnlich. Bären, Wildscheine und Füchse halten sich häufig in der Nähe von Picknickplätzen auf, weil da so gern Essensreste zurückgelassen werden, es kann also schon sein, dass er von den Tieren sehr schnell gefunden wurde."

„Es waren noch Reste von Leichenstarre vorhanden." schaltete Tajo sich noch einmal kurz ein. „Das hat die Ranger auch zu der Annahme veranlasst, dass er mehr oder weniger frisch gerissen worden ist. Sie vermuteten, am vorangegangenem Tag."

Ellis schüttelte den Kopf. „Dafür ist doch bedeutend zu wenig Blut am Fundort."

„Naja, wenn du Hufgetrappel hörst, denk nicht an Zebras." sagte Noir leise und ruhig. Sie hatte die Augen geschlossen und die Arme über den Kopf ausgestreckt. Die weiche Unterlage ließ sie etwas entspannen. „Und bei solchen Funden ist keiner besonders erpicht darauf, da übermäßig genau hinzusehen. Bärenkacke, offener Körper, da wird schnell mal eingepackt und abgehakt, wenn nicht zufällig noch eine Axt im Körper steckt."

„Ja, danke, dass *ich* genauer hingucken durfte!" brummelte Ellis nur wenig amüsiert und wischte die Fotos vom Display.

„Hey, es zählen nur die inneren Werte!" witzelte Cooper und erntete keinen Lacher.

„Dann hatte er nicht besonders viele Werte. Es war

nichts Nennenswertes mehr da." entgegnete Ellis in ihrer gewohnten distanzierten Kälte und legte das Tablet bei Seite. „Die Proben, die ich genommen habe, hat Quentin mitgenommen. Wir werden sehen, ob Fremdspuren dran sind, und ob sie tierischer oder menschlicher Natur sind. Und vorsichtshalber wird auch noch mal einen DNA Abgleich gemacht, um ihn sauber zu identifizieren."

„Ich fasse zusammen: Keiner wusste, dass er hier war, er war aus dem Geschäft ausgestiegen, und die Kräfte vor Ort wissen nicht, wen sie da zusammengesammelt haben." bündelte Noir. „Ich habe heute Nachmittag noch mit ein paar meiner internationalen Kontakte sprechen können, die im Datenhandel sind. Bei ihnen ist er nicht auf dem Radar aufgetaucht, durchgängig nicht; er hat es also entweder geschafft, unterhalb des Radars zu verkaufen, oder er hat nicht getan. Ich bleibe bei meiner Einschätzung - er hat sie noch.

Ach, das gedruckte Foto, das wir bekommen haben, muss auch im näheren Bereich um den Wald zumindest in den Umschlag gesteckt worden sein. Die Milbenart, die auf der Klebefläche des Umschlags haften geblieben ist, stammt eindeutig aus diesem begrenzten Areal. DNA leider nicht auffindbar. Es bleibt die Frage: Wer hat Boise getötet, und warum hat er gemeint, uns das mitteilen zu müssen?"

„Und wer die persönlichen Sachen von Boise weggenommen hat. Wenn er dort gelebt hat, dann wohl kaum so." Tajo kratze sich den Kopf. „Wenigstens ein Messer wird er mitgehabt haben - und hoffentlich eine zweite Unterhose. Wissen wir, ob Boise ein Sammler war?"

Noir gab einen Laut der Unzufriedenheit von sich. „So ungern ich es zugebe: Ich weiß es nicht. Es konnte nie ermittelt werden, ob von den Tatorten etwas mitgenommen wurde. Wenn ich eine Vermutung äußern müsste: Ja. Er wird Andenken nicht nur mitgenommen, sondern auch penibel gepflegt haben. Aber Anhaltspunkte dafür gibt es nicht." Sie schwieg einen Augenblick nachdenklich. „Bis auf den Knochen... aber das ist nicht die Art von

Andenken, die ich meine, oder die Aufbewarungsart..."
Einen Moment versank sie in Überlegungen. „Der Knochen
war sauber von Fleisch und Sehnen befreit worden, ohne
dabei groß beschädigt zu werden; ein Könner, das passt zu
Boise. Auch wenn ich nicht wüsste, dass er einem seiner
Opfer je Körperteile abgetrennt hätte, warum also jetzt?
Die Art der Verstauung, unter einem Haufen Mist - ich
kann mir nicht vorstellen, dass Boise Dinge, die ihm etwas
bedeuteten, so aufbewahrte. Nein, das war eine Botschaft.
Eine, die über ,Ich scheiß auf dich.' hinausgeht. Warum
hat er ausgerechnet diesen Knochen in der Hütte
zurückgelassen? Warum genau dort? Er will damit etwas
mitteilen. Wem? Er muss geahnt haben, dass erst mal nur
wir nach ihm suchen werden. Also an uns. Aber was sagt
er uns damit?" Sie schüttelte unzufrieden den Kopf.

„Schwierig, zum Verbleib seiner Sachen überhaupt
etwas zu finden." griff William das ursprüngliche Thema
wieder auf. „Vielleicht hat der Mörder sie schlicht
mitgenommen. Momentan sind extrem viele Fremde in der
Stadt, und täglich werden es mehr. Wenn Boises Mörder
nicht zufällig fest in das soziale Leben hier eingebunden
war und dann spurlos verschwunden ist, wird es schwer."
Er warf einen Blick aus dem Fenster. Die Sonne deutete
gerade erst an, dass sie in absehbarer Zeit unterzugehen
drohte, der Himmel war von weichem Rosa und Gold
durchzogen. Durch die gekippten Fenster drangen leise
Geräusche von der Straße hinauf, ein untrennbares
Gemisch aus Lachen, Reden, Musik und Bewegung. Die
Stimmung draußen war ausgelassen und voll freudiger
Erwartung. „Wir hören uns um, ob irgendwer gerade fehlt,
der noch nicht gemeldet ist."
Noir setzte sich wieder auf und tippte auf ihr Tablet. „Die
Liste der gegenwärtig als vermisst gemeldeten aus diesem
County habt ihr, hauptsächlich Frauen. Und kein neu
Vermisster, seitdem Boise tot ist."

„Ich denke nicht, dass es eine Frau war. Zu brutal,
und auch körperlich zu anspruchsvoll, was die

Beseitigung betrifft." widersprach Ellis und nickte William zu.

Cooper warf einen schnellen Seitenblick auf Noir, die genervt das Gesicht verzog, aber schwieg. Er musste grinsen. Die Annahme, dass eine durchschnittliche Frau nicht kräftig genug sein würde, um eine Ausweidung und einen Transport eines so großen Körpers allein zu bewerkstelligen, war vielleicht nicht fernliegend - wer aber entsprach schon dem Durchschnitt? Im Durchschnitt traf es auch auf die beiden Frauen im Raum zu; faktisch glaubte er nicht, dass Ellis körperlich dazu im Stande wäre, Noir hingegen es ohne Schwierigkeiten. Der Durchschnitt war ein trügerisches Maß, über das Noir sich gegenwärtig allerdings nicht aufzuregen bemühte. Dafür war sie zu müde.

„Aber wir gehen raus und schauen, wo wir uns umhören können. Heute Abend noch?" fuhr William beharrlich fort.

Noir nickte. „Wer will, kann gehen, ansonsten morgen; wir hatten einen anstrengenden Tag, ihr könnt auch Feierabend machen. Falls wer gehen möchte: Es gibt heute soweit nichts mehr, wofür ihr hier sein müsstet, ihr könnt die Zeit also frei nutzen. Ich bin die ganze Zeit über erreichbar, sobald etwas relevant ist, meldet euch unbedingt. Eine Sache ist da noch."

William suchte Ellis Blick, doch sie ignorierte ihn.

Der Vorschlag, den Abend frei zu nutzen und sich unter die Menschen zu mischen, gefiel ihr; zum einen bot es die Gelegenheit, die Bilder etwas aus dem Gedächtnis zu verdrängen, die ihr noch zu deutlich im Kopf waren, zum anderen war es noch angenehm warm, die Stimmung draußen lockte sie.

„Das Hotel ist für heute schon ausgebucht. Quentins Zimmer können wir natürlich weiterhin nutzen, aber bis morgen müssen wir uns auf die drei Zimmer verteilen. Teilt euch auf, wie ihr wollt." Sie sah von einem zum anderen und blieb schließlich bei Ellis stehen. „Du kommst zu mir?"

„Ja, gern." Ellis stand auf. Für einen winzigen Moment hatte sie mit dem Gedanken gespielt, mit William ein Zimmer zu teilen, hatte ihn jedoch schnell wieder zur Seite geschoben. Stattdessen stand sie auf und nahm betont konzentriert ihre Reisetasche auf. Während die Männer sich kurz verständigten, wer mit wem ein Zimmer teilte, wartete sie, bis Noir zu ihr kam. Gemeinsam verließen sie den Raum und gingen schweigend die Schritte über den Flur, bis Noir die Tür zum nebenliegenden Zimmer entriegelte.

Ellis betrat den Raum und sah sich um: Die Ausstattung entsprach der von Cooper; ein breites Bett, eine Couch mit Beistelltisch, ein Schreibtisch. Ein Fernseher hing an der Wand, über dem Bett ein abstrakter Kunstdruck, dem sie nichts abgewinnen konnte.

„Mach's dir bequem, ich nehme die Couch." Noir sammelte eine der Bettdecken und ein Kissen zusammen und warf sie auf die Couch.

Ellis sah sie überrascht an. „Warum?"

Einen Moment blickte Noir verständnislos zurück. „Damit du das Bett für dich hast." sagte sie schließlich lahm.

„Meinetwegen musst du nicht umziehen. Das ist doch breit genug." Sie schätzte das Bett auf gute fünf Fuß, ohne Probleme ausreichend für zwei Personen.

„Zitiere ich einen von euch in mein Bett, obwohl Ausweichmöglichkeiten bestehen, erstickt mich die Innere mit dem Kopfkissen noch bevor der Morgen anbricht." lachte Noir. Sie knüllte die Decke am Ende der Couch zusammen und zog sich den kleinen Beistelltisch hinzu, breitete ihre Unterlagen aus und vertiefte sich wieder in der Arbeit.

Ellis begann, ihre Tasche auszupacken. Sorgfältig vermied sie einen Blick auf Noir und ließ ein paar Momente verstreichen, ehe sie fragte: „Was würde die Innere genau bemängeln?"

Noir sah überrascht auf. „Na, wenn ein Vorgesetzter einen

seiner Mitarbeiter auffordert, zu ihm ins Bett zu kommen, gibt es mindestens ein Disziplinarverfahren und eine Versetzung. Was noch dazukommt, weiß ich ehrlich gesagt gar nicht. Aktiv ich habe so einen Fall noch nicht mitbekommen."

„Betraf das nicht auch den Chef und dich?" Ellis beugte sich tief in den Schrank hinein, damit Noir nicht das leichte Grinsen sah, das ihr Gesicht überkam. Sie konnte nicht einschätzen, inwieweit dieser Vorstoß in das Private ihrer Chefin akzeptabel war, wollte die Gelegenheit jedoch nicht ungenutzt verstreichen lassen.

Noir lachte entspannt. „Das ist schon noch etwas anders gewesen. Wir waren schon drei Jahre verheiratet, bevor wir die überhaupt informiert haben. Da konnten sie nicht mehr viel sagen, eine Ehe können sie ja nicht verbieten. Natürlich haben die uns auf die Finger geklopft - oder es wenigstens versucht -, aber sonst nichts." Mit verschwörerischer Miene setzte sie hinzu: „Ist halt immer noch was anderes, wenn es der Chef des Ganzen ist. Wäre es vorher aufgefallen..." Sie runzelte besorgt die Stirn. „Das hätte für uns beide weitreichende Konsequenzen haben können."

„Beziehungen sind doch nicht generell verboten." Ein weiterer kleiner Testballon in gefährliches Gelände.

„Unter Gleichrangigen? Nein, aber sie sind unklug. Jedenfalls, wenn es sich nicht um dauerhafte handelt. Und selbst wenn sich so etwas entwickelt - dann hat es schon seinen Sinn, dass die Beteiligten ab einem gewissen Dienstgrad nicht mehr zusammen arbeiten dürfen. Unter nichtgleichrangigen?" Sie schnaubte. „Abgesehen davon, dass dein Vorgesetzter seinen Ruf einbüßt und sich quasi jede Chance auf einen ernsthaften Posten verbaut - tut man sich selbst auch nicht unbedingt einen Gefallen."

„Inwiefern?" Ellis riskierte einen kurzen Blick in Noirs Gesicht, das einen düsteren Ausdruck angenommen hatte.

„Meinst du, ich weiß nicht, was man über mich

sagt?" erwiderte sie und war bemüht, unbeteiligt zu klingen. „Grundsätzlich wirst du nach sowas immer diejenige sein, die sich nach oben geschlafen hat. Vollkommen egal, was du geleistet hast. Deine größte Qualifikation wird von Stund' an die Fähigkeit sein, die Beine breit zu machen."

Alles war verstaut, und Ellis setzte sich auf die Bettkannte. „Du warst doch schon lange in deiner Position, bevor ihr was angefangen habt."

„So etwas interessiert bei Gerede ja nicht. Kurzum, es ist nicht klug. Nicht einmal dann, wenn es funktioniert. Und wenn es scheitert, sind beide ruiniert." Der Gedanke schmerzte sie. Sie hatte lange Zeit gezögert, nachdem George ihr offenbart hatte, was er für sie empfand. Nicht, weil sie die drohenden Sanktionen fürchtete, sondern weil es ihr genommen hätte, was sie so sehr liebte - ihren Job, ihr zweites Zuhause, und auch ihr Selbstverständnis.

Ellis überlegte, ob sie Argwohn wecken würde, wenn sie weiter nachfragte, und ließ es sicherheitshalber dabei bewenden. Ein Blick auf die Uhr verriet, dass es bereits auf neun Uhr zuging. Zeit, um aufzubrechen.

„Ich mach mich auf den Weg. Soll ich dir was aus der Stadt mitbringen?"

„Nein, danke. Viel Glück. Und danke nochmal, dass du bei der Leiche eingesprungen bist." Sie gab Ellis die Zimmerkarte und war im nächsten Moment schon wieder tief in ihrer Arbeit versunken.

„,Gern.' wäre übertrieben, aber es war kein Problem."

Samstag, vier Tage zuvor die Hütte bei Lexington

Es war vorhersehbar gewesen, dass es nicht die sauberste aller Arbeiten werden würde. Das Holz hatte zwar eine Menge aufgesaugt, seine Kleidung war trotzdem nass vom Blut.

Er saß auf der Bettkante, ein Bier in der Hand, und wischte sich den Schweiß von der Stirn. Es war schon ein Kraftakt, das konnte er nicht anders sagen. Aber die Arbeit hatte sich gelohnt, er war soweit zufrieden.

Sein Blick glitt über den Körper, der vor ihm in der Mitte des Zimmers lag, entkleidet und mit sehr fahler Haut. Das Messer steckte im geöffneten Bauchraum und ragte wie der Mast eines Schiffswracks in den kühlen Raum empor. Sein Lieblingsmesser, lange, breite Klinge, großer Griff. Eigentlich war es das Messer für besondere Gelegenheiten, das er nur einsetzte, wenn er etwas sehr genießen wollte; das war hier nicht der Fall, aber es leistete gute Arbeit. Außerdem gab es Zeitdruck, und er konnte es nicht riskieren, dass die Klinge eines billigeren Messers brach, dass er an einem Knochen scheiterte oder die Arbeit nicht beenden konnte. Auch für so etwas durfte er sein Lieblingsstück benutzen, hatte er entschieden.

Es wäre einfacher gewesen, wenn er ihn länger hätte liegen lassen können; das Blut wäre tiefer gesackt, hätte sich verklumpt und wäre nicht so ausgelaufen. Aber es war unsinnig, sich über die Dinge aufzuregen, die hätten sein können und nicht waren; er musste die Sache nehmen, wie sie war. Wenigstens spritzte es nicht - nur ein schlagendes Herz pumpte das Blut aus dem Körper und zeichnete wilde Muster an die Wände, auf den Boden und die Umstehenden. Nicht selten hatte er bewundernd vor solchen Werken gestanden und sich gefragt, ob die Menschen eigentlich erkennen würden, welche Kunst hier das Leben und der Tod geschaffen hatten. Wahrscheinlich nicht. Menschen waren oft so ignorant, nahmen sich nicht die Zeit für etwas, das sie nicht kannten. Wenn Pollock gedankenlos Farbe auf Leinwände kleckste, kriegten sie sich nicht mehr ein vor Begeisterung, aber diese Meisterwerke, die exakt den Übergang vom Leben zum Tod markierten, den ewigen Kampf alles Seienden, die wollten sie nicht sehen.

Er selbst sah sich nur sehr grenzwertig als Künstler, so

vermessen wäre er nicht gewesen. Seine Handlungen begriff er eher als die eines Handwerkers, schließlich arbeitete er auch mit den Händen. Die Kunst entstand nebenbei, und er empfand sich als durchaus privilegiert, dass er sie nicht nur sehen durfte, sondern auch bei ihrer Entstehung dabei war.

Hier war wenig Kunst entstanden. Auch das kam vor, man musste es nehmen, wie es kam. Wie lange er wohl noch brauchen würde? Nicht zu lange, vieleicht zwei Stunden. Den Rest hatte er vorbereitet, die Fenster waren schon mit Sprühfarbe abgedunkelt, die Schubkarre stand bereit, irgendwie würde er ihn da schon reinkriegen.

Den Raum hatten sie im Vorfeld leergeräumt, so konnte er sich ganz auf seine Tätigkeit konzentrieren. Das Foto musste er noch drucken und abschicken, das durfte er nicht vergessen. Das fiel ihm eher schwer, solche organisatorischen Dinge gefielen ihm nicht. Er wollte diesen Moment erleben, und die Flüchtigkeit dessen machte ihn doch erst aus. Wenn er vorbei war, war er für ihn uninteressant geworden, dingliche Erinnerungen brauchte und wollte er nicht. Es war ihm unverständlich, wieso manche Gegenstände aufbewahrten, oder gar die Körper selbst. Der Geruch störte ihn nicht, er roch ihn kaum. Aber die Leichen mitzunehmen erschien ihm vollkommen überflüssig, von einem Platzproblem ganz zu schweigen.

Das Bier perlte in der Glasflasche. Ein dunkles, örtlich gebrautes Ale, malzig und würzig. An den Geschmack hatte er sich beinahe schon gewöhnt, er war aber um nichts in der Welt ein Ersatz für die Zigaretten, die nach getaner Arbeit endlich auf ihn warteten. Der Gedanke daran ließ ihn vorfreudig mit den Füßen wippen. Hier drinnen zu rauchen war ihm zu gefährlich, so viel Risiko brauchte er dann doch nicht. Aber nachher, und dieses Nachher erschien ihm mehr und mehr erstrebenswert.

Neu beschwingt stelle er das Bier ab und betrachtete kurz die blutigen Abdrücke, die seine Handschuhe auf dem

Flaschenhals hinterlassen hatten. Davor durfte man sich nicht ekeln, sonst würde man der Sache sehr schnell überdrüssig werden.

„Frisch ans Werk!" verkündete er mit neuem Elan und klatschte in die Hände. Kleine Blutspritzer platzten ab, verteilten sich wie feiner Neben um ihn herum und sanken auf seine Kleidung und den Boden nieder.

Er ging neben dem Körper auf die Knie und überlegte, welche Reihenfolge jetzt sinnvoll war. Die Leber musste raus, das war klar. Die Lunge, das Herz auch, dafür müsste er den Dünndarm rausnehmen, der ohnehin bereits aus dem Körper quoll und über die Hüfte ragte. Lästiges Teil, und dann auch noch so viel davon! Vielleicht sollte er auch eine Niere ausnehmen, das würde er spontan entscheiden. Der Kopf musste noch abgetrennt werden und die Hände auch, bei den Füßen würde er nach dem Gefühl entscheiden und auch danach, ob er noch Lust hatte oder nicht.

Energievoll zog er das Messer aus der Leber, schob den Darm beiseite und trennte die heraushängenden Bereiche in mehreren Teilen ab. Das verbesserte die Sicht beträchtlich. Mit schnellen Schnitten löste er die Lunge von der Luftröhre und warf sie neben den Darm. Das Herz, die Leber, der Magen folgten. Der Magen platzte dabei an einer Stelle auf, und er ließ die noch warme Flüssigkeit über seine Hände laufen. Es würde noch etwas dauern, bis die Totenstarre einsetzen würde, aber er würde so dünne Schichten des Körpers übrig lassen, dass sie kein Problem darstellen sollte. Sein Blick wanderte durch den Torso, blieb an den Schnittflächen hängen. Er selbst mochte das, ein Annähern an chirurgische Präzision, wie er sich gern selbst sagte. Es hatte schließlich lange genug gedauert, bis er gewusst hatte, an welchen Stellen er schneiden musste, damit nicht hinterher ein Häuflein Fleisch vor ihm lag, das nur noch schwerlich als Mensch erkennbar war.

Nein, er mochte es, wenn man noch erkannte, was gelebt hatte, aber hier war es nicht gewünscht. Hier ging es auch nur grenzwertig um ihn selbst, das wusste er, aber das beeinträchtigte seine Freude daran nicht. Kurzerhand legte er das Messer beiseite und griff in den Körper. Mit kräftiger Hand umschloss er um die Luftröhre und zog daran. Ohne großen Widerstand riss sie mit einem schmatzenden Geräusch ab, hinterließ eine unregelmäßige und ausgefranste Kante. Ja, das gefiel ihm besser. So würde er es auch mit den anderen Organen halten.

> Mittwoch, gegen Mitternacht
> Lexington

Jake's Diner, Hallfread Avenue Ecke Second Street - kommst du?
William hielt das Handy in der Hand und wartete auf Antwort. Sein Bein wippte, stieß dabei an den Fuß des Tisches und ließ nicht nur diesen im Takt wackeln, sondern auch die halbleere Pommesschale. Jake's Diner war eine unspektakuläre Rastgelegenheit, die mitten in der Innenstadt lag. Die vielen Touristen dankten die günstige Lage, denn der Laden waren gerammelt voll, und William hatte nur noch an der Fensterfront Platz gefunden. Die Pommes waren fettig, die Gäste auch, und das Kunstleder auf den Sitzen bereits abgenutzt. Es war ein Ort, so beliebig und austauschbar, wie er nur sein konnte - William gefiel das. Er war leger gekleidet, Jeans und Sweatshirt, und fügte sich so gut in die Masse der Besucher ein.
Das Handy vibrierte sanft.
8 Minuten.
Er grinste. Vorsichtshalber sah er sich noch einmal um, sah auf die weiteren Nachrichten seiner Kollegen. Nur Tajo, Ellis und er waren an dem Abend noch aufgebrochen, und Tajo hatte sich bereits als ins Hotel zurückgekehrt abgemeldet.
Er erwartete nicht, dass ihr Treffen von irgendjemandem bemerkt würde; und falls doch, waren sie einfach Kollegen,

89

die gemeinsam Pause machten.

William ließ den Blick durch das Lokal wandern und entspannte sich. Eine angenehme Vorfreude wuchs in ihm, nicht gefüttert durch den Kitzel einer verbotenen Sache; er freute sich darauf, in ihrer Nähe sein zu können. Leicht überrascht stellte er fest, dass sich ein dezentes, doch nicht fortwischbares Lächeln in sein Gesicht geschlichen hatte, und für den Moment genoss er es.

Eine schmale Gestalt hatte sich zwischen den Tischen hindurch geschoben, unauffällig und leise genug, dass er sie im geschäftigen Treiben nicht gehört hatte, und nahm ihm gegenüber Platz. „Ging schneller." Mit kritischem Blick überflog sie die Besucher des Diners, machte sich ein Bild vom Raum und der Stimmung, ehe sie ihn ansah. Letztlich entspannte sie sich etwas.

„Was herausgefunden?" wollte William wissen.

„Nichts. Du?"

„Ich denke nicht." Er lächelte. „Ich freu mich, dich zu sehen."

Ellis senkte den Kopf und fuhr sich über die Nase, damit William nicht sah, dass ihre Wangen kurz rosa erblühten. „Zufall, denke ich." sagte sie schließlich. „Wenn Quentin nicht fortgeschickt worden wäre, wären Tajo und ich nicht hergeholt worden, nehme ich an."

Ihre Finger begannen, unruhig mit der laminierten Karte zu spielen, während sie das Angebot überflog und dann auf die halb aufgegessenen Pommes sah. „Du kannst echt immer essen, oder?"

„Ich bin ein großer Kerl. Ich brauch eben ein bisschen mehr als du." antwortete er und schob ihr die Schale zu, die sie jedoch schnell abwehrte.

„Mir ist heute wirklich nicht danach." Die Bilder aus der Leichenhalle waren noch unangenehm präsent vor ihrem inneren Auge, und das flaue Gefühl hatte nicht nachgelassen. Sie fragte sich, ob sie einen ungewöhnlich sensiblen Magen im Vergleich zu ihrem Kollegen hatte oder ob diese ihr eigenes Unwohlsein einfach übergingen. Sie gehörte zu denen, die am zurückhaltensten aßen, was in Ellis' schmalem und leichten Körper seinen Ausdruck fand. Sie mochte ihre magere Gestalt, war sich allerdings auch des Umstandes bewusst, dass eine Phase ohne ausreichend Nahrung schnell zu einem Problem werden konnte.

Eine Weile saßen sie einander schweigend gegenüber, sahen aus dem Fenster und beobachteten die vorbeiziehenden Menschen und genossen ihr unbelastetes Schweigen.

William überlegte, ob jene, die dauerhaft hier lebten, geahnt haben mochten, welches Raubtier in ihrem Wald gelebt hatte. Hatten sie ihn auf einer Wanderung getroffen und diesen alten, großen Mann gegrüßt? Hatte er unter ihnen *gejagt* und dabei das Bild des harmlosen, verwundbaren Rentners gepflegt, der mühsam in den Wäldern spazieren ging und sich an der Natur erfreute? Er bezweifelte, dass je mehr als ein dumpfes, ungutes Gefühl bei einem von ihnen geweckt worden war. Ein paar aufgestellte Nackenhaare, ein Unwohlsein, das nicht erklärbar war und das sich einstellte, wenn man auf einander traf und nur langsam wieder verschwand - mehr wollten die Menschen in aller Regel nicht wissen. Bewusstes Nichtwissen.

Etwas stieß gegen sein Knie, riss ihn aus seinen Gedanken. Nach einer ersten Alarmierung, die seinen Körper in Spannung versetzt hatte, spürte er, dass es Ellis' Bein war, das sie unter dem Tisch vorsichtig gegen seines drückte. William hörte mit dem Wippen auf, ließ den zaghaften Kontaktversuch lächelnd zu.

„Ich habe dich vermisst."

Er war überrascht von seinen eigenen Worten. Es war keine überlegte Äußerung gewesen, sondern ohne Vorsicht aus ihm herausgepurzelt und lag nun zwischen ihnen. Verblüfft sah er Ellis an, wunderte sich über sich selbst und weigerte sich, sich einzugestehen, wie aufgeregt ihn die so unvermittelte Situation machte. Bestenfalls waren

Äußerungen wie „Ich habe *das* so vermisst." zwischen ihnen gefallen, wenn es wider Erwarten mal zu einer Pause der Treffen gekommen war, diese hatten sich allerdings auf das bezogen, was man miteinander tat - nicht auf die Person des anderen. Dass das, was er ohne sie empfand, Sehnsucht war, arbeitete sich seit einiger Zeit mühsam in sein Bewusstsein.

Nun war es ausgesprochen, und beiden war bewusst, dass es eine Reaktion erzwang.

Ellis vermied es, ihn anzusehen. Das kurze Zucken ihrer Augen musste William bemerkt haben, sodass sie nicht vorgeben konnte, ihn nicht gehört zu haben. Sie starrte auf den Tisch, unsicher, welche Antwort die klügste war, und sich im Klaren darüber, dass jede verstreichende Sekunde die Situation schwieriger machte.

Anstatt etwas zu sagen, streckte sie schließlich die Hand aus und berührte vorsichtig Williams. Die warme Haut unter ihren steifen Fingern nahm sie dankbar wahr. Erneut ließ sie den Blick durch das Lokal wandern, ehe sie es schaffte, ihm ins Gesicht zu sehen.

Seine Überraschung war einer Besorgnis gewichen, von der Ellis nicht sagen konnte, ob sie bereits in Ärger übergehen mochte. Entschuldigend lächelte sie. „Es war ein sehr harter Tag."

Ihre Finger spielten mit den Härchen auf seinen Fingergliedern, doch als William nach ihrer Hand greifen wollte, wich sie aus.

„Will..." setzte sie an, unterbrach sich, sah ihn hilflos an. Ein gequältes Lächeln rang sich durch ihre Mimik. „Ich kann das hier nicht. *Nicht hier.*" Mit einem Kopfrucken deutete sie auf die anderen Gäste. Kurzentschlossen stand sie auf. „Lass uns gehen. Ich will mit dir allein sein."

William erhob sich ebenfalls und warf den liegengebliebenen Pommes einen wehmütigen Blick zu, ehe er ihr hinaus auf die Straße folgte.

Es war spät und kühl geworden, und Ellis zog die Jacke

fest um sich. Zwar war der Sommer des Jahres insgesamt sehr warm, so weit im Norden blieb die Temperatur allerdings in einem milderen Bereich, sodass diese Geste einem Unbeteiligten nicht weiter aufgefallen wäre. William betrachtete sie mit Zurückhaltung. In dem, wie sie die Kleidung eng um sich schlang, die Hände tief in dem Stoff verborgen, hatte es etwas bestürzend hilfloses.

Aus den Lokalen drang Popmusik auf die Straße, bunte Lichter und Essensgerüche, die Zerstreuung und Ablenkung boten. William hielt Abstand. Er wollte Ellis nicht das Gefühl geben, sich aufzudrängen, und war überrascht, als sie an ihn trat und ihn vorsichtig und sanft mit der Schulter stupste. Sie schenkte ihm einen liebevollen Blick und lächelte schüchtern, dann sah sie wieder scheu zu Boden. Nun, an der frischen Luft und in Bewegung, wirkte sie ruhiger.

William versuchte, seine eigene Unsicherheit zu verbergen, stupste sie zurück, und fragte sich, ob seine emotionale Kompetenz seit seinem vierzehnten Lebensjahr überhaupt noch gewachsen war.

Lexingtons Innenstadt war gepflegt und vorrangig von kleinen Geschäften gesäumt, die weder die Luxuskäufer anzogen, noch die wirtschaftlich Schwachen bedienten. Manufakturen hatten ihre Schaufester liebevoll geschmückt, die Restaurants boten eine Breite an ausländischer Kulinarik, Kneipen hatten ihre Türen weit geöffnet. Kleine Sitzgruppen waren auf die Gehwege ausgelagert worden, und so wechselte alle paar Meter der Geruch von Kräutern und Gewürzen, von Fleisch und Zubereitungsart mit Musik.

Ellis entspannte sich etwas, während sie durch die breite Fußgängerzone gingen. „Das alles gibt es hier, und du gehst ins Diner?" fragte sie grinsend.

„Ich fand's am unauffälligsten." William zuckte mit den Schultern. Unauffällig beobachtete er, dass sich Ellis' Schritte verlangsamten, als sie an einem indischen Restaurant vorbeikamen und der würzig-süße Geruch von

Curry zu ihnen herüber wehte. Er hätte schwören können, dass sie sich leicht streckte, während sie schnupperte, und lächelte.

Es hatte trotz der Gewöhnlichkeit des gemeinsamen Spazierengehens etwas Geheimes, Verschwörerisches an sich. William spürte die gleiche Aufregung wie er sie als Teenager gefühlt hatte, wenn er sich mit einem Mädchen traf und niemand es wissen durfte, und aus ihm nicht nachvollziehbaren Gründen machte es ihn glücklich, dass dieses Gefühl auch mit dreiundvierzig nichts an Intensität verloren hatte.

Als sie das Hotel betraten, zögerte er kurz. Sie wollten allein sein, teilen aber beide ihre Zimmer mit anderen; andere waren nicht frei.

Zu der Frage, ob sie nicht einfach noch ein wenig rausfahren wollten, Richtung Wald und Wildnis und Einsamkeit, kam er nicht mehr, denn Ellis ging mit energischen Schritten durch das Foyer, vorbei am Empfangstresen und den Aufzügen und zu einer kleinen, leicht verborgenen Tür hinter dem Eingang zur hoteleigenen Bar. William folgte ihr, warf zur Vorsicht einen schnellen Blick in die Bar und sah dort nur einige Männer mittleren Alters, die jeder für sich rauchten und von den jungen Bedienungen teuren Alkohol nachschenken ließen.

Ellis hatte die Tür geöffnet und war bereits dahinter verschwunden, und obwohl William sich beeilte, konnte er die Tür gerade noch am Zuschlagen hindern und schlüpfte hindurch.

Es war, als sei der Welt schlagartig die Farbe ausgegangen: War das Foyer noch in warmem Rot und weichen Beigetönen ausgekleidet, stand er nun in einem vollkommen grauen und schmucklosen Treppenhaus, dessen einzige Dekoration Abriebspuren an den Wänden waren. Der Handlauf war abgegriffen und seit Jahren nicht erneuert worden, die Stufen abgewetzt.

„Personaltreppe." rief Ellis über die Schulter. Sie

94

hatte die in einen kalt beleuchteten Keller führenden Stufen schon zur Hälfte genommen.

William vergewisserte sich, dass die Tür hinter ihm wieder ins Schloss gefallen war, warf einen Blick durch das Treppenhaus und lauschte einen Augenblick, hörte aber nichts außer Ellis' leisen Schritten, die sich zügig entfernten. Mit ein paar schnellen Sprüngen war er wieder bei ihr.

Am Fuße der Treppe gingen rechts und links kalte, mit Leuchtstoffröhren erhellte Gänge ab, in denen mehrere Kellerräume wie Zahnlücken klafften. Hinter den oft nur angelehnten Holztüren schimmerten große Verteilerkästen, denen Rädchen sich unaufhörlich drehten, Putzutensilien, stapelweise Packungen mit Toilettenpapier und Verpackungsmaterial.

Ellis schob eine Tür auf und bedeutete William, einzutreten. Auch hier lagen halb zerrissene Pappkartons, an einer Wand lehnten Kisten mit leeren Spirituosen-flaschen. Eine nackte Glühbirne hing von der Decke und tauchte den fensterlosen Raum in schwaches, kaltes Licht.

„Nett!" lachte William. Hier würde sich jedenfalls niemand einfach nur zum Spaß aufhalten. Ellis zwinkerte ihm zu und faltete eine dicke Pappe zusammen, um sie von innen unter die Tür zu schieben. Ein kurzer Test, und sie nickte zufrieden: Wenn auch nicht sonderlich stabil, hinderte die Pappe die Tür wenigstens vorläufig am Öffnen. Es würde im Notfall ausreichend Zeit verschaffen.

Als sie sich wieder aufrichtete, war William bereits hinter sie getreten.

„Hey, Schönheit." flüsterte er und legte die Arme um sie.

Widerstandslos ließ sie sich an ihn ziehen, während er begann, ihren Nacken zu küssen. Er war ungestüm, wirkte geradezu ungeduldig auf sie. Sie schloss die Augen und konzentrierte sich auf das Gefühl seiner Lippen, die über ihre Haut wanderten, auf seinen warmen Atem und seine Hände, die über ihren Bauch strichen, und versuchte, sich zu entspannen. Etwas störte sie, ohne dass sie hätte greifen können, was es war. Die Situation hatte wenig romantisches, was ihr an diesem Abend allerdings eher entgegenkommen sollte. Es fühlte sich sicherer an, wieder bei vertrautem Sex angekommen und dem aufgeschobenen Gespräch zumindest für den Moment entkommen zu sein. Und doch ließ das Gefühl von Unwohlsein sie nicht gänzlich los.

Unwirsch herrschte sie sich an, sich zusammenzureißen. Es war ein harter Tag gewesen, ja. Dennoch musste sie das nicht derart mitnehmen - und schon gar nicht von etwas ablenken, das sie genießen wollte. Fest griff sie die Arme, die sie umschlungen hielten, und presste ihr Gesäß gegen sein Becken. Dieser Moment sollte ihnen beiden gehören.

William war, wie auch immer er das in der kurzen Zeit zustande gebracht hatte, vollkommen steif und begann, sich mit leicht stoßenden Bewegungen an ihr zu reiben. Sie lächelte, bemüht, den Rhythmus zu finden und sich auf ihn einzustellen. Er schien weniger Probleme zu haben, sich gehen zu lassen.

Zwar spürte auch Ellis intensive Erregung in sich aufsteigen, doch jeden Mal, wenn sie das Gefühl hatte, sich in sie fallen zu lassen, zog sich etwas in ihr zusammen und brachte sie in den kalten, muffigen Raum zurück.

William ließ seine Hände über ihre Hüften streifen und tastete sich zu ihrem Schritt vor.

Sie wusste, dass er beim Sex durchaus gern hinter ihr war. Ihr war es anfänglich schwer gefallen, sich darauf einzulassen, den aktiven Part so sehr aus der Hand zu geben und ihn auf ihren Körper herabschauen zu lassen. Mit wachsendem Vertrauen hatte sie sich darauf einlassen können, doch es erforderte für sie ein Maß an Ent-spannung und Zeit, das sie im Augenblick nicht finden konnte. Das hier, nein, das fühlte sich nicht danach an.

Als habe sie nicht bemerkt, was er vorhatte, drehte

sie sich zu ihm um, nahm sein Gesicht in ihre Hände und küsste ihn. Vorsichtig stieß sie ihre Zunge gegen seine, schmeckte die salzige Erinnerung an das Fastfood auf seinen Lippen, spürte die kleinen Stoppeln seines Bartes an ihrem Kinn kratzen und seinen Atem auf ihrem Gesicht.

William hielt inne. Es fiel ihm schwer, sich zu konzentrieren, doch Ellis' Anspannung war ihm nicht verborgen geblieben. Wenngleich sein Körper es vehement einforderte, fragte er sich, ob schneller Sex in dieser Situation das Richtige war.

Er nahm die Hände von ihrem Gesäß und legte die Arme um ihre Schulter. „Ist alles okay?" flüsterte er in ihr Ohr und tauchte sein Gesicht in ihr Haar.

Ellis seufzte und rang sich ein Lächeln ab. „Ja, ich... bin sowas in der Öffentlichkeit nicht gewöhnt." Sie klang schüchtern, entschuldigend, und schenkte ihm ein sanftes Lächeln. Sie war dankbar, eine Erklärung gefunden zu haben, die auch vor ihr selbst plausibel klang.

„Wir müssen das nicht tun." Vorsichtig lehnte er seine Stirn gegen ihre. „Sollen wir es lassen?"

Sie schüttelte energisch den Kopf. „Ich will das. Wirklich." Vorsichtig begann sie, Williams Ohr zu liebkosen, nahm seine Hand und schob sie unter ihre Kleidung. Sie versuchte, sich zu vergegenwärtigen, dass der Mensch, der noch immer zögerlich ihren BH bei Seite schob, der Mensch war, dessen Körper sie an sich liebte. Die Wärme seiner Hand an ihrer Brust hatte etwas tröstliches.

William spürte Unsicherheit. Ellis hatte es bisher vermieden, sich zu äußern, was sein überraschendes Geständnis von Zuneigung betraf. Er war sich nicht sicher, ob er es als Zurückweisung empfinden sollte oder ob dieses Zusammenkommen nicht letztlich die wortlose Antwort darauf sein sollte. In diesem Fall wollte er keinesfalls hinter ihrer Erwartung zurückbleiben, und wenn ihre Erwartung die von schnellem Sex war, dann war er gewillt, dem nachzukommen; eine Entscheidung, die sein Körper sehr begrüßte.

Er ließ sich Zeit, bis er den Eindruck gewonnen hatte, dass Ellis sich entspannte, erst dann löste er sich aus ihrem Kuss, um ihre Hose zu öffnen. Er schnaubte belustigt, als er feststellte, dass seine Finger vor Ungeduld zitterten, bis es ihm endlich gelang. Vorsichtig schob er seine Hand unter den Slip, fuhr mit den Fingerspitzen durch den schmalen Streifen Haar und presste sie gegen ihre Scham. Ellis stöhnte leise auf. Zufrieden nahm er wahr, dass seine Fingerspitzen die Feuchte spürten.

Schnell ging er mit der Hand tiefer. Mit zwei Fingern glitt er in sie, ertastete die Wärme, drückte sanft gegen die Wände ihrer Scheide und genoss das Gefühl von seiner und ihrer Erregung.

Ellis presste seine Hand fester an sich und legte den Kopf in den Nacken. Das erste Mal, seitdem sie diesen Ort betreten hatten, empfand sie wirkliche Lust.

Williams Penis kämpfte inzwischen derart gegen die Kleidung an, dass es zu schmerzen begann. Ellis griff danach. Ihre Finger fuhren über die Wölbung, und vertraute, freudige Erwartung durchströmte sie. Sorgsam öffnete sie seinen Reisverschluss, schob die Hand durch die entstandene Öffnung und strich über die Beule in seinen Shorts, auf der sich ein winziger feuchter Fleck gebildet hatte. Genießend presste ihre Handfläche an sein Glied und schloss die Augen, während sie die Wärme spürte. Bemüht, nichts als ihn zu fühlen, schob sie vorsichtig einen Finger unter die Shorts und berührte seine warme, gespannte Haut des Penis.

William fasste sie und hob sie hoch. Sie lachte überrascht und hell auf, schlang die Arme um seine Schultern und vergas für einen Augenblick ihre Beklemmungen. Mit schnellen Schritten und ohne Schwierigkeiten wegen des zusätzlichen Gewichts trug er sie durch den Raum, drückte sie gegen den kargen Putz und schob dabei ihre Hose herunter, sah sie fragend an.

„Ich will dich. Jetzt." Ellis Atem war kurz und heiß

an seinem Ohr.

Während sie mit den Beinen aus der Hose schlüpfte und den Slip hinterherwarf, begnügte William sich damit, seine Hose und Shorts zu seinen Knöcheln fallen zu lassen; das würde reichen. Ellis strich mit der Hand über seine nun unbedeckte Erektion, fuhr mit dem Daumen über den Rand der Schwellkörper und drückte sanft die Spitze des Penis. Kleine Tropfen traten aus dem schmalen Schlitz aus, die sie mit geübten Bewegungen verrieb.

Er hob ihr Bein an und versuchte, in sie einzudringen. Es erforderte mehr Druck als er erwartet hatte, und er sah sie überrascht an. Er öffnete den Mund, doch bevor er fragen konnte, legte Ellis ihren Finger darüber.

„Alles gut. Mach weiter."

Sie zog seinen Kopf wieder an sich, küsste ihn leidenschaftlich. Ihre Finger gruben sich in sein Gesäß, als er vorsichtig in sie stieß. Kalter, metallischer Schmerz zuckte durch ihren Unterleib. Ohne auf den Schmerz einzugehen, stieß sie ihm ihre Hüfte entgegen.

William spürte, wie sein Glied von warmem Fleisch umschlossen wurde und langsam tiefer in sie drang. Im ersten Moment schmerzten ihn ihre verkrampften Muskeln beinahe, doch sie sah ihn an und nickte, bewegte sich gleichmäßig und verlangend.

Ein tiefes Stöhnen drang aus seiner Brust. Er presste sich gegen sie, nahm ihren Takt auf und stieß kraftvoll zu. Nur entfernt nahm er wahr, wie Ellis unter sein Sweatshirt griff und in seine Brust griff, sich an ihn klammerte. Die Kleidung beengte ihn, doch zu unterbrechen und sich von ihr zu befreien war eine Verzögerung, die keinesfalls ertragbar war.

Er wurde schneller in den Bewegungen. Sein Penis glitt endlich widerstandslos in sie, bedeckt von klarer, im fahlen Licht der Lampe glänzender Feuchtigkeit. Ohne die Möglichkeit, es zu verzögern, kam er in ihr. Wellen von intensiver Anstrengung, gefolgt von haltloser Entspannung, liefen durch seinen Körper.

99

Alles, woraus die Welt einen Augenblick lang bestand, war sein eigener Orgasmus.

Mit geschlossenen Augen rang er nach Atem und hörte nur das rauschende Blut in seinen Ohren, bis langsam seine anderen Sinne wieder einsetzten.

Ellis stand mit der Stirn an seine Brust gelehnt und streichelte ihn. Mit einer Hand gegen die Wand gestemmt, hatte er mit der anderen Ellis Becken umfasst und sie gegen sich gezwängt. Sein Atem ging schwer und stoßweise, vor seinen Augen tanzten noch weiße und schwarze Punkte. Erst langsam wurde ihm bewusst, wie viel Hitze ihre Körper ausstrahlen mussten im Vergleich zu diesem leblosen, kaltfeuchten Raum, in dem sie sich liebten. Im Licht der nackten Glühbirne mussten sie wilde Schatten an die Wand gemalt haben.

Mit einem erschöpften wie glücklichen Grinsen sah er sie an, küsste sie sanft. Ellis lächelte und erwiderte den Kuss. Er wusste, dass sie noch keine Zeit gehabt hatte, selbst zu kommen, geschweige denn, dass er besonders auf sie eingegangen war. Ein Anflug von Scham drang in sein Bewusstsein; er war sich klar, dass er nicht sehr lange durchgehalten hatte. Der Gedanken, wie es auf Ellis wirken musste, versank jedoch in tiefer Entspannung.

Er strich ihr durch das Haar, über ihre leicht verschwitzten Schläfen und küsste ihren Nasenrücken. Er fühlte sich glücklich. Befriedigt. Gehalten. Und während er von einem innigen Wohlgefühl überflutet wurde, betrachtete er ihr vertrautes, entspannte Gesicht mit den zarten Lachfältchen und dem Grübchen in ihrer linken Wange und konnte sich nicht vorstellen, diesem Moment mit irgendeinem anderen Menschen lieber erleben zu wollen.

Ellis legte den Kopf an seinen verschwitzten Hals. Noch immer hielt er ihr Bein gehoben, war in ihr. Es wurde zunehmend unbequem; die Wand war kalt und uneben, drückte kleine Spitzen aus Stein und Mörtel in ihren Rücken, aber diesen kurzen Augenblick von Nähe und seiner Zufriedenheit wollte sie mit ihm erleben. Ob er wahrgenommen hatte, wie laut er gestöhnt hatte? Sie glaube es nicht. Es war ihr egal, dass es schnell vorbei gewesen war. Wirklich genossen hatte sie den kleinesten Teil dieser Unternehmung, und wenigstens die Erleichterung und Befriedigung in seinem Gesicht zu sehen bedeutete ihr etwas. Sie konzentrierte sich auf ihrer Handflächen, die sanft durch Williams Brusthaar strichen, über seinen Bauch und seine Seite. Seine Muskeln zitterten noch leicht.

Eine Weile waren einzig ihrer beider Atemgeräusche zu hören.

„Soll ich..." setzte William an und schickte sich an, mit den Händen an ihrem Körper herabzugleiten, doch sie drehte sich weg. Sein Penis glitt aus ihr heraus, feucht und klebrig, und der Schmerz ließ nach. Er sah, wie ein weißlicher Tropfen zwischen ihren Schamlippen hervortrat, ihren Oberschenkel berührte und begann, langsam daran herabzurinnen.

„Nein, nein." antwortete Ellis schnell. Der Gedanke, weiter in dieser Position zu verharren, behagte ihr nicht, ebenso wenig die Vorstellung, jetzt angefasst zu werden. Der Schmerz in ihrem Inneren schnitt scharf in ihr Fleisch. Es war ihr klar gewesen, dass sie nicht entspannt genug gewesen war, als dass William ohne Probleme hätte in sie eindringen können; trotzdem hatte sie darauf bestanden. Es abzubrechen war ihr unmöglich vorgekommen. William sehnte sich nach ihrem Körper. Was, wenn sie ihm das nahm? Was, wenn er aufhörte, das zu begehren? Was, wenn er nur zu einem weiteren Mann würde, der sie bei Seite legte?

Der körperliche Schmerz würde in ein paar Tagen aufhören; jeder andere würde es nicht.

In dem Licht konnte sie nicht sehen, ob sie blutete, und sie hoffte inständig, dass er später keine Hinweise darauf an seinem Körper finden würde.

Ellis verspannte das Becken, versuchte, seinen Samen so

gut es ging in sich zu behalten und ging ungelenk die wenigen Schritte zu ihrer Kleidung. Eilig zog sie ihren Slip an, der sich unangenehm feucht und kalt an ihren Schritt schmiegte. Die noch immer fühlbaren Spuren ihrer Erregung ließ sie sich klein fühlen. Zugleich spürte sie, wie mehr Flüssigkeit ihre Scheidenwände entlang und aus ihr heraus lief und nun wenigstens vom Stoff aufgesogen wurde. Die Hose würde auffangen, was die Unterwäsche nicht schaffte, sagte sie sich, und fürchtete zugleich, dass sich unaufhaltsam ein Blutfleck in ihrer Kleidung ausbreitete.

Einen Moment standen sie einander unschlüssig gegenüber, dann ging William mit inzwischen wieder hochgezogener Hose zu ihr und küsste sie auf die Stirn. Noch immer spürte er eine Wärme in sich.

„Wollen wir, schöne Frau?" Seine Stimme klang entspannt als er ihr seinen Arm anbot.

„Geh vor, ich komme später nach." antwortete Ellis. „Wir sollten nicht gemeinsam zum Zimmer zurückkommen. Ich mach hier auch noch etwas Ordnung."

„Wahrscheinlich besser so." Er schenkte ihr ein etwas enttäuschtes, aber liebevolles Lächeln, zwinkerte, dann kickte er den Pappdeckel unter der Tür hervor und verschwand auf dem Gang.

Ellis blieb zurück und fühlte sich schäbig. Es war noch nie vorgekommen, dass sie sich unmittelbar nach dem Sex getrennt hatten. Zwar blieben sie nie die gesamte Nacht zusammen, doch sie lagen immer noch einige Stunden zusammen, redeten, dösten nebeneinander, liebkosten sich und spürten die Nähe des anderen. Zugleich hatte sie nicht das Gefühl gehabt, ihn viel länger um sich ertragen zu können.

„*Fuck to go.*" sagte sie leise und wunderte sich über das Gefühl von Leere und Enttäuschung, das sich in ihr ausbreitete. Ihr Empfinden überraschte sie dabei in gleichem Maße, in dem es sie bedrückte. Sie hatte es genau so gewollt, wie es letztlich geschehen war: Am frühen Abend hatte sie das Hotel ausgekundschaftet und sich schließlich für diesen Ort entschieden. Es war ihr klar gewesen, dass sie hier nicht noch lange beieinander sein würden, es hatte genau das sein sollen, was es auch gewesen war: schneller Sex. Es ging doch überhaupt nur um Sex.

Während sie oberflächlich mit einer Pappe ihre Fußspuren im Staub verwischte, fragte sie sich, warum sie trotzdem schmutzig und einsam fühlte.

Sie hatte gehofft, dass Noir bei ihrer Rückkehr bereits schlafen würde, doch sie lag auf der Couch und telefonierte leise. Das große Deckenlicht war gelöscht, und die kleine Tischlampe strahlte ein warmes, gemütliches Licht aus, das große Schatten auf die Wände und ihr Gesicht malte. Noir hatte zum Gruß kurz die Hand gehoben, ohne das Telefonat zu unterbrechen, und Ellis hatte wortlos zurückgegrüßt und war schnell ins Bad geschlüpft.

Zu ihrer Beunruhigung hatte sie tatsächlich Blut in ihrem Slip gefunden. Vorsichtig hatte sie sich in den Schritt gefasst, um den Schaden zu ertasten, und dünne Spuren hellen, frischen Blutes hatten sich über ihre Finger gezogen. Der Schmerz war aushaltbar, doch sie empfand eine Abscheu gegenüber ihrem eigenen Blut, die sie bedrückte.

Nach einer heißen Dusche hatte sie sich in einen dunklen Pyjama geworfen und zögerte den Moment heraus, in dem sie das Bad verlassen musste. Eine Weile starrte sie ihr Spiegelbild an, wusste aber, dass es sie nicht davor bewahren würde. Mit einem letzten tiefen Seufzer straffte sie die Schultern und verließ den kleinen Raum.

Noir hatte das Gespräch inzwischen beendet. Sie lag mit einem zum Turban gewickelten Handtuch um die frisch gewaschenen Haaren ausgestreckt unter der Decke und beobachtete Ellis aufmerksam.

„Nichts bisher. Vielleicht morgen." sagte Ellis und

103

schüttelte bedauernd den Kopf, während sie sich beeilte, den Weg zum Bett schnell zurückzulegen. Die Angst, dass sich ein Blutfleck in der frischen Kleidung abzeichnen konnte, machte sie in einem für sie selbst lächerlichen Maße unruhig. *Das Kainsmal der Hure.*, sagte eine nagende Stimme in ihrem Kopf. Unter der Bettdecke fühlte sie sich deutlich wohler.

„Ist alles in Ordnung, Ellis?"
Die Stimme klang ungewohnt weich. Ellis, die gerade dabei war, die Kissen für die Nacht anzuordnen, hob den Kopf. Noir sah sie an, im Blick nicht die übliche Strenge, mit der sie sie sonst bedachte. Stattdessen war sie merklich besorgt.

„Ja, natürlich." Ellis tat überrascht. „Ich bin mir sicher, dass wir morgen mehr finden werden."
Noir nickte langsam, jedoch keinesfalls beruhigt. „Es waren schlimme Anblicke heute, was?" fragte sie nach einer Pause.
Ellis schüttelte den Kopf - zum Teil, um die Bilder zu verdrängen, die wie auf Knopfdruck wieder vor ihrem inneren Auge auftauchten, zum Teil, um deutlich zu machen, dass es sie nicht belastete. „Unappetitlich, aber ich habe schon schlimmeres gesehen. Ich komme damit klar." Sie rang sich ein Lächeln ab, von dem sie nicht sagen konnte, wie überzeugend es war.
Noir wandte den Blick ab und sah auf ihre eigenen Hände. Sie hoffte, Ellis würde sich etwas weniger unwohl fühlen, wenn sie sich nicht direkt beobachtet fühlte. Für eine Sekunde zog sie in Betracht, sich zu ihr zu setzen, entschied sich jedoch schnell dagegen. So rieb sie schlicht ihre Finger aneinander und betrachtete ihre Nägel, während sich Ellis zwischen all den Kissen und Decken verbarg.

„Du kannst mit mir reden, Ellis." sagte sie schließlich behutsam. „Das weißt du. Okay?"
Ellis konnte nicht antworten. Etwas in ihrem Hals zog sich zusammen. Ohne zu verstehen, weshalb sie so empfand,

klammerte sie die Finger fest in die Decke und zwang Luft in ihre Lungen. Wut kam in ihr auf; Wut darauf, dass sie sich so unwohl fühlte, und Wut darauf, dass sie nicht wirklich verstand, weshalb. Es störte sie immens, das William begonnen hatte, sich ihr emotional zu nähern, doch empfand sie ihre Reaktion selbst als überzogen. Auch die Untersuchung eines toten Körpers, wie sie heute angestanden hatte, sollte sie weniger belasten als es das offenbar tat.

Alles, was sie zustande brachte, war ein knappes Nicken, dann ließ sie den Kopf so tief ins Kissen sinken, dass Noir ihn nicht mehr sah.

Noir wartete noch einen Augenblick, ob Ellis sich zu einer Antwort durchringen konnte, dann löschte sie die kleine Tischlampe und machte es sich unter der Decke bequem. Die Vorhänge waren zugezogen, das Mondlicht und das sich bewegenden Leuchten der noch belebten Innenstadt drangen nur schemenhaft und gedämpft in den dunklen Raum. In diesem schwachen Schein sah sie nur grob die Umrisse des Bettes und der Gestalt, die sich auf ihm zusammengerollt hatte, und die sich so offensichtlich darum bemühte, einen ruhigen und unbeteiligten Eindruck zu vermitteln.

Es war für sie keine Frage, dass Ellis sich quälte, das sah sie. Allgemein wirkte sie in den letzten Tagen angespannter. Noir hatte es mit wachsender Besorgnis registriert, es allerdings zunächst dabei belassen, das zu beobachten. Von ihrer Affäre mit William Scott wusste sie seit geraumer Zeit. Es war so offensichtlich, dass sie sich fragte, wie beide ernsthaft davon ausgehen konnten, dass es ein Geheimnis sei - aber wenn sie dieses Spiel so spielen wollten, dann war sie gewillt, es zuzulassen und zu sehen, wo es hinführen würde.

Einige Monate war es gut gegangen, und William machte auf sie auch nach wie vor einen recht zufriedenen Eindruck. Ellis hingegen war zuletzt stiller geworden.

Die Erinnerungen an einen Tag vor drei Jahren

kamen ihr in den Sinn. Damals hatte sie Ellis nach einem Meeting aufgefordert, noch zu bleiben. Ellis war zwar dafür bekannt, dass sie sich gern im Hintergrund hielt, doch in den Tagen zuvor hatte sie sich intensiv zurückgezogen, war zu einem Termin nicht erschienen und hatte dem Meeting auch nur mit halber Aufmerksamkeit gefolgt.

Ellis hatte erwartet, dafür eine Abmahnung zu erhalten, die ihr völlig egal gewesen wäre. Alles war egal zu jener Zeit.

Sie war also auf ihrem Stuhl sitzen geblieben, während die Kollegen an ihre Arbeit zurückkehren durften, und Noir hatte sich neben sie gesetzt und geschwiegen. Der Schmerz war auch für sie körperlich spürbar gewesen, und dennoch es hatte eine Weile gedauert, bis er aus Ellis herausgebrochen war.

„Dawson wird sich scheiden lassen." hatte sie schließlich gesagt. Er würde einfach fortgehen und ein anderes Leben führen, ohne sie. Er würde glücklich werden, mit einem anderen Leben, mit einer anderen Frau, während sie nur ein Leben mit ihm wollte. Ohne es zu wollen, hatte Ellis haltlos angefangen zu weinen. Ein für sie völlig absurder Moment; während sie nichts gegen die Tränen tun konnte, die unaufhörlich über ihre Wangen liefen, stand sie neben sich, fühlte gar nichts und fragte sich, weshalb dieser Ausbruch ihr passierte, und weshalb ausgerechnet jetzt.

Noir hatte aufrichtige Trauer empfunden. „Es tut mir wirklich leid." war das einzige gewesen, das sie hatte sagen können. Sie hatte es befürchtet: Eine nur wenige Jahre alte Ehe, kinderlos und ohne die Möglichkeit, da wirklich drüber nachzudenken, weil schlicht die gemeinsame Zeit fehlte. Ehen und Beziehungen gingen kaputt - in ihrem Beruf unverhältnismäßig viele. Die unendlichen Stunden, die sie auf der Arbeit verbrachten, die überstürzten Abreisen, die immer wieder drohten und keine Auskunft darüber gaben, wann sie zurückkehrten - oder ob sie überhaupt zurückkehren würden. All das verzieh ein

106

Partner eine gewisse Zeit lang, selten aber lange genug, damit die Beziehung Bestand hatte. Und Dawson war nicht bereit gewesen, das weiter zu tun.

Sie hatten nebeneinander gesessen und Ellis hatte getrauert, den Schmerz durchlebt, der jede Zelle ihres Körpers zu füllen schien und keinen Raum für etwas anderes gelassen hatte.

Sie sprachen nicht; keine Sätze, dass es besser so wäre, keine Ermahnung, dass das Privatleben keinen Einfluss auf die Arbeit haben durfte; für einen Moment brauchte es nicht die Chefin, sondern eine Freundin.

Noir hatte sich unbehaglich gefühlt. Sie konnte den Schmerz zu gut nachvollziehen, um unberührt davon zu sein, und emotionale Involviertheit war kein guter Berater für eine verantwortungsvolle Position. Doch ob sie wollte oder nicht, berührte Ellis' Situation sie, und für den Moment schienen sie einen Grund zu betreten, der sehr viel persönlicher war als bisher. Sie hasste Körperkontakt. Solange es den Anstrich des beruflichen hatte, konnte sie es aushalten, doch dies war zu privat, als dass sie sich damit wohlfühlen konnte. Zögerlich hatte sie Ellis die Hand auf den Arm gelegt und versucht, ihr Nähe zu vermitteln, ohne selbst welche fühlen zu müssen.

Sie hatte mit Ellis nie darüber gesprochen; irgendwann hatte Ellis sich wieder beruhigt, die Augen getrocknet und ihre Kleidung gerichtet.

„Ma'am." Mit einem angedeuteten Nicken hatte sie erklärt, nichts hinzufügen zu wollen.

„Melde dich, wenn du etwas brauchst. Ich bin da." hatte Noir versucht, ihr mit auf den Weg zu geben, konnte jedoch nicht beurteilen, ob es sie erreicht hatte. Danach war das Thema gestorben: Ellis hatte es nie wieder angesprochen, und Noir hatte ihr den Raum gelassen. Sie hatte, entgegen ihrem eigentlichen Vorsatz der Gleichbehandlung, die unangenehmen Arbeiten von Ellis erst einmal ferngehalten, bis sie den Eindruck hatte, dass sie sich etwas erholt hatte. Das war der Fall gewesen -

eigentlich.

Die Art, wie sie vorhin das Zimmer betreten hatte, ließ wenig Zweifel daran, dass es ihr schlecht ging. Dabei ging es nicht einmal darum, dass sie den Blickkontakt vermied; die steife Art, sich zu bewegen, die große Anspannung, die sie verströmte, sprachen Bände.

Beziehungen zerbrachen. Hier augenscheinlich eine mehr. Es tat ihr leid, für beide, und sie fragte sich, ob es nicht besser wäre, Ellis von der Erkenntnis ihres Geheimnisses zu unterrichten und sie so von der Last zu erlösen, nicht darüber sprechen zu dürfen.

Rede doch mit mir., dachte sie und konnte nicht verhindern, dass sie selbst einen traurigen Ausdruck annahm.

Doch alles, was hörbar war, war Schweigen.

Nacht auf Mittwoch
ein Laden in Nevada

Beef Jerky war immer eine gute Idee. Man konnte ewig darauf herumkauen und hatte danach immer noch den Geschmack in den Mundfalten kleben. Er bevorzugte die scharfen Würzungen, und ärgerte sich, dass sie hier nicht besonders viele davon hatten. Dann musste Chili eben reichen. Großzügig schaufelte er die Tüten in seinen kleinen Einkaufskorb, in dem schon ein paar Flaschen Soda herum rollten und jeden seiner Schritte mit einem Klirren kommentierten.

Er hatte sich umgezogen und weitestgehend gewaschen, fühlte sich wohl und erfüllt, geradezu bedürfnislos. Kein besonders guter Zustand, um einzukaufen, aber der Laden lag günstig und im Augenblick wollte er noch nicht wieder auf die weite Straße hinaus. Hier war es klimatisiert, was ihm sehr behagte: Nevada war eine sehr andere Gegend als Oregon, und die Hitze, die er ohnehin hasste, setzte ihm zu. Er hoffte, nicht lange in dieser Gegend bleiben zu müssen. Selbst die Nächte hier waren zu warm.

Er stromerte zwischen den Regalen herum und packte Dinge ein, von dem er glaubte, dass ihn irgendwann das Verlangen danach packen könnte; Kaugummi, Schokoladenkekse, ein paar Konserven und Mikrowellenessen. Er würde es kalt essen, ein Gourmet war er nicht. Essen war notwendiges Übel, für das er sich wenig Zeit nahm und noch weniger Mühe aufzubringen bereit war.

In der Nähe der Kühlregale blieb er stehen, genoss die feuchtkalte Brise und ließ seinen Blick durch den Raum wandern.

Er war nicht der einzige Kunde. Im Laden befanden sich noch zwei andere Männer, einer etwas jünger als er selbst, der andere in seinem Alter, schätzte er. Beide waren von kräftiger Statur und ignorierten einander beharrlich, und so kam es zu einer angenehmen Ruhe. Der Ältere stand an dem kleinen Stehtisch neben der Kasse und aß ein abgepacktes Sandwich. Sein Oberlippenbart zitterte bei jedem Kauen und brachte den Käserest, der in ihm hing, der Gefahr des Absturzes nahe.

Der Jüngere, wenn sein Alter diese Formulierung überhaupt noch zuließ, stand vor dem Regal mit Zeitschriften und blätterte durch die Pornomagazine, ein gut gefüllter Einkaufskorb neben ihm.

An der Kasse stand ein wirklich junger, dunkelhäutiger Mann, den er auf maximal zwanzig Jahre schätzte. Er wirkte schlaksig und noch im Wachstum begriffen, seine Hände große Pranken, in die seine Arme noch hineinwachsen mussten. Später einmal würde er ein kräftiger Mann sein, wenn er seinen Körper dahingehend schulte, dem die Welt des Wunderbaren offenstand, befand er.

Der Gedanke ließ ihn lächeln. Vier Menschen waren sie hier, vier, die nichts voneinander wussten. Wer mochten die anderen sein? Taten sie ähnliches wie er? Kannten auch sie die Einblicke in die Menschlichkeit und die Kunst, die er hatte? Mit Sicherheit sahen sie in ihm nichts von dem, und die Banalität des Alltags würde es sie auch nicht vermuten lassen. Und dieser trockene, leblose Alltag griff auch langsam nach ihm.

Mit einem Ruck löste er sich von den Kühlregalen und trat auf die Kasse zu. Wortlos stellte er den Korb ab und sah dabei zu, wie der Junge die Waren herausgriff und über den Scanner zog.

„49,60 bitte, Sir." sagte der mit tiefer Stimme, die ihn überraschte.

Er fischte nach seinem Portemonnaie und zog den letzten Schein heraus, ein einsamer Fünfziger wechselte den Besitzer. Während er das Wechselgeld einsteckte, fiel sein Blick hinter die Kasse auf gestapelte Kisten mit Briefumschlägen und Paketen darin.

„Ihr nehmt hier auch Post an?" fragte er vorsichtshalber nach.

„Ja, Sir." antwortete der Junge etwas kurzatmig, während er die Waren in Tüten verpackte.

Er sah eine Gelegenheit, das Notwendige mit dem Nützlichen zu verbinden. „Wird die heute noch abgeholt?"

„Ja, Sir. Jeden Morgen. Inlands zugestellt wird dann morgen."

„Dann wart mal eben." Mit eiligen Schritten verließ er den Laden, ohne seine Waren mitzunehmen.

Sein Auto parkte in einer Nebenstraße, geparkt zwischen zwei Straßenlaternen und damit so weit im Dunkeln wie möglich. Den Schlüssel brauchte er nicht; der Kofferraum war bereits seit Jahren nicht mehr abschließbar, das Schloss durchgerostet. Geschlossen hielt er lediglich, weil er das Metall eingedrückt hatte. Nur mit Mühe und einigen kräftigen Fausthieben gelang es ihm, den Deckel zu öffnen.

„Scheiß alte Karre." brummte er und begann, in den Dingen zu wühlen, die hier verstaut waren. Mülltüten mit inzwischen braun oxidiert befleckter Kleidung, ein Wagenheber, leere Zigarettenschachteln und ein platter Ersatzreifen, den er immer mal hatte ersetzen wollen, dazu ein paar Pappkartons. Aus einem von ihnen zog er einen inzwischen verknickten Briefumschlag hervor und schaufelte mit den Armen die restlichen Sachen wieder auf einen Haufen, über dem der Deckel sich schließen ließ. Er war zufrieden, sehr sogar. Es war für ihn eine gute Nacht gewesen.

Wieder im Laden ließ er den Umschlag auf den Tresen segeln. „Den dann auch noch. Ach, und eine Packung Mundspray."

Den abschätzigen Gesichtsausdruck auf dem Gesicht des jungen Mannes nahm er nicht wahr. „Das macht dann noch einmal vier Dollar und drei Cent, Sir." antwortete er, während er den Brief an sich zog und eine Marke darauf klebte.

Er sah in das Kleingeldfach, doch alles, was da war, waren die vierzig Cent Wechselgeld. „Scheiße." knurrte er, tastete die Hosentaschen ab und wusste, dass er ohnehin kein weiteres Bargeld dabei hatte. Lust, sich erneut um den Brief kümmern zu müssen, hatte er allerdings noch weniger.

„Mit Karte." sagte er misslaunig und zog eine Kreditkarte heraus. Der junge Mann nahm sie und buchte den kleinen Betrag ab, las den Namen auf der Karte ab und reichte sie zurück. „Ich wünsche Ihnen noch einen schönen Tag. Vergessen Sie ihre Einkäufe nicht. Auf Wiedersehen, Mr. Boise."

111

SECHS

Die Nacht war kurz gewesen.

Aus unruhigem Schlaf und mit schmerzendem Rücken war Noir aufgewacht und hatte einen Moment gebraucht, um sich zu orientieren. Bilder des vergangenen Traumes hingen in ihrem Geist wie Nebel, nicht greifbar und doch dicht und undurchsichtig, legten ein bedrückendes Gefühl über ihre Gedanken und ihre Stimmung. Leise setzte sie sich auf und sah sich im Zimmer um.

Ellis schlief noch, ruhig und tief. Draußen streckten sich die ersten Sonnenstrahlen in den Himmel und kündeten von einem weiteren Sommertag. Vögel waren bereits unterwegs und schwirrten an den verhangenen Fenstern vorbei, ließen sich auf den Balkonen nieder und suchten laut zwitschernd nach Essbarem. Auch Noirs Magen machte sich schmerzhaft bemerkbar; sie hatte am vergangenen Abend nicht mehr gegessen, zur Mittagszeit hatte sie in der Klärgrube gestanden und danach auch keinen Appetit verspürt. Um ein Frühstück kam sie heute nicht herum.

Ihr Blick fiel auf das Display des Handys, das in Griffweite lag. Unbeleuchtet hatte auch es die Nacht geruht, ihr ein paar Stunden Auszeit gegönnt.

Zugleich waren nur einen Anruf weit weg die, die sie liebte. Sie dachte an George, der um diese Zeit aufzustehen pflegte, und an ihre Kinder, die alles andere als Frühaufsteher waren und selbst zu späterer Zeit nur grummelig und mit wenig Elan aus dem Bett kamen. Ihr Sohn und ihre Tochter besuchten seit der weiterführenden Schule dasselbe Internat und verbrachten in der Regel nur die Ferien und Feiertage zuhause. Sie fühlten sich wohl dort, erlebten eine Kontinuität, die sie ihnen nicht geben

112

konnte und die ihr Vater ihnen nicht geben wollte. Sie telefonierten häufig, wenn Noir nicht im Einsatz war - war sie fort, wie jetzt, musste sie sich an das Kontaktverbot halten. Die Gefahr, in die sie sie brächte, war zu hoch.

Gegenwärtig war der erste Monat der Sommerferien, und die Kinder waren daheim bei George, und zumindest den erreichte sie gefahrlos hin und wieder. So bekam sie auch in diesen Zeiten zumindest halbwegs mit, was bei ihnen geschah und wie es ihnen ging. Es ersetzte aber keinesfalls ein gemeinsames Leben; eine Schuld und ein Schmerz, der auszuhalten ihr schwer fiel.

Der Gedanke an die Familie quälte sie zunehmend und ließ sie unruhig werden. So leise wie möglich schälte sie sich aus der Decke und ging ins Bad. Am vergangenen Abend hatte sie ihre Sachen hier deponiert, falls die Situation es zuließ, dass sie laufen gehen konnte; danach sah es aus. Nach einer schnellen Katzenwäsche griff sie sich das Handy und verließ geräuschlos das Zimmer.

Ellis hatte die Zimmerkarte nicht auffindbar zurückgelegt, eine zweite gab es nicht. Das sollte keine Schwierigkeiten bereiten - wenn sie zurückkam, würde es spät genug sein, damit alle wach und für den Tag bereit waren. Über das Handy schrieb sie allen, dass sie ein Treffen für acht Uhr anberaumte, und schickte ein kurzes *Ich liebe euch.* an ihren Mann. Eigentlich war es streng untersagt, dienstliche Kommunikation und private zu vermischen, aber wer sollte es schon ahnen?

Vor dem Hotel zeigten sich die Straßen noch größtenteils leer. Einige große Sprinter standen vor dem nahegelegenen Kongresszentrum, die Mobiliar für eine beginnende Tagung brachten und in unpassender Betriebsamkeit entladen wurden. Nur einzelne Fußgänger waren unterwegs, die meisten, weil am anderen Ende der Leine ein Hund dies einforderte. Erneut fiel ihr auf, wie sauber die Stadt war - gestern Abend waren nicht wenige Menschen unterwegs gewesen, doch die Straßen präsentierten sich sauber und ordentlich. Sehr anders als in Washington, DC. Die Luft war reiner, der Lärm geringer, die Menschen hatten eine Ruhe inne, die etwas heilsames ausstrahlte. Sie verstand, warum man sich hier niederließ.

An einem der großen Pflanzkübel neben der Hotelzufahrt dehnte sich jemand. In kurzen Hosen und Kapuzenpullover wirkte er nur zur Hälfte passend gekleidet für den frühen und daher noch recht frischen Morgen, und die Gänsehaut, die über seine Schienbeine kroch, bestätigten dies.

„Guten Morgen." Noir trat neben ihn und begann ihrerseits, sich aufzuwärmen. Es waren die ersten Worte gewesen, die sie an diesem Tag sprach, und ihre Stimme klang noch belegt.

Cooper nahm einen Funkkopfhörer aus dem Ohr. „Morgen, Chef!"

„Wie kommt's, dass du schon aus dem Bett gefallen bist?"

Cooper verzog das Gesicht. „William schnarcht furchtbar. Nicht auszuhalten. Laufen wir gemeinsam?"

Eigentlich hatte sie gehofft, Zeit mit sich allein verbringen zu können, sich nur auf sich und ihren Körper zu konzentrieren und in den Schatten der Wälder einzutauchen. Zugleich wusste sie, dass ein gemeinsames Bewegen in diesen Gebieten deutlich sicherer war - für sie, aber auch für ihn.

„Warum nicht?" entgegnete sie, und fügte mit einem Zwinkern hinzu: „Wenn du mithalten kannst." Sie war sich sehr bewusst, dass Cooper das Mitglied mit der besten Kondition war und wenn jemand in Konditionsschwierigkeiten geraten würde, dann war es sie. Und Cooper wusste, dass sie das wusste.

Er musterte sie so unauffällig wie möglich, während sie ihre Sprunggelenke lockerte: lange Hose, dazu eine bauschige Trainingsjacke, die sich über der Hüfte wölbte. Cooper ahnte, dass sie dort eine Schusswaffe verbarg. Meistens trug sie die Waffe gern offen sichtbar, verzichtete auf verdeckende Kleidung und beschränkte sich auf eng anliegendes. Es kam ihm vor, dass sie für ihren Körper dieselben Grundsätze gelten ließ wie für ihre Bewaffnung: *Sieh, was ich habe. Und dann überlege gut, ob du das gegen dich aufbringen willst.* Entsprechend wirkte sie in dieser Jacke, die sie wie eine Wolke umgab, irgendwie klein und zierlich.

„Bereit?" fragte er und sprang auf der Stelle auf und ab.

„Nur zu, zeig, was du kannst." grinste Noir und setzte sich in Bewegung.

Das Hotel war zentral gelegen, sodass sie eine Weile durch die Straßen der Stadt laufen mussten, ehe sie das freie Land erreichten. Die Bäume standen hier noch geordnet und mit großem Abstand zueinander wie kleine Wächter der hügeligen Felder und Wiesen. Zu dem riesigen, alles verschluckenden Wald, der über ihnen thronte, verdichteten sie sich erst weiter nördlich; hier hoben und senkten sich die Hügel zwar schon, aber die Landschaft war noch überschaubar und offen. Felder mit niedrig bewachsenen Weinreben erstrecken sich, nur von unbestellten Wiesen unterbrochen, bis zum Horizont, den eine grelle Sonne erklommen hatte. Die geteerte Straße war längst einem Feldweg gewichen, der die Geräusche ihrer Tritte verschluckte und außer durch ein wenig aufgewirbeltem Staub nicht verriet, dass sich jemand auf ihm bewegte.

Noir spürte, wie sich ihr Körper langsam angenehmer anfühlte. Die Luft war noch kalt und feucht von einem nächtlichen Regen. Der Vormittag würde schwül werden, momentan war der Dunst noch kühl und frisch, legte sich auf die Atemwege und benetzte unsichtbar die Haut, wusch die Müdigkeit und die Reste des Traumes von ihr. Erst nach einigen Meilen hatte sie die Entspannung empfunden, die sie suchte, spürte die Wärme ihres Körpers und ihren konstanten Herzschlag. Ihr Blick tastete unaufhörlich das Umfeld ab, scannte jeden Busch und jeden Baum ab, doch sie schienen allein zu sein.

115

Cooper lief gut gelaunt neben ihr. Sie hatten ein forderndes Tempo gewählt, von dem er nicht übermäßig angestrengt wirkte. Die Musik aus seinem Kopfhörer - auf den anderen hatte er aus Anstand verzichtet - drang noch bis an ihr Ohr; irgendetwas aus dem Bereich Hardrock. Es passte zu ihm, fand sie. Er legte viel Wert auf seinen Körper, was sie nicht negativ werten konnte; sie tat schließlich dasselbe. Was ihr weniger gefiel, war, dass er vermehrt Wert auf *ihren* Körper legte. Er hatte nie einen Vorstoß in ihre Richtung gemacht, hatte nie versucht, sich ihr zu nähern oder hatte sich über das zwischen allen übliche Maß hinaus anzüglich geäußert. Wie er sie seit kurzem ansah, war ihr allerdings nicht entgangen. Natürlich wusste er, dass sie verheiratet war, und soweit sie es einschätzen konnte, hatte sie ihm gegenüber keine Signale gesendet, dass sie bereit war, das in irgendeiner Weise zu riskieren. Im Gegenteil, in den letzten Wochen hatte sie dezent Situationen gestreut, in denen sie mit George gemeinsam auftrat, wenn Cooper dabei gewesen war. Bisher befand sie es als unproblematisch: Es lag nicht in ihrer Hand, wer sie begehrte und wer nicht. Machte sie den Umstand zu einem ausschlaggebenden Kriterium, wer Fantasien mit Kollegen unterhielt, könnte sie kein Team zusammenstellen, und so war Coopers Vernarrtheit ihr egal, solange er die Grenze des Professionellen ihr gegenüber wahrte - und das tat er.

George sah es freilich kritischer, was hin und wieder zu Spannungen führte. Dass Cooper äußerlich deutliche Ähnlichkeit mit Shawn, dem Vater ihrer Kinder und ihr erster Ehemann, aufwies, trug in seinen Augen nicht zur Beruhigung der Lage bei.

Ein Vibrieren in der Tasche ließ Noir abrupt stoppen. Cooper, für den der Stopp unvorhersehbar gewesen war, stolperte und hielt ebenfalls an. Überrascht und interessiert zog er eine Augenbraue hoch, während er die Musik in seinem Kopfhörer verstummen ließ.

Noir zog die Jacke auf und angelte das Handy aus der

Innentasche, ohne auf ihn einzugehen. „Erzähl."

Cooper lauschte, konnte jedoch nicht hören, wessen Stimme aus dem Lautsprecher drang oder was sie sagte. Er bemühte sich, seinen Atem herunterzuregulieren, und beobachtete seine Chefin, deren Stirn sich in nachdenkliche Falten legte, während ihre Augen unruhig hin und hersprangen.

Er hatte Recht gehabt: Unter der geöffneten Jacke ragte die Glock über ihre Hüfte, griffbereit. Unter ihren Brüsten, die sich unter der Anstrengung des Laufes noch zügig im Rhythmus ihrer Atmung hoben und senkten, hatten sich kleine Schweißflecken gebildet. Er spürte selbst, wie das T-Shirt unter dem Sweater an seinem Oberkörper klebte; die Belastung und die ansteigenden Temperaturen, dazu der abrupte Stopp - an ihm perlten Schweißtropfen herab. Zufrieden fuhr er mit dem Ärmel über seine Stirn und spannte die Muskeln an. Er genoss das Gefühl, wenn sein Herz kräftig und schnell das Blut durch seinen Körper pumpte, wenn seine Muskeln brannten und er sich intensiv spüren konnte. Ein weiterer Grund, stetig weiter an die Grenzen zu gehen.

„Interessant. Wirklich." Noir nickte aufgeregt. „Danke, Quentin. Schickst du... okay, danke. Gut gemacht." Sie klappte das Handy zu und lockte Cooper zu sich. „Wir müssen zurück. Der Knochen aus der Grube hatte einen Treffer."

Das Laufen war durch den Anruf so verkürzt worden, dass es erst kurz nach sechs Uhr war, als sie gegen die Zimmertüren hämmerten. Die Zimmer waren abgesperrt, und auch wenn Cooper eine Karte für seines besaß, ließ er sich den Spaß nicht nehmen, William aus dem Bett zu werfen. Der war erst spät in der Nacht ins Zimmer zurückgekehrt, hatte geduscht und sich dann neben ihn ins Bett gelegt. Gähnend hatte er vorgegeben, sehr müde zu sein und direkt schlafen zu wollen, aber Cooper war weder der Kratzer im Nacken noch der durch und durch zufriedene Gesichtsausdruck verborgen geblieben.

„So früh im Einsatz eine wegzubügeln, wenn die Chefin nebenan schläft - die Eier möchte ich haben!" hatte er grinsend gesagt, doch William hatte lediglich mit seiner Unschuldsmiene „Ich weiß gar nicht, was du meinst." geantwortet und sich dann dem Schlaf überlassen, der ihn schnell gefunden und welchen er mit lautem Schnarchen kommentiert hatte.

Ihn jetzt mit Lärm und Alarm aus den Federn zu rufen bereitete ihm eine gewisse Genugtuung.

„In zehn Minuten bei uns!" rief Noir gerade in Matthews und Tajos Zimmer, die beide schlaftrunken den Kopf hoben und instinktiv nach ihren Waffen griffen.

Sie lief beinahe gegen ihre eigene Zimmertür. In der Aufregung hatte sie vergessen, keine Schlüsselkarte dabei zu haben, und so war sie zu einer kurzen Pause verdammt, während sie darauf wartete, dass Ellis die Tür öffnete.

„Infos! Gleich, Meeting hier!" rief sie und stürmte ins Bad, um eilig den Schweiß vom Körper zu waschen und sich in die Tageskleidung zu werfen. Die Haare vom Handtuch noch wild verrieben hüpfte sie auf einem Bein, um die Socken zu richten und zugleich ihr Tablet auf die neu eingetroffenen Dateien zu überprüfen. Ellis fragte sich, wie es wohl nachts aussehen mochte, wenn solch ein Anruf sie in ihrer Freizeit erreichte, ob sie dann auch so überdreht und voll aufgeregter Vorfreude war. Mit ein wenig Zynismus dachte sie darüber nach, was wohl geschah, wenn eine Information kam, während sie mit George schlief. Welchem von beiden würde sie den Vorzug geben - und so ganz unwahrscheinlich fand sie es auch nicht, dass sie vielleicht den Anruf annahm und ihn einfach währenddessen weitervögelte.

Matthew klopfte und trat mit einer gefüllten Kaffeekanne in der Hand ein. Tajo brachte einen Stapel Tassen hinterher, während William ausreichend damit beschäftigt zu sein schien, sich selbst und sein Tablet am Umfallen zu hindern. Die Müdigkeit konnte er nicht verbergen, allerdings gab er sich diesbezüglich auch keine Mühe. Mit noch kleinen Augen setzte er sich auf den Boden, wie die anderen auch.

Ellis, die den noch immer nagenden Schmerz in sich ignorierte, hatte sich auf die Bettkante gesetzt und vermied jeden Blick auf ihre Kollegen, während sie wortlos in ihrem Tablet las.

Sie waren schon in die Neuigkeiten vertieft, als Cooper schließlich hinzukam. Die Zeit zum Abtrocknen hatte er offenbar nicht mehr gefunden, sein Hemd klebte in nassen Flecken am Oberkörper, von den schmutzig blonden Haaren rannen kleine Tropfen über seinen Nacken. Energisch wedelte er mit dem Tablet. „Das nenne ich mal gute Neuigkeiten!" Er sah sich kurz um und ließ sich schließlich auf dem Sofa nieder, inmitten des zusammengeknautschten Bettzeugs, das Noir unordentlich hatte liegen lassen. Er mochte es sich einbilden, aber er meinte, es rieche noch nach ihr.

„Also, die Kurzzusammenfassung." sagte Noir und reichte ihm eine Tasse Kaffee. „Quentin konnte den Knochen, den wir gestern aus der Sickergrube gezogen haben, einer Vermisstenmeldung zuordnen. Sie gehört zu einer Frau, die vor mindestens vier Monaten in einer kleinen Stadt namens Ridgewater Falls verschwunden ist, ist nicht so weit von hier. Name war..." Noir wischte auf dem Tablet herum.

„Hellen McCarthy." half Matthews aus. Seine Stimme klang noch belegt, sein Gesicht zerknautscht, und Noir wurde bewusst, dass sie ihn noch nie direkt nach dem Aufwachen gesehen hatte. Trotz seiner siebenundvierzig Jahre wirkte er unvermutet kindlich in seiner Müdigkeit auf sie.

„Bedankt!" bestätigte Noir und bemühte sich nicht, die Vorfreude aus ihrer Stimme zu verbannen.

„Die Ermittlungsakte ist jetzt nicht sonderlich lang." Ellis klang enttäuscht. „Vermisst gemeldet von der

Arbeitskollegin, Bruder befragt, wenig Sozialkontakte - das war's. Mehr haben wir nicht?"

„Naja, Ridgewater Falls ist jetzt auch nicht so reich bestückt, dass man viele Sozialkontakte haben kann." Noir verzog das Gesicht. „Wird ein ziemliches Kaff sein."

„Wahrscheinlich ist man deswegen davon ausgegangen, dass sie der Einsamkeit einfach überdrüssig geworden und einfach abgehauen ist." brummte William und schenkte sich Kaffee nach. „Die Polizei hat jedenfalls keinen Verdacht auf ein Gewaltverbrechen vermerkt. Wenn ich mir das so durchlese, steht da nicht viel mehr als ‚Yo, die ist weg'."

„Inwiefern gehen wir davon aus, dass das Verschwinden dieser Frau ganz konkret mit Boises Ermordung in Zusammenhang steht?" fragte Tajo ruhig und konzentriert. Er blätterte mit sichtbarer Skepsis durch die elektronische Akte, strahle dennoch eine Ruhe und Beständigkeit aus, die die anderen zur Ordnung rief.

„Naja, er hatte ihren Knochen. In seinem Klo." antwortete Noir überrascht. „Sie war seit rund vier Monaten verschwunden, aber der Knochen hat dort erst circa acht Wochen gelegen. Andere Verstauungsmöglichkeiten sind mir in der Hütte jetzt nicht aufgefallen, damit liegt zumindest der Gedanke nahe, dass er sie eine ganze Weile hatte. Sie wird ihn nicht ermordet haben können, so..." Sie suchte nach Worten, um das Offensichtliche nicht zu pietätlos auszudrücken. „...*tot* wie sie da schon war." endete sie schließlich lahm.

„Aber es gibt uns wenigstens Anhaltspunkte, wo Boise zuletzt gewesen ist, mit wem er Kontakt hatte." sprang Cooper ihr bei. „Es ist schon sinnvoll. Wir fahren also nach Ridgewater Falls?"

„Nein, um Gottes Willen. Wir sechs sind wahrscheinlich mehr als die da als Besatzung auf der Wache haben." Noir winkte ab. „Ich fahre allein. Euch möchte ich gern auf die einschlägigen Läden ansetzen, die Boise mit hoher Wahrscheinlichkeit aufgesucht haben wird, wenn er sich länger in der Hütte aufgehalten hat. Baumärkte. Campingbedarf. Jägerbedarf, sowas. Wird eine Menge abzuklappern sein, wir müssen einen größeren Kreis abchecken als nur Lexington."

„Ich würde lieber mitfahren nach Ridgewater." sagte Ellis nachdrücklich, ohne aufzusehen.

Die Blicke richteten sich auf sie - zwar war die Situation nicht so von Dominanz geprägt, dass ein Widerspruch offen unangemessen gewirkt hätte, aber die Betontheit in Ellis' Stimme war überraschend.

„Wieso?" fragte Noir. Sie war halb interessiert, halb verärgert. Es war eine klare und sehr einfache Anweisung gewesen, und alles andere war offensichtlich eine Verschwendung von Ressourcen.

„Ich halte es für sinnvoller." erwiderte Ellis ruhig, ohne es weiter zu erklären. Erst nun hob sie den Blick und sah Noir direkt in die Augen. Das Missfallen, das diese offenkundig empfand, hielt sie aus.

Cooper unterdrückte ein amüsiertes Schnauben. Ihm war nicht entgangen, wie hart Noirs Körpersprache binnen Sekunden geworden war; wie eine Raubkatze vor dem Sprung sammelte sie Kraft, um falls nötig nach vorn zu gehen. Ein Stückweit konnte er es verstehen, denn Ellis ging über einen Wunsch oder Vorschlag hinaus, sie stellte die Taktik in Frage - vor der Gruppe. Er konnte sich nicht erinnern, dass Ellis das je zuvor getan hätte.

„Nein."

In den letzten Sekunden hatte sich eine eisige und gefährliche Stimmung ausgebreitet. Hinter vorgehaltener Hand verglichen sie solche Augenblicke mit dem Moment, bevor ein Tyrannosaurus Rex aus dem Unterholz brach, die Luft mit einem markerschütterndem Schrei zerriss und ein kleines Beutetier zerfetzte. Diese Gefahr von jetzt auf gleich auszustrahlen vermochte Noir mit jeder Faser ihres Körpers, und so hatte sie schnell jenen Namen erhalten.

Ellis nickte knapp. Auch ihr war klar, dass jedes weitere Wort an dieser Stelle einen Konflikt förderte, den sie nicht wollte. Eigentlich hatte sie nur vermeiden wollen, mit William gemeinsam eingesetzt zu werden, ohne dabei sagen zu können, weshalb sie das so intensiv umgehen wollte; ein schales Gefühl von Wut auf sich selbst vermied, dass sie sich damit auseinandersetzen konnte.

„Teilt euch auf, wie ihr wollt. Den Radius setzen wir auf siebzig Meilen, die wir abdecken sollten." Noirs Tonfall war weniger drohend geworden, hatte allerdings auch nichts mehr von der freudigen Erregung, die sie noch vor einer Minute beherrscht hatte. „Ich nehme den Rover, nehmt euch eigene Wagen. Haltet mich auf dem Laufenden, was die Erkenntnisse angeht, wir sehen uns spätestens heute Nachmittag zum Checkup."

> Donnerstagvormittag
> Wache von Ridgewater Falls

Sie fand es immer wieder überraschend, wie wenige Menschen einen unechten Ausweis überprüften. Das Exemplar, dass sie mit sich führte, war sicherlich keine schlechte Fälschung, aber sie bezweifelte, dass es auf der kleinen Polizeistation aufgefallen wäre, wenn sie stattdessen das Label einer Erdnussbuttercompany vorgezeigt hätte. Allein aus Trotz hätte sie es gern versucht.
Die gesamte Station war besetzt mit zwei Beamten, von denen einer der Sheriff war. Er war ein dicklicher Mann mit rotem Gesicht, der trotz seiner Leibesfülle eine Autorität ausstrahlte, die keine Fragen hinterließ, und der sich schlicht aus „James" vorstellte. Noir fragte sich, ob es sein Vor- oder Nachname war, während sie die Ausweißmappe wieder zuklappte und im Inneren ihres Jacketts verstaute. Die drei blauen Buchstaben „FBI" verschwanden unter schwarzem Leder und aus dem Sichtfeld des Beamten, der ihnen ohnehin nicht viel Aufmerksamkeit geschenkt hatte.

„Dann kommen Sie mal mit, Agent - Verzeihung, wie war nochmal Ihr Name?" fragte er, während er sie durch die große Empfangshalle führte. Es hatte beinahe etwas dörfliches, fand Noir und sah sich um: lange Bänke, die auf mehr Menschen mit Anliegen warteten, als zu kommen bereit waren, umgeben von viel ungenutztem Raum, der selten gebraucht zu werden schien. Sie nahm an, dass die Wache zugleich zentraler Sammelort in Gefahrensituationen war; andernfalls machten die vielen Sitzgelegenheiten kaum Sinn.

Gemeinsam gingen sie auf eine gesicherte Tür zu, die den Vorraum vom Kontakt zu den Diensthabenden trennte.

„Gillburg." antwortete Noir. „Amilia Gillburg." Sie hasste den Namen und nahm sich ein Mal mehr vor, ihn ändern zu lassen. So weit, diesen Gedanken umzusetzen, war sie bisher noch nicht gekommen, den FBI Ausweis setzte sie nur sehr selten ein. So geriet das Ärgernis zu schnell wieder in Vergessenheit, als dass sie sich ihrem Vorhaben annehmen konnte. „Ich danke Ihnen, dass Sie sich die Zeit für mich nehmen, Sir." sagte sie und bemühte sich um einen freundlichen Eindruck.

Hinter der Tür schloss sich ein kurzer Flur an, von dem nur drei Büros abgingen. Sheriff James hatte es nicht eilig und zog selbst diesen überschaubaren Weg in unangenehme Länge.

„Es ist selten, dass wir Leute wie Sie hier haben, Agent Gillburg. Ridgewater Falls ist ein kleiner Ort mit wenig Kriminalität."

„Ist das so." sagte sie ohne Frage und konnte einen hörbaren Zweifel nicht aus ihrer Stimme verbannen.

Er sah sie milde überrascht an. „Ja, natürlich."

„Oh, das war keine Frage." stelle Noir mit kühler Stimme fest.

Er musterte sie, versuchte, abzuschätzen, ob sie unerfahren oder arrogant war. Noir nahm sich ärgerlich zurück und schenkte ihm ein entschuldigendes, sanftes Lächeln. Erfahrungsgemäß genügte das.

Sie hatten ein unordentliches Büro erreicht, und der

123

Sheriff bot ihr den Schwingstuhl gegenüber dem Schreibtisch an. Sich selbst ließ er in den deutlich benutzten Sessel hinter der dicht belegten Platte fallen.

„Mit welchen Formen von Kriminalität haben Sie es hier im Allgemeinen denn zu tun?" fragte Noir und versuchte vergeblich, unauffällig die Notizen entziffern zu können, die über dem Tisch verteilt lagen und für sie auf dem Kopf standen.

„Illegale Müllentsorgung ist der Renner bei uns." James strich sich nachdenklich über das Kinn. „Diebstähle hin und wieder, Wilderei. Auch schon mal Ruhestörung, aber das ist selten."

„Wie viele Menschen verschwinden aus Ridgewater Falls pro Jahr, Sir? Was würden Sie sagen?"

„Ohne dass wir wissen, was mit ihnen passiert ist? Das lässt sich schwer sagen." antwortete er. „Von den Einheimischen? Drei im Jahr vielleicht. Touristen haben wir nur selten hier. Denen fehlen wohl die Einkaufsmöglichkeiten, wir haben nur das nötigste, die umliegenden Städte sind bei denen beliebter. Wenn doch mal welche da sind, kann es vorkommen, dass die plötzlich weg sind und keiner mehr was von denen hört. Aber ich denke, sowas meinen Sie nicht."

„Nein, so etwas meine ich nicht. Was können Sie mir zu Hellen McCarthy sagen?"
James dachte einen Augenblick nach. Je länger er saß, umso mehr nahm sein Gesicht einen etwas gesünderen Hautton an, die Röte klang langsam ab. „Hellen, ja. Reizende Frau. Ist hier aufgewachsen, mit ihrem Bruder zusammen. Die Eltern waren schon recht alt, sind gestorben, als sie so in den Zwanzigern war, meine ich. Sie hat eine Zeit in der Schule gearbeitet, ich weiß nicht mehr, als was. Das hat aber irgendwann aufgehört."
Noir schrieb pflichtschuldig mit, ohne dass es notwendig gewesen wäre. „Wann hat sie dort aufgehört?"

„Oh, das weiß ich gar nicht so ganz genau. Vor über zehn Jahren vielleicht, keiner wusste so wirklich, warum. In den letzten Jahren hat sie ein Mal in der Woche in der Bücherei ausgeholfen."

„Wie hat sie sich finanziert?"

„Sie hat mit ihrem Bruder zusammengelebt, das Haus haben sie ja von den Eltern geerbt. Es gab wohl auch eine kleine Erbschaft, jedenfalls ist mir nicht bekannt, dass sie je in finanziellen Nöten gewesen wäre."

„Sie hat mit ihrem Bruder zusammengelebt, und die Vermisstenanzeige kommt von jemandem, der sie nur ein Mal pro Woche sieht?" fragte Noir skeptisch. „Etwas unerwartet, finden Sie nicht?"

James schüttelte demonstrativ den Kopf. „Die haben zwar zusammen in dem Haus gewohnt, aber sie hatte eine Art Einliegerwohnung, von seinem Rest abgeteilt. Es kam wohl immer mal wieder vor, dass sie sich ein paar Tage nicht gesehen haben, deshalb ist ihm auch nichts besonderes aufgefallen. Manchmal ist Hellen in die größeren Städte gefahren und war da wohl auch ein paar Tage, es war nicht verdächtig, sie mal länger nicht zu sehen."

Noir unterdrückte den Ausdruck von Zweifel, soweit es ihr gelang. „Was ist Ihre Vermutung, wo Hellen ist?"

James machte eine ausladende Handbewegung der Ratlosigkeit. „Wenn ich ehrlich bin: Keine Ahnung. Viele Menschen gehen hier weg, wenn sie älter werden. Die meisten eher, wenn sie mit der Schule fertig sind, aber es kommt auch schon mal vor, dass ihnen in der Midlifecrisis alles auf den Kopf fällt. Hellen hatte immer mal vorgehabt, das... bunte Leben kennenzulernen. Hier ist es eher einfach. Wir nehmen alle an, dass sie deshalb weggegangen ist."

„Und wo ist das ‚bunte Leben'?" Es war ihr nicht klar, was James damit andeuten wollte.

„Keine Ahnung." antwortete James und sah aus dem Fenster. „In Kalifornien vielleicht. In New York. Irgendwo, wo mehr Frauen so waren... wie sie."

„Und was war sie für eine Frau?" fragte Noir und spürte, wie sich ihre Muskeln verspannten. Die Ungeduld wuchs in ihr, doch James ließ sich Zeit, sah weiter aus dem Fenster und schwieg.

„Na, Sie wissen schon, Agent." sagte er schließlich.

Herrgott, komm zur Sache, sonst sitze ich noch ewig hier. „Eine Prostituierte?" fragte sie, um es ihm etwas leichter zu machen. Vielleicht tat er sich weniger schwer mit dem Gespräch, wenn sie die verfänglichen Wörter übernahm.

Ernsthaft überrascht und leicht schockiert sah James sie an. „Was? Nein. Nein! *So etwas* haben wir hier nicht."

Innerlich verdrehte Noir die Augen. Natürlich. Nirgendwo gab es Prostituierte, und es gab auch nirgendwo Freier. Käuflicher Sex war ein Mythos, der vielleicht in der Ferne stattfand, aber nicht in kleinen Gemeinden, wo jeder jeden kannte. Genau wie häusliche Gewalt. Gab es nirgendwo, wenn man nachfragte.

Sie begann, daran zu zweifeln, wie zuverlässig seine Angaben waren.

James sah sie an und fühlte sich offenbar unbehaglich. „Na, sie war eben eine Frau, die... die Gesellschaft anderer Frauen bevorzugte." sagte er schließlich in brüskem Ton, gerade so, als sei es weniger unangenehm, wenn er es mit einem hörbaren Maß an Härte hervorbrachte.

„Sie war eine Lesbe." stellte Noir sachlich fest.

Er wandte sich wieder ab und sah aus dem Fenster. „Ich denke, so würden es Menschen wie Sie sagen." entgegnete er bemüht distanziert.

Kurz zuckte es in Noirs Nacken. *Menschen wie sie?* Großstädter? Frauen? Hielt er sie selbst für eine Lesbe? Sie entschied sich mit einigem Bedauern, das nicht zu erfragen. „Und hatte Hellen eine lesbische Beziehung?"

„Nein. Sie war hier insgesamt ziemlich allein. Es ist nicht so, dass die Frauen hier unbedingt heiraten müssen. Nein, das ist schon lange nicht mehr so. Die Welt hat sich geändert, und wir haben es auch." Eine nachdenkliche Wehmut klang in seiner Stimme mit.

Noir schwieg. Das „Wie großzügig!", das ihr auf der Zunge lag, schien giftig zu sein, wollte raus aus ihrem Körper, doch sie zwang es ihre Kehle herunter.

„Aber eine eigene Community, wie große Städte sie haben... die haben wir hier nicht. Hellen war allein." fügte James hinzu.

„Hat sie nie eine lesbische Beziehung geführt, oder nur zuletzt keine lesbische Freundin?" hakte Noir nach. Es machte ihr Freude, den Begriff so häufig wie möglich einzubinden und zu sehen, wie James' Mundwinkel jedes Mal kurz missbilligend zuckten.

„Sie war allein." wiederholte er nur, und er klang merkwürdig traurig dabei.

Einen Moment schwiegen sie. Noir legte den Kopf schief und musterte den Beamten demonstrativ. *Allein.* Er betonte das für ihren Geschmack etwas zu sehr. Hatte *sie ihm* das Gefühl vermittelt, allein zu sein? Vielleicht hatte er sich ihr angenähert, und sie hatte sich ihm verweigert. Sie versuchte, abzuschätzen, wie wahrscheinlich es war, dass er sie getötet hatte.

„Für welche Städte sind Sie zuständig, Sir?" fragte sie schließlich.

„Für unsere und die nächsten zwei. Kaum mehr als Dörfer, haben nicht einmal einen eigenen Namen, nur Straßenbezeichnungen." antwortete er, offenbar dankbar für den Themenwechsel. „Die Ranger kümmern sich um die Wälder um uns herum, und die nächstgroßen Städte liegen dann schon wieder im nächsten County."

„Woher bekommen Sie Unterstützung, wenn es mal größeren Bedarf gibt?"

„Wir können aus Clearwater Leute anfordern, wenn nötig, oder Lexington. Das sind die nächstgrößeren Städte im Umkreis." James deutete vage über seine Schulter, um die Himmelsrichtungen anzuzeigen, in denen Clearwater und Lexington lagen. „Ist in den letzten Jahren aber nicht vorgekommen. Hören Sie, Agent Gillburst, wir..."

„Gillburg." unterbrach Noir ihn.

„Agent Gillburg, meinetwegen. Wir sind eine

127

Gemeinde, die sich kennt. Es gibt wenig Zuwanderung, wenn, dann Abwanderung. Die Leute hier kennen sich, weil sie ein Leben lang zusammen leben. Hier sind wir nicht so anonym, dass wir uns große Straftaten leisten können. Es gab in den letzten zehn Jahren gerade mal zwei Tötungen, ein erweiterter Suizid. Die Leute benehmen sich im Großen und Ganzen, weil sie wissen, dass sie dem Nachbarn morgen wieder in die Augen schauen müssen. Ich weiß, dass es anders ist, wo Sie herkommen. Aber hier hauen sich die Leute nicht mal viel auf die Schnauze, wenn sie besoffen sind. Wir kommen miteinander aus."

„Erzählen Sie mir etwas von Leroy McCarthy."

„Ihrem Bruder?" James' Gesicht nahm einen Ausdruck an, den Noir nur schwer einordnen konnte. Nachdenklich kratzte er sein wabbeliges Kinn, während er überlegte, was er sagen wollte. „Ein Gelegenheitsarbeiter." antwortete er schließlich. „Kettenraucher. Etwas eigenbrötlerisch, aber nicht besonders auffällig. Hat jahrelang immer mal wieder auf dem Bau gearbeitet und da ganz gut verdient, dann ging es wohl körperlich nicht mehr. Er war ein Mal verheiratet, aber das hat nicht lange gehalten."
Sie sah auf. „Wann war das?"

„Das ist schon eine ganze Weile her... Sie waren nur einige Monate zusammen, dann ist sie über Nacht weggegangen und nie wiedergekommen. Hat alle ihre Sachen mitgenommen. Wir haben gesucht, lange. Aber..." Er sah sie vielsagend an. „Leroy ist nicht der schönste oder gepflegteste Mann. Er hatte etwas Charme, als er jünger war, aber über ein oder zwei Dates hinaus hat keine Frau seine Gesellschaft gewollt. Geld hat er auch nicht mehr so viel, dass es das wettmachen könnte. Es war eher ein Wunder, dass ihn überhaupt wer geheiratet hat, und nicht, dass sie abgehauen ist."

„Und die Frau ist nicht wieder aufgetaucht? Wie heißt sie?" fragte Noir skeptisch.

„Nicht, soweit wir wissen. Aber letztlich gehen wir nicht einmal von einer Vermisstenlage aus. Der Name war... Palmer. Dana oder Diane Palmer, meine ich."

„Strafrechtlich ist der Bruder in welcher Form in Erscheinung getreten?"

James schüttelte den Kopf. „Gar nicht. Er ist kein Traummann, aber er ist ein vernünftiger Kerl."

„Die wenigsten vernünftigen Männer verlieren im Laufe weniger Jahre mehrere Frauen aus ihrem Haushalt und vermissen sie dann nicht." gab sie kühl zurück, ohne zu erwarten, dass sie James umstimmen können würde. „Machen Sie mir bitte einen Abzug von der Akte Hellen McCarthy. Nur zur Sicherheit."

Die vermeintliche Moral solcher inzestuösen Dörfer war ihr bekannt - nur weil wenig an den Sheriff gemeldet wurde oder der Sheriff nicht von vielen Vorfällen berichtete, lag nicht wenig Kriminalität vor. Man schwieg nur kollektiver.

James schien einen Augenblick zu überlegen, warf einen Blick auf die Jacketttasche, in der der FBI Ausweis darauf wartete, Tür und Tor zu öffnen, und rief dann schließlich den Kollegen heran. „Eine Kopie, bitte. Alles." wies er mürrisch den jüngeren Beamten an.

Noir warf ihm einen dankbaren Blick zu und schenkte ihm ein warmes Lächeln, dass ihn erröten ließ. Sie hatte die Akte bereits im Vorfeld vollständig erhalten, aber so konnte sie abgleichen, ob sie tatsächlich alles erhalten würde.

„Warum genau interessieren Sie sich überhaupt so sehr für Hellen?" wollte James wissen, während im Hintergrund das Kopiergerät lief. „Ist sie in Schwierigkeiten?"

„Möglicherweise." antwortete Noir mit dem unverbindlichen Lächeln. „Wir versuchen, es herauszufinden. Ich würde gern noch mit dem Bruder sprechen. Haben Sie eine Idee, wo ich ihn um diese Uhrzeit finden könnte?"

„Leroy? Der arbeitet in dem Internetcafé da die Straße runter. Sie können es nicht verfehlen, es ist das einzige hier." Wieder gestikulierte er recht ungenau.

Wow.

Der Deputy brachte die Kopien und zeigte sich ob der vermuteten Macht des FBI deutlich beeindruckt. Er näherte sich nur vorsichtig und blieb in respektvollem Abstand stehen. Noir lächelte wieder, was ihn erneut rot werden ließ, und nahm die Akte an. Einen genaueren Blick würde sie bei Zeiten hineinwerfen.

„Eine letzte Frage." Sie zog ein gefaltetes Blatt aus dem Jackett und klappte es auf. „Haben Sie diesen Mann schon einmal gesehen?"

Sie ließ beide das Bild von Boise in Ruhe studieren und beobachtete ihre Mimik dabei. Mehr als Irritation und angestrengtes Nachdenken vermochte sie nicht zu erkennen.

„Nein, Ma'am." sagte der Deputy schließlich, und auch der Sheriff schüttelte den Kopf. „Sollen wir uns bei Ihnen melden, wenn er auftaucht?"

„Danke für das Angebot, aber das wird weder möglich noch nötig sein. Er wurde in den Wäldern in der Nähe Opfer eines Bärenangriffs, den er nicht überlebt hat. Es hat damit aller Wahrscheinlichkeit nach nichts zu tun, aber Sie wissen ja, wie das ist. Jeder Spur nachgehen. Dienstanweisung." Sie zuckte mit den Schultern. „Ich danke Ihnen für Ihre Zeit, Sir." Damit stand sie auf und streckte ihm die Hand entgegen.

James wuchtete sich ebenfalls hoch. Seine Finger waren kräftig, aber feucht. „Wenn Sie noch was brauchen, rufen Sie an, Ma'am." sagte er und kramte nach einer Visitenkarte. Unter einem Stapel Anzeigenvordrucke fand er sie und steckte Noir eine zu.

Sheriff Derek James stand darauf, dazu die Anschrift der Wache und eine Telefonnummer. *Also der Nachname. Immerhin.*, dachte Noir und ließ sich noch zur Tür bringen, verabschiedete sich höflich und schenkte dem Deputy, der ihr die Tür aufhielt, ein freundliches Lächeln.

Leroy McCarthy war der nächster Anlaufpunkt. Sheriff James hatte ihr zwar keinen Namen genannt, unter der das Internetcafé betrieben wurde, aber die Fußgängerzone wirkte so übersichtlich, dass es sie gewundert hätte, wenn sie es nicht gefunden hätte.

SIEBEN

Erst beim vierten Baumarkt hatten sie Glück. Lexington hatten sie bereits abgearbeitet, doch keiner der Mitarbeiter hatte sich an einen Mann erinnern können, der dem Foto auch nur annähernd entsprach. Schließlich waren Tajo und William die dreißig Meilen in das der Hütte am zweitnächsten gelegene Milford gefahren und dort einen etwas außerhalb liegenden Markt für Bau- und Gartenbedarfe gefunden.

Sie sprachen mit einer jungen Kassiererin, die sich freundlich und anscheinend dankbar für die Ablenkung um sie kümmerte.

„Wie er heißt, weiß ich nicht." sagte sie, nachdem sie angestrengt nachgedacht hatte. „Vielleicht hab ich es vergessen, aber ich meine, er hat es mir noch nie gesagt. Er ist ein so lieber alter Mann, man kann ihn nur mögen."

Ja, ein richtiger Schatz., dachte William. „Wie häufig ist er hier?"

„Nicht so richtig oft... vielleicht zwei Mal im Monat? Er fragt immer so nett, ob er die Toilette benutzen darf, deshalb erinnere ich an ihn." Verschwörerisch beugte sie sich vor und senkte die Stimme. „Eigentlich haben wir keine Kundentoiletten, wissen Sie? Aber bei älteren Leuten, da mache ich schon mal eine Ausnahme. Er entschuldigt sich auch immer so niedlich und hat mir sogar ein Mal als Dankeschön eine Packung Pralinen mitgebracht."

„Wann war er denn zuletzt hier?" fragte Tajo. Es war ihm nicht entgangen, dass die Menschen an ihm vorbeiliefen und ihn abschätzend betrachteten. Hispanics waren selten hier, das war ihm bereits aufgefallen. Er begann, ein dumpfes Gefühl von Unwohlsein zu entwickeln, das er eigentlich beiseitegelegt zu haben

132

glaubte.

„Oh, das wird schon zwei oder drei Wochen her sein. Eigentlich müsste er bald mal wieder auftauchen, vielleicht haben Sie ja sogar heute Glück?"

„Was kauft er denn so?" Tajo lehnte sich an den Kassentresen und musterte die Verkaufshalle: Von Äxten bis zum Zierteich gab es hier alles, was man verarbeiten konnte oder benötigte, um anderes zu verarbeiten. Wer sich mit einem begrenzten Lebensstandard begnügte, konnte sich hier vollumfänglich versorgen.

Die Frau dachte nach. „Ich bin ja nicht jeden Tag da, deshalb weiß ich das nicht so richtig genau. Ich kann nur was dazu sagen, was er mitnimmt, wenn ich da bin, verstehen Sie?"

William verkniff sich ein „Ich kann gerade noch so folgen, danke!". Die junge Frau amüsierte ihn. Sie schien aufrichtig bemüht, ihre Gedanken klar und nachvollziehbar darzulegen, überschätzte deren Komplexität allerdings wohl etwas. So nickte er nur freundlich und bedeutete ihr, fortzufahren.

„Meistens Gaskartuschen für seinen Camping-kocher. Treibstoff für einen Stromgenerator, und hin und wieder eine Autobatterie. Ansonsten eher so Kleinkram, ich erinnere mich nicht so genau."

„Haben Sie hier Waffen?" fragte Tajo und erntete ein mildes, beinahe bemitleidendes Lächeln.

„Sir, wir sind hier in den Bergen. Es kommt vor, dass morgens ein Bär auf unserem Parkplatz sitzt. Natürlich können Sie hier auch Waffen bekommen, die Abteilung ist da vorn."

„Hat er hier auch welche gekauft?"

Der Ausdruck auf dem Gesicht der Frau veränderte sich merklich. „Was ist denn los mit ihm? Hat er Schwierigkeiten?" Misstrauisch beäugte sie die beiden Männer.

„Nein, nein." beeilte William sich zu sagen. „Wir versuchen nur, einen möglichst umfassendes Bild von ihm zu bekommen. Momentan finde wir ihn nicht, und wenn wir ungefähr wissen, wie er lebt, haben wir eine bessere Idee, wo wir suchen müssen."

„Seine Tochter möchte gern den Kontakt zu ihm wieder aufnehmen." fügte Tajo hinzu.

„Weil seine Tochter wieder Kontakt mit ihm haben will." wiederholte sie misstrauisch.

William rang sich ein Lächeln ab, das möglichst liebevoll wirken sollte. „Seine Tochter und sein Enkel. Seit ein paar Wochen ist er nämlich Großvater."

Die Frau brachte ein verträumtes „Aww!" heraus und entspannte sich wieder. „Das ist ja wunderbar! Er wird bestimmt ein klasse Opa sein! Das passt total zu ihm."

„Da wäre es gut, wenn wir wüssten, ob er sich auch mit Waffen eingedeckt hat." griff Tajo den Faden wieder auf. „Wenn ja - und je nachdem, mit welchen -, kann es ja sein, dass er viel ländlicher wohnt als wir es bisher vermuten."

„Ich kann mich nicht erinnern, dass er hier welche gekauft hätte. Weder ein Gewehr noch Munition oder so. Das passt auch nicht so wirklich zu ihm. Er ist so gepflegt, und eben ja auch nicht mehr der Jüngste, wissen Sie? Ich kann mir nicht vorstellen, dass er sich die Hände schmutzig macht wie auf der Jagd etwa."

Erneut verspürte William das Bedürfnis, zynisch zu antworten, verbiss es sich jedoch. Boise musste es aufs Professionelle verstanden haben, in andere Rollen zu schlüpfen, in andere Charaktere geradezu - wie die meisten Serienmörder. *Sich nicht die Hände schmutzig machen* und Boise passte zusammen wie Rotwein zu Fisch.

„Kam er allein, oder hatte er Freunde oder vielleicht eine Freundin dabei?" fragte er unbeteiligt. „Wenn er eher Campingbedarf gekauft hat, aber selbst nicht mehr viel körperlich gemacht hat, kann es ja gut sein, dass er nicht allein wohnt."

„Eigentlich kam er meistens allein. Eine Frau hab

134

ich nie bei ihm gesehen. Manchmal war aber ein Typ dabei."

„Können Sie uns den Mann beschreiben?"

„Hmm. So genau hab ich sie natürlich nicht beobachtet, ich muss ja zwischendurch immer wieder die Kasse machen. Er war... irgendwie..." Sie suchte nach Worten, fand sie aber nur stückweise. „...ich weiß nicht, er war - anders. Eher etwas kleiner, und die Haut sah komisch schmutzig aus. Nicht so, dass er jetzt draußen hingefallen wäre, sondern einfach irgendwie nicht so sauber."

Tajo überlegte, ob das die hier übliche Art war, mitzuteilen, dass er keine rein weiße Haut hatte.

„Er hatte auch eher so raue Haut, sah ungesund aus. Dunklere Haare, vielleicht so um die fünfzig?" endete sie.

„Sie haben nicht zufällig ein Bild von ihm?" wollte Tajo wissen.

Die Frau lachte ehrlich amüsiert auf. „Ich? Nein. Warum sollte ich?"

„Gibt es vielleicht Überwachungskameras hier, die ihn zeigen könnten?"

Stumm deutete die Frau auf eine gut sichtbar aufgehängte Kamera in der Ecke, die das Kassengeschehen aufzeichnete.

„Könnte er da noch drauf sein?" fragte William nach.

„Nein, die speichern immer nur vierundzwanzig Stunden, dann werden die automatisch überspielt. Und es ist ja schon eine Weile her, dass Ihr Mann mit dem Typen da war."

Tajo und William tauschten einen kurzen Blick aus. „In Ordnung, Miss. Haben Sie vielen Dank für Ihre Hilfe. Falls er hier auftaucht, könnten Sie uns dann kontaktieren? Egal, ob der Mann oder sein Freund." Tajo zog eine kleine Visitenkarte aus der Tasche.

Nigel & Rennford, Erbenermittlung stand in weichen und

135

verschlungenen Buchstaben darauf.

„Erbenermittlung?" fragte die junge Frau überrascht. „Aber seine Tochter..."

„Ihr geht es gut." beschwichtigte William schnell. „Manchmal wenden sich auch Menschen an uns, wenn sie noch leben und einfach ihre Angehörigen suchen."

Die Frau atmete geräuschvoll aus. „Puh, da haben Sie mir jetzt aber einen Schrecken eingejagt! Machen Sie doch sowas nicht!" Spielerisch schlug sie William auf den Arm, und er war sich nicht sicher, ob es ein plumper Versuch war, zu flirten. Er hoffte es nicht.

Noch einmal bedankten sich die Männer, dann wandten sie sich zum Gehen. Sie waren erst ein paar Schritte vom Tresen entfernt, als Tajo stehen blieb und noch einmal zurückging.

„Entschuldigen Sie bitte noch einmal, Miss." sagte er und blickte sie flehentlich an. „Wir sind schon den ganzen Tag unterwegs und hatten noch keine Gelegenheit dazu... ich falle wahrscheinlich noch nicht in die Zielgruppe, der Sie das gestatten würden, aber... dürfte ich vielleicht auch ein Mal Ihre Toilette benutzen? Das wäre wirklich sehr nett."

Die Frau sah ihn einen Moment an, in die treuen, braunen Augen, die sie so offen und freundlich ansahen, dann sah sie sich um und zog schließlich einen Schlüssel unter der Theke hervor, an dem ein dicker Schraubenschlüssel hing. „Na gut, aber nur ausnahmsweise!" grinste sie. Mit dem Finger deutete sie in den hinteren Bereich des Baumarktes. „Hinter dem Regal mit den Bärenfallen."

„Ich bedanke mich vielmals, Miss!"

William schüttelte den Kopf und stemmte die Hände in die Hüfte. „Alte Männer, was?" lachte er. „Na gut. Wenn ich eh schon warten muss, dann können Sie mir vielleicht noch mal helfen. Können Sie mir die Jagdgewehre zeigen, Miss?"

Wieder im Wagen legte William sein neu erworbenes Gewehr auf den Rücksitz und musterte es zweifelnd.

„Da lässt man dich mal zwei Minuten allein." lachte Tajo mitleidig und wendete das Auto auf dem breiten Schotterparkplatz.

„Zwei Minuten, von wegen. Wenn es noch länger gedauert hätte, hätte ich wahrscheinlich noch einen Plastikgartenteich kaufen müssen. In Pink. Ich setze es auf die Spesenliste." William zog einen Laptop aus seinem Rucksack und hielt die Hand auf. Tajo drückte einen kleinen Speicherchip in seine Handfläche.

„Relativ viel Technik da." erzählte Tajo. „Ich hab mir jetzt nur einen kleinen Eindruck verschaffen können, aber es sah so aus, als habe der echt eine Menge Überwachungskameras."

„Passte der Kloschlüssel auch zum Büro oder haben wir was kaputt gemacht?"

„Passte tatsächlich. Wie dumm kann man sein." Tajo schüttelte den Kopf. „Bedeutet aber auch, dass es Boise ebenfalls aufgefallen sein wird. Auf dem Klo habe ich jetzt nichts gefunden, das seine häufigen Besuche erklären würde."

„Naja, oder er war halt einfach auf dem Klo. Eine funktionierende Wasserspülung wird er ja ziemlich gefeiert haben. Aber wir werden sehen, ob wir was finden..." sagte William, während er die kopierten Daten auf dem Chip sortierte und öffnete. „Jedenfalls sind es eine ganze Menge Daten, und auch eine Menge Überwachungsbilder... wooh! Jackpot, und jede Menge Pornos!"

„Irgendwie muss man sich die Arbeit ja schön machen." kommentierte Tajo trocken und warf beim Fahren einen schnellen Blick auf Williams Display. „Könntest du dir vorstellen, dauerhaft in so 'nem Laden zu arbeiten? Tag ein, Tag aus Blumendünger, Kanthölzer und Heckenscheren verkaufen?"
William zeigte demonstrativ über die Schulter auf die Rückbank, auf der das Gewehr hin- und her rutschte. „Hey! Auch sehr schöne und qualitativ wertvolle Gewehre!"

„Mit der Krücke kannst du nur was erreichen,

137

wenn du sie jemandem auf den Kopf haust." Tajo verdrehte die Augen und angelte nach seinem Handy. „Es ist ja schön, dass du der Firma Geld sparen willst, aber dieses Ding da ist wirklich nur Schrott." Er schnaubte.

„Ich hau sie *dir* gleich auf den Kopf."

„Was meinst du, wie viele Leute eigentlich die Nummer auf der Karte anrufen? Was passiert überhaupt, wenn das einer tut? *‚Nummer nicht vergeben‘*?"

„Wird irgendwo verzeichnet..." brummte William. „Frag mal den Rex, die wird das wissen."

„Ich unterrichte sie erst mal über deine wertvolle Neuanschaffung."

anschließend
Innenstadt von Ridgewater Falls

Noir stand auf der Straße und skippte durch die neu eingegangenen Nachrichten.

Baumarkt gefunden, in dem B länger Kunde war. Larry's Home Improvement Center, Milford. 422 Industrial Lane. War länger nicht da. Haben die Festplatten. Mussten etwas kaufen. von Tajo und William.

Jagdladen, Lexington. B hat regelmäßig Munition für die Bärenjagd gekauft sowie kleinere Kaliber. Bin noch da. von Ellis.

Das Nutzen dienstlicher Geräte für private Zwecke ist Missbrauch von Firmeneigentum. von George, gefolgt von einer zweiten Nachricht: *Ich liebe und vermisse dich. Den Kindern und mir geht es gut.*, was ihr ein wehmütiges Lächeln entlockte.

Soweit war sie zufrieden. Sie schob das Handy zurück in die Tasche und ging mit schnellen Schritten zum Eingang in der bunt gestrichenen Fassade des Internetcafés.

Hinter abgetönten Scheiben, die das Blenden der Sonne auf den Monitoren vermied, standen lange, einfache Tische mit niedrigen Zwischenwänden, die einzelne Abteile bildeten. In jedem Abteil stand ein PC, mal mehr, mal weniger modern, und nur wenige waren belegt.

Noir nahm die Sonnenbrille ab und versuchte, im Vorbeigehen einen Eindruck zu bekommen, woraus die Kundschaft hauptsächlich bestand: Eine bunte Mischung von Jüngeren und Alten hatte sich hier versammelt, klickte sich mühsam voran oder hackte mit Emsigkeit auf die Tastatur ein.

Die Türen schwangen leichtführig in der Aufhängung, und eine dichte Wolke aus Zigarettenrauch wich unmittelbar ins Freie. Noir sah sich zu der Überlegung genötigt, dass die Scheiben gar nicht getönt waren, sondern vielleicht nur von dichten Schichten aus Nikotin überlagert waren. Der Geruch hielt sich penetrant, und ihr Hals kratzte bereits, als sie sich widerwillig durch die Tür schob. Die Luft brannte in ihren Augen und sie musste einige Male blinzeln, bis sie klar sehen konnte.

Der Raum bestand größtenteils aus den Tischreihen, die sie bereits durch die Fenster hatte sehen können. Daneben gab es einen Tresen, an dem die Aufsicht saß, eine Tür, deren Aufschrift verriet, dass sich hinter ihr eine Toilette verbarg, und einen Snackautomat. Absolut alles in diesem Raum schien Rauch zu verströmen, obwohl nur zwei der insgesamt sieben Besucher aktuell rauchten.

Da war mir die Scheiße lieber!, dachte Noir und unterdrückte einen Hustenreiz.

Mit prüfendem Blick trat sie an den Tresen. Ein hochgewachsener Mann stand dort und sah verärgert aus. Das Haar hatte er auf dem Kopf abrasiert und trug als Ausgleich dafür einen langen, rötlichen Bart, der kraus abstand. Seine Haut was mit Sommersprossen bedeckt und spannte sich sonnengegerbt über eine kräftige Muskulatur. Sie schätzte ihn auf Mitte vierzig.

„Hi." versuchte Noir es ungezwungen. „Ich suche Leroy, ist er da?"

Die Miene des Mannes verdunkelte sich noch weiter. „Wenn Sie ihn finden, sagen Sie ihm, dass ich ihm den Arsch aufreiße." kommentierte er durch zusammenge-

139

bissene Zähne. Der Bart wackelte über seinen wütend zuckenden Muskeln.

„Hm - okay?" Mit Dominanz würde sie hier nicht weiterkommen, ohne einen handfesten und lauten Konflikt loszubrechen, und obwohl es sie in den Fingern danach juckte, verzichtete sie darauf. Schneller würde es über die Mitleidtour gehen. Also setzte sie ein überfordertes Lächeln auf und rieb unsicher ihre Hände. „Also... ist er gerade eher nicht da?" Mit ängstlich hochgezogenen Augenbrauchen und leicht gesenktem Kopf sah sie ihr Gegenüber an, in der Hoffnung, es nicht zu übertreiben.

Der Mann musterte sie von oben bis unten. Eine Frau im Anzug sah er in seinem Geschäft nicht allzu oft, es war eine angenehme Abwechslung. Die Haltung und weiche Mimik stand in krassen Widerspruch zu ihrem geschäftsmäßigen Äußeren.

Ein Mädchen, das auf stark machen will und die Bürde noch nicht tragen kann., dachte er amüsiert. Seine Miene hellte sich etwas auf. Er löste seine Hände vom Tresen, den sie fest umklammert gehalten hatten, und bot eine davon Noir an. „Tyrell." sagte er und nickte in Richtung des Namensschildes, das auf seiner Brust klebte.

„Amilia." sagte Noir und ließ ihre Hand von seiner Pranke greifen. Sie hatte selbst keine kleinen Hände, doch es kam ihr vor, als lege sie ihre in die Tatze eines Bären.

„Leroy, das Arschloch, ist nicht aufgetaucht." brummte Tyrell. „Hat sich nicht abgemeldet, geht nicht ans Telefon. Arschloch." wiederholte er.

„Oh." Kunstpause, in der sie so tat, als suche sie nach einer sinnvollen Frage. „Seit wann fehlt er denn?"

„Hätte seit Montag hier sein müssen. Er ist unser einziger Stammmitarbeiter, und dann verpisst er sich einfach so. Hinterlässt mir den ganzen Scheiß hier."

„Macht er das denn öfter?" fragte Noir. Beiläufig ließ sie den Blick über die technische Ausstattung schweifen. Ein einziger Drucker, an den alle Einheiten zu senden schienen. Ein PC mit mehreren Screens für die

140

Aufsicht auf dem Tresen, eine ziemlich abgenutzte Stereoanlage auf einem Regal unter der Platte, überall Musik-CDs aus dem Countrybereich. Momentan war sie allerdings aus, nur das dumpfe Klicken der Tastaturen erklomm auf den Rauchwolken den Raum. Ein paar leere Bierflaschen auf dem Boden hinter dem Tresen, ein Pin Up Kalender von 2007, den sie keinesfalls mehr anfassen wollte, im Papierkorb zusammengeknüllte Schachteln von Fast Food und Zigarettenschachteln. Kein Aschenbecher - wahrscheinlich war es der Boden.

„Ist noch nie vorgekommen." knurrte Tyrell. „Und wird auch nie wieder vorkommen. Wer sich sowas leistet, ist raus hier, das verspreche ich Ihnen."

„Oh, dann sind Sie der Chef hier?" Noir fügte der Frage einen bewundernden Unterton zu. Ihren Widerwillen gegen die eigene Darstellung schluckte sie hinunter, auch wenn sich ihr Körper geradezu gegen die Unterwürfigkeit zu wehren schien.

„Ja, bin ich." Tyrell richtete sich noch etwas weiter auf. Er musste um die zwei Meter groß sein und war von imposanter Statur. Durchaus ein Mann für grobe Arbeiten, dachte Noir.

„Ist Leroy vielleicht zu Hellen gefahren?"
Der Mann sah sie verblüfft an. „Sie kennen Hellen?"

„Ja. Teilweise."
Ein leicht anzügliches Lächeln umspiele seine Lippen. „Ach guck an. Das hätte ich jetzt nicht vermutet." Erneut musterte er sie, dieses Mal jedoch deutlich frivoler. Fragte jemand nach einer bekanntermaßen lesbischen Frau, schien für ihn der Gedanke naheliegen, dass man sie gehabt hatte oder zumindest noch haben wollte.
Noir gelang es nur mit Anstrengung, nicht die Augen zu verdrehen und nutzte die Chance, das Tempo etwas anzuziehen. „Sie war ja mit ihrem Lebensstil hier nicht besonders beliebt?" fragte sie und sah Tyrell unverwandt an. Um dem Blick des großen Mannes standzuhalten, musste sie den Kopf leicht in den Nacken legen.

Erneut musterte Leroy sie und wägte ab. „Man muss sich ja nicht wundern. Wenn man es jedem auf die Nase bindet, dann muss man halt auch damit leben, dass es manche nicht so geil finden." erwiderte er ohne Scheu. „Ist deswegen ja auch weggegangen."

„Wie meinen Sie das?"

Tyrell zog einen Lappen heran und wischte damit über die Tresenplatte. Er war weder feucht noch sauber, aber die Geste schien ihm zu gefallen. „Sie hat Leute gesucht, die so sind wie sie. Hat sich immer mal wieder mit welchen in anderen Städten getroffen, aber Ridgewater Falls ist eher sehr - konservativ. Hier bumsen die Männer ihre Frauen und die Frauen ihre Männer." Er lächelte schlüpfrig. „Die einzige Möglichkeit, dass Sie hier mal zwei Frauen zusammen sehen, ist, wenn einer der Ehemänner das will." Er zwinkerte.

„Wow. Das hat Klasse." murmelte Noir so leise, dass Tyrell es als Zustimmung interpretieren konnte. Sie begann, sich ein ungefähres Bild davon zu machen, mit welcher Haltung Hellen begegnet worden war, doch während Hellen offenbar ruhig und zurückgezogen darauf reagiert hatte, fühlte sie bissige Wut in sich keimen. Das Handy in ihrer Tasche vibrierte, doch sie ignorierte es.

„Dann sind Sie also eigentlich auf der Suche nach Hellen?" wollte Tyrell wissen.

„Nein, ich suche schon Leroy." antwortete sie bestimmt.

Ohne das Tyrell es hätte näher benennen können, spürte er eine Veränderung zwischen sich und der Fremden. Sie wirkte reservierter. *Noch so eine Männerhasserin.*, dachte er.

„Sie sehen nicht so aus, als würden Sie Leroy kennen." Er wischte zum wiederholten Mal über die selbe Stelle und rieb den Schmutz des Lappens in das Holz.

Kurz dachte Noir darüber nach, auf die Diskussion einzusteigen und zu schauen, wie hoch sie Tyrell treiben konnte. Es stieß etwas in ihr an. Dieser unscheinbare

142

Konflikt mit diesem kräftigen, riesigen Mann, die Möglichkeit, sich hier und jetzt mit ihm zu messen, ihn in seine Wut zu treiben und sich dieser hilflos ausliefern zu müssen - es weckte ein Begehren, eine tiefe, dunkle Lust, die mit mächtigen Schüben an ihre Oberfläche drang.

Widerwillig und nur mit Mühe maßregelte sie sich. „Wie das Schicksal so spielt." sagte sie schlicht und wandte den Blick ab.

Tyrell lachte aus vollem Hals auf; ein donnernder und einschüchternder Laut, den sie unangenehm fand und der sie kurz hatte zusammenzucken lassen. Ein paar Besucher blickten von ihren Monitoren auf und musterten die Szene, wandten sich aber schnell wieder ihren Belangen zu. Man schien Tyrells lautes Organ zu kennen.

„Da müssen Sie aber herzlich besoffen gewesen sein! Na, hier ist er jedenfalls nicht mehr aufgetaucht." lachte er. Etwas mitleidiges lag in seiner Stimme.

Klar, kann ja nur sein, dass er mich flachgelegt hat.
„Können Sie mir seine Heimadresse geben?" fragte Noir und war bemüht, wieder zu einem versöhnlichen Tonfall zurück zu finden. „Es wäre wirklich wichtig, dass ich ihn spreche."

„Da ist er auch nicht, war ich schon." Mit schüttelndem Kopf bedachte er sie. Dass Leroy, *ausgerechnet Leroy*, diese Frau abgekommen haben sollte, schien ihm nicht ganz fair.

„Nur zur Vorsicht." beeilte Noir sich zu sagen. „Wenn Sie's mir mit Wegbeschreibung ausdrucken könnten, wäre es super. Ich komm nicht von hier..."

Tyrell machte sich noch immer kopfschüttelnd daran, eine Beschreibung samt Karte an den Drucker zu senden und reichte ihr das kurze, übersichtliche Dokument. „Er hat Sie aber nicht geschwängert, oder?"

„Kommt das öfter vor bei ihm?" entgegnete Noir kühl. Sie hatte alles, was sie brauchte und es gab keinen Grund mehr, falsche Freundlichkeit vorzuschützen.

„Bei dem nicht, nein. Ist eher selten, dass sich

eine auf ihn einlässt, kann mich jedenfalls nicht daran erinnern, wann es das letzte Mal war." Er lachte wieder. „Würde aber erklären, warum er Hals über Kopf verschwunden ist."

Sie nickte langsam. Sie hatte sich im Wagen bereits ein Bild von Leroy McCarthy angesehen, und der Gedanke daran, dass Tyrell sich sie und Leroy nackt zusammen vorstellte, löste Ekel in ihr aus.

„Danke für Ihre Hilfe, Tyrell." sagte sie und reichte ihm zum Abschied erneut die Hand. Tyrell schüttelte sie kräftig und war zwischen Lachen und seiner ursprünglichen Wut hin- und hergerissen.

„Soll ich Sie anrufen, wenn er wieder auftaucht?" rief er ihr nach, als sie schon auf dem Weg zur Tür war und ins Freie, hinaus in die nikotinlose und atembare Luft.

„Danke, aber ich würde mich nicht darauf verlassen, dass Sie ihn wiedersehen." rief sie zurück, ohne sich umzudrehen.

anschließend
Stadtrand von Ridgewater Falls

Das Haus der McCarthys wirkte von außen etwas heruntergekommen. Ein zweistöckiges Gebäude ohne Dachboden, mit einer Sandsteinfassade, die ein wenig bröckelig geworden war. Jemand hatte offenbar versucht, sie von dem Efeu zu befreien, aber nicht die Ausdauer gehabt, sein Vorhaben zu beenden. So ragten hier und dort noch einzelne trockene Äste hervor, die sich tief in das Mauerwerk gegraben und in ihm ihren Tod gefunden hatten.

Noir sah es sich aus dem Auto heraus eine Weile an, beobachtete die Umgebung. Es war eine Straße mit mehreren Einfamilienhäusern, jedes mit eigenem Garten und ausreichend Abstand zum Nachbarhaus, um Privatsphäre zu schaffen und Geräuschkulissen nicht durchdringen zu lassen. Verkehr war hier kaum - wer die Straße passierte, der tat es, weil er hier wohnte oder jemanden besuchte. Durchgangsverkehr gab es nicht.

Leroys Garten war nicht gepflegt: Das Gras wuchs unkontrolliert hoch, wurde von Unkraut überwuchert und langsam verdrängt, dem lieblos aufgestellten Drahtgitterzaun sah man die Jahre an.

Es fiel damit aus der Reihe der Häuser heraus; standen vor den anderen kleine, ordentlich gestrichene und dekorierte Holzzäune oder sorgsam aufgereihte Blumen-kübel, um das Eigene von der Stadt abzugrenzen, sprach das Metallgitter von rein pragmatischem statt ästhetischen Denken.

Zwar waren sowohl die Häuser als auch die Bewohner, die Noir sehen konnte, älter, doch man sah, dass sie ihr Heim wertschätzten. Pflanzen wurden gepflegt, verwitterte Elemente ausgetauscht und alle paar Jahre befreite der Hochdruckreiniger die Zuwege von dem ewigen Moos. Sie schätzte, dass Ridgewater Falls wenig andere Beschäftigung zu bieten hatte, und so konzentrierte man sich darauf, was vor einem lag.

Zwei Häuser weiter kniete eine ältere Dame mit stattlichem Körperumfang im Beet und grub die Erde um. Noir beschloss, sie zuerst aufzusuchen, bevor sie das Haus betreten wollte.

Das Klappen der Autotür ließ die alte Frau den Kopf heben. Mit etwas Mühe richtete sie sich auf und wandte sich zur Straße, von der eine gut gekleidete Frau mit strammen Schritten auf sie zukam. Sie runzelte die Stirn; eine Fremde war selten hier.

„Guten Tag, Ma'am." grüßte die Fremde sie. Ihre Stimme war freundlich, geradezu melodisch.

„Hallo." entgegnete sie und klopfte sich ob der unerwarteten Störung die Erde von den Händen.

Noir stützte sich auf den Holzzaun und sah gespannt auf die vielen Blumen, die darauf warteten, gepflanzt zu werden. „Das ist ja eine richtige Farbenpracht." sagte sie

145

anerkennend. „Da werden Sie den Sommer noch lange in Ihrem Garten haben, selbst wenn der Herbst schon da ist." Die Dame blickte über die Pflanzen, die sich in leuchtenden Rot- und Gelbtönen dem Himmel entgegen reckten. Sie nickte.

„Ach, ich wünschte, ich hätte einen so grünen Daumen wie Sie." Noir lächelte und warf einen demonstrativen Blick durch den Garten. Die penibel gestutzten Büsche, gepflanzt in Reih und Glied und alle gleich groß, gefielen ihr keinesfalls. Das bedeutete jedoch nicht, dass sie der Dame nicht ihren Respekt dafür aussprechen konnte, dass sie sich mit offenbar viel Zeit den Pflanzen widmete. Diese schenkte ihr endlich ein kleines Lächeln.

„Ach, so schwer ist das gar nicht." wiegelte sie ab, doch Noir widersprach.

„So, wie ihr Garten aussieht, müssen Sie viel, viel Arbeit und Liebe hineingesteckt haben." Sie machte eine ausladende Geste, deutete über die geschnittenen Büsche und kleinen Skulpturen von Gartenzwergen und Abstraktem, die sie grausam hässlich fand und die mit Liebe zum Detail angeordnet waren.

„Naja, irgendetwas muss man ja den ganzen Tag tun." Das Lächeln der Dame wurde breiter. Sie fühlte sich sichtlich geschmeichelt, und ein leichtes Rosa stieg in ihre Wangen. Die leichte, jugendliche Scham ließ sie lebendig erscheinen, und Noir fand sie berührend.

„Sie wohnen schon lange hier? So schöne Pflanzen wachsen ja nicht über Nacht."

„Hier in diesem Haus?" fragte die Frau nach. „Warten Sie... vierunddreißig? Nein, fünfunddreißig Jahre. Wie die Zeit vergeht."

„Dann kennen Sie doch bestimmt Hellen und Leroy McCarthy, nicht wahr?" tastete Noir sich langsam an das Thema heran, jedoch nicht, ohne Argwohn zu wecken. Im Gegensatz zu Tyrell war

„Ich kenne sie, ja." Die Frau setzte eine

nachdenkliche Miene auf. „Warum fragen Sie?"

Noir behielt einen Anflug von Lächeln auf ihren Lippen, auch wenn sie ernst wurde. „Sie haben vielleicht mitbekommen, dass Hellen McCarthy schon etwas länger nicht mehr hier im Ort ist." Sie machte eine kleine Pause, damit sich die Dame erinnern konnte. „Ich bin hier, um sicherzustellen, dass Hellen nichts schlimmes passiert ist, bevor oder nachdem sie wegging."

Die Dame nickte und musterte Noir kritisch. „Sie sind also eine Offizielle." stellte sie fest.

„Ja, so kann man es sagen." Scheu sah Noir kurz zur Seite. „Die Menschen in der Stadt haben mich gemustert wie einen bunten Hund. Ich denke, man sieht mir an, dass ich eine Fremde hier bin."

„Ach, nehmen Sie das den Menschen nicht übel." Die Dame wirkte beinahe großmütterlich, wie sie sie dort vor dem Beet stand und bemüht war, Noir diesen kleinen Teil der Welt zu erklären, der ihr ganzes Universum war und für Noir nichts weiter als eine Adresse unter Millionen. „Wir sind hier etwas abgeschnitten von dem Rest der Welt, hier kennt man sich untereinander. Und wenn mal Fremde herkommen, dann sind es meist Wanderer. Die sehen aber anders aus als Sie."

„Sich so gut zu kennen hat doch auch etwas sehr tröstliches, oder?"

Die alte Frau nickte, auch wenn ihre Mimik nicht zustimmte.

„Erzählen Sie mir etwas über Hellen." bat Noir.

Sie überlegte einen Moment. „Eine reizende junge Frau." sagte sie schließlich. „Immer höflich. Immer nett. Aber recht zurückgezogen, sie hat sich in den letzten Jahren immer mehr von allem abgekapselt."

„Hat sie Freunde hier gehabt?"

„Nein, ich denke nicht. Viele Menschen kamen mit ihrem Lebensstil hier nicht so zurecht oder wollten damit nicht in Verbindung gebracht werden." Sie musterte Noir prüfend, doch diese kam ihr zuvor.

147

„Ich weiß davon, dass Hellen kein Interesse an Männern hatte und deswegen nicht so besonders gut von der Gemeinschaft akzeptiert war." warf sie ein. Sie war gespannt, wie die Dame reagieren würde und war überrascht, dass ihre Gesichtszüge recht weich und zugleich traurig wurden.

„Hellen hat mir leid getan. Sie war totunglücklich, glaube ich. Ich habe sie gefragt, ob sie sich nicht wohler fühlen würde, wenn sie sich einfach irgendeinen Mann suchen würde. Sie hätte ja nichts mit ihm machen müssen, eine Alibiehe eben. Wir haben doch auch Schwule hier, auch wenn es keiner ausspricht. Das hätte doch beiden geholfen. Einfach, damit die anderen wieder mehr auf sie zugehen." Sie seufzte tief. „Aber Hellen sagte, sie kann nicht ändern, wer sie ist. Und dass sie auch nicht für etwas geliebt werden möchte, das sie nicht ist. Kind, habe ich ihr gesagt, dann geh in die Welt. Hier ist ein Mikrokosmos, der sich langsamer dreht als das Amerika da draußen. Es lohnt doch nicht, hierzubleiben, wenn du hier unglücklich bist."

Nachdenklich betrachtete Noir die Dame. „Sie hatten also kein Problem mit ihrer sexuellen Orientierung?"

„Hellen ist ein wundervoller Mensch. Hat sich um ihre Eltern gekümmert, als sie krank wurden, obwohl sie selbst noch recht jung war. Hat immer geholfen, wenn sie jemand gefragt hat. Ist bescheiden. Ich glaube nicht, dass sie sich entschieden hat, anders zu sein, sie hat einfach so empfunden. Wie kann ich jemanden ablehnen für etwas, das er nicht entschieden hat, wenn all seine Entscheidungen so liebenswert sind?" Ein seltsamer Ausdruck kam über ihr Gesicht, einem Schatten gleich, der sich in ihre Falten legte und ihre Augen verdunkelte. „Bei einem Bruder wie Leroy kann man es Hellen auch nicht verübeln, dass sie Männer nicht besonders mochte."

Noir konnte hören, dass die Dame sich um einen neutralen Ton bemühte, doch ihre Geringschätzung vermochte sie nicht zu verbergen. „Können Sie mir das etwas erklären?"

Die Dame überlegte, schüttelte dann aber den Kopf. „Leroy ist ein unordentlicher Mensch. Es wird seinen Grund haben, dass ihm seine Frau nach so kurzer Zeit weggelaufen ist. Am besten machen Sie sich selbst einen Eindruck, er wohnt doch da drüben." Sie deutete auf den ungepflegten Garten.

„Er ist gerade verreist, er hat mir aber seinen Schlüssel für das Haus dagelassen, um mich etwas umzusehen. Persönlich habe ich ihn noch nicht treffen können." Sie zog ein Blatt aus der Tasche, faltete es auf und zeigte es der Dame. „Haben Sie Hellen oder Leroy mal mit diesem Mann gesehen? Oder haben Sie ihn allgemein mal getroffen?"

Die Dame nahm das Papier entgegen und hielt es nah an ihr Gesicht. Aufmerksam betrachtete sie Boises Gesicht, versuchte, sich zu erinnern. Dann schüttelte sie erneut den Kopf. „Ich denke nicht, dass ich ihn je gesehen habe." sagte sie. „Vielleicht ist er hier mal durchgewandert, das will ich nicht ausschließen, aber ich kenne ihn nicht. In Ridgewater lebt er jedenfalls nicht."

„Okay, haben Sie vielen Dank." Noir steckte das Bild wieder ein. „Ich geh mal rüber."

„Können Sie mir einen Gefallen tun?" fragte die Dame, die sich eigentlich wieder ihrem Beet zugewandt hatte.

„Bestimmt."

„Grüßen Sie Hellen von mir, wenn Sie sie gefunden haben. Und sagen Sie ihr, dass ich mich für sie und ihr neues Leben freue." Sie lächelte warm und herzlich.

Noir schwieg einen Moment. „Werde ich tun." sagte sie dann mit einem bitteren Geschmack im Mund. „Ich denke, ich mache nicht viel falsch, wenn ich Sie einfach schon mal zurückgrüße."

Sie hoben beide leicht die Hand, deuteten ein Winken an. Noir war nachdenklich, als sie die wenigen Meter zum übernächsten Haus zurücklegte. Hellen schien ein nur

149

wenig freudvolles Leben gehabt zu haben. Wo auch immer sie vor ihrem Tod gewesen sein mochte, was auch immer ihren Tod bewirkt hatte - es hatte wenig würdiges an sich, was ihre sterblichen Überreste betraf. Wenig Freude im Leben, ein gewaltsamer Tod, verscharrt in einer Sickergrube - das war keine Existenz, die sie jemandem wünschte.

Sie wappnete sich dagegen, welche Eindrücke auf sie zukommen würden, wenn sie das Haus betrat. Sie würde eine Verstorbene kennen lernen, in dem Wissen um die Qualität des Endes.

Das Gartentor war nicht verschlossen. Selbst wenn es das gewesen wäre, wäre es leicht gewesen, den Bügel herauszubrechen, so rostig wie er war. Moos und Unkraut wuchs zwischen den kippeligen Wegplatten, die zur Haustür führten, und ließen es verlassen erscheinen.

Noir mochte Wildwuchs und empfand das Überwuchern von Gebäuden, Wegen, von allem Künstlichen durch die Natur als tröstlich. In einigen Jahren würde hier etwas ähnliches stattfinden: Das Efeu würde sich der Mauern erneut bemächtigen, nur dieses Mal würde es niemand mehr zurückstutzen. Der Löwenzahn würde hochwachsen und die Gräser würden blühen und sich selbst aussähen, so denn die Nachbarn es tolerieren würden, und das Grün würde die Hauswand immer weiter unter sich begraben und sie durchsetzen, die Steine heben und das Holz der Fenster durchdringen, bis nur noch ein Gerippe übrig bleiben würde.

Den Gedanken an das, was sein würde, schüttelte sie fort, so beruhigend sie es auch fand.

Sie sah die Straße kurz entlang, konnte aber außer der Dame im Beet niemanden sehen, während sie in dünne Handschuhe schlüpfte und ungesehen einen kleinen Hebel an der Haustür ansetzte. Mit einem leisen Knacken zerbrach das Holz. Den Umstand, das Schloss mittels Spanner und Pick zu öffnen, machte sie sich nicht - falls Leroy zurückkommen würde, sollte er gern sehen, dass man bei ihm gewesen war.

Die Tür ließ sich ohne Schwierigkeiten aufschieben, und Noir wich zurück. Sie fühlte sich an den Moment im Internetcafé erinnert, auch wenn der Geruch dort tatsächlich etwas dezenter gewesen war.

Die Wände waren gelblich in dem Flur, und nachdem sie die Tür eilig hinter sich geschlossen hatte, ergab Noir sich ihrer Neugier und fuhr mit dem Finger über die Wand. Das Nikotin hatte sich bereits in so vielen Schichten abgelagert, dass es nicht mehr möglich war, es fortzuwischen und alles in dem überschaubaren Raum mit einem Sepiaton überlagerte, der zu dem herabgewohnten Zustand des Hauses passte. So musste es im Inneren einer Zigarette riechen.

Der Flur war klein und bestand hauptsächlich aus mehreren, aneinandergereihten Türen mit nur wenig Wand dazwischen. Eine führte eine Treppe hinauf, hinter den anderen verbargen sich eine schmutzige Küche mit alten Möbeln, ein Wohnzimmer und ein Schlafzimmer.

„Ach komm schon, Mann!" Sie bedeckte die Nase mit dem Ärmel, atmete durch den Mund und konnte den Geruch dennoch schmecken. Ihre Kleidung würde sie nur noch verbrennen können.

Sie entschloss sich, zuerst das Wohnzimmer zu untersuchen und schob sich durch die Tür in einen großen, an sich hellen Raum. Ein moderner Fernseher mit beachtlichem Durchmesser stand im Widerspruch zu den ansonsten alten und abgewetzten Möbeln, die noch aus der Zeit von Leroys Eltern zu stammen schienen.

Der Raum wirkte unordentlich und unsauber. Leere Zigarettenschachteln lagen auf dem Boden und jeder Ablage, zerdrückte Kippen und Asche auf dem Boden und den Teppichen taten ihr übriges, um wenig einladend zu wirken. Ein Regal mit älteren gebundenen Büchern schien längere Zeit nicht mehr angerührt worden zu sein, neue gab es nicht. Der Fernseher schien das einzige Mittel zum Zeitvertreib zu sein.

Noir bahnte sich einen Weg, schob dabei Schachteln vor ihren Füßen her und schuf sich so kleine Trampelpfade. Sie versuchte, abzuschätzen, wie viele Schachteln insgesamt herumlagen und schätze sie auf rund zweihundert. Leroy war offenbar kein Mensch, der erst in jüngerer Zeit aufgehört hatte, aufzuräumen.

Keine Zeitschriften, keine Spielekonsolen, keine Briefe oder Erinnerungsstücke an das bisherige Leben fanden sich. Verstaubte Aktenordner mit Unterlagen von Leroys und Hellens Eltern sammelten sich hinter Schranktüren, ein wenig Werkzeug, wie man es für die gängigsten Handgriffe an einem alten Haus benötigte. Müll und die Dinge anderer, verstorbener Menschen.

In der Küche öffnete sie ein Fenster, anders hielt sie es nicht aus. Der Kühlschrank war ausgesteckt, und sie brauchte einen Moment, um sich zu überwinden, die Tür zu öffnen. Ein wenig Wurstaufschnitt, ein kleines Stück rohes Rindfleisch, Kartoffeln und Brotscheiben, die ein wenig schimmelten, eine fast volle Flasche Wodka - sie hatte schlimmeres erwartet. Einen Tiefkühler gab es nicht, in der Spüle stand benutztes Geschirr. Ein einziger Kochtopf und eine Pfanne, die einst beschichtet gewesen sein mochte, standen auf dem gasbetriebenen Herd, Essensreste angetrocknet und nicht mehr wirklich identifizierbar. Weder die Ausstattung eines engagierten Hobbykochs, noch dessen Sorgfalt.

Auffällig war nur das Arsenal an Messern, die kopfüber an einer Metallleiste über der Spüle hingen. Im Gegensatz zum Rest des Erdgeschosses waren die Messer so blank poliert, dass sie darin ihr Spiegelbild erkennen konnte, das ihr angeekelt und leicht verzerrt entgegenblickt. In Reih und Glied hingen sie der Größe nach sortiert an ihrer ebenfalls polierten Leiste, das gemaserte Holz sorgfältig poliert. Leroy musste sie außerordentlich gewertschätzt haben. Sollte sie eine Prognose wagen, würde sie vermuten, keine Feuerwaffe in diesem Haus zu finden, Leroys Waffen hingen hier. Zugleich beunruhigte diese pedantische Ordnung sie - sie sprach zu sehr Boises Sprache. Andererseits konnte sie sich nicht vorstellen, dass Boise es lange in diesem Chaos ausgehalten hätte.

Sie würde die Messer mitnehmen und auf Spuren von beiden untersuchen müssen. Mit einem unguten Gefühl dachte sie an den Klumpen Rindfleisch im Kühlschrank und entschied sich, erst ein Foto davon an Quentin zu leiten. Sollte er ausschließen können, dass es sich um menschliches Fleisch handelte, könnte sie es hierlassen.

Das Schlafzimmer war unaufgeräumt und dunkel, dafür mit weniger Zigarettenstummeln versehen. Leroy hatte es spartanisch eingerichtet: ein Bett mit zerwühlter Decke und zwei Kissen, ein hölzerner Schrank und ein Stuhl, auf dem ein paar Kleidungsstücke lagen, sonst war der Raum leer. Unter dem Bett lag eine dicke Staubschicht; hier hatte er gewiss nichts versteckt und vor kurzem erst entsorgt.

Widerwillig hob sie mit dem Fuß die Bettdecke an und zog sie auf den Boden, breitete sie dort aus. Sie roch nicht besonders gut, wirkte ansonsten aber unauffällig. Kein ungewöhnliches Gewicht, keine erkennbaren Blutflecken. Bei genauerem Hinsehen konnte sie nicht einmal Spermaflecken auf dem dunklen Bettbezug feststellen und fand es für einen Mann Mitte fünfzig eher ungewöhnlich. So, wie es hier aussah, konnte sie sich nicht vorstellen, dass sich viele Frauen herlocken ließen, und bei einem Mann dieses Alters und mit der Abneigung dazu, das Haus sauber zu halten, hatte sie irgendeine Form von Masturbationsnachweis erwartet. Dass es fehlte, besorgte sie mehr und mehr.

Nach einem prüfenden Blick, ob ihre Handschuhe noch dicht waren, zog sie die Bezüge ab und fand ihren Ekel unsinnig. In der Klärgrube zu stehen hatte ihr weniger ausgemacht, wenngleich sie dort mit deutlich mehr Körperflüssigkeiten in Berührung gekommen war. Dennoch stellten sich hier selbst die kleinsten Haare an ihrem Körper auf, ein Warnmechanismus, der nur selten bei ihr ausgelöst wurde. Sie nahm ihn ernst.

Das Futter der Decke zeigte deutliche Urinflecken, ebenso die Matratze, in den Kissen hatten sich wellengleich Ränder von Schweißflecken abgesetzt. Keine Beschädigungen, nichts war ausgehöhlt worden, um etwas zu verbergen. Mehr als eine einfache, nicht besonders gepflegte Schlafstätte war es nicht.

Im Kleiderschrank lagen ein paar Pullover, ungebügelte Hosen, ein paar Arbeitsstiefel mit Stahlsohle und angetrocknetem Matsch und Pflanzenresten. Auch die würden mitkommen müssen.

In der Unterwäscheschublade fand sie günstige und wenig haltbare Wäsche, die ahnen ließen, dass ihr Träger einen wachsenden Bauchumfang hatte. Auch hier keine versteckten Zeitschriften, keine Pornografie, nicht einmal Fotografien von seiner Exfrau oder der Familie. Nichts an diesem Ort war persönlich. Je länger sie sich umsah, umso asexueller erschien ihr der Bewohner - immer vorausgesetzt, dass er nicht über einen versteckten Raum verfügte, mit dem er die Neutralität des restlichen Hauses kompensierte. Sie würde die nähere Umgebung abfahren müssen, falls er seine Sexualität auf einen Trailer verlegt haben sollte, ahnte allerdings, dass die Chancen gering waren, etwas zu finden. Zu großflächig war die Natur und ihr zu unbekannt, um diese Möglichkeit letztlich ausschließen zu können.

Das dem Schlafzimmer angeschlossene Badezimmer fügte sich in das Bild des restlichen Hauses: in die Jahre gekommen, nicht geputzt. Ein Rasierapparat und eine Zahnbürste lagen am Waschbecken, neben der Toilette ein Stapel alter regionaler Zeitungen. Noir klopfte die Fliesen ab, obwohl sie nicht glaubte, etwas zu finden.

Das Bild, das von Leroy in ihrem Geist wuchs, zeichnete sich immer klarer ab. Ein gefährlicher Mann, unscheinbar in seiner Eigenschaft als verlassener und deshalb heruntergekommener Ehemann. Er hinterließ massenhaft Spuren - nur keine, die auf ihn direkt deuteten.

Eine Weile ging sie noch durch das Erdgeschoss, prüfte die Aussicht, fotografierte. Ließ die Atmosphäre auf sich wirken und registrierte ihre wachsende Unruhe. Ein Gefühl, das sie nicht mochte, beschlich sie. Es war ein Eindruck von Bedrohung, die subtil in den Wänden saß, eine unterschwellige Warnung vor etwas, das nicht mehr hier war. Leroy mochte unorganisiert sein. Das machte den Mann jedoch nicht weniger gefährlich.

Trotz des Sommers fröstelte es sie.

Durch den Flur fand sie zurück zu der Treppe, die sich hinter der letzten Tür verbarg. Der Geruch änderte sich schlagartig, sobald sie diese hinter sich geschlossen hatte: Die Luft war leicht abgestanden, das kleine Fenster nach draußen war nur gekippt und erlaubte nur wenig Austausch. Trotzdem konnte sie sagen, dass hier nicht geraucht worden war. Die Wände waren im Vergleich zum Erdgeschoss relativ weiß, wenig abgenutzt und rochen nur leicht feucht. Auf dem kleinen Treppenabsatz stand eine vertrocknete Grünpflanze und eine Figur aus Ton oder Keramik, ein Schaf, das sie mit großen aufgemalten Augen anschaute. Es war die erste Dekoration, die Noir sah und fühlte sich in der Annahme bestätigt, dass sie am Ende der Treppe Hellens Wohnung finden würde.

Die Wohnungstür war mehrfach verschlossen, und sie brauchte eine Weile, bis sie die drei Schlösser geöffnet hatte. Aus für sie nicht nachvollziehbaren Gründen war sie bemüht, so wenig wie möglich der Wohnsubstanz zu beschädigen, obwohl sie wusste, dass Hellen nie zurückkommen würde.

Drei Schlösser an einer Wohnungstür, während für die Haustür beinahe durch einen Windstoß geöffnet werden konnte; das sagte viel aus.

Noir betrat einen kleinen zweiten Flur, hellblau gestrichen und mit gerahmten Bildern dekoriert. Ein kleiner Schuhschrank und eine Garderobe mit Spiegel bildeten die einzige Möblierung.

Noir schob die Wohnungstür hinter sich zu und

betrachtete die Schlösser: Solide gearbeitet, etwas unprofessionell angebracht, aber hier hatte sich jemand definitiv Mühe gegeben, ein Eindringen zu verhindern. Es fühlte sich nicht gut an, hier zu sein. Wäre Hellen noch am Leben, ganz gleich in welcher Situation, würde es Noir aller Wahrscheinlichkeit nach nichts ausmachen, nahm sie an. Hier aber ging sie über den Willen eines Menschen hinweg, der nicht mehr in der Lage war, zu verstehen, weshalb es notwendig war. Hier konnte niemand mehr verzeihen oder sich zumindest ärgern und ihr eine Schuld zusprechen, sie konnte nicht mehr um Erlaubnis oder Entschuldigung bitten.

Sie gab Acht, nicht auf den Teppich zu treten, als sie sich zum Wohnzimmer bewegte. Ein Lächeln glitt über ihre Lippen, als sie den Raum betrat: Es war eine andere Welt als jene nur wenige Stufen entfernt. Die Möbel waren Massengeschmack, doch sie waren sauber, gepflegt, und mit einer Menge Nippes dekoriert. Das Sofa sah gemütlich aus, die Kissen in verschiedenen Größen wirkten liebevoll angeordnet und zurecht geklopft. Zwei Decken, eine leichte und eine warme, lagen über der Armlehne, die dickere schien ihr selbstgenäht. Helle Farben in Pastell fanden sich überall, als sollten sie ein Licht in den Raum bringen, das Hellen schmerzlich vermisst hatte.

Langsam ging sie im Zimmer umher, sah in diese und jene Schublade. Nichts ungewöhnliches soweit: Keine Waffen, keine Abschiedsbriefe, keine Liebesbriefe oder ein Tagebuch. Alles, was sie fand, gehörte zu dem Leben eines etwas einsamen Menschen.

Sie ging weiter in die aufgeräumte Küche und war überrascht, dass der Kühlschrank hier noch lief. Wieder bedeckte sie das Gesicht mit dem Ärmel und öffnete die Tür. Augenblicklich hielt sie den Atem an und wich zurück. Ein schrumpeliger Haufen, der noch sehr mühsam als Gemüse zu identifizieren war, schimmelte eifrig vor sich hin. Grüner, flauschiger Schimmel wanderte die Gummidichtungen und Glasplatten entlang, zog sich um die Reste von Aufschnitt und etwas, von dem Noir vermutete, dass es irgendetwas Tierisches gewesen war. Eine Colaflasche stand, noch vollständig verschlossen, in der Tür und beobachtete die Verwesung um sich herum stoisch.

Noir ließ die Tür wieder zuschnappen. Hellen war schon lange verschwunden, und niemand schien in der Zwischenzeit hier gewesen zu sein, um sich um die üblichen Belange zu kümmern. Es war etwas, das sie von den Großstädten kannte, in denen man sich nicht die Mühe machte, den Nachbarn zu kennen; dass es in so einer kleinen Gemeinschaft geschah, überraschte sie. *Vereinsamung ist nichts, was viele fremde Menschen braucht. Das beginnt bei den allernahesten.*, dachte sie und schüttelte traurig den Kopf.

Hellens Badezimmer war kaum mehr als eine Abstellkammer, in der eine Toilette und eine Duschwanne um den wenigen Raum konkurrierten. Platz für ein Regal war nicht, so blieb nur noch das Schlafzimmer übrig. Noir stieß die Tür auf und blieb im Flur stehen, ließ ihren Blick durch den Raum schweifen. Er war hell gehalten, die Möbel waren weiß und auch hier pfleglich behandelt worden. Über dem Doppelbett, auf dem nur eine einsame Bettgarnitur lag, hingen die Nationalflagge und eine Regenbogenflagge. Der Boden war mit Teppich ausgelegt, blau, hochflorig, gemütlich und geräuschdämmend. *In beide Richtungen,* ging ihr durch den Kopf. Sie wusste, dass sie zu weit spekulierte - vielleicht hatte Hellen einfach nur weichen Boden unter den Füßen gemocht, wenn sie sich morgens aus dem Bett geschält hatte. Nur weil sie es sich selbst abgewöhnt hatte, die Welt um sich herum zu intensiv wahrzunehmen, hieß es nicht, dass andere ebenfalls jeden Genuss in sich unterbanden, und so mochte ein weicher Teppich vielleicht für nichts anderes stehen als das Wohlgefühl, das man spürte, wenn sich die Zehen in die nachgiebigen Fasern gruben.

Vielleicht.

Vielleicht hatte Hellen es auch satt gehabt, dass Geräusche von unten zu ihr hochdrangen, welcher Natur sie auch immer gewesen sein mochten. Letztlich wusste sie nur, dass sie es nicht mehr erfahren konnte.

In einem Sideboard am Fenster standen weitere Bücher; lesbische Literatur und Klassiker, Krimis, einzelne Werke über Psychologie. Ein Foto von einem älteren Ehepaar war in einem hölzernen Bilderrahmen daneben drapiert - ihre Eltern, wahrscheinlich.

Sie beugte sich näher heran und studierte die Gesichter, die auf der leicht körnigen Fotografie nur schwer zu erkennen waren. Die Frau war eine kleine, strahlende Frau, deren wache Augen neugierig in die Welt schauten und deren Lächeln von einem Lebensmut erzählten, der unzerstörbar wirkte. Ihr Mann, im Gegensatz zu ihr sehr groß gewachsen und etwas hager, hatte eine Hand auf ihre Schulter gelegt und lächelte ebenfalls breit. Die breite Nase, die Stirnpartie... für Leroy hatte er keinen Vaterschaftstest gebraucht, um ihn als seinen Jungen zu erkennen. Auch ohne Leroy selbst gesehen zu haben, erkannte sie die Ähnlichkeit deutlich.

Der Kleiderschrank war unauffällig, beinhaltete Kleidung für mehrere Jahreszeiten und verschiedene Anlässe. Eine Kiste mit löchrigen Socken stand auf ihrem Boden, eine Garnitur Stricknadeln harpunierten ein Wollknäul. Wäsche, die noch gebügelt werden sollte, stand auf dem Schrank, das Bügeleisen daneben. Nichts, was überraschend war.

Eine ganz gewöhnliche Wohnung, fand Noir. Als sei Hellen nur kurz hinausgegangen und wollte gleich wiederkommen. Läge nicht der Staub auf all den Dingen, hätte ihr Fortgehen erst Minuten zurückliegen können. Die Dinge hier hatten einen persönlichen Anstrich, der unaufdringlich und gemütlich zugleich war. Nur die vielen Schlösser an der Tür passten nicht zu der Atmosphäre, die Hellen hier mit viel Mühe geschaffen hatte.

Noir trat zum Bett, schlug die Laken auf und hob die

Matratze an. Unter dem Bett lag nichts, und sie wollte bereits alles zurück an ihren Platz gleiten lassen, als ihr die ungleiche Gewichtsverteilung auffiel. Vorsichtig betastete sie die sich stärker dem Boden neigende vordere Ecke und spürte einen flachen, großen Gegenstand verborgen in dem Schaumstoff. Er war unnachgiebig und tief in das Futter eingelassen worden. Ihre Finger tasteten nach einem Schnitt in der Seite der Matratze und fanden ihn, zogen ihn vorsichtig auseinander. Ein MacBook lag, sorgfältig in einer Plastikhülle eingewickelt, verborgen im Inneren, daneben das Ladekabel und ein Prepaid Internetstick. Noir begutachtete es vorsichtig, entschloss sich dann jedoch, den Schaumstoff aufzuschneiden, um die Lage besser erfassen zu können, anstatt den Laptop einfach herauszuziehen. Zu groß war die Gefahr, etwas zu übersehen, das den Laptop beschädigte oder ihr gefährlich werden konnte. Hellen war sehr auf die Sicherung ihrer Wohnung aus gewesen, es sprach nichts dagegen, anzunehmen, dass sie einen derart versteckten Gegenstand ebenfalls gesichert hätte.

Das Messer glitt nur mühsam durch das Material, legte schließlich jedoch nichts als die Dinge frei, die sie bereits durch den Schnitt hatte erspähen können. Noir nahm es an sich, betrachtete es, und stopfte dann den herausgeschnittenen Teil zurück, machte das Bett. Das Bettlaken bedeckte die zerstörte Matratze, als sei nichts geschehen, verriet nichts davon, dass jemand ihr Geheimnis entnommen hatte. Sorgfältig strich sie die Decke glatt und legte die Kissen zurück.

Über das Kopfende gebeugt legte sie den Kopf in den Nacken und betrachtete die beiden Flaggen über sich. Das hatte Hellen also in den letzten Monaten vor ihrem Tod jeden Abend gesehen, bevor sie einschlief. Noir hoffte, dass sie keinen Widerspruch zwischen den Dingen gesehen hatte.

Sie sah auf die Uhr und löste sich aus ihren Gedanken. Es war höchste Zeit, aufzubrechen, wenn sie noch einen Blick in die Umgebung werfen wollte. Im Flur blieb sie noch einmal stehen und sah in die Küche, überlegte, den Kühlschrank abzustellen. Dass jemand fort war und niemand dem wirklich nachgegangen war, schmerzte sie; es war ein kleines Sinnbild dafür, wie egal Hellen gewesen war.

Mit dem Notebook unter dem Arm verließ sie die kleine Wohnung, verschloss die Wohnungstür und sprang die Treppe hinunter. Sie würde aus dem Wagen Beweismitteltüten holen müssen, um die Messer mitzunehmen, die Zahnbürste und den Rasierapparat. Leroys Schuhe würden ihr das Auto versauen, stellte sie ärgerlich fest. Dankbar stellte sie fest, dass Quentin ihr bereits zurückgeschrieben hatte: Eindeutig Rindfleisch. Ist aber nicht mehr gut, nicht essen.

Wenigstens das.

Draußen hatte es sich inzwischen bezogen, und es roch leicht nach Regen, als sie aus dem Haus wieder ins Freie trat. Während sie den kurzen Aufgang zur Haustür herunter schritt und prüfend den Blick gen Himmel richtete, spürte sie, wie eine fremde Traurigkeit von ihr abfiel. Sie war froh, diesem Haus in absehbarer Zeit dauerhaft den Rücken kehren zu können. Leroy würde nicht hierher zurückkehren. Sie fragte sich, ob mit ihm auch die Beklemmnis weichen würde, die so tief in das Mauerwerk eingesogen war.

ACHT

Inzwischen waren Gäste abgereist und sie hatten die Chance genutzt und jeder hatte ein eigenes Zimmer bezogen. Sie trafen sich in einem davon, das zwei Stockwerke höher lag und einen guten Blick auf den sich auftürmenden Wald in der Ferne bot.

Noir hatte es für sich ausgesucht. Ihr behagte die größere Distanz zu den Kollegen, die Ruhe, und wenn sie ehrlich war, auch die bessere Ausstattung. Es verfügte über einen größeren Tisch aus dunkelrotem Sequoia, an dem alle bequem Platz finden konnten, zusätzlich zu dem Sofa noch zwei gemütliche Sessel und einen großen Schreibtisch.

Ein kleiner Beamer stand dort und warf eine weiße, unschuldige Fläche an die gegenüberliegende Wand.

William hatte sein frisch erworbenes Gewehr auf das Sofa gelegt und machte ein erwartungsvolles Gesicht, während Noir sich die Quittung durchlas.

„Naja, wenigstens war es billig." sagte sie und verzog die Mundwinkel.

„Ich musste sie ja nur irgendwie beschäftigt halten, bis Tajo wieder da war. Sie hätte sich anders an mich erinnert, wenn es kein 0-8-15 Ding gewesen wäre."

„Naja, wird schon durchgehen." sagte sie und steckte den Bon in eine Aktenmappe. „Haben die denn auch schöne Sachen?"

„Naja, das hängt jetzt davon ab, was ‚schön' ist. Alles gängige ist da. Keine Maschinengewehre oder -pistolen, keine Scharfschützengewehre. Eher das, was man unterwegs brauchen kann."

„Das wollte ich wissen." unterbrach ihn Noir. Sie setzte sich zu den anderen an den Tisch und versuchte unter leisem Fluchen, den Projektor dazu zu bringen, die ersten Bilder zu zeigen. Der Beamer hielt indes nichts von ihren Bemühungen.

„Fangt ruhig schon mal an." murrte sie und presste mit Nachdruck die Knöpfe auf der Fernbedienung.

„Okay, wir haben es ja schon kurz als Text rumgeschickt." begann Tajo. „William und ich waren bei *Larry's Home Improvement Center* kurz vor Milford. Das, was man als typischen Campingbedarf braucht, hat Boise da gekauft. Gelegentlich wurde er von einem Mann begleitet, den wir momentan noch auf den Überwachungsbändern suchen." Er deutete auf den mitgebrachten Laptop, der auf seinem Tablet stand.

„Laut Aussage der Kassiererin werden die Überwachungsbilder nur vierundzwanzig Stunden gespeichert," stieg William ein. „was sich als nicht so ganz zutreffend erweist. Es sind wenigstens sechs Monate darauf, vorwiegend aus der Mitarbeiterumkleide und der Toilette. Passt zu den Pornos, die auf der Festplatte sind. Dauert jetzt natürlich seine Zeit, alles durchzusehen, aber wenn es stimmt, was die Kassiererin sagt, müssten wir seine Begleitung finden. Soll irgendwie schmutzig, klein und um die fünfzig sein."

„Das dürften geschätzt siebzig Prozent der Kundschaft da sein." sagte Cooper. „Klingt nach einer Nachtschicht am PC."

„Darauf könnte es hinauslaufen." Ellis hatte sich bisher zurückgehalten, den Stuhl leicht von dem Tisch abgerückt und auf ihre Knie gestarrt. Nun hob sie eine große Tasche auf die Platte, die sie bis dahin unter ihrem Stuhl verstaut hatte. Noir, die es inzwischen geschafft hatte, eine Landkarte mit dem Ausschnitt um Lexington, Milford und Ridgewater Falls anzeigen zu lassen, richtete sich interessiert auf.

„Du" - sie nickte Noir zu - „weißt es ja schon. Ich habe einen Jagdladen gefunden, in dem Boise alle paar Wochen verkehrt hat. Hauptsächlich hat er dort Munition für zwei Jagdgewehre und drei Handfeuerwaffen gekauft. Bis letzte Woche Mittwoch, da hat er..." Sie machte eine

Pause, in der sie langsam den Reißverschluss aufzog und ihn einem chirurgischem Schnitt gleich aufklaffen ließ. „...alle seine Waffen verkauft." Sorgfältig hob sie die einzelnen Waffen aus der Tasche und legte sie in die Mitte des Tisches. „Es handelt sich um einen kleinen, inhabergeführten Laden hier in Lexington. Er wird betrieben von einer Familie, Vater und Sohn machen das in der soundsovielten Generation. Sie sagen, Boise war ein höflicher, ruhiger Mann, der auffällig schlecht laufen konnte. Er habe immer bar bezahlt." fuhr Ellis fort. Sie nahm wieder Platz und schlug die Beine übereinander, ließ sich in die Lehne fallen und sprach mit ruhiger, fester Stimme. „Wenn Tajo und William nichts davon gehört haben, dass er gehumpelt hätte, stelle ich diesen Umstand mal als vorgeschützt in den Raum. Jedenfalls ist er letzte Woche in den Laden gekommen und hat darum gebeten, dass sie ihm seine Waffen abkaufen. Nicht gefragt, ob sie Interesse hätten, sondern er hat sie ausdrücklich darum gebeten. Angeblich habe er eingesehen, dass er in seinem Alter nicht mehr ganz allein auf dem Land leben könne und wollte zu seiner Tochter in die Stadt ziehen, weshalb er diese Waffen nicht mehr brauche."

„Er hat keine Kinder." brummte Cooper nebenbei. Interessiert betrachtete er die Waffen und ordnete sie der Größe nach auf dem Tisch. Eine .270er Winchester sowie eine alte, aber tadellos gepflegte M1 Garand, dazu zwei Smith and Wesson in verschiedenen Größen und eine Walther. Die M1 weckte seine besondere Aufmerksamkeit. Dem ersten Anschein nach konnte es durchaus ein aufgearbeitetes Original sein. Mit schnellem Blick vergewisserte er sich, dass sie ungeladen war, und nahm sie hoch, wog sie in der Hand und legte sie schließlich an. Mit angenehmem Gewicht schmiegte sie sich an seine Schulter. Ein Gewehr der Geschichte, ein Gewehr *mit* Geschichte. „Schönes Stück." Mit bewunderndem Blick gab er es an Noir weiter, die es ebenso interessiert annahm. Auch ihre Finger glitten über das hölzerne

163

Gerüst wie über eine Blindenschrift, die nur wenigen ihre verborgene Nachricht mitteilte, berührten vorsichtig den Abzug und prüften die Gerade des Laufes. Cooper mochte ihre Wertschätzung guter Waffen - eine weitere Leidenschaft, die sie teilten und die sie verband.

„So sieht eine gute Waffe aus, Will." stichelte Noir. „Für sowas geben wir gern etwas aus."
William verdrehte die Augen. „Ja-ha."

„Ich habe, wie ihr unschwer sehen könnt, die Waffen gekauft." schloss Ellis.

„Wir machen ein paar mehr Ausgaben, als ich gedacht hatte." Noir lachte und legte die M1 wieder ab. „Es war eine gute Idee, die Dinger mitzubringen. Wer weiß, wofür wir die noch gebrauchen können. Jedenfalls ist es mir lieber, die Dinger sind bei uns, als dass sie irgendwer anders hat. Danke, Ellis."

„Dem war klar, dass was passieren würde." sagte Matthew. Bisher hatte er schweigend dagesessen, den Kopf auf die Hand aufgestützt, und hatte alles an Informationen in sich aufgenommen. „Einer wie Boise gibt seine Waffen nicht ab. Schon gar nicht gesammelt an einem Ort. Kein Profi macht das."

„Das sehe ich auch so." stimmte Noir zu.
William blickte sie nachdenklich an. „Du meinst, dass er wusste, dass es jemand auf ihn abgesehen hat? Aber wieso gibt er dann die Waffen ab?"

„Da stelle ich mal etwas in den Raum. Auftrag." Ihre Worte hingen eine Weile im Raum, bis Matthew sie aus der Luft nahm.

„Du meinst, er wusste, dass er getötet würde, und hat seinen Tod quasi - selbst gestaltet?"

„Oder darüber verfügt. Er ist ja kein Unbekannter gewesen; wenn jemand auf ihn angesetzt worden ist, wird er das mitbekommen haben." Sie überlegte. „Und wenn er es selbst war?"
Ellis runzelte die Stirn. „Du meinst, er hat seinen eigenen Tod in Auftrag gegeben? Wieso?"

„Lasst uns zumindest mal darüber sprechen." baute Noir den Gedanken aus, ohne selbst zu überzeugt zu wirken. „Wir wissen von dem Darmkrebs, den haben wir ja selbst gesehen. Quentin sagte, dass es sehr weit fortgeschritten war, die Wahrscheinlichkeit, dass er gestreut hatte, ist bei dieser Krebsform wohl sehr hoch. Jetzt gibt er die Waffen ab, räumt seine Hütte leer..."

„Haben wir irgendwelche Unterlagen über eine medizinische Behandlung?" fragte Matthew, erntete jedoch nur ein energisches Kopfschütteln von Tajo. „Unter seinen Namen nicht. Er kann natürlich unter einem anderen Namen Ärzte aufgesucht haben, aber das herauszufinden braucht Zeit. Viel Zeit. Die Suchparameter, die wir haben, sind gering, der potentielle Nutzen auch. Gehen wir davon aus, dass es keine günstige Prognose war."

„Ach so, dazu ganz kurz: Die Proben vom Leichnam zeigen, dass in dem, was noch da war, auch schon Krebszellen zu finden waren. Fremde DNA übrigens nicht, jedenfalls keine menschliche. Füchse und Bären sind identifiziert worden." warf Ellis ein ohne aufzusehen.

„Die Szene wusste insgesamt noch nichts von seinem Tod, als wir angefangen haben." erinnerte William und warf einen Seitenblick zu ihr. Sie saßen voneinander getrennt, und wie schon am Morgen hatte er den Eindruck, dass Ellis sehr sorgfältig vermied, ihn anzusehen. „Ich denke nicht, dass er einen Profi auf sich selbst angesetzt hat. Ich werde mich vorsichtshalber noch mal umhören, ob sich in Bezug auf die Kenntnis was verändert hat, aber wenn du mich fragst: nein."

„Können wir machen." Noir wirkte noch immer in Gedanken versunken. „Ein ganz paar Infos habe ich auch noch, vielleicht passen sie ins Bild. Ich war - wenig überraschend - in Ridgewater Falls und habe mit dem örtlichen, ich sag mal, ,Polizisten' gesprochen."

„Was ist er tatsächlich, wenn nicht Polizist?" unterbrach Matthew direkt.

„Naja, offiziell ist er das schon." lenkte sie ein. „Mir

kam er eher wie ein besserer Hausmeister vor. Wenig auskunftsfähig, hat wenig zu der Frau ermittelt, deren Knochen wir haben. Hat Boise nicht erkannt. Die Kurzfassung ist: Hellen war lesbisch - das durfte aber nicht laut ausgesprochen werden - und ist abgehauen, um sich ‚einem Stamm Ihresgleichen' anzuschließen. Dominant homophobes Klima, ich fand's ekelig da.

Sie selbst ist nicht besonders interessant, denke ich, ihr Bruder aber vielleicht. Leroy McCarthy ist seit Montag verschwunden. Ich war bei seiner Arbeit, einem Internetcafé, wo er am Freitag das letzte Mal gesehen wurde." Sie drückte wieder auf der Fernbedienung herum, schmiss sie mit einem Laut der Wut in die Zimmerecke und stand auf. Während sie den Projektor nun von Hand weiterschaltete, warfen sich die andern ein mehr oder weniger verdecktes Lächeln zu. Noir war dafür bekannt, zeitweilig eine sehr kurze Zündschnur zu haben, und kleinere Explosionen wie diese waren nicht ungewöhnlich. Sie akzeptierten es, auch wenn es hin und wieder für Belustigung sorgte - oder gerade, weil es das tat.

„Hier seht ihr Leroy." fuhr sie mit den Fingern an den Tasten des Projektors fort. „Man findet bemerkenswert wenig über ihn, auch wenn ‚Leroy' sein tatsächlicher Name zu sein scheint. Hat schon immer in dem Ort gelebt, eine Zeitlang aber als Bauarbeiter und Handwerker immer mal wieder ein paar Wochen außerhalb verbracht, wenn er auf dem Bau gearbeitet hat. Hat mit Hellen zusammengelebt, ich hab mir das Haus mal angesehen und will euch dieses Musterexemplar von *Schöner Wohnen* nicht vorenthalten."

Wieder wechselte das Bild und zeigte das altmodisch eingerichtetes Wohnzimmer.

„Mmmmh, da muss es aber gut gerochen haben!" Cooper verzog das Gesicht. „Irre ich mich, oder ist dieser Einsatz einfach einer der widerlichen Gerüche?"

„Ernsthaft, die Scheiße im Wald war angenehmer als das da." Noir schüttelte sich. „Kalter Rauch und Schweiß, und das letzte Mal gelüftet wahrscheinlich im letzten Jahrtausend. Es hätte nicht ekeliger riechen können, wenn da noch 'ne Leiche rumgelegen hätte."

„Klassischer Junggesellenstil." Leicht in seinem Stuhl zurückgelehnt und mit eher distanzierter Miene betrachtete er die Bilder, ganz so, als fürchte er sich an dem Chaos anstecken zu können, das sie beinhalteten.

„Da soll Hellen gelebt haben?" fragte Ellis stirnrunzelnd. „Passt irgendwie nicht so sehr zu ihrem äußerem Erscheinungsbild... Man schaut den Leuten nur vor den Kopf, aber mein Bauchgefühl sagt mir, dass das nicht passt."

„Dein Bauch hat in diesem Fall recht, Hellen hatte sich eine kleine Wohnung abgetrennt. Die Bilder kommen noch. Nicht zu vergleichen mit diesem Saustall da."
William rutschte auf seinem Stuhl herum. „Okay, er ist weg, sie ist weg und irgendwie mit Boise in Verbindung. Gehen wir davon aus, dass Boise auch ihn geholt hat, oder dass er umgekehrt Boise plattgemacht hat?"

„Das ist der vielversprechendste Punkt. Streng genommen könnte es sein, dass Boise Leroy getötet hat und am selben Tag selbst starb - und Leroy wurde eben erst seit Montag vermisst. Ich halte es aber für unwahrscheinlich, und würde mich erst mal an ihn hängen. Ich habe einen Ausdruck aus dem Internetcafé, in dem Leroy arbeitet, ins Labor geschickt. Es wäre natürlich hinreißend dämlich, wenn es so wäre, aber es besteht die Chance, dass unser Foto auch dort ausgedruckt ist. Wir überprüfen den Druckercode. Ich warte auf den Rückruf."

„Was ist mit dem Drucker im Haus der McCarthys?" fragte Matthew.

„Berechtigt, aber es gab keinen. Kann dafür sprechen, dass dort etwas Pikantes ausgedruckt wurde und das Ding verschwinden musste - oder dass er nicht bereit war, Geld dafür in die Hand zu nehmen, wenn er auf der Arbeit alles drucken konnte; jedenfalls war keiner da. Bei Leroy nicht mal einen PC. Ich habe auch keinen Router gefunden oder wenigstens ein Modem. WLAN, etwa

167

vom Nachbarn, war nicht erreichbar. In Hellens Wohnung gab es ein kleines MacBook, liegt da drüben. Es war ein kleiner Prepaid Internetstick dabei, der an das Ladekabel geklebt war, das war aber auch alles. Auch bei ihr kein Drucker. Ich stell die Fotos gleich für alle abrufbar, hier ein Schnelldurchlauf."

Sie klickte durch eine Reihe von Fotos, die die im Erdgeschoss liegende verrauchte Wohnung zeigten. Bei dem Bild der aufgereihten Messer hielt sie inne. „Unschwer zu erkennen, passt diese Ordnung nicht wirklich hier her. Die Leiste, an der die Dinger hängen, ist nicht neu verschraubt worden; möglicherweise hingen vorher andere Messer dran, in anderem Zustand. Falls das hier Stellvertreter sind, habe ich die Originale jedenfalls nicht gefunden. Von der Idee, dass diese zwanghafte Ordnung eher Boise zuzuordnen ist, nehme ich zunehmend Abstand; er hätte es meiner Einschätzung nach nicht ausgehalten, sich dort aufzuhalten. Was es damit insgesamt auf sich hat, ist mir noch nicht klar, ich gehe aber davon aus, dass es sich eher um die einzigen Gegenstände von Leroy McCarthy handelt, an denen ihm etwas lag. Erst mal sind sie zur Untersuchung im Labor, und ich entscheide später, was damit passiert."

Es folgten die Bilder von Hellens kleiner Wohnung. Der Lagerort des Laptops sorgte für nachdenkliche Blicke.

„Drei Schlösser an der Tür, und dann trotzdem diese Vorsichtsmaßnahmen?" fragte William. „Da muss ja richtig heißes Zeug drauf sein."

„Oder Hellen war leicht paranoid." hielt Ellis dagegen. „Ein Übermaß an Vorsichtsmaßnahmen kann auch pathologischer Natur sein, und so zurückgezogen, wie sie war, kann es auch sein, dass schlicht niemandem etwas aufgefallen ist. Nur als Gedanke, damit wir uns nicht zu früh auf einen Pfad festlegen."

Tajo sah sie sehr nachdenklich an. „Ich sage es nicht gern." gestand er. „Aber das ist ein mieser, valider Gedanke. Nur, weil sie bei Boise geendet ist - oder zumindest Teile von ihr, wir wissen ja nicht, ob er nicht vielleicht auch einfach ein Leichenteil gefunden und mitgenommen hat -, heißt es nicht, dass er zwingend auch ihr Mörder ist. Hellens Art kann auch Bestandteil eines paranoiden Erlebens gewesen sein. Ellis, der Einwand ist gut."

Sie lächelte ihn dankbar an, und William spürte ein unangenehmes Maß an Eifersucht in sich aufkommen.

„So geht's weiter: Wir sichten die Überwachungs-kameraaufnahmen aus dem Baumarkt, und schauen, wer Boises Begleitung ist. Einer wertet Hellens MacBook aus, der Druckervergleich sollte heute Abend oder Nacht aus dem Labor kommen, hoffe ich doch mal. Parallel schauen wir, dass wir mehr über Leroy herausfinden. Checkt dafür bitte auch die Krankenhäuser und deren Leichenhallen. Hört nochmal rum, ob sich etwas in der Szene ergeben hat. Die Waffen schicke ich nachher rüber zur Firma, oder zum FBI, mal schauen..." Noir rieb sich nachdenklich die Schläfen. „Wenn die noch was anzubieten haben, können sie meinetwegen die eine oder andere haben."

„Ich nehm das Notebook." meldete sich Tajo und stand auf.

„Dann setz ich mich an Leroys Spur, wenn's für euch okay ist." Ellis sah kurz in die Runde, erntete keinen Widerspruch und stand auf.

„Gut, dann teilen wir die Baumarktbilder unter uns auf, damit es schneller geht. Es kann auch nicht schaden, den Rest der Festplatte mal durchzusehen, wenn Zeit dazu ist."

„Die Pornografie?" fragte William und stutzte. „Was erwartest du denn da?"

Noir lachte, wurde aber schnell wieder ernst. „Momentan gehen wir davon aus, dass Boise auch Zugriff darauf gehabt haben kann. Weiß der Teufel, ob und was er daran gemacht hat. Geht es einfach durch." Sie sah von Gesicht zu Gesicht. „Ich weiß jetzt nicht, welche Form von Pornos da drauf ist, aber falls es der übliche Shit ist, dürfte das

der am wenigsten unangenehme Teil des Jobs bisher sein."
Sie seufzte. „Will, hast du etwas dagegen, wenn wir deine Errungenschaft an das FBI weiterleiten?"
William, der aus den Augenwinkeln Ellis betrachtet hatte, blickte überrascht auf. Dann sah er, dass Noir auf das Gewehr deutete. „Ich werde dem nicht nachweinen." antwortete er kurz angebunden.

> Donnerstagabend
> Hotel in Lexington

Es klopfte.
Ellis erhob sich von der Couch und blieb noch ein paar Augenblicke am Bildschirm hängen, dann öffnete sie.
William stand mit dem Tablet in der einen Hand und einer weißen Plastiktüte in der anderen auf dem Flur. „Kann ich reinkommen?" fragte er.
Ellis zögerte, dann trat sie zur Seite und ließ ihn herein. Aus der Tüte drangen Essensgerüche zu ihr, scharf, fruchtig und intensiv. „Was bringst du denn da mit?" fragte sie, ohne sich von der Tür wegzubewegen. William legte das Tablet ab und begann, die Styroporbehälter aus der raschelnden Tüte zu schälen. Er wandte Ellis den Rücken zu, gab vor, ihre wenig willkommenheißende Haltung nicht bemerkt zu haben.

„Curry." Er fischte ein paar Plastikgabeln und Servietten aus den Untiefen der Tüte und warf sie auf die Tischplatte. Immer noch von ihr abgewandt fragte er „Wie kommst du voran?"
Ellis schwieg einen Moment. Es war bereits nach elf, für ein Abendessen zu spät. Sie fühlte sich von der Situation überfahren, den Abend hatte sie allein verbringen und mit konzentrierter Arbeit verbringen wollen.
Sie fühlte sich unbehaglich, ohne genau zu wissen, weshalb. Sie hatte gedacht, dass sie es genießen würde, zusammen mit ihm im Einsatz zu sein und den Luxus, die viele gemeinsame Zeit zusammen nutzen zu können, der

ihnen sonst verwehrt blieb. Nun hatten sie das, und sie fühlte sich plötzlich unwohl.

„Hier und da hab ich etwas über ihn finden können, aber er taucht wenig auf dem Radar auf." sagte sie schließlich.

William ließ sie kaum aussprechen. Endlich hatte er sich ihr zugewandt und verschränkte die Arme vor der Brust.

„Du gehst mir aus dem Weg."

Es war keine Frage gewesen. Eine Feststellung, mühsam gekleidet in ein neutrales Tongewand.

„Wir haben erst gestern Abend gevögelt." hielt sie kühl dagegen.

„Ja. Und seitdem ist es komisch zwischen uns."

Ellis gab ihre Stellung an der Tür auf; die Hoffnung, dass William schnell wieder gehen würde, gab sie auf. Schweigend nahm sie wieder auf der Couch Platz und betrachtete ihn nachdenklich.

William sah sie mit ernstem Gesicht an. Die verschränkten Arme vor seinem Oberkörper ließen die Oberarme dominant hervortreten, und sie konnte nicht ausschließen, dass er die Muskeln angespannt hielt. Insgesamt wirkte er verkrampft, wütend gar. Dazu die freundliche Geste, ihr Essen mitzubringen, dann auch noch Curry - ihr Lieblingsessen. Beim gestrigen Gang durch die kulinarische Meile der Stadt hatte sie bereits darauf geachtet, wo welches zu bekommen sein würde und wusste, dass er bis ins Herz von Lexington und vorbei an einem Duzend anderer Restaurants hatte gehen müssen, um das zu bekommen.

Aus den Schachteln stieg Dampf auf, der sich hinter ihm auflöste.

„Wir müssen doch nicht jeden Tag miteinander verbringen." antwortete sie schließlich, und nahm wahr, wie Williams Augenbrauen kurz wie im Schmerz zuckten. Seine Miene verdunkelte sich. „Nein, natürlich nicht." antwortete er knapp.

Ein unangenehmes Schweigen breitete sich aus, in welchem sich weder Ellis erhob, um an den Tisch zu kommen, noch William seine angespannte Haltung löste. Nur ihre angespannten Atemzüge waren zu hören.

Ellis war bemüht, ihre Miene neutral zu halten. Sie fühlte sich unter Druck gesetzt. Es war zwar üblich, dass sie sich mehrfach die Woche trafen, es war auch schon vorgekommen, dass es an zwei aufeinanderfolgenden Abenden war. Das beruhte dann jedoch auf einer Verabredung.

„William…" setzte sie an und wusste nicht, wie sie den Satz beenden wollte. Etwas hilflos sah sie ihn an.

„Was stört dich so?" Seine Stimme klang immer noch ungewohnt hart.

Er ließ ihr eine Weile Zeit, um eine Antwort zu formulieren. Ellis versuchte aufrichtig, eine solche zu finden, in Stück in sich hinein zu spüren. Genau das war das Problem.

„Will, wir schlafen miteinander. Es ist Sex. Wir müssen doch nicht aufeinanderhängen."

„Es gibt einen Unterschied zwischen ‚aufeinanderhängen' und ‚sich aus dem Weg gehen'."

Ellis spürte, dass Wut in ihr wuchs. Sie wusste, dass William sehr wohl registriert hatte, dass sie nicht vertieft diskutieren wollte. Dass sie sich nicht wohl fühlte. Dennoch entließ er sie nicht aus diesem Gespräch, im Gegenteil: Er nötigte es ihr auf, dort, wo sie ihm nicht ausweichen konnte.

„Hast du Angst?" fragte er brüsk. „Dass der T-Rex es herausfindet? Dass die anderen es herausfinden?" Er nahm wahr, wie verkrampft er war und zu welchem Ton es ihn verleitete, und konnte es doch nicht verhindern.

„Darum geht es nicht." wiegelte sie ab. Mittlerweile hatte sie ebenfalls die Arme verschränkt und nahm eindringlich wahr, wie sich Spannung im Körper aufbaute.

„Lag's an gestern?" drang er weiter in sie vor. Sein Ton wurde rauer.

Ellis schüttelte den Kopf und wandte den Blick ab. Sie wollte nicht an den gestrigen Abend denken. Doch es hatte genügt, dass William es angesprochen hatte, um sie wieder an das Gefühl von Schmerz zu erinnern, den sie am

172

vergangenen Abend empfunden hatte und der noch immer ein hohles Ziehen in ihrem Unterleib hinterließ.

„War ich dir zu schnell fertig?"

Überrascht sprang ihr Blick zurück zu ihm. Das hatte sie nicht erwartet, der Gedanke war ihr bisher nicht gekommen.

William krampfte die Finger in seine Arme. Seine Stimme war gekippt - von Wut in beschämte Hilflosigkeit. Er hielt Ellis' Anblick nicht mehr aus, und so wandte er ihr wieder den Rücken zu, starrte aus dem Fenster, dessen erleuchtete Fläche vor dunkler Nacht nur sein Spiegelbild zurückwarf.

Ellis bemühte sich um einen sanfteren Tonfall. „Darum geht es nicht." Sie betrachtete seinen Rücken und fragte sich, ob es die Scham über eine mögliche Enttäuschung ihn so wütend hatte reagieren lassen. In ihr brodelte noch immer eine Wut über dieses Überfallkommando, zugleich berührte etwas an Williams Hilflosigkeit sie.

„William."

Er bewegte sich nicht.

„Will."

Noch immer keine Reaktion.

Sie erhob sich und tat ein paar Schritte in seine Richtung, mit einem unguten Gefühl in der Magengegend. Auf Armeslänge blieb sie hinter ihm stehen. „Darum geht es wirklich nicht." wiederholte sie so ruhig wie möglich. „Es ist... es hat sich blöd angefühlt gestern." fügte sie gequält hinzu.

Endlich drehte William den Kopf, um sie wenigstens aus den Augenwinkeln sehen zu können. Seine harten Gesichtszüge bemühten sich um etwas Lockerung, in seinem Inneren brannte die Scham nicht mehr so intensiv. „Was meinst du?" fragte er und bemerkte, wie unruhig seine Stimme war.

Ellis rief sich zur Ordnung. „Ich fand den, ich sag mal... *Sex to go* nicht so gut." Es gefiel ihr nicht, sich offenbaren zu müssen, während sie ihrer Mimik unentwegt mitteilte,

173

dass sie gleichmütig zu sein hatte.

„Es war dein Vorschlag mit dem Keller. Und auch, dass wir danach keine Zeit mehr miteinander verbringen." Williams Körper ließ etwas Spannung los. Seine Finger lösten sich aus seinen Armen, wo sie kleine Falten in dem Hemd hinterlassen hatten, während er sich bemühte, ruhiger zu atmen.

„Ja, das stimmt. Ich habe vorher auch nicht gewusst, dass ich's insgesamt... nicht so mögen würde. Ich kam mir billig vor." Eine Welle aus Angst und Wut, Hilflosigkeit und Selbsthass brandete in ihr auf, umspülte sie und kündete an, sie fortzutragen, während sie verzweifelt versuchte, ihrer Lage Herr zu werden. Will und sie standen einander gegenüber, und ihr kam es vor, als stünden sie in verschiedenen Welten. Während er sich zu beruhigen schien, zitterte etwas in ihr.

„Das war nicht meine Absicht. Ich hätte gern mehr Zeit mit dir verbracht." William schickte sich an, auf sie zuzukommen, doch sie wich unwillkürlich zurück. Irritiert blieb er stehen, seine Schultern sanken. „Ich verstehe nicht, was du gerade von mir willst." sagte er, seinem Gesichtsausdruck nach das Eingeständnis der Kapitulation.

Frag mich mal!, dachte Ellis bitter.

„Es war auf eine Art sehr nah, in dem Diner. Und so unglaublich leichtsinnig. Dann hier im Hotel zu vögeln war genau so dumm. Mir hat die Zeit danach gefehlt. Mir war es zu nah. Mir war es zu beliebig. Ich weiß auch nicht." gestand sie schließlich, wissend, dass es keinen Sinn ergab, was sie sagte.

Er ließ ihr Zeit zu überlegen, ob sie dem noch etwas hinzufügen wollte, doch Ellis verfiel in Schweigen.

„Okay." sagte er. Etwas besseres fiel ihm nicht ein. „Es war ja auch nicht das Übliche zwischen uns." Wieder das unbehagliche Schweigen. „Hattest du das Gefühl, ich benutze dich?"

Inzwischen hatten Ellis' Zähne begonnen zu schmerzen, so

fest biss sie die Kiefer aufeinander. „Tun wir das nicht beide?" gab sie kalt zurück. Sie hatte sich um einen leidenschaftslosen Klang bemüht und offenbar damit Erfolg gehabt, denn William sah sie enttäuscht an.

„Will, es ist doch so." fuhr sie im selben Ton fort. „Wir haben Sex. Wir sind nicht mal Freunde - wir sind Kollegen, die vögeln. Wir sollten nicht zusammen essen gehen, wir sollten nicht etwas laufen haben, wenn wir bei der Arbeit sind. Ich genieße es, es mit dir zu machen, ja. Aber in erster Linie sind wir doch eben nur Kollegen." Sie zuckte mit den Schultern, ließ sie danach tief sinken. „Ich denke, wir sollten es dabei belassen, und uns darauf konzentrieren, gut zusammenzuarbeiten. Das ist das Wichtigste. Und dafür müssen wir nicht zusammen rumhängen."

Gespannt hatte sie ihren eigenen Worten gelauscht, die weder geplant gewesen waren noch ihrem Empfinden entsprachen. Eine kalte, unbeteiligte Seite in ihr hatte sie ausgesprochen in dem Versuch, William so weit von ihr fortzuschieben, wie es nur möglich war. *Wir sind nicht mal Freunde.* Sie konnte es nicht glauben, das gesagt zu haben.

William stand da und starrte sie an. Er versuchte, eine Antwort auf das zu finden, das sie ihm gesagt hatte, doch alles, was sein Kopf hergab, war ein dumpfer Summton. In seinem Magen breitete sich eine kalte Flüssigkeit aus, die in Windeseile in jeden Muskel floss. Wieder war alles, sagen konnte, ein einfaches „Okay." Seine Beine bewegten sich nicht, so sehr er sich auch bemühte, und so konnte er nur stehen bleiben und sie weiter ansehen.

„Okay." wiederholte Ellis, weil auch sie nicht wusste, was sie dem noch hinzufügen sollte. Sie sah die Enttäuschung und den Schmerz in seinem Gesicht, und etwas in ihr fing an zu schreien, dass sie ihn brauchte und sie Angst hatte. Doch so laut es auch in ihr war, so still war sie. Es fühlte sich nicht gut an.

Endlich fand William seine Beine wieder. Die Muskeln

fühlten sich steif an, doch er konnte sie bewegen. Mit großen, unsicheren Schritten durchquerte er das Zimmer und hatte die Türklinke schon in der Hand.

„Und... was ist mit deinem Essen?" fragte Ellis unschlüssig.

„Schmeiß es weg." antwortete William, ohne sich umzusehen, und ließ die Tür geräuschvoll hinter sich zufallen.

Ellis stand mitten im Raum und spürte zu ihrer Verwunderung Tränen über ihr Gesicht laufen. Sie hasste sich dafür, und trotzdem konnte sie es nicht unterbinden. Sie hatte sich darauf verlegt, Dinge kalt und emotionslos zu sehen. Es fühlte sich sicherer an. Sie hatte die Sexualität mit William genießen können; dass sich emotionale Bande daraus ergaben, war ihr nicht recht. Und schon gar nicht, dass sie nicht kontrollieren konnte, ob sie diese spürte oder nicht.

Einen Augenblick blieb William stehen und versuchte, sich darüber klar zu werden, was gerade passiert war. Er fühlte sich leer und taub.

Eigentlich hatte er mit Ellis essen und mit ihr reden wollen, den Abend zusammen Seite an Seite arbeiten. Ihr Lächeln sehen und ihren Geruch einatmen, sich an ihren warmen Körper schmiegen und die Zuneigung empfinden, die er in letzter Zeit immer in ihrer Nähe empfand. Es war ihm am Morgen aufgefallen, dass sie Abstand zu ihm suchte und war zunächst davon ausgegangen, dass es Maskerade war. Erst im Laufe des Tages hatte er begonnen, sich Sorgen zu machen. War der gestrige Abend schlecht gewesen? Nur er war befriedigt aus ihrem Treffen gegangen, und besonders lange hatte er nicht durchgehalten, da musste er sich nichts vormachen. War sie enttäuscht? Sauer? Er hatte in Ruhe mit ihr darüber reden wollen, war losgegangen und hatte das Restaurant mit Takeaway gesucht, dessen Curry gut aussah. Und dann war er ihr gegenüber so defensiv geworden, dass er sich selbst kaum hatte ausstehen können, es zugleich auch nicht hatte unterbrechen können, hatte sich geschämt, hatte das Gefühl gehabt, sich selbst und ihr etwas beweisen zu müssen. Was war er für ein Idiot.

Ellis hatte nervös gewirkt. Er dachte darüber nach, ob sie gerade den sexuellen Pakt zwischen ihnen beendet hatte, und sich nur nicht getraut hatte, es ihm direkt ins Gesicht zu sagen.

Wir sind nicht mal Freunde. Der Satz lag schwer auf ihm. Er hatte das Gefühl gehabt, sie seien welche. Freunde, die Dinge taten, die über das freundschaftliche Maß hinausgingen, aber letztlich doch Menschen, die einander so sehr vertrauten, dass sie einander ihre Körper und ihr Herz anvertrauten. Beinhaltete das nicht ein Maß an Freundschaft? Sie hatten so viele Jahre zusammen gearbeitet, waren gemeinsam unter Beschuss gewesen, hatten einander den Rücken freigehalten, in der Wüste nebeneinander in den Ruinen gelegen und unter den unendlich hellen Sternen geschlafen. Das alles sollte belanglos sein?

Tief in Gedanken durchquerte er das Foyer. Wohin er wollte, wusste er selbst nicht, aber die Bewegung tat gut. Er wusste, dass er eigentlich arbeiten sollte, aber dazu brauchte er einen klaren Kopf. Und den hatte gerade nicht.

Sie hatten zu dritt auf dem Balkon gesessen, bis es dunkel geworden war, dann hatten sie sich in Noirs Zimmer zurückgezogen. Matthew hatte sich auf einem Sessel niedergelassen, Noir und Cooper saßen auf der Couch. Etliche Stunden hatten sie die Aufzeichnungen der Überwachungskameras durchgesehen und hin und wieder Boise tatsächlich darauf gefunden - allerdings immer allein. Seine Einkäufe waren wenig interessant gewesen und hatten keine Rückschlüsse erlaubt. Vertane Zeit.

Die größte Zeit hatten sie schweigend beieinander gesessen, irgendwann waren sie zu Laptops mit größerem Display und erweiterter Arbeitsfläche gewechselt.

177

„Ich bin mit meinen Überwachungskamerabildern durch." sagte Noir schließlich ohne aufzusehen. „Bei mir ist er nicht mehr aufgetaucht. Interessanterweise nicht mal auf der Kundentoilette, obwohl er die regelmäßig aufgesucht hatte. Ich geh zum Rest der Festplatte."

Matthew hatte nur einen unverständlichen Laut von sich gegeben, dass er es zur Kenntnis genommen hatte, Cooper nutzte die Gelegenheit und legte den Laptop bei Seite. Mit Daumen und Zeigefinder massierte er seine angestrengten Augen. „Ich hab die Dateiordner nur kurz überflogen, vorhin." sagte er. „Viel geschäftliche Korrespondenz, wenn ich das richtig gesehen habe. Und eben seine Filmchen. Sonst noch was?"

Sie brummte. „Sieht eher nach Systemanwendungen aus, Programme und so was." antwortete Noir und ließ ihre Augen über den Bildschirm wandern. „Leider sehr, sehr viel. Wir können es mit Suchbegriffen probieren, aber ich denke, wir kommen nicht drum herum, den ganzen Mist zu lesen." Langsam spürte sie, wie lang der Tag inzwischen war; auch der Kaffee vermochte nicht zu verdrängen, dass sie langsam erschöpft war.

„Klassische Begriffe sind etwa ‚*das Fell bringen*‘ oder ‚*ein Fundament anlegen*‘ und so weiter." murmelte Matthew, noch immer ohne aufzublicken. „Kann natürlich sein, dass hier eine Menge solcher Mails sind: Hier gibt es immerhin Leute, die tatsächlich Felle verkaufen oder kaufen wollen oder etwas zum Betoniren suchen. Ist halt ein Baumarkt."

„Hätte sich denn jemand wie Boise auf so einen einfachen, wenig geheimen Code eingelassen?" Cooper schaute skeptisch.

„Was soll er machen? Das sind die Redewendungen, die sich zu den Leuten herumsprechen, die einen anheuern wollen. Auch wenn es ihm zu platt gewesen wäre, muss er mit ihnen kommunizieren können. Sätze wie ‚*Hey Mann, suche wen, der meine fette Schwiegermutter wegmacht, willste? Kannste??*‘ würde ich weniger vermuten."

Noir schmunzelte ob des legeren Tones, sagte jedoch nichts dazu.

„Ach komm schon!" Cooper klang für einen Moment ärgerlich. „Als ob jeder Hinz und Kunz, der seine Frau oder Schwiegermutter loswerden will, einen wie Boise anheuern könnte! So ein ausgesprochener Profi wie Boise - der sucht sich seine Kunden doch aus. Den kontaktiert man über Umwege, über einen, der einen kennt. Das funktioniert nicht so, dass man einen wie ihn einfach an der Käsetheke anspricht und zwischen Gouda und Camembert einen Auftragsmord vereinbart."

Matthew ließ sich nicht aus der Ruhe bringen. „Aber der Spanner von Baumarktbesitzer doch nicht. Der wird sich an die paar Fetzen von Informationen halten müssen, die er aufschnappt."

„Gehopst wie gesprungen." seufzte Noir. „Wir müssen den kompletten Mist durchgehen. Ich sehe nicht, wie wir da etwas abkürzen können."

„Ich kann davon auch etwas übernehmen, egal ob Schriftverkehr oder Geschlechtsverkehr." bot Cooper sich mit einem nur wenig amüsierten Grinsen über sein Wortspiel an. „Ich bin mit meinen Aufzeichnungen gleich fertig. Hat Will schon etwas gefunden?"

„Hat sich noch nicht gemeldet." antwortete Noir und sah auf das Handy. Keine Nachricht.

„Meinetwegen, check du die Korrespondenz. Dann schau ich mal in die Filmdateien rein."

Für einen Augenblick entstand eine Stille, die Cooper unangenehm fand. Während Matthew noch völlig auf die Überwachungsbänder fixiert war, rief seine Chefin also einen mehrere Gigabyte großen Ordner mit Pornografie auf. Keinen halben Meter von ihm entfernt saß sie, entspannt mit den Füßen bequem auf der Couch, und begann, sich durch Dateien zu klicken, die er selbst im Vorfeld nur grob überflogen hatte. Vorsichtig warf er einen Blick in Noirs Gesicht: Weder war Verlegenheit noch

179

Abscheu zu erkennen, sie wirkte nur müde. Dankbar dafür, dass sie keinen Ton eingeschaltet hatte, versuchte er, sich etwas zu entspannen und wandte sich wieder seinen eigenen Bildschirmen zu.

„Seltsame Mischung." stellte Noir mit unschlüssiger Miene fest. „Sieht auf den ersten Blick eher unspektakulär aus. Ich gleiche gerade die Titel mit Veröffentlichungen ab, scheint größtenteils Softporno zu sein. Also so *richtig* soft. Dann ist da aber auch wirklich hartes Zeug."

„Was bedeutet das?" brummte Matthew, der die Unterhaltung kaum zu verfolgen schien.

„Ein wenig ...BDSM, wenn dieser Begriff dazu überhaupt passt, sehr aggressiver Inhalt." antwortete sie und schüttelte den Kopf. „Ehrlich, ich hab den Job nicht angenommen, um mir so einen Kram anzutun."

Matthew schnaubte belustigt. „Sieh es so: Immerhin wirst du dafür bezahlt, Pornos zu gucken. Hat auch nicht jeder."

„Ich würde nicht daran sterben, wenn ich es nicht müsste." gab sie unwirsch zurück. „Sollen die Leute sich einen runterholen, worauf sie wollen, es könnte mir nicht egaler sein. Ich habe nur gern nichts damit zu tun. Wir gucken nur, ob die Dateien das sind, als was sie gelabelt sind. Geht wenigstens im Schnelldurchlauf."

Eine Weile wurde es wieder ruhig, nur das stetige Klicken der Tasten sprang zwischen ihnen umher. „Auch eine ganze Menge Homopornos." konstatierte sie schließlich ohne Überraschung in der Stimme.

„Frauen oder Kerle?" fragte Cooper, hauptsächlich, weil er das Gefühl hatte, etwas erwidern zu müssen.

„Frauen, soweit ich das sehe..." Noir öffnete die Dateien und ließ sie mit vielfacher Geschwindigkeit durchlaufen. Auf dem Bildschirm rangen zwei, drei oder mehr nackte Körper miteinander, verrenkten sich in absurder Geschwindigkeit in- und miteinander, gefolgt vom Abspann, von dem sie nicht annahm, dass irgendjemand ihn je zuvor gesehen hatte.

„Hellen dabei?" fragte Cooper und versuchte, unbeteiligt zu wirken.

Noir schüttelte den Kopf, schien sich jedoch nicht sicher zu sein. Dafür waren die Filme zu schnell wiedergegeben worden.

„Bei der homophoben Stimmung, die hier in den kleinen Dörfern liegt, kannst du darauf wetten, dass die alle eine beträchtliche Sammlung dieses Genres haben." sagte Matthew und reckte den verspannten Nacken. Ein leises Knacken war zu hören, als die Wirbel wieder in die richtige Position sprangen. „Je höher der Verachtungsgrad, umso höher das Interesse. Geh mal davon aus, dass die, die am lautesten blöken, den härtesten Kram aus der Ecke haben."

„Ist das eigentlich etwas, was dir auch noch oft begegnet?" Noirs Blick war deutlich wacher, während sie Matthew über den Rand des Laptops hinweg ansah.

„Was, Homophobie?" fragte er zurück.

„Ja."

Er überlegte einen Moment. „Ja, schon. Im Beruf jetzt eher weniger."

Augenblicklich zogen sich Noirs Augenbrauen zu einer ernsten und warnenden Grimasse zusammen. „Wenn das je der Fall sein sollte, Matthew," mahnte sie ernst und ließ keinen Zweifel an der Drohung, „dass dir jemand deswegen scheiße kommt, ist der weg. Das dulde ich nicht, keine Sekunde."

Matthew lächelte. „Ich weiß, Ma'am." Er sah sie einen Moment dankbar an, ehe er weitersprach. „Kommt ja wie gesagt bei uns nicht so vor. Wir merken es eher privat. Calabs Eltern haben zum Beispiel gar keinen Kontakt mehr zu ihm, haben mich auch nicht kennen lernen wollen. Er leidet darunter, immer noch." Seine Gedanken wanderten kurz zu seinem Lebensgefährten. „Wir müssen etwas aufpassen, wohin wir in den Urlaub fahren, aber das ist halt so."

„Ich nehme an, D.C. ist relativ offen, was Toleranz

angeht." Es war keine richtige Frage gewesen, die Cooper gestellt hatte, aber den Tonfall einer Feststellung hatte es auch nicht gehabt. Wirklich darauf geachtet hatte er bisher noch nicht.

Matthew schnaubte sarkastisch, fasste sich jedoch schnell wieder. „Naja, ich sag's mal so: Das Gedankengut ist bunt gemischt."

„Bedeutet?" fragte Noir, während auf ihrem Laptop die nächsten Berge aus Fleisch einander bestiegen.

„Wir kommen insgesamt gut klar." Dennoch trat ein Ausdruck von Trauer auf sein Gesicht. „Klar, es gibt in der Nachbarschaft immer den einen oder anderen, der wettert. Uns mit irgendwelchen Kirchenflyern zuschüttet oder uns für den Untergang Amerikas verantwortlich macht. Ich meine, wir sind ein schwules *und* gemischtrassiges Paar - da knallen bei einigen eben die Synapsen durch. Wir wissen, in welche Restaurant und Kneipen oder Clubs wir gehen können und in welche nicht. Es ist okay."

Noir wusste nicht, ob er es sagte, um sie zu überzeugen oder sich selbst.

„Schon sehr bigott." stellte Cooper fest. „Männer dürfen bitte keine anderen Männer vögeln, aber zwei Frauen sind eine geile Nummer. Seltsame Moral."

„Ganz so einfach scheint es nicht zu sein." Noir betrachtete die Männer nachdenklich. „Hellen hatte zumindest bei den Leuten, mit denen ich gesprochen habe, einen schweren Stand, und sie schien insgesamt eher gemieden zu werden. Klar muss man da immer mit bedenken, dass die Leute vielleicht anders darüber empfinden als sie es dann auch kommunizieren, aber ich hatte schon den Eindruck, dass Hellen sehr isoliert gelebt hat. Verstoßen, nahezu."

„Um dann im Klo eines Serienmörders zu enden." fügte Matthew trocken hinzu. „Das ist nicht das Leben, das man sich wünscht." Er massierte seinen Nacken, klappte den Laptop zu. „Ich bin für heute fertig. Ich leg mich hin." Er stand auf und streckte die vom Sitzen tauben Glieder. „Wann sehen wir uns morgen früh?"

„Sieben, würde ich sagen, falls nichts wichtiges dazwischenkommt." antwortete Noir und sah ihn unverwandt an. Er sprach selten über sein Privatleben, und ihr war nie ganz klar, ob er es nicht tat, weil er sich selbst dabei nicht wohl fühlte, oder weil er fürchtete, sein Umfeld könnte sich dabei unwohl fühlen. „Schlaf gut, erhol dich. Bis morgen früh."

„Danke, ebenso." Er bildete einen Stapel aus Geräten und Papierunterlagen und transportierte ihn vorsichtig zur Tür. Dort angekommen drehte er sich noch einmal um und sah Cooper fragend an.

„Ich mach noch eine Weile." entgegnete der, was Matthew mit einem Nicken zur Kenntnis nahm. Die Tür schwang geräuschlos hinter ihm zu.

„Wenn du auch Feierabend machen willst, sag Bescheid, dann gehe ich." ergänzte er an Noir gewandt, die nur ein Kopfschütteln andeutete.

„Wirklich Feierabend hab ich im Einsatz eh nie." murmelte sie und klickte eine Datei weiter.

Cooper sah auf die Uhr. Mitternacht war gerade vorbei. Er spürte, wie die Müdigkeit in ihm auch langsam um die Vorherrschaft rang, doch er war noch nicht bereit, ihr nachzugeben. Mit den Bändern aus dem Baumarkt war er inzwischen fertig geworden und wandte sich dem eMail Verkehr zu. Hunderte Mails, die von Preisanfragen für Bauutensilien bis zu komplexen Vertragsabschlüssen reichten, Werbemails für Penisvergrößerungspillen und Abnehmpillen, Newsletter mehrerer Onlinehandels-plattformen und ungelesene Mitteilungen zu geänderten AGBs türmten sich aufeinander. Offenbar wusste der Postfachinhaber nicht, was ein Spamfilter war und wie man ihn benutzte.

Cooper grenzte die Suche auf verschiedene Parameter ein, aber es blieben immer noch hunderte Nachrichten übrig.

„Ich frage mich," tastete er sich schließlich vor,

„wie ihr es schafft, neben diesem Job noch eine ernsthafte Beziehung zu führen."

Noir sah nicht auf, hob aber eine Augenbraue, ein Zeichen, das sowohl Warnung als auch als Irritation sein konnte. Cooper registrierte es zufrieden.

„Es funktioniert." sagte Noir schließlich sachlich.

„Ja, bei euch." Cooper ließ seine Stimme etwas weicher werden. „Ihr habt das Glück, dass ihr auch die Arbeitszeit nutzen könnt, um zusammmen zu sein. Matthew dagegen... Yael, Tajo - die sind selbst dann den ganzen Tag von ihren Frauen getrennt, wenn wir in der Firma sind. Und wir sind *nicht viel* dort. Soweit ich weiß, steht bei Tajo die Scheidung bevor, Liam und Ellis sind geschieden, Liam sogar zweimal? Dreimal? Ich hab den Überblick bei ihm verloren. Aber Partner machen das nicht unbegrenzt mit."

„Das Risiko geht man ein." antwortete sie, dann grub sich eine Sorgenfalte in ihre Stirn. „Und so viel sehen wir uns auch nicht. Es ist kein nine-to-five Schreibtischjob, und selbst, wenn wir beide im Büro sind, haben wir unterschiedliche Termine. Dass wirklich mal Zeit für uns bleibt, ist eher selten." Ein Hauch von Schmerz schwang in ihrer Stimme mit. „Sehr selten."

Cooper spürte einen Jagdinstinkt in sich wachsen, den er unangemessen und trotzdem spannend fand.

„Ich fänd's hart." schloss er kurz und hüllte sich wieder in Schweigen. Gedanklich, das wusste er, war sie dabei, die Einsamkeit zu spüren, die eine Liebe auf unklare Distanz mit sich brachte. Es bereitete ihm Unbehagen, eine Freundin in solch ein Gefühl zu stürzen; zugleich stellte es eine Vertrautheit her, die ihm etwas bedeutete.

Geraume Zeit arbeiteten sie nebeneinander, ohne ein Wort zu wechseln, bis Noir schließlich unvermittelt aufstand und einen Sessel geräuschvoll zu sich heranzog. „Ich brauch 'ne Pause." erklärte sie auf Coopers überraschten Blick, verstaute den Laptop sicher auf dem Beistelltisch und warf sich wieder auf die Couch. Mit den Füßen auf dem Sessel streckte sie sich aus, legte den Nacken auf der Rückenlehne ab und massierte ihre Augen. Ein leises Seufzen drang gepresst aus ihrer Lunge.

„Ist noch Kaffee da?" brummte sie und stellte überrascht fest, wie erschöpft sie war.

„Du hattest genug Kaffee für heute." lächelte Cooper. „Mach einfach einen Moment die Augen zu, dann geht es gleich wieder."

Noir ließ den Kopf betont langsam zu ihm herüber kippen und sah ihn vorwurfsvoll an. „*Genug* Kaffee gibt es nicht." Dann schloss sie wieder die Augen. „Auch wenn ich wahrscheinlich eher Amphetamin bräuchte, um wach zu bleiben. Ich bin wirklich fertig."

„Soll ich gehen?" fragte er erneut. „Ich bleib noch wach, aber ich kann ja auch bei mir im Zimmer weiterarbeiten, dann kannst du schlafen."

„Ich warte noch auf den Anruf aus dem Labor. Ich kann nicht riskieren, das Telefon nicht zu hören." brummte sie. Nun, mit geschlossenen Augen, kroch die Erschöpfung in jeden Muskel und jeden Knochen. Ihre Brust kam ihr merkwürdig schwer vor, ihre Lunge schien sich gegen ihren Rücken zu stemmen, weil die Schwerkraft zu sehr an ihr zog.

„Okay, Vorschlag zur Güte." Cooper schlug einen versöhnlichen Ton an. „Du machst ein kleines Powernapping, und ich bleibe solange hier und arbeite weiter. Wenn das Telefon in der Zeit klingelt, bin ich sofort dran und kann dich wecken. Was hältst du davon?"

Es war ein verlockendes Angebot, aus mehreren Gründen: Der inzwischen unerkennbare Schatten des Albtraumes der vergangenen Nacht lag noch dunkel über ihr und brachte eine schwer greifbare Angst vor der kommenden mit sich, während die Müdigkeit so unaufhaltsam in ihr war. Zudem war die Dringlichkeit des noch ausstehenden Anrufes zu groß, um ihn zu verpassen zu riskieren. Ihre Bedenken schienen kleiner im Vergleich dazu. Mit Mühe brachte sie die Kraft auf, um zu antworten. „Wenn das okay für dich ist... nur ein oder zwei Stunden."

„Du schläfst doch eh schon halb. Komm, leg dich hin. Ich pass auf."

Für einen Moment war alles, was für sie existierte, das Geräusch ihres eigenen Herzschlages, der einen langsamen Takt spielte. Die Schwere hatte sie vollkommen ergriffen, und immer drängender wurde der Wunsch, sich ihrem Sog zu ergeben und in das schwarze Nichts fallen zu lassen. Auch der Gedanke, dabei nicht sofort und ununterbrochen erreichbar sein zu müssen, behagte ihr. Der Zustand dauerhafter Alarmierung, das ständige Warten auf den nächsten Anruf, auf das nächste störende Geräusch, auf die nächste Gefahr - das würde sie zumindest einen Moment etwas ablegen können und so vielleicht etwas Ruhe finden. Zwar war es nicht George, in dessen Arm sie sich schmiegen konnte, und auch das Erwachen würde kalt und einsam sein, weit weg von ihm, aber zumindest war jemand da, dem sie weitestgehend vertraute und sie vertrat.

„Okay."

Mit Anstrengung raffte sie ihren Körper zusammen und schleppte sich blind zum Bett. Ihre Augenlieder widerstanden der Aufforderung, sich zu öffnen, und als die weiche Matratze an ihren Knien stieß, gab ihr Körper die restliche Spannung auf. Die vergangenen fünf Tage mit wenigem, unbequemen Schlaf forderten mit einer Eiligkeit ihren Tribut, dem sie nichts mehr entgegenzuhalten hatte. Sie fiel auf die Decke und schaffte es noch, ihren Körper auf das Bett zu ziehen, dann wurde es dunkel und leicht um sie.

Cooper saß auf der Couch und sah ihr überrascht und amüsiert zu. So schnell hatte er noch niemanden einschlafen sehen. Es war, als habe er einer auf ihrem Rand laufenden Münze zugesehen, die lange Zeit ihre Geschwindigkeit gehalten hatte und beim ersten Langsamerwerden einfach umgekippt und liegengeblieben war.

Nun lag sie da, bäuchlings auf dem Bett, noch vollständig bekleidet, und wirkte bewegungslos unwiederbringlich in einer anderen Welt. Nur ganz sacht hob und senkte sich ihr Brustkorb.

Er sah ihr einen Moment zu, dann stand er auf und trat zu ihr. Die Überlegung, die Decke unter ihr hervorzuziehen und sie ordentlich zuzudecken, verwarf er - alles, was passieren würde, wenn etwas unerwartet ihren Körper berührte, wäre, dass sie hochschnellte, alarmiert und voller Adrenalin. Aufwecken wollte er sie nicht; sie schien den Schlaf intensiv zu benötigen, und den wollte er ihr gönnen.

„Es ist alles in Ordnung." flüsterte er und hoffte, dass seine Worte noch bis zu ihr vordrangen. „Ich decke dich nur zu. Ich bin's, es ist alles in Ordnung." Mantrahaft wiederholte er die letzten Worte, während er die Ränder der Decke vorsichtig anhob und soweit über sie zog, wie es möglich war. Für einen Augenblick flatterten ihre Augenlieder und sie griff abwehrend nach dem Stoff, als er sie einhüllte. Ein tiefer, kehliger Laut drang von ihr, dann war sie wieder versunken in der Regungslosigkeit.

Cooper stand neben ihr und betrachtete sie. Versuchte, zu ergründen, was in ihm vorging. So in die Decke eingehüllt sah sie aus wie ein schlecht gewickeltes Burrito, das leise atmete. Er empfand einen gewissen Stolz, dass sie ihm soweit vertraute, dass er bei ihr sein durfte, während sie schlief. Eine Vertrauensbeweis, den er nicht leichtfertig verspielen wollte.

Sie verließ sich darauf, dass sie in seiner Gegenwart sicher war, und ebenso darauf, dass er weiterarbeitete; daran fühlte er sich gebunden. Von ihr weg wollte er allerdings auch nicht, sodass er schließlich einen Sessel heranzog und neben das Bett trug. Hier konnte er seiner Arbeit nachgehen und hatte sie dennoch im Blick, war nahe genug, um das leise Schnarchen zu hören. Sich selbst gegenüber rechtfertigte er es sich damit, dass er sie so schneller wecken konnte, wenn das Telefon klingelte; für seine Moral genügte das.

Die Balkontür war auf Kipp gestellt, es drang ein dezenter Duft des Nadelwaldes in der Ferne herein. Sie waren weit genug oben, dass die Geräusche der Straße nur gedämpft zu ihnen heraufstiegen, und er konzentrierte sich auf das Geräusch ihres Atems, schloss die Augen und genoss den Duft der Wildnis, der sich leicht mit Noirs Parfum vermischte, ehe er weiterarbeitete.

Gegen zwei Uhr machte er eine Pause. Die Akkus der Geräte waren kurz vor dem Kollaps, seine Blase auch. Vorsichtig, um dabei keinen Laut zu machen, schlich er ins Bad. Er hatte so lange eingehalten, dass der schmerzhafte Druck auf seiner Blase nur langsam nachließ, während er sich bemühte, um so leise wie möglich auszutreten.

Interessiert sah er sich um: Noir hatte wenig ausgepackt. Soweit er sehen konnte, standen nur Shampoo und Duschgel herum, eine Zahnbürste war ins Waschbecken gerollt, die Zahnpastatube nicht richtig verschossen. Der Bademantel hing an der Tür, ein noch feuchtes Handtuch über dem Rand der Duschkabine. Minimalistisch. Praktisch.

Noch einen Moment blieb er mit dem Glied in der Hand vor der Kloschüssel stehen und betrachtete sich, strich über die weiche Haut des Schaftes. Er war zufrieden mit dem, was er hatte, und er wusste damit umzugehen. In letzter Zeit hatte er allerdings wenig Gelegenheit gehabt, sich privat zu vergnügen; teils, weil die Arbeit den Großteil seiner Zeit gebraucht hatte, teils, weil ihn Bekanntschaften nicht genug angesprochen hatten, um sich auf sie einzulassen. Er hatte sich selbst gegenüber sein Desinteresse mit Müdigkeit und Abgespanntheit erklärt und nicht so sehr darauf geachtet. Einen derartigen Trieb wie am Bach in den Wäldern hatte er seit Wochen nicht mehr empfunden und er stellte schmerzlich fest, wie sehr ihm Berührung und Befriedigung fehlte. Der unaufdringliche Duft, der aus dem Handtuch zu ihm drang, und die entspannende Atmosphäre neben der schlafenden Frau nebenan mochten das ihre dazu beitragen, dass ihm das Gefühl der eigenen Hand an sich bedeutend besser gefiel, als er unter diesen Umständen zulassen wollte.

Zügig trat er ans Waschbecken, ließ kaltes Wasser über seine Hände laufen. Eine Erektion empfand er als unpassend, auch wenn es seinen Körper danach gierte. Er schämte sich, und dennoch hob er das Handtuch an seine Nase und atmete die letzten Spuren ihres Geruchs ein, die ihr Körper auf dem Frotteestoff hinterlassen hatte.

Wieder zurück schloss er die Geräte an ihre Kabel an, stieß dabei an das Geschirr und kippte seine Kaffeetasse um. Ein gedrungenes Klirren stieg auf, dezent und doch laut genug, um Noir aufschrecken zu lassen. Verschlafen hob sie den Kopf, sah sie sich um.

„Es ist alles gut, schlaf weiter." beeilte Cooper sich zu sagen. „Nur der Kaffee, alles gut."

Sie sah ihn aus müden Augen an und blinzelte verschlafen, unfähig, sich zu orientieren.

„Es ist alles gut, schlaf weiter. Es ist noch mitten in der Nacht. Schlaf weiter. Es ist noch massig Zeit."

Oh bitte, schlaf weiter!, flehte Cooper. Er verfluchte sich für die Ungeschicktheit und fürchtete den abrupten Abbruch der gemeinsamen Zeit, die sie nicht einmal mitbekam und er so genoss.

Noir schien indes nicht wach genug zu werden, um wirklich darüber nachzudenken. Mehr als die bekannte Stimme und der ruhige Ton drangen nicht mehr zu ihr durch. Mit müden Fingern begann sie, sich von der Hose zu befreien. Achtlos schob sie sie fort, ließ sie sie neben das Bett fallen und zog die Decke ganz über sich; zwei Atemzügen später war sie wieder tief eingeschlafen.

Cooper starrte auf die Hose. Schwarzer Stoff, dicht gewebt. Unauffällig, und dennoch klebte sein Blick daran. Da lag sie, unordentlich ausgezogen - und ihre Beine waren nackt.

Er setzte sich, ohne wegsehen zu können, zurück in den

Sessel. Langsam stieg sein Blick über den Bettrahmen hinauf zu den Umrisse, die die dünnen Sommerlaken nachzeichneten. Sie lag zur Seite gewandt, das angezogene Bein ließ ihr Gesäß runder wirken. Er beobachtete, wie sich ihr Brustkorb hob und senkte, konnte sehen, wie sich ihre Brüste kaum merklich im Takt der Atmung bewegten. Ihre Frisur hatte sich gelöst und einzelne Strähnen dichten, dunklen Haares hingen über ihre Schultern und ihr Gesicht. Sanft wiegten sich ihr ganzer Körper im Rhythmus des Schlafes.

Ihr Gesicht wirkte so unschuldig. Unter den Liedern sprangen die Augen hin und her, manchmal zuckte ihr Mund, und doch ließ nichts vermuten, was für ein Mensch hier seinen Schlaf fand. Ob auch Boise im Schlaf einen harmlosen Eindruck erweckt haben mochte? Darüber dachte er eine Weile nach, während sein Blick auf ihren sanft bewegten Gesichtszügen ruhte. Manchen sah man ihre Gefährlichkeit an. Anderen nicht - weil sie verborgen war, oder weil sie fehlte. Doch welchen Menschen konnte er schon guten Gewissens als harmlos bezeichnen, bei all dem, was er über Menschen wusste.

Er betrachtete sie und spürte den Wunsch wachsen, sich zu ihr zu legen. Ihr die Haare aus dem Gesicht zu streichen und ihre Wange zu berühren. Den Arm um sie zu legen und sie an sich zu ziehen. Er fragte sich, wie ihr Körper sich an seinem anfühlen mochte, wie warm und kraftvoll und anschmiegsam zugleich er sein würde.

Cooper wandte den Blick ab. Es war nicht der Umstand, dass sie verheiratet war, der ihn immer wieder in Wogen aus Wut und Reue tauchte; das war ihm gleichgültig. Es missfiel ihm, mit welcher Macht die Gefühle ihn trafen, ohne dass er ihnen etwas entgegenzusetzen vermochte. Und erst recht missfiel ihm, dass er ihnen nicht nachgeben durfte. Er war gern bei der Cleaning Facility. Er schätzte das Team, schätzte den unkomplizierten und familiären Umgang miteinander. Und er empfand eine tiefe Loyalität Noir gegenüber. Sie hatte sich für ihn eingesetzt, ihn weiter ausgebildet und ihm beruflich viel ermöglicht. Sie war es gewesen, die ihn in den kleinen, elitären Kreis aufgenommen hatte und ihm so den Zugang zu dem Vertrauen und der Freundschaft der anderen ermöglicht. Sie hielten zusammen, alle. Sie waren ein Clan. Eine Familie. Sein Begehren hinterließ den schalen Geschmack des Inzestuösen bei ihm.

Noir seufzte unruhig im Schlaf. Was immer sie gerade träumte, schien ihr nicht sonderlich zu behagen; ihre Beine zuckten, das Gesicht wirkte angespannt. Er wusste von früheren Einsätzen, dass sie häufig unruhig schlief, die typische Unruhe angespannter Erwartung von Gefahr. Die kannten sie alle.

Plötzlich bereute er, angeboten zu haben, bei ihr zu bleiben. Mit Widerwillen sah er über ihren Körper und spürte eine intensive Wut. Wut darauf, dass sie hier halb nackt vor ihm lag und schlief. Wut darauf, dass er nicht einfach vergessen konnte, wie ihn ihr feuchter Körper in der Sonne erregt hatte. Und Wut darauf, dass er so sehr begehrte, zu ihr unter die Decke zu kriechen und sie zu vögeln.

Sein Körper spannte sich schmerzhaft an. In ihm maßen sich Kräfte, Freundschaft und Begierde, Verstand und Lust. Er starrte auf ihre Hüfte. Die schmalen Knochen zeichneten sich durch das Laken ab, als verlangten sie geradezu danach, von ihm gegriffen zu werden. Sie war ihm so nah, er bräuchte nur die Hand auszustrecken und hätte ihren warmen Körper unter sich. Er könnte zugreifen und sie packen, fest, erobernd.

Cooper hatte, ohne es bewusst zu tun, begonnen, seine Hand fest und rhythmisch gegen sein sich aufrichtendes Glied zu pressen. Alles in ihm verlangte danach, dass er sich die Hose herunterriss und zu ihr in das Bett stieg, in dem ihr Schoß nur auf ihn zu warteten schien. Er wollte sie anfassen, ihre Bluse aufreißen und den verdammten Slip von ihr zerren, in ihre Haare greifen, wollte sie unterwerfen und sie würde verdammt noch mal dankbar sein, dass er sie endlich nahm.

Ein wimmernder Laut riss ihn aus seinen Fantasien. Beschämt und ertappt riss er den Blick von ihrem Becken und sah sich um, als sei er das erste Mal in diesem Raum. Eine kräftige Erektion presste sich gegen seine Hand und hatte einen feuchten Fleck hinterlassen, den er intensiv verrieben hatte. Kurz zog er in Betracht, weiterzumachen; er würde nicht mehr lange brauchen, ehe er zum Orgasmus käme, hier, neben ihr.

Der Gedanke zog ihn mit derselben Intensität an wie er ihn abstieß, und von sich und seinen Gedanken angewidert und zutiefst erschrocken wich er zurück. Mit vor Scham pulsierendem Gesicht nahm er die Hand von sich und wischte sie hektisch am Hosenbein ab.

Das fremde Geräusch hatte er nicht zuordnen können. Erst, als es sich wiederholte, erkannte er, dass er von Noir kam. Sie lag noch immer auf der Seite, zusammengekrümmt, die Arme über den Bettrand gestreckt und die Hände zu Fäusten geballt. Ihre Beine waren fest angespannt, das Gesicht schmerzvoll verzehrt. Ihr Atem ging stoßweise, und kleine Schweißperlen bildeten sich auf ihrer Stirn.

Ein Gefühl von Überforderung packte Cooper. Er fürchtete, dass sie aufwachen könnte und ihr der Fleck auf seiner Hose auffallen könnte, dass sie ihn zuordnen konnte. Dass sie ihm sein Begehren ansehen könnte und damit alles vorbei war. Nicht nur der Abend. All ihr Kontakt.

Seine Erektion ließ nach.

Intuitiv wollte er nach ihrer Hand greifen, die sich mit inzwischen blutleeren, verkrampften Fingern ihm entgegen reckte, und griff doch nicht zu. Er fühlte sich ertappt und scheute sich um so mehr, sich ihr zu nähern. Zugleich berührte ihr Wimmern ihn. Es war ein ihm völlig unbekannter Laut und eine fremde Stimmung, die er an ihr noch nie wahrgenommen hatte. Würde er sie wecken, lag die Gefahr nahe, dass sie ihn fortschickte, sei es aus eigener Scham oder aus weil sie in Aktionismus ausbrechen würde; das wollte er keinesfalls. Ließe er sie in diesem Zustand gefangen, trug er dazu bei, dass sie litt. Zudem wäre es allerdings auch nur eine Frage der Zeit, bis sie von selbst aufwachte.

Schließlich tätschelte er mit den Fingerspitzen vorsichtig ihre Hand. In dem Moment, in dem seine Finger ihren Handrücken berührten, hielt er unwillkürlich die Luft an. Auch Noir schien augenblicklich zu versteinern; für einen Moment er sah keine Atmung mehr, das Zucken der Beine und die bewegte Mimik erstarben.

Behutsam umfasste er ihre Hand und barg sie in seinen. Nach Sekunden, die Cooper unendlich vorkamen, schnappte sie schließlich nach Luft. Ihre Hände begannen, sich zu entkrampfen, die Anspannung wich langsam aus ihrem Gesicht. Ein leichtes Zittern schüttelte ihren Körper, doch sie schien weiterzuschlafen.

Auch Cooper begann wieder zu atmen. Er spürte ihre Hand in seinen, nahm die leichten Bewegungen ihrer Finger wahr, während die Verkrampfungen sich nach und nach lösten und weich in seiner Hand wurden. Vorsichtig fuhr er mit den Fingern über ihre und spürte dieselbe Aufregung, mit der er zu Beginn seiner Karriere die Waffe angelegt hatte.

Noirs Haut war trocken und von kleinen Verletzungen überzogen. Es schmerzte ihn, nicht sein Gesicht in diese Hände legen zu können, ihre Nähe und Berührung zu spüren. Anders als die unerfüllte Begierde fasste dieser Schmerz ihn tiefer und riss an ihm.

Ja, Cooper. Du bist so ein richtiger Hengst!, dachte er voller Bitterkeit. *Willst sie knallen und schafft es kaum, ihre Hand zu halten.*

Eine Weile saß er neben ihr und strich sacht über ihre Finger. Er beobachtete, wie ihr Atem wieder regelmäßiger wurde und das Zittern erstarb, und fühlte Verwirrung. Zu viel musste in Einklang miteinander gebracht werden: die Chefin, die Kollegin, die Verbündete;

der Mensch, den er wertschätzte und dem er vertraute; der Körper, von dem er nichts mehr wollte als in ihn einzudringen; die verletzbare Frau, die sich schmerzvoll und schutzsuchend wandte und in seiner Berührung ein wenig Sicherheit fand.

Sein Glied teilte seine Irritation; halb steif lag es unbequem in seinen Shorts, nicht bereit, sich völlig zu ergeben, und ebenso wenig willens, sich vollständig gegen das Gewissen durchzusetzen und wieder gänzlich aufzurichten. Cooper gab auf, es in eine der Richtungen drängen zu wollen. Er saß nur da, hielt ihre Hand und fühlte sich schlecht.

Noir seufzte und drehte sich weg. Ihre Hand glitt aus seinen, und sie verbarg sie unter der Decke, die sie eng um sich schlang, während sie ihm den Rücken zuwandte.

Cooper war sich nicht sicher, ob sie sich im Schlaf gedreht hatte oder doch wach geworden war; falls letzteres, hatte sie sich ihm zwar entzogen, doch keinesfalls brüsk. Auch hatte sie ihm nicht weggeschickt. Ein kleiner, dünner Schimmer von Hoffnung, von dem er nicht wusste, ob er tatsächlich da war und den er doch unbedingt sehen wollte.

Er beobachtete sie noch eine Zeit lang schweigend, dann stand er auf und kehrte zum Sofa zurück. Er widmete sich wieder seiner Arbeit, jedoch nicht, ohne regelmäßig aufzusehen und sich zu vergewissern, dass sie noch bei ihm war. Jeder Blick auf sie schmerzte ihn, jedoch nicht so sehr, wie das Abwenden des Blickes es tat.

NEUN

Sie hatten sich auf die Sitze verteilt, sodass jeder die Möglichkeit hatte, sich auszustrecken und Schlaf nachzuholen.

Ellis hatte die Rückenlehne weit nach hinten gestellt und den Kopf zum Fenster gewandt, als William den Jet betreten hatte. Er sah sie nicht an, nahm auf der anderen Seite des Flugzeuges Platz und starrte seinerseits aus dem Fenster. Dieser Teil des Rollfeldes war leer, nur in der Ferne konnte man Maschinen starten und landen sehen.

Sein Kopf schmerzte. Er war erst in den frühen Morgenstunden zurück ins Hotel gekommen und hatte missmutig und angetrunken die Sichtung der Überwachungsbänder fortgesetzt. Eigentlich wäre ihm nach Schlaf gewesen, aber er hatte schon eine deutlich größere Pause verstreichen lassen, als es angemessen gewesen wäre, und so hatte er den Dienst wieder angetreten, während er den Alkohol noch hatte schmecken können.

Er war die Nacht über ziellos in der Stadt herumgelaufen, hatte sich in eine Bar gesetzt und das lustloseste Nudelgericht seines Lebens gegessen, als er von einer Frau angesprochen worden war. Sie hatte seine Stimmung mit einem unermüdlichen Lächeln ertragen und ihn erst zu Bier, dann zu Whisky eingeladen. Eigentlich trank William nicht, wenn er im Einsatz war - zum einen war der Alkoholverzicht eine Dienstanweisung, zum anderen konnte jederzeit eine Situation eskalieren; da war es besser, einen klaren Kopf zu haben und schnell reagieren zu können. Doch er war zu frustriert und zu verletzt gewesen, um an richtigen Entscheidungen festzuhalten.

Habt das Herz eines Serienkillers. Kein Blick zurück., hatte er sich bitter gesagt. Das musste für alles gelten; auch für Frauen.

So hatte er sich darauf eingelassen, und der Alkohol war ihm schnell in den Kopf gestiegen und hatte einen regenweichen Dunst über seine Gedanken gelegt, der ein Morgen weit weg erscheinen und das Jetzt genusswert wirken ließ.

Sie hatten zusammen viel getrunken, wie ihm sein Magen nun unmissverständlich mitteilte. In der Bar hatte es nach weniger ausgesehen. Zu der Musik, die sich wiederholend aus den Lautsprechern gedröhnt hatte, hatten sie angetrunken getanzt und schließlich vor den Toiletten eine ungestüme und unharmonische Küsserei begonnen, die in dem Moment sein Ego gestreichelt hatte und ihm inzwischen peinlich war. Er konnte sich nicht mehr ganz an die Frau erinnern, wusste nur noch vage, dass er ihre Brust angefasst und sich schrecklich vorgekommen war, während sie albern gekichert hatte. Irgendwann hatten sie aufgehört, und während sie die Waschräume aufgesucht hatte, hatte er sich einfach umgedreht und war gegangen. Ob er ihr seine Absichten mitgeteilt hatte oder unangekündigt verschwunden war, konnte er später nicht mehr sagen. Er hatte sich mies gefühlt. So sehr er auch versucht hatte, sich zu überzeugen, dass er die Zuwendung der Frau zu genießen habe, hatte er doch nur an den Schmerz denken können, dass es nicht Ellis' Lippen waren, sie sich auf seine pressten.

Wieder zurück im Hotel hatte er mit der Sichtung begonnen und relativ schnell eine Aufnahme gefunden, in der Boise zusammen mit einem anderen Mann abgebildet war. Sie hielten durchgängig Abstand voneinander, aber es war offen sichtbar, dass Boise ihn eine Weile beobachtete und durch den Laden verfolgte, ehe er ihn hinter dem Kassenbereich ansprach.

Kurz hatte William sich in dem Dilemma befunden, ob er den Fund augenblicklich meldeten sollte oder erst etwas ausnüchterte. Schnell war ihm aber klar gewesen, dass der Ärger für den Alkoholkonsum nicht ansatzweise so groß sein konnte wie der, diese Ergebnisse zu verschleiern.

Also hatte er Noir angerufen, die unerwarteterweise nicht wach gewesen war und dennoch keine zwei Minuten später neben ihm gestanden hatte. Sie hatte müde gewirkt, die Haare unordentlich zusammengeschoben und die Augen noch klein und von Falten umgeben. Gerade erst dem Schlaf entrissen, hatte sie das Handy am Ohr, als sie sein Zimmer betreten hatte, und war in eine Schimpftirade vertieft gewesen. Ohne William zu grüßen hatte sie ihn auffordernd angesehen und ihr Telefonat pausiert. Stumm und mit angehaltenem Atem hatte William auf seinen Bildschirm gedeutet, in der erfolglosen Hoffnung, dass sie so weniger Alkohol an ihm riechen würde.

Beim ersten Blick auf das Display hatte sie nur „Jupp." gesagt, sich wieder umgedreht und mit harter Stimme „Packen!" angeordnet. Sie hatte Leroy McCarthy genauso erkannt wie er.

Er hatte gehört, dass sie energisch gegen die Türen seiner Kollegen klopfte und ihnen dieselbe Weisung erteilte, in einer Lautstärke und einem Ton, die ihn an das Militär erinnerte. Ein anderer Hotelbewohner hatte es nicht lustig gefunden, dass noch zu nachtschlafender Zeit ein kleiner Tumult vor seinem Zimmer entstanden war, und hatte sie wütend angeherrscht. Das nächste Geräusch war eine laut zugeschlagene Tür gewesen, mitten in den wenig schmeichelhaften Ausführungen des im Schlaf gestörten Mannes. William vermutete, dass Noir ihn schlicht zurück in sein Zimmer gestoßen und die Tür zugezogen hatte.

Nur Minuten später kam die Information, dass sie sich Richtung Nevada begeben würden. Ein eiliger Checkout, die Autos am Flughafen geparkt und noch nicht zurückgegeben, kein Frühstück, große Eile und Irritation, weil sich noch niemand erklären konnte, wieso Nevada das nächste Ziel sein würde.

Vorsichtig sah er durch den Innenraum und verschaffte sich einen Überblick.

Cooper lag in der Sitzgruppe vor ihm und schlief. Er hatte

alle Sitze aus- und den Tisch weggeklappt und eine Decke über sich gezogen, schnarchte laut und entließ hin und wieder geräuschvoll Luft aus seinem Bauch. Matthew sah ausgeruhter aus und war in die neuen Informationen vertieft, die er über sein Tablet las. Die Stirn in tiefe Falten gelegt wanderten seine Augen über den Bildschirm, neugierig und angestrengt zugleich. Tajo saß immer noch mit Hellens Macbook dort, konzentriert über die schmale Tastatur gebeugt, und runzelte die Stirn. Ellis war nach wie vor von ihm abgewandt und starrte aus dem Fenster.

William schluckte eine Aspirin und wühlte in seiner Reisetasche nach den eigenen Unterlagen. Offenbar war in der Zeit, in der er gepackt und versucht hatte, sich mit Kaffee soweit es ging wieder auszunüchtern, weitere Informationen bereitgestellt worden. Oder Noir hatte es ihm bereits mitgeteilt und er hatte sie wieder vergessen, er hielt es nicht für unmöglich. Jedenfalls musste er sich auf den aktuellen Stand bringen.

Ein dunkelblauer Wagen fuhr bis an den Jet heran, aus dem Noir sich energievoll herausschwang. Die dunkle Tasche warf sie über die Schulter und ließ sie gegen ihren Rücken schlagen, während sie sich zurück in den Wagen beugte und noch ein paar Worte mit dem Fahrer sprach, den William durch die getönte Scheibe nicht erkennen konnte. An der Art, wie ihre Finger dabei auf der Wagentür trommelten, erkannte er, wie sie ungeduldig war. Der Kontakt musste ein wichtiger sein, und er fragte sich, ob er zu ihnen oder zur offiziellen Seite gehörte.

Sie klopfte zum Abschied auf das Wagendach, warf die Wagentür zu und deutete ein Winken an, während sie ihm den Rücken kehrte. Der Wagen hupte, dann starte er und wendete.

Mit kräftigen Schritten sprang sie die Treppe zur Bordtür hoch und betrat den Innenraum. Sie warf einen kurzen Blick durch das Innere des Jets und stellte zufrieden fest, dass alle anwesend waren. Mit geübtem Griff schloss sie die Tür und verriegelte sie.

„Nutzt die Zeit zum Schlafen." Auf halbem Weg durch den Flieger hielt sie inne und schlug kräftig gegen die hölzernen Beschläge der Sitze. Der Knall breitete sich unvermittelt in die konzentrierte Stille hinein aus.

Ellis schreckte zusammen und sah sie überrascht an, auch William hatte das laute Geräusch nicht erwartet. Es dröhnte deutlich mehr in seinem Kopf, als es das hätte tun müssen. Tajo wirkte verärgert, legte die Missstimmung jedoch schnell wieder ab, als er erkannte, wer der Urheber der Störung war und warf einen fragenden Blick zu Matthew, der selbst überrascht aufschaute. Selbst Cooper war hochgeschreckt und sah sie verständnislos an.

„Ich weiß nicht, *was* ihr momentan für ein Problem habt, aber das hört jetzt auf!" sagte sie mit lauter Stimme, ohne sich umzudrehen. „Bringt mich nicht dazu, dass *ich* das kläre." Die Drohung war unverhohlen.

Irritierte Blicke wurden ausgetauscht, niemand antwortete. William war dankbar dafür, dass Noir es vermieden hatte, ihn oder Ellis anzusehen; so konnte er überraschte Blicke zu den anderen werfen und unwissend die Schultern heben. Es fiel ihm schwer, einzuschätzen, wie nüchtern er wirkte, hatte aber keinen Zweifel daran, dass zumindest Noir noch im Hotelzimmer den Alkohol an ihm gerochen hatte. Die Abscheu in ihrem Gesicht hatte Bände gesprochen.

Er war sich unsicher, ob Noir oder Ellis dem etwas hinzufügen wollten, ihm selbst war nicht danach. Auch, weil sich der Jet inzwischen in Bewegung gesetzt hatte und der Kaffee gegen seine Magenwände schwappte auf der Suche nach einem schnellen Ausgang.

Noir blies wütend den Atem durch die Nasenflügen, dann nahm sie ihren Platz ein. Es war der mildeste Weg gewesen - sollten Ellis und Will die Lage erst einmal unter sich klären, bevor sie selbst interne Probleme zum Allgemeinthema machte. Wenn nötig, würde sie das tun - und hoffte, dass es so weit nicht käme.

Der Jet nahm schnell an Fahrt auf und erhob sich zügig in

den Himmel. Der Flug würde nur gute zwei Stunden dauern, das ließ wenig Zeit für das Team, sich zu erholen.

Sie selbst fühlte sich ungewohnt ausgeruht. Während sie die Dateien aktualisierte und durchblätterte, hingen ihre Gedanken noch an der vergangenen Nacht.

Sie war schnell eingeschlafen, tief und fest, zunächst traumlos. Aus der Tiefe des Nichts hatten sich Dinge in ihr Bewusstsein gegraben, vor denen sie floh, hatten nach ihr gegriffen und ihren Hals zugeschnürt. Haltlos hatten sie sich ihrer bemächtigt, während sie im Traum schrie und verzweifelt kämpfte und doch das Geschehen nicht ändern konnte.

Wie weit der Traum noch fortgeschritten wäre, hatte sie nicht herausfinden müssen; eine Berührung an der Hand hatte sie getroffen wie ein Schlag. Vollkommen gelähmt war sie aufgewacht, unfähig zu atmen oder die Augen zu öffnen, die Haut brennend und schmerzend unter der fremden Berührung. Es hatte einige Sekunden gebraucht, bis sie sich in der Dunkelheit der geschlossenen Augen orientiert hatte, sich erinnern konnte, wo sie war und mit wem. Entgegen ihrer Erwartung war es kein gewaltsamer Hieb, der auf ihren Körper niedergegangen war, sondern eine sanfte Berührung.

Nur langsam war der Schmerz aus ihrer Hand gewichen, eine Reaktion auf etwas, das nicht stattgefunden hatte und sie dennoch regungslos hielt. Mit geschlossenen Augen hatte sie sich darauf konzentriert, wie Cooper extrem behutsam über ihre Finger strich und auf die Bewegungen, die seine Fingerspitzen auf ihrer Haut gemacht hatten. Die Bedachtsamkeit, mit der er sie hielt, hatte sie beruhigt und die Bilder des Traumes undeutlicher werden lassen. Langsam hatte sich der feste Griff um ihre Brust gelockert, wieder Luft in ihre Lungen gelassen und die lähmende Angst geschwächt.

Sie hatte sich schuldig gefühlt, weil ihr der kurze Moment von Zuneigung gut tat und zugleich unangebracht war. Es war schon nicht wirklich in Ordnung gewesen, sich schlafen zu legen, während sich ein Angestellter ohne Notwendigkeit im Raum befand; dass Cooper sich in einem gewissen Maße von ihr angezogen fühlte, konnte es nicht besser machen. Andererseits war er immer noch ihr Teammitglied und für sie ein Vertrauter und Freund, der in diesem Moment offensichtlich für sie hatte da sein wollen. Dabei hatte sie in seinen Berührungen eine Vorsicht und Zärtlichkeit ausgemacht, mit der sie ihn sonst nur über alte Waffen streichen sah. Auf eine besondere Weise hatte sie das berührt. Der Umstand, dass er sich ausschließlich auf ihre Fingerglieder beschränkte, war angenehm und distanziert genug, damit sie es nicht als übergriffig erlebte, die Konstanz und Achtsamkeit, mit der er es tat, war sanft genug, um ihr ein Gefühl von Nähe und Fürsorge zu vermitteln.

Eine Weile lang hatte sie da gelegen, sich nicht bewegt und abgewartet, was passieren würde. Schließlich hatte sie die Augen einen schmalen Spalt geöffnet und Cooper erblickt, der neben den Bett saß und gedankenverloren auf ihre Hand sah. Er hatte angespannt und unendlich traurig gewirkt, und sie hatte sich umgedreht und ihm entzogen. Eine neue Anspannung hatte sie überfallen, nur kurz, in dem kleinen Augenblick, in dem sie abwartete, ob er erneut den Körperkontakt suchen würde. Ihm den Rücken zuwendend hatte sie sich darauf vorbereitet, einen Zugriff auf ihren Körper abzuwehren, doch er hatte sich zurückgezogen und wieder in die Arbeit vertieft, und sie war zurück in den Schlaf geglitten, der flach, aber schmerzfrei war, bis er sie des Anrufes wegen geweckt hatte.

Nun, Meilen über dem Boden und mit der verstrichenen Zeit, machte sich ein schales Gefühl in ihrer Brust breit. Sie war dankbar dafür, dass Cooper nicht versucht hatte, sie zu wecken oder sie gar in den Arm zu nehmen. Sie wusste nicht, wie sehr ihre Träume nach außen erkennbar gewesen waren, wusste von George aber, dass sie häufig im Schlaf schrie und weinte. Bisher war sie davon ausgegangen, dass das nur geschah, wenn sie daheim und in seiner Nähe war, tief schlief und sich behütet genug fühlte, damit ihr Inneres seine Widerstände gegen die Erinnerungen aufgab. Offenbar war dies nicht mehr der Fall. Das konnte zum Problem werden - und wäre es geworden, wenn Cooper sie darauf angesprochen hätte. Ein unangenehmer Moment, den sie nicht wiederholen wollte.

William sank etwas tiefer in seinen Sessel. Er hoffte auf einen ruhigen Flug und die Möglichkeit, wenigstens noch eine Stunde Schlaf zu bekommen; zuerst war es allerdings an der Zeit, zu lesen.

Mehrere neue Dateien warteten darauf, geöffnet und gelesen zu werden. Die kleinste bestand aus einer kurzen Mitteilung des Labors, dass der Drucker, mit dem die Wegbeschreibung ausgedruckt worden war, mit jenem identisch war, der das Foto von Boises Leichnam gedruckt hatte, das ihnen zugesendet worden war.

Es war keine Überraschung mehr, sondern belegte nur den Verdacht, dass McCarthy mit drinsteckte.

Eine kurze Mitteilung mit der Kennzeichnung hoher Wichtigkeit verriet, dass Boises Kreditkarte am Vortag in einem Laden in Las Vegas eingesetzt worden war. Das erklärte zumindest, weshalb sie in diese Richtung aufbrachen.

Er wollte zum nächsten Dokument wechseln, doch sein Magen entschied, dass er sich genug mit dem beschäftigt hatte, was William in den letzten Stunden in ihn gezwungen hatte. Der Moment, in dem ihm bewusst wurde, dass ihm übel war, dauerte nur eine Sekunde; nicht lang genug, um das Tablet zur Seite zu legen und aufzustehen oder sich zumindest über ein Behältnis zu beugen. Wortlos quoll es aus ihm hervor und ließ eine braungraue Masse mit kleinen weißen Schaumkronen aus Aspirin über seinen Tisch, seine Unterlagen und seine Kleidung schwappen. Würgend versuchte er, sich aus seinem Sicherungsgurt zu befreien.

Mit einer Mischung aus Mitleid und Ekel sahen seine Kollegen zu ihm herüber. Natürlich hatten sie den Alkohol an ihm gerochen, aber mit einer derart schnellen Reaktion während eines so ruhigen Fluges hatte niemand gerechnet.

Tajo war es, der aufsprang und eine Plastikdose mitriss, die ein belegtes Brot enthielt. Er hielt sie William direkt vor die Nase, während er ihn bestimmt zurück in den Sitz drückte, und sah seinem Frühstück dabei zu, wie es in einer Mischung aus Kaffee, Nudelresten und Aspirin verschwand. „Ist schon gut, Will." sagte er und tätschelte seinen Rücken „Ist gleich vorbei. Gleich geht's dir besser."

„Machst du uns jetzt hier den Quentin?" witzelte Matthew und war ebenfalls aufgestanden, um Will aus dem Sicherheitsgurt zu befreien und ein paar Tücher zusammenzusammeln, um die Lachen aufzusaugen, die im Takt des Fluges rhythmisch wackelten.

Ellis hatte sich unschlüssig aufgerichtet und wusste nicht, ob sie sich ekeln oder um ihn kümmern sollte. Es hatte sie unheimlich geärgert, dass er sich offenbar derart betrunken hatte, dass man es im gesamten Flugzeug riechen konnte. Da halfen auch Coopers Blähungen nicht, den Dunst zu überdecken. Sie hatte ihn am Abend lediglich etwas von sich fortgeschoben, ihn aber nicht verlassen. Wieso er sich deswegen derart abschießen musste, verstand sie nicht und konnte nicht anders als es persönlich zu nehmen. Es war eine Reaktion, die sie nicht hatte kommen sehen, und sie spürte intensive Wut auf William, dass er sich in einen so bemitleidenswerten Zustand gebracht hatte und sie so zwang, ihren Wunsch nach Distanz zu bereuen. Nun, an den Sessel gefesselt und mit Erbrochenem im Gesicht und überall auf der Kleidung, tat er ihr unheimlich leid.

„...nur zu viel Kaffee..." keuchte William. Er war sich ziemlich sicher, dass er nichts mehr in sich haben konnte, was er in den letzten Stunden zu sich genommen hatte. Sein Magen hatte das freilich noch nicht verstanden und versuchte weiterhin, sich selbst auszustülpen.

„Alles gut, Kumpel." Tajo wischte ihm mit dem Ärmel den Schweiß von der Stirn. „Es geht dir gleich besser. Alles kein Problem."

Die alle quälende Frage danach, wer als erster in diesem Flugzeug seinen Kaffee verschütten würde, hatte eine bemerkenswerte Nichtigkeit erreicht: William hatte es geschafft, über alle vier Sitze zu brechen, den Fußboden zu treffen und sich selbst. Auf seinem Tablet, das immer noch leuchtete, lagen kleine Bröckchen, die früher einmal Lachs gewesen sein mochten. Es roch sauer und nach Fisch.

„Lass uns tauschen, ja?" Noir hatte sich ebenfalls abgeschnallt und reichte William einen kleinen Eimer, während sie Tajo Brotdose abnahm.

„Es tut mir leid, ich..." versuchte William anzusetzen, doch sein Körper bäumte sich auf, schüttelte ihn. Eilig wurde ihm der Eimer unter das Gesicht gehalten, der die Geräusche unangenehm verstärkte.

„Warum klingt man beim Kotzen eigentlich immer wie ein Dinosaurier?" Noir wischte die tropfende Masse oberflächlich von den Lehnen. Matthew ging zu seinem Platz und zog seine Tasche aus dem Gepäckfach, fischte einen Pullover und eine Sporthose heraus. William lag immer noch mit dem Kopf im Eimer, vollkommen erschöpft und blind vor Scham. Auch wenn es entsetzlich roch, wäre er am liebsten vollkommen in ihn gekrochen als den anderen jetzt ins Gesicht zu schauen. Sein ganzer Körper schmerzte.

Nur am Rande bemerkte er einen Stich am Arm. Er war zu erschöpft, um darauf zu reagieren, doch der Schmerz wurde größer. Vorsichtig hob er den Kopf und sah, dass Tajo ihm eine kleine Kanüle in die Armbeuge geschoben hatte. Mit behandschuhten Fingern zog Noir eine Spritze auf und schloss sie an, drückte langsam und gleichmäßig die klare Flüssigkeit in seine Vene. Ein kalter Schmerz breitete sich in seinem Arm aus.

„Es geht dir gleich besser." sagte sie und ließ sich von Tajo einen Infusionsbeutel reichen. „Es ist gleich wieder gut. Versuch, langsam zu atmen."

William wischte sich die Tränen aus den Augen und sah sich um. „Es tut mir leid..." setzte er wieder an, doch Tajo unterbrach ihn. Mit väterlicher Geduld tätschelte er wieder seinen Arm und begann, den Pullover über Williams Kopf zu ziehen. Wegen des Zugangs war das nicht ganz schmerzfrei, doch William ließ es wortlos mit sich geschehen. Matt hob er die Arme und ließ sich erst die alte Kleidung ausziehen und einen neuen Pullover überstreifen. Matthew war etwas schlanker als er, entsprechend saß der Hoodie eng, aber es war ihm egal. Nach dieser Peinlichkeit war ihm alles egal.

Mit geübten Griffen schloss Noir die Infusion an und zog die Handschuhe mit einem leisen Flitschen aus. „Geht es dir schon etwas besser?" fragte sie freundlich und strich über Williams Kopf. Ellis verspannte sich. Die Geste missfiel ihr enorm.

William war sich nicht sicher, ob es eine alkoholassoziierte Halluzination war, oder ob seine Chefin wirklich durch sein verschwitztes Haar fuhr. Ganz gleich, was es war, es fühlte sich beruhigend an. Während sein Magen sich merklich entspannt hatte, waren seine Augenlieder unwahrscheinlich schwer.

„Zieh die Hose aus." Matthew wedelte mit der Ersatzhose, und William war gewillt, auch dieser Aufforderung nachkommen, ohne ernsthaften Widerstand zu leisten. Sein Körper war mit kaltem Schweiß bedeckt, und seine Shorts fühlten sich klamm und nass an.

Seine Gedanken wurden langsamer, seine Zunge träge. „Es tut mir leid, es geht mir nicht gut." brummte er bei dem Versuch, die Hose im Sitzen auszuziehen, bei dem Tajo helfen musste.

„Mach dir keine Sorgen." Noir sah Tajo an und lächelte wissend. „Wenn man Kinder hat, kommt man so viel mit allem Menschlichen in Kontakt, da kann einem

das bisschen Kotze auch nichts mehr ausmachen, was?"
Tajo nickte gedankenvoll. „2008, beide Kinder vierzehn Tage mit Magen Darm. Ich habe noch nie so viel Scheiße gesehen. Es war einfach überall." sagte er und schüttelte ungläubig den Kopf. „Dagegen ist das hier gar nichts, Will. Mach dir keine Sorgen."
Noir musterte William und schüttelte den Kopf. „Lass die Hose erst mal aus, wir gucken erst, wie es ihm geht. Wir packen ihn in eine Decke ein, das hält ihn warm und trocken. So viele Ersatzhosen haben wir nicht mehr."

„Ist der okay?" Matthew beäugte Williams flatternde Augenlieder und seinen hängenden Kopf mit Besorgnis.

„Das ist das Medikament, das macht ziemlich müde. Für gewöhnlich spritze ich es nicht, aber ich glaube, eine Pille wäre nicht dringeblieben. Er kriegt noch Infusionen und mal 'ne Auszeit, dann ist er wieder fit."

„Ich bin ganz müde." Williams Lippen hatten Mühe, die Laute zu formulieren. Die plötzliche Schläfrigkeit machte ihm Angst; so sehr er sich auch dagegen aufzubäumen versuchte, konnte er sich nicht konzentrieren. Seine Augen waren wie zugeklebt, die Zunge lag zentnerschwer in seinem Mund.

„Bringst du mir bitte einmal die Decken aus der Kammer?"
Tajo tat wie ihm geheißen und brachte einen Stapel schwerer Baumwolldecken, den er mit Noir über den Sesseln ausbreitete. William mussten sie dafür darüber rollen; dessen spannungsloser Körper sich ohne Widerstand bewegen ließ. In die letzte Decke hüllte sie ihn ein und nahm mit einem Kunststoffeimer neben ihm Platz. Eigentlich war sie wütend - diese Aktion hätte er sich und ihnen wirklich sparen können. Doch für den Moment half ihr ihre Verärgerung nicht, und die Hilflosigkeit, mit der William seinem Körper fast kampflos unterlag, weckte einen Beschützerinstinkt in ihr. Er wirkte auch jetzt noch unruhig, und so blieb sie neben ihm sitzen.

„Schlaf und Brechreiz, ist das nicht ein bisschen gefährlich?" fragte Matthew vorsichtig nach, doch Noir widersprach, bevor Tajo es konnte.

„Keine Angst. Nur die Muskeln um den Magen sind gelähmt. Dass er jetzt noch bricht und das aspiriert, ist kaum möglich. Und falls doch, sind Tajo und ich hier und können sofort eingreifen. So hoch ist der Blutalkohol auch nicht, dass es für ihn gefährlich wird, jetzt ein Brechen zu unterbinden." Sie streckte den Arm über den schmalen Gang aus und stieß Tajo und Matthew sanft an der Schulter an. „Danke, ihr zwei."

Beide wiegelten ab, gaben sich unbeteiligt und zogen sich in ihre Arbeit zurück.

Trotz der Wut spürte sie einen unheimlichen Stolz auf ihr Team: Ging es einem von ihnen schlecht, waren die anderen da; offenbar gleichgültig, ob einer eine Schussverletzung hatte oder sich im Kater vollkotzte. Sie war diejenige, die stets mehr professionelle Distanz predigte, während die anderen längst zu einem festen Rudel, einer Familie zusammengewachsen waren.

Auch wenn das nun bedeutete, dass sie das zwischen William und Ellis klären musste.

Der Gedanke ließ sie ernster werden. Dieses Scheitern der Beziehung war ein Musterbeispiel dafür, weshalb sie interne Beziehungen verbat: Weil es zu genau solchen Konflikten führte, die damit endeten, dass einer im Suff den Jet und die Kollegen vollkotzte. Andererseits musste sie zugestehen, dass auch sie sich genau demselben Prinzip nicht unterworfen hatte. Und woher hatten Will und Ellis wissen sollen, ob es nicht eine ernsthafte Beziehung werden würde, wenn sie es nicht versuchen durften?

Nun, offenbar war es das nicht geworden. Unverbindlicher Sex mochte kurzfristig zufrieden stellen, aber eine Basis für Langfristiges war es selten. Es war die eigene Neugier gewesen, die sie in der Rolle des Beobachters gehalten hatte: Sie hatte wissen wollen, ob es sich einfach erledigte, genauso versehentlich wie es angefangen hatte, und ob wenigstens einer von beiden sie informieren würde, wie es eigentlich Vorschrift gewesen wäre. Hatten sie nicht. Und sie hatten es auch nicht aufgegeben. Das Gefühl von Stolz schwand.

Noir sah zu William, der blass und immer noch schwitzig aussah. Sie fühlte nach seinem Puls und war zufrieden; dennoch war sie froh, dass sie mit Tajo einen ausgebildeten Mediziner bei sich hatte. Notfallversorgung konnte sie unproblematisch übernehmen, doch es war eine Beruhigung, einen Erfahrenen im Rücken zu haben.

Sie versuchte, Williams Arm so vorsichtig wie möglich auf der Decke zu betten, als er nach ihrer Hand tastete und sie unkoordiniert, aber fest umschloss. Er versuchte, etwas zu sagen, doch brachte nur einen unverständlichen Laut hervor.

„Was?" Noir beugte sich mit dem Ohr zu ihm. Der Geruch von Magensäure machte seinen Atem schwer, in seiner Nase und am Mundwinkel klebte immer noch Erbrochenes. Sie fühlte sich an ihren Sohn erinnert, der bei Magenkrankheiten immer besonders anhänglich gewesen war und sich als Kind lieber von ihrem Arm aus übergeben hatte. Ohne es zu wollen, musste sie bei dem Gedanken an ihn schmunzeln.

William wiederholte mühsam, was er gesagt hatte, und drückte ihre Hand. „Ellis."

Sanft nahm Noir seine Hand von ihrer. „Nein, ich bin's." sagte sie. „Ist schon gut. Wir sind bei dir."

„Ellis... bitte..." wiederholte er, noch immer kaum verständlich. Er wirkte sehr betäubt, obwohl er eine verhältnismäßig kleine Dosis bekommen hatte. Wer die Substanz nicht kannte, konnte dennoch von seiner Wirkung überrascht werden: Ähnlich einem Tranquilizer entspannte sie Körper und Geist, der Brechreflex erstarb binnen Minuten. Hemmungen und Sicherungsmechanismen für das, was man sagte und tat, brachen in sich zusammen, und das bei relativ kurzer Wirkdauer. Ein nützliches Mittel, das durchaus ihren Einsatz auch abseits von Übelkeit fand.

„Chef?" Tajo räusperte sich.

„Anwesend." Noir wandte sich ihm zu, nicht ohne Ellis einen mahnenden Blick zuzuwerfen. Diese ignorierte alles um sie herum und starrte verbittert aus dem kleinen Fenster neben sich.

„Ich würde gern etwas besprechen."

„Bitte."

Tajo deutete auf das MacBook, das vor ihm aufgebaut war. „Ich habe mich ja mit Hellens PC beschäftigt." leitete er ein. „Er war relativ schwer geschützt, Mailpostfach, Bilder, ein persönliches Tagebuch - war selbst für mich nicht einfach zu knacken."

„Das will was heißen." warf Noir anerkennend ein, bedeutete ihm aber zugleich, fortzufahren.

„Weder in dem Tagebuch noch in den Mails habe ich auch nur den kleinsten Hinweis darauf gefunden, dass sie fortgehen wollte. Sie hat wenig Pläne insgesamt gehabt, Urlaub oder so etwas war gar nicht angedacht, es gab anscheinend auch wenig, worauf sie sich gefreut hat. Aber den Wunsch, woanders neu anzufangen? Nichts." Er sah Noir nachdenklich an. „Wir sollten überlegen, warum."

„Warum sie geblieben ist?" fragte sie nach.

„Warum sie bleiben *wollte*. Wenn du irgendwo völlig allein mit dir bist, dauerhaft ohne Beziehung, ohne wirkliche Freunde - würdest du dort bleiben? Jahrelang? Und sie war ausgebildet genug, um auch woanders Arbeit zu finden, oder wenigstens einen Ort, an dem man sie nicht wegen ihrer Sexualität stigmatisiert."

„Des Bruders wegen, würde ich behaupten. Was schreibt sie über ihn?"

Tajo sah sie einen Moment still an. Noirs Interesse war geweckt.

„Nichts." ließ er dann in das Schweigen fallen. „Nicht ein Wort. Nicht *ein einziges*, in über sechs Monaten. Während sie im selben Haus gewohnt haben. Wie

209

wahrscheinlich ist das?"

Noir überlegte, wie lange sie nicht mehr mit ihrem Bruder gesprochen hatte, bevor der verstorben war, oder wann sie das letzte Mal wenigstens über ihn gesprochen hatte. Monate. Jahre vielleicht. Aber sie hatten wenigstens in verschiedenen Staaten gelebt, sagte sie sich, auch wenn es das nicht besser machte.

„Ich habe wenig über ihr Verhältnis erfahren, aber es schien eher sehr distanziert gewesen zu sein." stimmte sie zu und ließ die geführten Gespräche noch einmal Revue passieren.

„Sie hat ein wenig in Onlineforen und Chats kommuniziert." fuhr Tajo fort. „Manchmal mit lesbischen Frauen, am meisten mit nicht geouteten. Sie hat versucht, sie etwas zu unterstützen, Mut zu machen. Nichts, was in Richtung Beziehung gehen würde, ich würde da nicht mal einen Beziehungswunsch herauslesen. Kann ja natürlich sein, dass sie hinreißend schlecht im Flirten war und ich es nicht erkenne, aber ich denke eher nicht, dass das der Fall ist." Er sah, dass sie zu einer Frage ansetzte und schüttelte den Kopf. „Wenn du erlaubst, nehme ich vorweg: Ich habe weder in der Krankenakte, noch im Tagebuch oder an anderer Stelle etwas von Missbrauch gefunden, was eine so, ich würde fast sagen, zölibatäre Lebensweise erklären würde. Was natürlich nicht heißt, dass es das nicht gab. Aber zumindest haben wir keine Fakten dazu."

Noir rief Ellis zu sich, die zügig aufstand und zu ihnen kam. Sie nahm auf Tajos Armlehne Platz. „Wie kann ich helfen?"

Sie hatte bewusst einen devoten Tonfall angeschlagen, und Noir sah sie einen Moment freundlicher an. Sie stellte fest, dass Ellis ihren Blick fest an ihre Augen geheftet hatte und sich zwang, nicht zu William herüberzusehen, dessen schlafender Kopf inzwischen auf Noirs Schulter gekippt war. „Was hast du über Leroy in kriminalistischer Hinsicht herausgefunden?"

Ellis nickte und räusperte sich. „Offiziell ist er wenig bekannt. Mal ein Ticket wegen Falschparkens, zwei Mal eine Geldstrafe wegen illegaler Müllentsorgung, jedes Mal Elektroteile. Sonst nichts. Er ist weder irgendwo als Zeuge noch als Verdächtiger wegen irgendwelcher anderer Delikte befragt worden, oder auch nur in den Computerakten vermerkt. Der Witz dahinter: Obwohl er wegen Hellens Verschwinden befragt wurde, ist nichts schriftliches zu finden. Wir werden davon ausgehen müssen, dass die für ihn zuständige Polizei gegebenenfalls auch andere Sachen nicht aktenkundig gemacht hat. Auf Bundesebene ist er unbekannt.

Wir wissen, dass er früher Handwerker war und auf dem Bau gearbeitet hat, er war unter anderem auf Montage. Da war er für verschiedene Firmen tätig, jedenfalls treten mehrere in seinen Lohnzahlungen auf. Die kamen allerdings sehr sporadisch - entweder wurde viel bar gezahlt, oder wir müssen uns fragen, wie er sich sonst finanziert hat. Außer dem Haus hat er so gut wie nichts geerbt, er ist also kein Privatier."

„Als was hat er gearbeitet? Auf dem Bau?" Tajo legte die Stirn in Falten.

„Stahl- und Betonbauer."

„Also eher grobmotorisch." Er versank kurz in seinen Gedanken.

„Ich würde nicht davon ausgehen, dass er wie Boise ebenfalls Auftragsmörder war." warf Noir ein und dachte an das vollkommen verwahrlost wirkende Haus zurück. „Dafür ist er nicht strukturiert oder auch nur ordentlich genug. Bei der Mafia hätte es vielleicht noch geklappt, wenn er Leute gehabt hätte, die auf ihn aufpassen. Wenn er quasi nur der Mann fürs Grobe gewesen wäre - fürs *sehr* Grobe." Ihr entging nicht, dass Tajo sie eindringlich ansah, und gab ihm zu verstehen, dass sie verstanden hatte.

„Es ist, wie gesagt, nicht sicher nachvollziehbar, wo er für wen alles gearbeitet hat." fuhr Ellis fort. „Ich

211

habe mal in die Unterlagen der Bauunternehmen geschaut, bei denen er in den Überweisungen auftaucht, aber die haben ihn auch nur sporadisch gelistet. Wir können also nicht lückenlos nachvollziehen, wo er sich alles aufgehalten hat. Aber..." Sie lief zu ihrem Sitz zurück und holte ein paar Ausdrucke, die sie an Noir weiterreichte. „Ich habe etliche Polizeidaten aus den Städten überprüft, in denen er nachweislich war, jeweils für den Zeitraum, in dem er vor Ort war, und für den Zeitraum von vier Wochen danach. Karenzzeit, falls etwas erst später bemerkt wird.

Es ist in den Städten während jeder seiner Arbeitsaufenthalte vor zwanzig Jahren zu Vergewaltigungen gekommen, die nach einem halbwegs ähnlichen Muster verlaufen sind und die tendenziell seiner Art entsprechen könnten. Keine DNA, manche Beschreibungen könnten zu ihm passen. Die Zeit davor und danach sind bezüglich der Fallzahlen für Sexualdelikte allerdings nur minimal verschieden - die gibt es eben das ganze Jahr. Entsprechend tue ich mich schwer damit, das sicher mit ihm in Verbindung zu bringen - es *kann* Zufall sein, muss aber nicht." Sie rieb sich den Nasenrücken und schloss für einen Moment die Augen. Ihr Kopf schmerzte.

„Brauchst du den Eimer?" fragte Noir kritisch und war schon bereit, nach ihm zu greifen, doch Ellis winkte ab.

„Nur viele Informationen, die ich sortiere." entgegnete sie mit geschlossenen Augen. „Egal. Ich habe die Daten für Tötungsdelikte, Raub, Raubmord, Diebstahl und Gewaltdelikte auf Prostituierte durchgesehen. Hier ist die Schwankung auch innerhalb der jahresüblichen Norm, aber in zwei Abschnitten macht es mich doch stutzig." Sie deutete auf eine Statistik in den Unterlagen. „Vor etwa fünfzehn Jahren gab es vermehrt Angriffe auf Prostituierte, während Leroy da war. Vergewaltigungen nicht so sehr, sondern eher reine Gewaltdelikte. Tötungen und Tötungsversuche. Leroy hat allerdings an Großbaustellen

212

mitgearbeitet und war nur einer von ziemlich vielen fremden Männern, die sich eine Zeitlang dort aufgehalten haben, ehe sie weiterzogen. Die Taten wurden von der Polizei... naja, als Übergriffe minderer Schwere von, und ich zitiere, ‚wahrscheinlich einem nicht zuordbaren Bauarbeiter oder einem Landstreicher, der es auf das Geld der Nutten abgesehen hatte‘ verbucht. Dieser Terminus wiederholt sich in fast allen Aufzeichnungen. Böse Zungen würden behaupten, man habe wenig Lust gehabt, in der Sache zu ermitteln. Entsprechend sind die Vernehmungen sehr kurz, es ist wenig oder gar nichts vermerkt. Könnte sich bei einigen Sachen aber um Leroy handeln, ich habe die Berichte gerade in die Onlineakte hochgeladen."

Ellis wartete einen Moment, damit sie die Dateien aufrufen konnten. Für eine Sekunde konnte Noir dabei Ellis' Blick abfangen, und sie war sich nicht sicher, ob er eigentlich einen zaghaften Sprung auf William hatte wagen wollen, der inzwischen fest schlief. Ellis bemerkte, dass sie beobachtet wurde und kämpfte gegen eine unterschwellige Spannung an.

Ich kann nichts dafür!, dachte sie, ohne sich dessen sicher zu sein. So bemühte sie ein künstliches und unbeteiligtes Lächeln. Noir hatte gesagt, sie wisse nicht, was zwischen ihr und William stand; daran klammerte sie sich. Sie wusste noch nicht, welche Geschichte sie ihr präsentieren wollte, und würde sich darüber auch erst mit William abstimmen müssen. Aber immerhin bestand eine kleine Chance, aus der Situation herauszukommen, ohne dass allzu viel Aufhebens darüber gemacht würde.

„Dann habe ich, wenn wir einmal elf Jahre und einmal noch drei Jahre weiter gehen, zwei Morde in zwei verschiedenen Orten, die einander wirklich sehr ähneln. Beides im eher ländlichen Raum. Tatverdächtige gab es offiziell keine. Leroy war im näheren Umfeld auf der Baustelle, die genau zwischen den beiden Orten liegt. Ich sehe Parallelen zwischen den Überfällen auf die Sexarbeiterinnen und den Morden. Mein Bauch sagt mir, dass da was ist."

Einen Moment herrschte nachdenkliche Stille, während Tajo und Noir in Ellis' Unterlagen blätterten.

„Danke, Ellis." sagte Noir schließlich und sah sie wartend an. Ellis blickte von ihr zu Tajo und zurück. Es war deutlich, dass sie die Unterhaltung wieder verlassen sollte - was ungewöhnlich war. Gespräche über aktuelle Lagen waren immer unter allen offen, Geheimnisse gab es nicht. Hier schien sich jedoch ein elitärer Kreis gebildet zu haben, dem sie zwar Informationen beifügen, aber nicht an ihm partizipieren durfte. Sie nickte, trat einen Schritt zurück und begab sich wieder zu ihrem Platz, bemüht, nicht zu William zu sehen.

Tajo sah ihr nach, bis sie wieder Platz genommen hatte. „Gehen wir einen Moment einfach mal davon aus. Nur als Gedankenexperiment. Wir wissen, dass Boise Darmkrebs im Endstadium hatte. Das wird er auch selbst gewusst haben, Krebs ist keine Erkrankung, die schmerzfrei oder ohne Einschränkungen verläuft. Gehen wir also einen Moment davon aus, dass er vielleicht einen Schüler gesucht hat..."

„...und ausgerechnet Leroy soll derjenige gewesen sein?" zweifelte Noir. Sie drückte nachdenklich ihren Nasenrücken. „Warum er? Warum jemand, der in allem dem widerspricht, wie er selbst war? Hätte er nicht jemanden bevorzugt, der ihm ähnlich wäre - oder der ihn wenigstens nicht selbst abgestoßen hätte?"

„Psychologisch gesehen wäre das die wahrscheinlichere Variante, ja. In der Regel sucht der Lehrer jemanden als Schüler, in dem er sich selbst sieht. Andererseits war er schon schwach... vielleicht erschien ihm Leroy als leichter zu dominieren?"

„Dann muss er aber schon extrem im Arsch gewesen sein. Oder seine Auswahl war zu begrenzt. Allerdings hätte er in jeder größeren Stadt untertauchen können, dort hätte er vielleicht jemanden gefunden, der ihm mehr entsprochen hätte. Wir wissen, dass es eine

Verbindung zwischen Boise, Leroy und Hellen gibt. Ich bin mir nur nicht sicher, ob wir nicht zu viel dort hinein-interpretieren."

Ein besorgtes Schweigen teilend sahen sie sich an, was erst durch Cooper unterbrochen wurde, der sich schlaf-trunken abschnallte und über die Rückenlehne schob. Irritiert betrachtete er den auf und in Decken gebetteten William, in dessen Arm eine Infusion steckte und dessen Kopf an Noirs Schulter lag.

„Alter, was stinkt hier denn so fürchterlich?" fragte er benommen und sah sich um. „Riecht nach... billigem Katzenfutter."

„Die viel wichtigere Frage ist doch, warum du weißt, wie billiges Katzenfutter riecht, ohne je in deinem Leben eine Katze angefasst zu haben." gab Noir zurück.

„Ach, um Pussies kümmere ich mich genug." grinste Cooper und erntete sowohl von Noir als auch von Tajo und Matthew einen abgestoßenen Laut.

„Coop, bitte. Schlaf weiter! Deine Blähungen waren leichter zu ertragen als das, was dir aus dem Mund kommt."

ZEHN

Die Luft war trocken, beinahe rau. Wie Sandpapier legte sie sich auf die Gesichter und Lungen, rieb an ihnen und machte sie spröde und verletzlich.

Ein wenig überraschte es Noir, dass die Frontscheibe nach der Fahrt vom Flughafen bis nach Spinney Grove keine Schmirgelspuren aufwies. Alamo lag nicht weit entfernt und das Land schien ihnen eindrucksvoll mitteilen zu wollen, wie sehr die Welt hier sich von der in den Wäldern Oregons unterschied.

Es war Vormittag, und die Hitze hatte ihren Hochpunkt noch nicht erreicht, dennoch glühte die Luft. Im Gegensatz dazu war es im Wagen angenehm kühl, die Klimaanlage lief und ließ den Augenblick, in dem sie aussteigen müssten, nicht besonders attraktiv erscheinen.

Noir und Matthew hatten die Fahrt größtenteils schweigend hinter sich gebracht. Es war kein unangenehmes Schweigen gewesen, im Gegenteil: Noir hatte sich entspannen können und Zeit gehabt, ihre Gedanken zu sortieren. Mit Matthew war es leichtes Arbeiten. Er war zäh, intelligent und im Umgang mit einfachen Persönlichkeiten ebenso gut wie mit Soziopathen. Sie schätzte ihn für seine ruhige, erdende Art und seinen rationalen, unaufgeregten Einfluss.

Erst nach ihrem Aufbruch hatte sie ihn informiert, dass das FBI Leroys Exfrau in Nevada hatte ausfindig machen können und sie ihn zur Befragung mitnahm. Matthew hatte sich auf die Möglichkeit gefreut. Es war spannender für ihn als Baumärkte abzuklappern oder Bilder auszuwerten. Die Gelegenheit, mit Noir allein unterwegs zu sein, empfand er nicht nur als nützlich, sonder auch als angenehm. Im Gegensatz zu manch anderem Kollegen reizten sie einander körperlich nicht, und das schien auch

216

sie zu genießen. Sie kam ihm entspannter vor, wenn sie allein waren, verzichtete auf ihren Zynismus, den er oft hemmungslos unpassend fand, und ließ ihn glauben, nahbarer zu sein. Wenn sie ihre dominante Art ablegte und sich für einen Augenblick weniger unter Druck fühlte, sich beweisen zu müssen, war sie ein Mensch, den er gern hatte.

Zu zwei privaten Gelegenheiten unter Kollegen hatte er sogar seinen Lebensgefährten mitgenommen und ihn ihr vorgestellt, und entgegen seiner ursprünglichen Erwartungen war sie wenig konservativ. Es war unverkrampft gewesen, und selbst Caleb, der eher ängstlicher Natur war und sich lange gescheut hatte, Kollegen oder Vorgesetzte von Matthew kennenzulernen, hatte die Abende als leicht empfunden. Matthew war dankbar dafür. So wenig Probleme er darin sah, homosexuell zu sein, so sehr wusste er auch, dass Calab mit diesem Teil von sich sehr haderte. Erfahrungen wie diese, hoffte er, halfen ihm, sich selbst wenigstens für einen Moment anzunehmen.

Noir sah auf das Navigationsgerät. Noch gute fünf Meilen, dann würden sie die Adresse erreichen, die ihr das FBI genannt hatte. Sie waren im Tausch gegen zwei der Handfeuerwaffen von Boise redebereit gewesen, und sie selbst hatte an den Faustfeuerwaffen - anders als an dem Gewehr - kein Interesse; sollten sie sie doch haben, wenn sie wollten. Und es war gut für die Beziehung untereinander.

Ihre Kontakte beim FBI waren ihr insgesamt nur mäßig gesonnen, aber so war das eben bei Arbeitsbeziehungen: Solange beide Seiten davon profitierten, unterhielt man sich auch mit Menschen außerhalb des eigenen moralischen Rahmens. Immer wieder hatte sie den Eindruck, dass sich die ethischen Stereotype zu einem allzu verklärenden Kampf zwischen Gut und Böse aufschwangen, wenn sie mit dem FBI zusammensaß: Die Hüter der Verfassung, die allumfassende Macht des Gesetzes innerhalb der Grenzen des Landes, und die

Bösen, die Geheimen, die außerhalb von staatlicher Macht und Gesetz Stehenden - dass sie zugleich mit den höchsten Stellen des Staates in Kontakt und ihnen unterstanden, ignorierten die andere Seite dabei gekonnt.

Es kümmerte sie nicht mehr, an Ablehnung hatte sie sich gewöhnt.

Kurz kreisten ihre Gedanken um George, und sie spürte einen Stich im Herzen. Sie vermisste ihn, bemühte sich aber, diesem Gefühl keinen Raum zu lassen. Insgesamt empfand sie es als am besten, keinen privaten Gefühlen Raum zu geben: Angst, Abscheu und Sehnsucht waren keine guten Begleiten und noch schlimmere Ratgeber.

„Wir kommen gleich an einem Diner vorbei." sagte Matthew und deutete auf ein Werbeschild, das sich in der Ferne erhob. „Wollen wir schnell noch was essen?"

Noir zögerte, nickte dann aber. Die paar Minuten konnten sie sich nehmen, und besonders viel gegessen hatte sie die letzten Tage nicht. Ob sie sich überwinden können würde, das nun zu tun, überließ sie dem Moment. „Ja, warum nicht."

„Wann meinst du, wird William wieder fit sein?" Er starrte weiter aus dem Beifahrerfenster, nur die Falten auf seiner Stirn ließen seine Unzufriedenheit erahnen.

„Der wird sich heute Abend ausgeschlafen haben und mit ordentlich Kopfweh und noch mehr Scham wieder auf dem Damm sein." antwortete sie und lenkte den Wagen auf den Parkplatz.

Matthew schüttelte den Kopf. „Ich weiß einfach nicht, was er sich dabei gedacht hat. William ist nicht der Typ dafür. Unser Saubermann doch nicht!"

Noir verzog das Gesicht und zuckte die Schultern. „Man steckt nicht drin." sagte sie und seufzte. Ihre Hand lag auf dem Türöffner. „Bereit für den ersten Hitzschlag des Tages?"

„Ich kann Ihnen nichts dazu sagen." wiederholte die Frau inzwischen sichtlich genervt.

Cooper war in derselben Stimmung. „Wenn Sie dann bitte Ihren Chef anrufen würden..." setzte er an, aber die Frau winkte bereits wieder ab.

„Der ist nicht erreichbar." sagte sie, ebenfalls nicht zum ersten Mal.

„Dann rufen Sie eben Ihren Vorgesetzten an!"

„Der auch nicht."

„Und wenn die Hütte abbrennt? Wen rufen Sie dann an?" blaffte er und lehnte sich gegen den Tresen. Er ärgerte sich, massiv. Erst hatten sie feststellen müssen, dass der Ladeninhaber an vielem hatte sparen wollen - unter anderem an Überwachungskameras. Dann war die Dame, mit der er versuchte, ein Gespräch aufzubauen, alles andere als hilfreich.

„Meinen Freund, weil ich dann frei habe." Sie sah ihn distanziert an. „Hören Sie, ich will einfach nur meinen Job machen. Sonst nichts. Also kaufen Sie etwas, oder gehen Sie."

Ellis legte Cooper unauffällig den Arm auf den Rücken und drängte ihn mit einigem Nachdruck zur Seite. Sie hatte riechen können, dass er zu einer sarkastischen und wenig zielführenden Antwort ansetzte, und wollte das nach Möglichkeit vermeiden.

„Trotzdem danke." sagte sie mit entschuldigendem Lächeln und hielt hinter ihrem Rücken die Hand an Coopers Seite, um ihm zu signalisieren, dass er schweigen sollte. „Wir müssen dann auch selbst schon wieder. Geben Sie mir bitte noch eine Tüte von den Ingwerbonbons."

Die Frau musterte sie mit Argwohn, dem Ellis standhielt. Sie war Ende vierzig und hatte gelebt. Die intensive Sonne hatte das Ihrige getan und ihre Haut nahezu gegerbt. Wahrscheinlich waren irgendwo Sommersprossen in den

219

Falten verborgen, vielleicht auch eine freundlichere Mimik als die, die sie Ellis und Cooper in diesem Moment schenkte. Immer noch misstrauisch und mit einer Unwilligkeit, die weniger gastlich nicht sein konnte, zog sie eine der Tüten mit getrockneten Ingwerstückchen unter dem Glastresen hervor, auf die Ellis gedeutet hatte.

„Macht 2,40, Ma'am."

Ellis bezahlte mit ihrer Karte, bedanke sich und schob Cooper vor sich her aus dem Laden.

„Noch nicht." kommentierte sie und stieg in den frisch gemieteten weißen SUV. Mit grimmigem Gesichtsausdruck schwang Cooper sich auf den Beifahrersitz, fuhr sich mit den Händen durch das blonde Haar und ließ ein genervtes Stöhnen los. „Soll sie an ihrer übermäßigen Hilfsbereitschaft bitte so schnell wie möglich ersticken!" grollte er.

„Alles nur halb so wild." Ellis hatte ihren Laptop bereits hochgefahren. Mit wenigen Klicks war sie in das Banking System des Ladens gekommen und scrollte durch die Kartenzahlungen und Barkäufe der letzten Tage. „Haben wir gleich."

Überrascht sah sie auf, die Lippen zu einem stummen „Oh!" geformt. Cooper sah sie noch immer missmutig an.

„Er hat eine Briefmarke gekauft." erklärte Ellis. „Und Mundspray."

Cooper sah sie einen Moment an und wartete, ob sie es als langweiligen Scherz entlarvte, aber sie blickte nur irritiert zurück. Mit zusammengezogenen Augenbrauen sah sie schließlich wieder auf den Screen.

„Kurz davor gab es eine größere Quittung über Lebensmittel und Getränke... könnte auch von ihm gewesen sein. Barzahlung. Nach der Briefmarke hat es sieben Minuten gedauert, dann hat jemand eine Menge... Fast Food und Pornohefte gekauft... könnte auch er sein, auch bar bezahlt. Beide so um die fünfzig Dollar."

„Gehen wir mal davon aus, dass einer der Einkäufe von ihm stammt. Er kauft also was zu Essen und

220

vielleicht ein bisschen Schmuddelkram, meinetwegen. Dann lässt er entweder vorher oder nachher noch ein paar Minuten vergehen, und schickt einen Brief ab." dachte Cooper laut nach. „Warum diese Pause?"

„Vielleicht hat er den Brief erst schreiben müssen?" Mehr als mutmaßen konnte Ellis nicht. Sie arbeitete sich in das Computersystem des Ladens vor. „Ich schätze, derjenige, der zu der Zeit hier gearbeitet hat, war Zac Reddington... jedenfalls steht der im Arbeitsplan. Suchen wir ihn mal auf und hoffen, dass er auskunftsfreudiger ist."

Freitagmittag
Spinney Grove, Nevada

„Diane Palmer."

Sie stiegen aus dem Wagen, als die Frau gerade den Briefkasten geschlossen hatte und sich anschickte, die Haustür zu öffnen.

Der Name traf sie wie ein Peitschenhieb. Erschrocken fuhr sie herum und suchte panisch nach der Person, der die schneidende Stimme gehört hatte. Zwei Menschen standen dort, eine Frau und ein Mann, beide dunkel gekleidet. An den Gürteln hingen deutlich sichtbar die Waffenholster, Dienstmarken konnte sie nicht erkennen. Sie strahlten eine Aggressivität aus, die ihr nicht behagte.

Die Stimme hatte nicht danach geklungen, als habe sie nach Diane gefragt, sondern unwiderlegbar festgestellt, dass es sich bei der Frau vor ihnen um Diane Palmer handelte.

„Sie irren sich." brachte sie mühsam hervor, während sie sich mit langsamen, kleinen Schritten Richtung Haustür bewegte. „Ich bin Mrs. Lopéz. Alba Lopéz."

„Sie werden verstehen, dass ich da nicht näher drauf eingehe, Diane." Die Frau kam forschen Schrittes auf sie zu. Diane wich zurück, versuchte, die Situation einzuschätzen. Kurz streifte ihr Blick den großgewachsenen Mann, dessen braunes Haar beinahe rötlich in der Mittagssonne schimmerte. Seine Augen waren hinter einer Sonnenbrille verborgen, und doch ließ etwas an seiner Körperhaltung Diane kurz hoffen. Er wirkte nicht so angriffslustig wie seine Begleiterin, weniger raumeinnehmend. Sie warf ihm einen flehentlichen Blick zu, doch er rührte sich nicht.

Die Frau war inzwischen bei ihr angekommen. „Gehen wir in Ihre Wohnung, Diane." sagte sie bestimmt. Damit nahm sie den Schlüssel aus ihrer zitternden Hand und öffnete die Tür in den Hausflur.

Diane stand vor der Tür und sah von einem zum anderen. Ihre letzte Hoffnung, die sie an den Mann hatte heften wollen, starb. Er nahm sich zurück, doch auch seine Aura schien immer weniger Spielraum für eine mögliche Überzeugungsarbeit, dass sie nicht Diane Palmer sei, zu lassen. Er blieb ein paar Schritte von ihr entfernt stehen und bedeutete ihr, der Frau zu folgen.

„Ich bin bewaffnet!" Dianes Stimme war dünn und unsicher.

Die Frau schenkte ihr ein bemerkenswert mitleidiges Lächeln und ließ ihr ausreichend Zeit, das zu bemerken. „Welche Nummer?"

„3E." formten Dianes Lippen beinahe tonlos. Ihre Finger gruben sich in das Papier, das sie aus dem Briefkasten hervorgeholt hatte, und ließen kleine Knicke und Risse in den Umschlägen und Prospekten entstehen, ohne ihr Halt geben zu wollen.

Der Mann trat näher an sie heran und trieb sie mit seinem Körper vor sich her. „Gehen wir."

Diane fügte sich. Was immer kommen würde, sie ergab sich dem; ihre Kraft reichte nicht mehr. All die Jahre forderten ihren Tribut. Mit hängenden Schultern und fahlem Gesicht stieg sie die Treppe hoch, in der Mitte der zwei Menschen, die sie nicht kannte und die sie viel zu gut kannten. Zwischen zwei Waffen, zwischen zwei Kugeln, die kaum Raum genug ließen um zu atmen.

Ohne zu sprechen erreichten sie den dritten Stock. Keiner der Nachbarn war auf dem Flur zu sehen, und so überquerten sie den Gang ungesehen. Noir klimperte mit den Schlüsseln und schloss die Tür zum Apartment auf. Es gab keinen Grund, leise zu sein.

Ein Blick durch die Räume zeigte ihr, dass sie allein waren, wenn man von dem Stubentiger absah: Ein Wohnzimmer mit offener Küche, ein kleiner Flur, und ein liebevoll eingerichtetes Schlafzimmer mit hell gebeizten Holzmöbeln, das trotz der Hitze zum Verweilen einlud. Die bauschig aufgeklopften Kissen waren ordentlich in Form gezogen, und auf dem Weg zurück verlangsamte Noir ihre Schritte und musterte den selbstgemachten Bettüberwurf mit Respekt. Die kleinteiligen Stickereien und vielen verschiedenen Stoffe hatten gewiss hunderte Stunden an Arbeit gefordert, durch jahrelange Übung erworbene Fertigkeiten und wunde Finger bedeutet. Gern wäre sie an das Bett getreten und hätte den Stoff befühlt und Kontakt mit diesen kleinen Ausdruck von Zuhause bekommen. Mit einem leicht amüsierten Lächeln über die eigene emotionale Irritierbarkeit warf sie noch einen letzten Blick ins Bad und kehrte zu Matthew und Diane zurück, die an der Wohnungstür warteten.

„Kommt rein." sagte sie und bedeutete Matthew, dass sie bereit war, ihn das Tempo und den Ton bestimmen zu lassen. Ihre herablassende Art war ein nützlicher Einstieg, wenn es darum ging, einem einschüchterbaren Menschen gegenüber kurz Dominanz zu demonstrieren; das hatte sie getan und ihre Wirkung erzielt. Ab nun musste es empathischer zugehen.

„Vielleicht möchten Sie sich setzen?" Matthew deutete auf das Sofa und schob Diane leicht in diese Richtung. „Es muss gerade sehr stressig für Sie sein."

Er sah, dass Noir sich an den Küchentresen gelehnt hatte und beide zusammen aufmerksam studierte. Er war zufrieden damit, dass sie sich zurücknahm. Eine Rollenverteilung hatten sie nicht abgesprochen, und üblicherweise hatte Noir sich das Recht, Gespräche selbst zu führen, und nahm es auch wahr.

Diane kämpfte mit den Tränen. Es dauerte, bis sie sich überwinden konnte, etwas zu sagen.

„Bitte verschonen Sie Barry." fehlte sie eindringlich. „Er hat damit gar nichts zu tun, lassen Sie ihn einfach in den Flur, er findet schon raus..."

„Wir sind nicht hier, um Ihnen etwas zu tun. Wir werden weder Sie noch Ihre Katze verletzten. Wir möchten nur mit Ihnen reden, und dann werden wir wieder gehen und Sie in Frieden lassen." sagte Matthew ruhig und langsam, während auch er sich einen ersten Eindruck vom Wohnzimmer verschaffte.

„Warum sind Sie denn hier?" fragte Diane, ohne dass ihre Anspannung im Mindesten geschwunden war. „Und wer sind Sie?"

Noir schüttelte nur den Kopf. „Wir sind wegen Leroy hier." sagte sie stattdessen, ebenfalls um ein gesetzten Ton bemüht.

Matthew setzte sich zu Diane auf das Sofa. „Wir versuchen, Ihren Exmann zu finden, Ma'am." erklärte er. „Aber bevor wir in das Gespräch wirklich einsteigen, möchte ich Sie gern etwas fragen: Wie ist es lieber, dass wir Sie ansprechen - Mrs. Palmer oder Mrs. Lopéz?"

Diane sah ihn an und wusste nicht, was sie antworten sollte. Sie hatte lange nicht mehr die Wahl gehabt, welchen Namen, welches Leben sie bevorzugte. Die Frage hatte ihr niemand gestellt, zu keinem Zeitpunkt, und sie musste intensiv nachdenken. „Ich weiß es nicht." gestand sie schließlich. „Nur nicht Mrs. McCarthy."

Matthew empfand Mitleid. Die Frau saß dort, die Post in den zitternden Händen, während ihr Tränen über das Gesicht und Schweiß über die Schläfen lief.

„In Ordnung, Ma'am. Dann werde ich darauf verzichten, Sie beim Namen zu nennen. Damit kann ich Ihnen wenigstens diese Unannehmlichkeit ersparen."

„Wir möchten nur mit Ihnen reden." setzte Noir hinzu. „Wir möchten Ihnen nicht mehr Schwierigkeiten machen als es zwingend notwendig ist. Danach werden wir gehen, Sie können Ihren ganz normalen Alltag weiterleben." Sie schwieg einen Moment und fügte dann vorsichtig hinzu: „Soweit man von einem ganz normalen Alltag sprechen kann."

Sie nahm zur Kenntnis, dass Diane ihr einen giftigen Blick zuwarf, ehe sie sich wieder Matthew zuwandte. Es war keine unübliche Reaktion, die ihr auch nicht unrecht war. Je mehr Antipathien Diane auf sie projizierte, umso kooperativer war sie mit Matthew, und letztlich war ihr jedes Mittel recht, das zum schnellsten Ziel führte.

„Wieso suchen sie ihn?" fragte Diane vorsichtig. Ihr Blick glitt über Matthew und schien abschätzen zu wollen, wie gefährlich seine Anwesenheit war. Zu einem Ergebnis war sie offenkundig noch nicht gekommen.

„Das können Sie uns vielleicht sagen." begann Matthew.

Diane sah ihn überrascht an. „Ich habe ihn Jahrzehnte nicht gesehen. Ich denke nicht, dass ich Ihnen helfen kann."

Noir sah auf den fetten roten Kater, der vor den bodentiefen Fenstern in der Sonne lag und sich angenehm streckte. Sein Pelz war seidig und gut gepflegt und bebte leicht unter der den massigen Bauch bewegenden Atmung. „Okay." sagte sie schließlich mehr zu sich selbst als zu den anderen, fasste an ihre Waffe und löste sie aus dem Holster. Diane schrie auf, und auch Matthew war kurz alarmiert. Noir ignorierte es, löste das Magazin aus der Waffe und legte beides getrennt voneinander auf den Esstisch. Das Jackett, das bei den Temperaturen ohnehin eine Qual war, zog sie aus und legte es daneben, hob die Hände und drehte sich betont langsam um die eigene Achse.

„Diane." sagte sie ruhig und freundlich. „Sie sehen, dass ich keine Waffe mehr bei mir trage. Ich werde

225

Sie nicht angreifen, ich werde Sie nicht verletzen, und ich werde Sie nicht verurteilen. Für nichts, was Sie getan haben, und für nichts, das Sie nicht getan haben. Wenn es Ihnen lieber ist, wird auch mein Kollege seine Waffe ablegen. Sie können mich und meinen Kollegen gern abtasten, wenn Sie sich davon überzeugen wollen, dass ich die Wahrheit sage. Wir sind nicht hier, weil *Sie* Schwierigkeiten haben. Wir sind hier, damit auch Ihre Schwierigkeiten aufhören."

Innerlich atmete Matthew auf. Eine Sekunde lang hatte er befürchtet, dass Noir zu aggressiv in die Situation gehen würde und Antworten mit Druck und Angst herauszupressen versuchen würde. Die Endfünfzigerin, die hier neben ihm saß, würde darauf nicht gut reagieren, daran bezweifelte er nicht. Dass Noir ihre Waffe ablegte, war allerdings ein Novum, und er wusste nicht, wie sehr ihm die Vorstellung behagte, dass sie beide unbewaffnet sein könnten, während eine panische, überforderte Frau allerdings durchaus Zugriff darauf haben konnte.

Geschockt saß Diane dort, unfähig, sich zu bewegen. Nur langsam flaute die Angst in ihr ab, und sie wartete darauf, dass das Rauschen des Blutes in ihren Ohren abnahm.

„Ich weiß nicht, wie ich helfen kann. Er wohnt oben im Norden. Oregon." sagte sie verunsichert, die Augen immer noch panisch auf die Waffe gerichtet. „Ich habe ihn seit Jahren nicht gesehen, wir haben keinen Kontakt."

Noir suchte erkennbar nach den richtigen Worten. Matthew wusste nicht, ob es simuliert war und sympathisch wirken sollte, oder ob sie tatsächlich unsicher war. Schließlich ging sie langsam in die Knie, bis sie mit Diane auf derselben Augenhöhe war. Sie wartete, bis ihr wütender Blick etwas nachließ und sie ihr in die Augen sah, ehe sie mit leiser Stimme anfing zu sprechen.

„Würde Ihnen das Gespräch ein bisschen leichter fallen, wenn wir das allein besprechen würden? Ohne dass ein Mann dabei ist?" Sie rang sich ein gequältes Lächeln ab. „Ich weiß, dass Sie mich nicht besonders mögen. Das ist okay, Diane. Aber manche Dinge kann man leichter aussprechen, wenn man unter sich ist."

Augenblicklich senkte sich Dianes Kopf. Den Blick starr auf den Fußboden geheftet deutete sie ein Kopfschütteln an. „Es ist schon okay."

Noir wartete einen Moment, ob sie es sich noch anders überlegen würde. „Auch das ist in Ordnung." sagte sie nach der kurzen Pause. „Sie können jederzeit darum bitten, dass einer von uns den Raum verlässt, wenn Sie es sich anders überlegen."

Mit unverändert freundlichem Gesicht musterte Matthew seine Chefin. Sie schien eine gewisse Sympathie für die ältere Frau zu empfinden oder schützte diese jedenfalls recht glaubhaft vor. Darauf vertrauen wollte er nicht.

Diane seufzte und nahm ein paar tiefe Atemzüge, um sich zu sammeln. Ihre Schultern sanken noch ein wenig tiefer.

„Können Sie uns etwas über Leroy erzählen?" übernahm Matthew wieder das Wort.

„In welcher Hinsicht?"

„In jeder, die Ihnen wichtig erscheint. Leider auch die Dinge, die Sie lieber nicht erzählen möchten."

Diane überlegte eine Weile, was sie dazu sagen wollte. „Er war nicht der Mann, von dem ich dachte, das er es ist." antwortete sie schließlich kurz.

Matthew nickte. „Was für ein Mann war er denn?" fragte er.

Diane dachte mit bewegter Mimik darüber nach. Zwischen Abscheu, Wut und Furcht durchlebte sie jeden Zustand, ohne den vorherigen vollkommen losgelassen haben zu können.

„Leroy war ein Mann mit wenig Schwingungen für die Bedürfnisse anderer." sagte sie. „Er wirkte unabhängig, interessierte sich nicht dafür, was andere von ihm dachten. Er war ein einfacher Mann, wissen Sie? Nicht besonders gebildet, aber unglaublich charmant. Er war ein Frauenaufreißer zu der Zeit."

Etwas ungläubig blinzelte Noir und versuchte, ihre Verblüffung zu verbergen. Dieser kleine, verschwitzte und grobschlächtige Mann sollte mal ein Schürzenjäger gewesen sein? *Da* hatten Frauen drauf reagiert? Nur mit Mühe unterdrückte sie ein ungläubiges Kopfschütteln und die Frage nach alten Fotos.

„Wann haben Sie sich kennengelernt, und wann haben Sie geheiratet?" Es waren keine Informationen, die ihm noch unbekannt waren, doch Matthew spürte deutlich, dass Diane ein sehr vorsichtiges Annähern an die Thematik brauchte. Über ehemals glückliche Erinnerungen wollte er es zumindest versuchen.

„1992, das ist schon so lange her. Ich war... nicht besonders erfahren, was Beziehungen angeht. Auf einer Tanzveranstaltung in Ridgewater habe ich ihn dann getroffen. Er war nur wenig älter als ich, und durch seine... ich würde sagen, desinteressierte Art an allem sehr attraktiv. Ich war in Ridgewater Falls, um den Nachlass meiner Oma zu regeln, und blieb dann seinetwegen dort. Wir haben innerhalb von vier Wochen geheiratet." Ein trauriger Schatten legte sich auf ihr Gesicht. „Ich war so dumm. Ich fand ihn toll."

„Haben Sie mit ihm zusammengelebt?"
Die Traurigkeit wich einer Irritation bei Diane. „Im Haus seiner Eltern, ja. Sie waren kurz zuvor gestorben, glaube ich... oder es war schon etwas her, ich weiß es nicht mehr genau. Seine Schwester hat noch mit im Haus gelebt, Hellen heißt sie."
Noir hockte nach wie vor und spürte eine Unruhe in sich wachsen. Während sie sich auf Dianes Worte konzentrierte, sah sie auf ihre Schuhe, die vom Wüstensand staubig geworden waren. Es standen noch unangenehme Informationen aus, die sie Diane eigentlich geben wollte, und wusste zugleich, dass noch schwer zu ertragende Details von Diane preisgegeben werden würden. Sie war sich unsicher, ob sie sich überwinden können würde, den beiden Fremden von diesen Dingen zu

berichten.

Sie sah zu ihrer Waffe, ohne die sie sich etwas nackt fühlte, verzichtete jedoch darauf, danach zu greifen.

Matthew räusperte sich. „Ma'am, was für ein Charakter ist Leroy?"

Diane schwieg eine ganze Weile, und sie ertrugen die Stille. „Leroy lebt etwas abseits der normalen Gesellschaft." antwortete sie schließlich. „Ihn interessieren Normen oder Gesetze nicht. Ihn interessiert nicht, was sich gesellschaftlich gehört. Ihn interessiert nur - er selbst. Ich weiß eigentlich nicht, warum er mich überhaupt geheiratet hat, wenn ich ehrlich bin. Ich war ihm nicht besonders wichtig."

„Es tut mir leid, dass ich das fragen muss, Diane." sagte Noir und hielt nur mit Mühe den Blick auf sie gerichtet. „Wie war Ihr Sexualleben mit ihm?"

Mit einer Mischung aus Wut und Entsetzen entgegnete sie dem Blick, und die Wut überwog, bis die Waffe wieder ihre Aufmerksamkeit auf sich zog. Selbst weit weg von Noirs Körper und ohne das Magazin genügte die nur teilweise erkennbare Silhouette, um jeden Widerstand in ihr zu brechen.

Ihr Kopf senkte sich, und Noir sah, wie sie im Schmerz die Augen schloss.

„Wenig." überwand sie sich zu sagen. „Er hatte an so etwas wie... Zuneigung kein Interesse. Und ich bin ja auch schon nach kurzer Zeit wieder fortgegangen, ich kann Ihnen da nicht viel zu sagen." Sie schien jeder weiteren Antwort schuldig bleiben zu wollen, und so versuchte Matthew es auf anderem Weg.

„Können Sie uns etwas über die Beziehung zwischen Leroy und Hellen erzählen? Sie werden sie ja auch kennengelernt haben."

Ein Ausdruck umspielte Dianes Augen, der schwer zu deuten war. „Hellen." sagte sie beinahe bedauernd. „Ach ja, Hellen... Hellen ist ein wunderbarer Mensch. Ein wenig schüchtern, redet nur ganz wenig über sich selbst. Sehr hilfsbereit. Wenn man sie näher kannte, sehr herzlich. Sie tat mir immer leid."

„Weshalb?" fragte er nach.

„Ich weiß nicht, was Sie über Hellen wissen." sagte Diane vorsichtig und musterte Noirs Gesicht genau. „Sie passt nicht wirklich in dieses sehr ländliche Leben. Sie ist lesbisch. Das ist nicht besonders gut angenommen worden."

„Auch von Leroy nicht?"

Diane dachte nach, schüttelte aber letztlich den Kopf. „Nein, so würde ich das nicht sagen. Leroy schien sich um so etwas nicht besonders zu kümmern. Ich glaube, er hatte insgesamt wenig Interesse an dem, was andere empfunden haben, auch, wenn es um seine Schwester ging. Er hat sie nicht besonders gewertschätzt, während wir verheiratet waren, ich würde eher sagen... toleriert. Sie war immer eher etwas auf Abstand zu ihm, denke ich. Aber sie ist so schüchtern... da ist das schwer zu sagen. Und ich war ja insgesamt auch nur neun Wochen dort. Es war eine kurze Ehe."

„Würdest du uns ein Glas Wasser holen?" Noir hatte ihre Worte an Matthew gerichtet und nickte in Richtung der kleinen und sauberen Küche, die sich an das offene Wohnzimmer anschloss. „Ich denke, nach dem Schreck und so einem heißen Tag hilft es vielleicht etwas." Matthew verstand. Er erhob sich langsam, um Diane nicht zu erschrecken, und begab sich ebenso gemächlich in den Küchenbereich. Er war nicht weit genug entfernt, um ein normales Gespräch nicht mehr verstehen zu können, was gesagt wurde, tat allerdings so, als sei er gänzlich in die Suche nach Gläsern und Wasser vertieft.

Sie wartete, bis sie ihn weit genug von ihnen weg wusste, dann setzte sie sich vor Diane auf den Boden. Der schwierige Teil des Gespräches begann.

„Sprechen Sie es aus, Diane." sagte sie leise genug, dass ihre Worte unter ihnen blieben. „Sie schaffen das."

Diane trug ein Entsetzen in den Augen, das ihr weder verborgen blieb noch leicht zu ertragen war. Sie spürte, wie es kalt in ihr wurde.

Mehrmals setzte Diane an und brachte doch keinen Laut über die Lippen. Ihre Finger hatten die zerknautschte Post losgelassen, die auf ihre Füße gefallen war, und suchten nun fahrig Halt aneinander. Zu viel gab es zu berichten, und zu wenig Worte, um es zu beschreiben.

„Was ist passiert, dass Sie ihn verlassen haben?" versuchte Noir ihr einen Ansatzpunkt zu geben.

„Er war schon immer recht dominant." versuchte sie zu erklären. „Die wenigen Momente, in denen wir... vertraulich wurden, war es für ihn eher Nebensache, glaube ich. Ich kann es mir nicht vorstellen, dass ich es war, die..." Sie unterbrach sich, warf einen scheuen Blick in Noirs Richtung, die ihr bedeutete, dass es in Ordnung war.

„Es war nicht ich, die ihn erregt hat, sondern dass er mich dabei vollkommen beherrschte." sagte sie schnell. „Er war immer eher grob, hat sehr fest zugefasst. Hat - sein Tempo angelegt, bestimmt, was wann geschah. An diesem einen Abend..." Ihr Blick ging in die Ferne, in die sie sich selbst wünschte, und sie schwieg einen langen Moment, in dem man nur Matthew mit den Gläsern klappern hörte.

„Er ist mir an die Kehle gegangen." fuhr Diane hastig fort, um die Worte schnell hinter sich zu bringen. „Erst mit den Händen. Fest. Fester als sonst. Dann nahm er ein Messer, hielt es mir an den Mund und die Kehle. Er hat den... Sex nicht fortgesetzt, sondern stand nur über mir, sah das Messer an meinem Hals und war... fasziniert davon. Erregt, ohne dass er das noch zu Ende gebracht hätte. Und ich sah ihn an, und wusste, dass das meine letzte Chance ist, zu gehen."

Noir nickte langsam. Sie konnte sich die Situation vorstellen, die sich nahtlos in das Bild des Mannes einfügte, das sie von Leroy McCarthy hatte.

„Noch in der Nacht bin ich losgefahren. Bis nach Salem. Dort habe ich aufgehört, Diane zu sein. Ich kam hier her, wo es heiß ist. Zu heiß. Leroy hat sich immer darüber beschwert, er ist der Mensch für Regen und Kühle. In diese Wärme würde er niemals kommen."

„Hatte Leroy Freunde?" fragte Noir und war dankbar, das Thema wechseln zu können.

Energisch schüttelte Diane den Kopf, eine Bewegung, die sie zurück in die Gegenwart holte. „Nicht einen. Er wollte keine. Einige Bewunderer hatte er, weil er eben bei Frauen so gut ankam, aber er duldete keine Menschen neben sich. Ich kann mir nicht vorstellen, dass sich das je geändert hat."

„Wie müsste ein Mensch sein, damit Leroy sich mit ihm befreundet?"

Die Antwort war so kurz wie treffend: „Kein Mensch."

Matthew trat mit einem Tablett in der Hand zu ihnen zurück und reichte Diane ein Glas davon. Sie nahm es mit einem abwesenden „Danke." entgegen und trank doch nichts.

Noir nahm ihres und warf Matthew einen traurigen Blick zu.

„In Ordnung." sagte er, nachdem er sich wieder gesetzt hatte. „Können Sie sich vorstellen, wohin Leroy gehen würde, wenn er Ridgewater Falls verlassen würde?"

Alarmiert richtete sie sich auf. „Er ist nicht mehr dort?"

„Er ist gerade unterwegs." erklärte Noir. „Nicht dauerhaft, aber wir hätten ihn natürlich gern so früh wie möglich."

„Es gibt niemanden, den er besuchen könnte. Er verlässt Oregon nicht gern, und wenn, dann bleibt er im Norden. Die Hitze hasst er in einem Ausmaß, das nicht normal ist. Wenn er nicht in seinem Haus ist, dann ist er wahrscheinlich in den Wäldern und jagt."

Matthew warf einen kurzen Blick zu seiner Chefin, doch die deutete nur ein Kopfschütteln an, während sie wieder auf die Füße kam. Sie war sich sicher, dass es richtig gewesen war, Oregon zu verlassen - und zwar mit allen. Leroy war auf dem Weg durch Nevada, warum auch immer. Und noch bevor er eine Rückreise antreten würde, würden sie ihn finden.

Diane wand sich gequält, dann brach es aus ihr heraus. „An manchen Abenden... wenn wir gemeinsam vor dem Fernseher saßen, oder beim Essen... er hat sie manchmal so angesehen, wissen Sie? Er hat sie angesehen." Mit einer Mischung aus Abscheu und Trauer, die ihr die Tränen in die Augen trieb, sah sie Noir an, die nur ruhig nickte.

„Ich weiß nicht, ob Hellen es je bemerkt hat. Sie hat sich nichts anmerken lassen. Aber sie war ohnehin immer so still und zurückgezogen, ich weiß nicht..."

„Haben Sie je mit ihr darüber geredet?" fragte Matthew, obwohl er die Antwort bereits kannte.

Langsam schüttelte Diane den Kopf. „Ich habe mich in den letzten Jahren oft gefragt, warum ich das nie getan habe. Oder warum ich nicht versucht habe, Kontakt zu Hellen zu bekommen. Oder sie mitgenommen habe. Ich hätte das tun müssen, oder? Ich hätte es tun müssen, oder?" Sie legte eine angstvolle Pause ein. „Wie geht es ihr inzwischen?"

Noir überlegte kurz, was sie sagen wollte. „Besser." sagte sie schließlich. „Inzwischen... geht es ihr besser. Sie ist auch fortgegangen, jetzt ist es in Ordnung."

Das schien Diane zu beruhigen.

Noir sah weg und ließ die Flüssigkeit im Glas kreisen, betrachtete den Strudel, der sich langsam bildete. Er hatte etwas Hypnotisches, dem sie sich gern ergeben wollte.

„Ich verstehe, weshalb Sie gegangen sind." sagte sie, noch immer mit dem Blick in das Glas. „Weshalb aber haben Sie sich den Umstand gemacht, eine neue Identität zu kaufen? Es ist teuer und aufwändig - und nicht ganz ungefährlich."

Diane sah sie lange an. „Es wird Ihnen nicht reichen, wenn ich sage, dass ich vergessen wollte, oder?" fragte sie mit kaltem Unterton, und Noir zwang sich zu einem

233

freudlosen Lacher. „Ich hatte ein schlechtes Gefühl. Ein sehr schlechtes. So egal ich Leroy als Partnerin auch gewesen bin, so sehr fürchtete ich mich davor, was er machen würde, wenn ich ihm wegnahm, was seiner Meinung nach ihm gehörte. Das ist schwer zu verstehen, ich weiß... Kennen Sie das, wenn der Himmel noch strahlend blau ist, und trotzdem können Sie den Regen und das Unwetter schon fühlen? Sie wissen, wenn Sie sich nur ein einziges Mal umdrehen und den Himmel aus den Augen lassen, wird er im nächsten Augenblick schwarz und voller Gewalt das Land vernichten?"

Noir und Matthew nickten. Beruflich war das der Moment, in dem ihr Einsatz kam. Sie lebten von und für diesen Augenblick.

Der rote Kater hatte offenbar genug Sonne in sich aufgenommen und kam auf sie zu. Das Fettsäckchen, das zwischen seinen Hinterbeinen fast bis zum Boden hing, erzitterte bei jedem Schritt, während er begann, sich an ihren Beinen zu reiben und leise zu schnurren anfing. Es war ein tiefer, angenehmer Ton, der Noir einen Hauch von Behaglichkeit in dieser kalten Situation gab.

Diane streichelte ihm über das Köpfchen. „Ich hatte Recht, nicht wahr?" fragte sie mit einem Horror in der Stimme, der von ihre Ahnung kündete. „Ich hatte Recht."

„Das wissen wir noch nicht offiziell." gab Noir zu. „Aber wenn Sie meine ganz persönliche Meinung wissen wollen: Ja. Und es war die beste Entscheidung Ihres Lebens, unterzutauchen - und wahrscheinlich auch der letzte Zeitpunkt, zu dem es möglich war. Sie sind ihm entkommen, Diane. Knapp. Aber sie sind ihm entkommen."

Diane liefen Tränen über die Wangen. Sie versuchte, tapfer zu sein, doch die Angst der vielen vergangenen Jahre fraß sich durch jede Zelle ihres Körpers. Sie konzentrierte sich auf den Kater. „Du brauchst was zu Fressen, nicht wahr, kleiner Mann?"

Der braucht ungefähr ein Jahr lang nichts mehr zu fressen

und ist dann immer noch zu fett!, dachte Matthew, lächelte aber unfreiwillig, als Barry ihn mit seinen großen Augen anstarrte und bitterlich leidend miaute. Dem Kater fehlte ein Eckzahn, und kleine Speicheltröpfen sprühten aus seinem Maul und landeten auf seinem Fell und Dianes Beinen. Er schien zu bemerken, dass die Aufmerksamkeit ihm galt, und verkündete seine Forderung nach Futter und Mitleid lautstark und mit Nachdruck. Bei diesem flehendem Maunzen, gestand Matthew sich ein, würde er wahrscheinlich auch irgendwann nachgeben.

Diane erhob sich und ging in die Küche, eng begleitet von Barry, der um ihre Füße strich und weiterhin laut seinen Hunger verkündete, damit sie nicht vergaß, weshalb sie aufgestanden war.

„Ich denke, wir können gehen." sagte Noir und zog das Jackett wieder an. Die Waffe wieder zusammenzusetzen und einzustecken fühlte sich gewohnt und sicher an. Matthew strich die Kissen auf der Couch glatt, obwohl er sie gar nicht berührt hatte, und begann, die unbenutzten Gläser wegzuräumen. Während er das noch vorhandene Wasser in das Spülbecken goss und sorgfältig das Glas abwusch, ließ Noir einen letzten Blick durch den Raum wandern. Diane war die Post aus den Händen gefallen, die sich verstreut über den Teppich ergossen hatte. Sie war schnell aufgesammelt, und Noir wollte sie gerade auf eine niedrige Kommode legen, als ihr zwischen den Werbeprospekten und Mitteilungen von örtlichen Stromversorgern ein Briefumschlag auffiel.

In krakeliger Handschrift stand auf der Vorderseite:

Mrs. Noir Hills
c/o Alba Lopéz
422 Marchwood Drive
Spinney Grove
Nevada 89001

Einen Augenblick war sie wirklich überrascht. Sie starrte auf den Umschlag, las wiederholt ihren Namen und warf einen prüfenden Blick in den Raum. Bemerkt worden war sie nicht - Matthew trocknete ab und Diane sah dem Kater beim gierigen Fressen zu. Für sie schien es so alltäglich zu sein für Noir das Anlegen der Waffe, und es schien ihr auch nicht weniger Sicherheit zu geben.

Schnell schob sie den Umschlag unter das Jackett und ging demonstrativ die restliche Post durch. „Ganz schön viel Werbung." sagte sie laut genug, dass Matthew bemerkte, dass etwas nicht in Ordnung war. „Holen Sie die Post täglich rein, Diane?"

„Im Moment ja." Da war sie wieder, die abwehrende, giftige Nuance in ihrer Stimme. „Ich warte darauf, dass sie mir sagen, wann sie mir den Strom abstellen, der Brief müsste bald kommen." antwortete sie, während sie ein weiteres Schälchen Katzenfutter umständlich in den Napf drückte.

„Kein einfaches Leben auf der Flucht." stellte Noir fest und empfand augenblicklich Scham für diese unnötige Bemerkung.

Matthew kam bereits auf Noir zu, bereit, aufzubrechen. Sie nickte ihm zu und drückte ihm den Umschlag in die Hand, während er sich an ihr vorbeischob.

„Es hat mich gefreut, Sie kennen zu lernen, Ma'am." sagte er an Diane gerichtet und machte beinahe so etwas wie eine kleine Verbeugung. Dann trat er aus der Tür, und seine Schritte entfernten sich zügig.

Für einen Moment sahen Diane und Noir sich unschlüssig an.

Diane wusste nicht, was die Fremde noch wollte - vielleicht wurde sie jetzt doch zur Gefahr.

Noir wusste nicht, ob sie ihrem Gefühl folgen sollte - was mit Sicherheit dumm wäre.

Barry schmatzte laut, kleine Speicheltropfen flogen um sein Maul und seine Schnurrbarthaare vibrierten. Er hatte sein Frauchen und Fressen, und damit alles, was er zum Glücklich sein brauchte.

„Sie arbeiten nicht, oder?" fragte Noir und versuchte, die kleine Stimme in ihrem Kopf zu überhören, die anfing „*Du Depp, du scheiß Depp!*" zu brüllen.

„Wissen Sie das nicht längst?" fragte Diane zurück. Ohne Matthew im Raum wurde sie offensiver, und Noir bemerkte einen Ausdruck an ihr, der kalt und hart war. Sie bezweifelte nicht, dass Diane ihn in ihrem Leben seit der Flucht aus Oregon benötigt hatte. Immer auf eine Gefahr vorbereitet, immer bereit, abzuwehren, was ihr entgegenschlagen mochte.

Noir nickte. „Natürlich weiß ich das." gab sie zu. Sie fuhr sich unschlüssig durch das Gesicht und seufzte ergeben. „Hören Sie. Ich weiß nicht, wer Sie lieber sein wollen - Diane oder Alba. Ich weiß, dass es bisher nicht die Möglichkeit gab, überhaupt zu wählen. Wenn wir Leroy haben, werden Sie sich entscheiden können. Vielleicht überlegen Sie einfach schon mal, wofür Sie sich entscheiden wollen." Einen Augenblick ließ sie die Worte wirken, dann fuhr sie fort. „Es gibt Menschen, die Ihnen dabei helfen können, ein anderes - oder auch ein altes - Leben zu finden. Ein sicheres jedenfalls." Sie nahm einen Stift auf der Innentasche und schrieb eine Telefonnummer auf eines der Zeitungsprospekte. „Rufen Sie dort an."

Diane sah sie verständnislos an. „Und dann? Was werden die dafür erwarten?"

„Die werden warten, bis Leroy sicher verwahrt ist. Oder tot. Sie werden Ihnen etwas über Leroy erzählen müssen, vielleicht mehrfach. Und dann - dann haben Sie es geschafft, Diane. Dann haben Sie es geschafft."

„Wer zur Hölle sind Sie, dass Sie ernsthaft wagen, hierher zu kommen, mich zu bedrohen und derart in mein Leben einzudringen? Ist es ihnen noch nicht jämmerlich genug? Müssen Sie sich an dem ergötzen? Ja? Ist es das?" Es war eine Mischung aus Geringschätzung, Bitterkeit, Wut und Verzweiflung, die aus Diane hervorbrachen und die sie in scharf gesprochenen Worten der Fremden entgegen schleuderte. „Was nehmen Sie sich eigentlich heraus!"

Eine Traurigkeit legte sich auf Noir, die sie nur schwer verbergen konnte. Sie konnte es ihr nicht verübeln; Matthew und sie hatten sie unvorbereitet in Erinnerungen und Gefühle gezwungen, die sie jahrelang zu vergessen versucht hatte. Dass sie nun unkontrolliert aus ihr herausbrachen, konnte sie ihr nicht vorwerfen. „Rufen Sie da an." sagte sie erneut und wandte sich zum Gehen. „Danke für Ihre Zeit. Und entschuldigen Sie den... Überfall." Vor der Kommode blieb sie noch einmal stehen. Mit dem Rücken zu ihr gewandt ging sie die Post erneut durch und sagte, ohne sich umzudrehen: „Der Brief vom Stromversorger ist da." Ein leises Rascheln, und Diane spürte eine unhaltbare Wut in sich aufsteigen. Was nahm sich diese Frau eigentlich heraus, *ihre* Post zu öffnen? Die inzwischen wieder geladene und griffbereite Waffe an der Hüfte der Frau war der einzige Grund, weshalb sie ihr nicht das Papier aus der Hand riss, während die Fremde offenkundig die Ankündigung der Stromsperre las. Mit einer Hand in der Hosentasche stand sie für ihr Gefühl unangemessen lässig da und nahm sich ungefragt Kenntnis über private Details, von denen Diane nicht wollte, dass jemand die Details kannte. Sie ärgerte sich, das Thema überhaupt angesprochen zu haben.

Sehr umständlich stopfte die Fremde das Papier zurück in den Umschlag. „Rufen Sie die Nummer an, die ich Ihnen gegeben habe." sagte Noir ein letztes Mal ohne sich umzudrehen. Mit beiden Händen tief in den Taschen verließ sie mit kraftvollen Schritten das Appartement, während die Stimme in ihrem Kopf die Beschimpfungen aufgegeben hatte und nur das Gefühl hinterließ, dass sie eine alte Närrin war und getreten gehörte.

Diane stand neben dem fressenden Kater und benötigte einen Moment, um sich zu beruhigen. Sie verstand nicht, was hier gerade passiert war, wer die Menschen waren, warum sie überhaupt mit ihr hatten reden wollen. Über Leroy, nach all den Jahren. Diese Menschen, die sich das Recht genommen hatten, sie in all diese Dinge zurückzuwerfen, sie mit all dem zu konfrontieren, das sie ein für allemal aus ihrem Leben streichen wollte. Erstmals seit Jahren empfand sie wieder Hass.

Mit kräftigen, stampfenden Schritten ging sie zur Wohnungstür, die die Eindringlinge offengelassen hatten. Mit einem lauten Schlag, der sie innerlich befriedigte, ließ sie sie ins Schloss knallen und legte die Sicherheitsriegel vor. Niemand würde diese Tür heute noch mal öffnen.

Die Post lag gut sichtbar auf der Kommode, oben auf der Brief der Elektrizitätswerke. Das war sie also, die gefürchtete Ankündigung. Nun gut, sie musste sich dem stellen. Mit straffen Schultern bereitete sie sich darauf vor, das Datum zu erfahren, und nahm den Umschlag auf. Mit saurem Geschmack im Rachen betrachtete sie den Riss an der Seite des Umschlages. Musste sich die Fremde auch noch daran ergötzen, dass sie einen vergleichsweise kleinen Betrag von vierundachtzig Dollar nicht begleichen konnte? Und zwar so sehr nicht begleichen konnte, dass ihr deshalb der gesamte Strom abgestellt werden würde. Bitter wünschte Diane ihr, dass es ihr der Elendsvoyeurismus wenigstens die Genugtuung bereitet hatte, die sie dabei gesucht hatte.

Mit einem Seufzen zog sie das Schreiben aus dem Umschlag. Die Bewegung war so energisch gewesen, dass er weiter aufriss, und vier kleine Stücke Papier herausfielen und durch die Luft wirbelten. Erst dachte Diane, dass sich Coupons aus den Beilagen gelöst hatten oder dass es Werbung war, doch als sie sich bückte, um sie aufzuheben, blickte sie in das stoische Gesicht von Benjamin Franklin. Ungläubig ging sie in die Knie und hob ganz sacht die Scheine auf. Sie drehte sie in der Hand, doch sie sahen echt aus, fühlten sich echt an. Sie faltete den Brief auseinander und las, was sie bereits erwartet hatte: letzte Zahlungsfrist achtundvierzig Stunden, sonst sei am Folgetag der Strom weg. Dazu der geschuldete Betrag von dreiundachtzig Dollar und sechsundzwanzig

239

Cent.

Diane ließ sich auf den Boden sinken, die vierhundert Dollar in der einen Hand, das Geld in der anderen. Kurz überlegte sie, ob ihr Sachbearbeiter bei den Elektrizitätswerken vielleicht Mitleid gehabt hätten und eine ältere Dame nicht hilflos zurücklassen wollten, verwarf den Gedanken aber schnell wieder. Sie kannte den Mann, hatte lange und oft mit ihm gesprochen und auf eine Ratenzahlung gehofft, die ihr versagt worden war. Nein, es war nicht von ihm, da war sie sich sicher.

Eine Weile saß sie da, Barry inzwischen neben ihr, der sich genüsslich das Mäulchen leckte, und sah auf das Geld. *Der Mann, oder die Frau vielleicht...* „Aber warum?" fragte sie ungläubig, doch Barry blieb ihr eine Antwort schuldig.

E L F

Zac Reddington war überrascht. Er hatte über seinen Lehrbüchern gebrütet, als es geklopft hatte, da war die Tür schon mit einem kräftigem Stoß geöffnet worden. Ein Mann und eine Frau standen direkt im Türrahmen und versperrten den Weg, was unüblich genug war. Die dunklen Anzügen und die Abwesenheit jedweder individuellen Dinge an ihnen machten sie beliebig und austauschbar.

Sein Mitbewohner war aufgesprungen und hatte versucht, in einem Satz den Schreibtisch zu erreichen, während sich der Mann in den Raum schob.

„Uns interessieren eure Drogen nicht." sagte Cooper kühl und sah auf die klägliche Menge schlecht gepresster Pillen, die halb verborgen unter einem Stapel Bücher lagen. Der Form und Prägung nach sollte es sich nicht um MDMA handeln, oder der Produzent versuchte, den Pillen eine eigene Note zu geben - was unklug war, weil es den Wiederverkauf erschwerte. Nein, Cooper ging davon aus, dass es sich um Ritalin handelte oder zumindest vorgab, Methylphenidat zu beinhalten. Ohne weiter auf Zacs Mitbewohner zu achten, nahm er das Tütchen mit Tabletten auf und steckte es ein. Zwischen den Fenstern fand er seinen Platz, verschränkte die Arme vor der Brust und sah beide jungen Männer ernst an. Ellis hatte inzwischen die Tür geschlossen und sich vor ihr positioniert.

„Wir sind Ihretwegen hier, Zac." sagte sie ruhig. „Nicht, um Ihnen Schwierigkeiten zu machen. Jedenfalls nicht unbedingt. Wir möchten gern mit Ihnen über einen Kunden reden, den Sie in der Nacht auf Mittwoch bedient haben."

„Okay." antwortete Zac gedehnt. „Ist was passiert?

Sind Sie von der Polizei?"

„So ungefähr." antwortete Cooper, sah sich jedoch nicht veranlasst, eine Alternative zu präsentieren.

Das hielt Zac nicht davon ab, es dennoch wissen zu wollen. „Und warum soll ich mit Ihnen reden?" Zwei Fremde, die ohne sich auszuweisen in sein kleines Zimmer eindrangen und ihn und seinen Freund bedrängten, waren in seinen Augen keine angenehmen Gesprächspartner.

Plötzlich weiteten sich seine Augen. „Ich habe nichts aus der Kasse genommen!" sagte er mit Nachdruck und sah panisch von einem zum anderen. „Das weiß der Chef aber auch. Ich habe ihm schon x Mal gesagt, dass es die neue Kollegin ist, die in die Kasse greift!"

„Sie können meinetwegen so viel aus der Kasse nehmen, wie Sie wollen." ließ Cooper kalt fallen. „Das geht uns am Arsch vorbei."

Ellis warf ihm einen mahnenden Blick zu, dem er unbeteiligt entgegnete.

„Weil Sie helfen können, einen Mörder zu finden. Und weitere Opfer zu verhindern." sagte Ellis und schenkte Zac einen freundlichen Blick. Sollte Cooper sich äußern, wie er wollte, sie war nicht bereit, sich darauf einzulassen. Sie verließ den Posten an der Tür und trat auf Zac zu.

„Denk nicht mal dran." knurrte Cooper drohend, während Zacs Zimmernachbar seine Chancen ausrechnete, jetzt durch die Tür entschwinden zu können.

„Brauchen wir den Sicherheitsdienst hier?" fragte Zac und sah von einem zum anderen. Diese fear-then-relief-Masche störte ihn massiv.

„Ihre größte Chance auf Sicherheit sind wir, Mr. Reddington. Die können wir Ihnen aber nur bieten, wenn Sie mitarbeiten." sagte Ellis eindrücklich. Sie bemühte sich um einen so freundschaftlichen wie bittenden Ton. Zac sollte sich nicht nur eingeschüchtert, sondern auch wirkungsvoll fühlen. „Sie sind bisher der einzige, der uns aktuelle Auskunft zu diesem Mann geben kann."

Sie zog ein Bild von Leroy McCarthy aus der Tasche und

hielt es Zac hin, der es zögernd entgegennahm. Augenblicklich verzog sich sein Gesicht. „Ach, der Stinker."

„Was meinen Sie?" fragte Ellis nach, froh, dass der junge Mann sich konkret an ihn erinnern konnte.

„Als der den Laden nur betrat, hat er eine riesige Wolke aus Zigarettengestank mitgebracht. Richtig widerlich." Die Erinnerung daran ließ ihn die Nase rümpfen. „Als er an die Kasse gekommen ist, hab ich ein Würgen unterdrücken müssen. Es war kaum ein Atmen möglich."

„Erinnern Sie sich, an welchem Tag er bei Ihnen war?"

Er überlegte. „Diese Woche. Wann genau, kann ich jetzt nicht mehr sagen. Mittwoch, sagten Sie doch?"

Ellis spürte, wie sich ihre Schultern entspannten. „Was hat der Mann in Ihrem Laden gemacht?" fragte sie ruhig.

Verständnislos starrte Zac sie an. „...eingekauft?" fragte er dann, als sei er nicht sicher, ob es sich um die gewünschte Antwort handelte. „Und einen Brief abgegeben."

„Mr. Redding, der Mann auf dem Bild hat einen Brief aufgegeben." wiederholte Ellis. „Erinnern Sie sich daran, an wen der Brief gerichtet war?"

„Puh..." Zac dachte angestrengt nach, schüttelte aber immer wieder den Kopf. „Nein... Er hat die Briefmarke gekauft. Mit einer Kreditkarte bezahlt, was schon seltsam war. Seinen Einkauf hatte er noch bar bezahlt, den Brief dann nicht. Ihm hat wohl Kleingeld gefehlt. Oh! Und eine Packung Mundspray oder so!" Er lächelte verständnislos. „Das war wohl der nötigste Kauf, den ich je erlebt habe."

„Aber daran, wohin oder an wen der Brief ging, haben Sie keine Erinnerung mehr?" hakte Ellis nach, doch Zac blieb dabei. „Nein, nichts. Ich achte auf so etwas nicht, es geht so viel über den Tisch, wissen Sie?"

„Was hat er sonst noch gekauft?" fragte Cooper. Im Gegensatz zu Ellis' weicher, femininer Stimme wirkte er brüsk und unfreundlich.

„Fast Food. Konserven, meine ich. Beef jerky, daran kann ich mich ziemlich gut erinnern. Er hat fast alles mitgenommen, was wir davon hatten. Keine Zigaretten!" fügte er hinzu und lachte auf. „Ehrlich gesagt hat mich das am allermeisten irritiert. Aber vielleicht hat ihm der eigene Geruch gereicht, der sollte ein paar Tage vorhalten."

„Hat er irgendetwas erwähnt, von wo er kommt oder wo er hin will? Oder hat er sonst etwas gesagt?"

„Nein. Er musste nur den Umschlag erst aus dem Auto holen, er hatte erst drinnen festgestellt, dass man auch Post aufgeben kann. Da hatte er schon eingekauft und auch bezahlt."

Cooper richtete sich ruckartig auf und zog damit die Aufmerksamkeit auf sich. „Er hat den Brief nicht erst bei euch geschrieben?"

„Nein. Den hat er irgendwo hergeholt. Die ganze Kiste mit der Post hat gestunken, er wird den also eine Weile mit sich herumgetragen haben."

Ellis nickte langsam. „Wo könnte der Brief jetzt sein?" fragte sie Zac, der wieder auflachte. „Wenn er nicht verloren gegangen ist, dann beim Empfänger. Oder wenn er ins Ausland gegangen ist... aber ich meine, er hätte eine fünfzig Cent Marke gekauft. Wird also Inland gewesen sein."

„Ist Ihnen noch etwas aufgefallen? Ganz gleich, wie unwichtig es Ihnen erscheint. Versuchen Sie, sich zu erinnern."

Zac kniff die Augen zusammen und ging seine Erinnerungen durch, während Cooper seinen Blick durch das Studentenzimmer wandern ließ. Ein wenig unordentlich, viele Bücher und noch viel mehr Notizen. Ein paar Bilder von leicht bekleideten Frauen an den Wänden. Nichts, was er nicht erwartet hätte. Kritisch beobachtet von Zacs Zimmernachbarn, der nahezu bewegungslos auf seinem Bett verweilte, zog er die kleine, schmale Tüte aus Plastik hervor und schob die drei Pillen darin hin und her.

„Ritalin? Amphetamin?" fragte er und sah den

jungen Mann an. Der rührte sich nicht.

„Was zahlt man hier so dafür?"

Der starrte nur zurück, antwortete nicht.

Cooper hielt sie sich prüfend vor die Augen, nahm eine Tablette heraus und prüfte die Oberfläche und die Textur.

„Die ist keine zwei Dollar wert." sagte er abschießend, packte die Pille wieder in die Plastikhülle und warf sie zurück auf den Schreibtisch. „Da hat dich jemand über den Tisch gezogen, mein Freund. Aber so richtig."

Ellis sah ihn strafend an, konzentrierte sich aber wieder auf Zac.

„Ich weiß nicht, wo er den Brief hergeholt hat, aber er war ein paar Minuten weg. Hat also nicht auf unserem Parkplatz gehalten." sagte er schließlich. „War vielleicht drei oder vier Minuten weg. Er hat seine Einkäufe so lange bei uns gelassen, obwohl die schon bezahlt waren. Das machen wenige. Ansonsten...? Er wirkte... verschwitzt, aber hey, es ist Sommer und das hier ist Nevada. Wer hier nicht schwitzt, lebt nicht mehr. Doch! Er hatte nicht so besonders gut geputzte Zähne. Wenn er sprach, sah man so dicke Ränder unten an den Zähnen." Er zeigte demonstrativ seine Frontzähne und deutete auf den Übergang zum Zahnfleisch. „Ich schätze, es hat auch gerochen, aber das ist wohl im Zigarettengeruch untergegangen."

Er dachte noch eine Weile nach, aber es fiel ihm nichts mehr ein. Ellis verständigte sich kurz mit Cooper, dass sie hier fertig waren, und erhob sich schon, als Zac sich noch einmal zu Wort meldete.

„Ein Mörder, ja?" fragte er, den Kopf zweifelnd schiefgelegt. „Wirklich? Oder haben Sie das nur gesagt, damit ich mit Ihnen rede?"

„Zum jetzigen Zeitpunkt müssen wir davon ausgehen, dass ich recht habe." antwortete Ellis.

„Und Sie suchen ihn?"

„Ja."

Zacs Gesicht wurde sehr ernst. „Wird er mich aufsuchen?

245

Bin ich in Gefahr?"

„Nein." entgegnete Ellis, und ihre Stimme verlor ihre sympathische Weiche. „Wir erledigen das."

Sie waren schon an der Tür angekommen, als Zacs Nachbar unruhig wurde. Nach einigen unverständlichen Drucksen überwand er sich: „Keine zwei Dollar?" fragte er unsicher.

Cooper lächelte mitleidig. „Wahrscheinlich nicht mal einen. Du brauchst einen besseren Dealer, Kleiner."

Ellis warf ihm erneut einen wütenden Blick zu, während sie sich über den Flur entfernten.

„Du kannst den Scheiß echt nicht lassen, oder?" fragte sie mit unterdrückter Wut.

Cooper ließ sich durch ihre Strenge den Spaß nicht nehmen. „Das war Süßstoff." lachte er. „Wahrscheinlich das Zeug, das man in jedem Supermarkt in den großen Dosen kaufen kann. Das einzige, was er davon bekommen wird, ist Dünnschiss."

„Halte einfach deinen Mund." grummelte Ellis und zog die Sonnenbrille über die ärgerlich zusammengezogenen Augenbrauen. Sie fühlte sich gestresst; der plötzliche Wetterwechsel schlug ihr deutlich auf den Kreislauf, und die Kopfschmerzen, die sie bereits im Flugzeug gespürt hatte, wurden hämmernder. Sie wollte nur Ruhe und Stille um sich haben.

„Wenn der ganze Bums hier schon sinnlos war, kann ich doch wenigstens Spaß haben." sagte Cooper belustigt. Mit einem charmanten Lächeln auf den Lippen lief er leichtfüßig neben Ellis her, wissend, dass die Collegemädchen ihn interessiert musterten. Eine kleine Streicheleinheit für sein angeschlagenes Ego.

Sie waren inzwischen auf dem Campus angekommen und bahnten sich ihren Weg durch die Studentenströme.

„Hör mal." sagte er schließlich.

Genervt warf sie ihm einen Blick zu, antwortete jedoch nicht.

„Was war da los heute Morgen? Was hat Noir

246

gemeint, im Flieger?"

Auch diese Fragen waren Ellis keine Antwort wert. Es ging Cooper einfach nichts an, und sie spürte nicht die geringste Lust, darüber zu sprechen. Vielleicht fühlte Cooper auch nur vor und wusste bereits, um welches Thema es sich drehte - auch wenn sie selbst nicht mehr ganz wusste, welches es war. Nicht einmal darüber wollte sie nachdenken. Das Bedürfnis nach Stille wurde lauter in ihr, und die Geräusche der Menschenmengen und seine Stimme wurden immer unerträglicher.

„Habt ihr zusammen gesoffen?" Cooper fand Gefallen an der Neckerei. „Ist es das?"

Noch immer war Schweigen alles, was er erhielt. Ellis zog ihr Handy hervor und schickte Noir eine Nachricht mit den Ergebnissen der Befragung.

Leroy war definitiv in dem Laden. Er war es auch, der Boises Kreditkarte eingesetzt hat. Keine Überwachungsbänder, die Kameras sind Attrappen. Hat einen Brief verschickt, der vorbereitet war, müsste inzwischen zugestellt worden sein. Postoffice?

„Hey, komm schon, ich bin..."setzte Cooper erneut an, doch Ellis spürte, dass die Wut sich ihren Weg bahnte. Etwas in ihr zerriss, von dem sie nicht gewusst hatte, dass es brüchig war.

„Herrgott, Cooper! Es reicht!" herrschte sie ihn laut an. „Lass es! Lass es einfach! Wieso kannst du nicht einfach mal Ruhe geben? Wieso kannst du dich nicht um deine eigenen Dinge kümmern? Wieso... wie..." Wie durch ein Fenster beobachtete Ellis sich selbst und konnte nicht anders als sich über sich selbst zu wundern. Sie sah sich in Rage, laut und ungehalten, vollkommen untypisch für sie. Ihre Reaktion konnte sie sich nicht erklären, nicht einmal begreifen, und zugleich auch nicht aufhalten. So blieb ihr nichts anderes übrig als abzuwarten, was passieren würde.

Ohne noch Worte zu finden starrte sie Cooper an, der überrascht, aber nicht weniger amüsiert vor ihr stand, und spürte, wie Verzweiflung in ihr aufstieg. Wütend

247

schnaubte sie und drehte sich um. Sie wusste nicht, was sie noch sagen sollte, sie wollte nur fort.

Das Auto parkte nicht weit entfernt, und sie stürmte darauf zu, schwang sich auf den Fahrersitz und schlug energisch die Tür zu. Für einen Moment war sie umgeben von einer Blase aus Stille und Bewegungslosigkeit. Alles, was sie noch hörte, war ihr eigener stoßweiser Atem und das Blut, das in ihren Ohren rauschte. Erschöpft legte sie den Kopf auf das Lenkrad, schloss die Augen und versuchte, sich wieder unter Kontrolle zu bringen.

Nur langsam senkte sich ihr Herzschlag. Die Stille und Dunkelheit fühlen sich sicher an.

Cooper stand vor dem Wagen und beobachtete Ellis amüsiert und überrascht. Eine solche Reaktion hatte er bisher bei der distanzierten und kühlen Frau weder mitbekommen noch erwartet, und Unerwartetes weckte immer seine Neugier. Ellis und er hatten kein allzu enges Verhältnis. Er würde es mit ‚professionell' beschreiben: Es gab nichts, was zwischen ihnen stand, aber auch nichts, was sie über die Arbeit hinaus verband. Entsprechend war ihr Umgang freundlich, aber nicht freundschaftlich. Nah genug, um den anderen derart aufzubringen, hatten sie sich nie gestanden. Er hatte sie nicht verletzen wollen, sondern nur etwas spötteln. Und doch hatte er sie offenbar mit etwas getroffen.

Er ließ noch einen Moment verstreichen, dann öffnete er langsam und vorsichtig die Tür. Ellis ließ den Kopf weiterhin auf dem Lenkrad ruhen und sagte nichts.

Betont langsam schob Cooper sich auf den Beifahrersitz und schloss die Tür.

„Was brauchst du gerade, Ellis?" fragte er und legte ihr eine Hand auf die Schulter.

„Nichts. Es tut mir leid." nuschelte sie. „Ich habe überreagiert. Ich bin einfach sehr gestresst im Augenblick."

Cooper schwieg einen Moment und wartete, bis er merkte, dass Ellis sich unter seiner Hand entspannte. „Allein der

248

Wetterumschwung macht einem wirklich zu schaffen, ich merk das ja auch. Und wir sind alle ziemlich k.o." sagte er dann. „Was hältst du davon, wenn wir Pause machen? Momentan gibt es nichts, was wir machen könnten, was wirklich sinnvoll wäre."

„Ich habe furchtbare Kopfschmerzen." antwortete Ellis kraftlos. „Vielleicht ist es wirklich das Wetter."

„Komm, lass uns die Plätze tauschen. Ich halt kurz Rücksprache und bring dich zur Base zurück. Dort bekommst du erst einmal etwas Wasser und eine bessere Klimaanlage." Cooper deutete an, seinen Platz zu verlassen. „Du kannst schon ein wenig zur Ruhe kommen, wenn du nicht fahren musst."

Sie überlegte, ob ein Widerspruch erfolgreich wäre und vor allem, ob er sinnvoll war. Die Befragung von Zac Reddington war ziemlich überflüssig gewesen; er hatte nur bestätigt, was sie ohnehin schon vermutet hatten, nämlich dass Leroy den Laden aufgesucht hatte. Darüber hinaus waren keine weiteren Informationen gewonnen worden, und auch ein Brief, der vor inzwischen beinahe zwei Tagen aufgegeben worden war, wäre nicht mehr in den Lagern der Post zu finden.

„In Ordnung." stimmte sie schließlich zu. Der Weg heraus aus ihrer stillen, kühlen Blase des Autoinneren und der Weg um den Wagen fielen ihr schwer, und sie war froh, sich wieder setzen zu können.

Die Fahrt verbrachte sie größtenteils mit ge-schlossenen Augen an die Seitenscheibe gelehnt. Die Vibration des Wagens hatte etwas wiegendes, dessen dumpfes Vibrieren ihr gut tat.

anschließend
Spinney Grove

Matthew saß bereits im Wagen und drehte den Umschlag bedacht in den Händen. Die dünnen Latexhandschuhe, die er trug, waren etwas zu klein und gruben sich unangenehm in seine Finger. Noir hatte die Autotür noch nicht ganz geschlossen, als sie selbst nach Handschuhen griff und sie eilig überstreifte.

„Das ist Boises Handschrift." konstatierte Matthew sicher.

Noir nickte energisch. „Das könnte der Brief sein, den Leroy abgeschickt hat." antwortete sie und griff danach. „Abgestempelt hier in Nevada, oder?"

„Ja." Er sah sie besorgt an. „Was läuft hier ab? Warum schreibt er dir persönlich? Kanntet ihr euch?"

Sie schnaubte verächtlich. „Nein. Hier spielt ein Toter mit uns. Das ist auch mal was Neues." Der Frust war ihr merklich anzuhören. „Wir müssen das Ding mit Schutzausrüstung aufmachen. Ich traue Boise alles zu, auch, dass da Anthrax drin ist."

Sie zwängte ihren Oberkörper zwischen den Sitzlehnen hindurch und öffnete eine dort verstaute Kiste. Neben Ersatzmagazinen und den Schutzwesten kam eine längliche, dichte Box mit massiven Wänden zum Vorschein, die mit einem leuchtend gelben BIOHAZARD Warnschild gekennzeichnet war. Der Brief verschwand klanglos im Inneren, ebenso die Handschuhe.

„Ich halte Boise nicht für den Typ, der chemische oder biologische Waffen verwendet." sagte Matthew und warf seine Handschuhe hinterher. „...außerdem hatten wir das Ding sowieso schon so in den Händen."

„Ich auch nicht, aber das alles nimmt hier so absurde Formen an, dass ich es nicht riskieren will. Und ich kriege Probleme mit der Personalabteilung, wenn ich es nicht mache, also rein pro forma: Schmeiß es da rein. Dann ab zu den anderen."

Noir zog das Handy hervor, während Matthew den Wagen wendete und unter konstanter Ignoranz der Geschwindigkeitsbegrenzungen den Rückweg antrat.

Wir haben den Brief. Kein Postoffice, Ellis. Base asap, alle. Isolierraum vorbereiten. schrieb sie an alle, und auch Matthews Handy piepste leise neben ihr, als ihm die

Nachricht zugestellt wurde. Zwar waren Tajo und William ohnehin dort, und Ellis hätte Cooper mit Sicherheit auch informieren, wenn sie nur ihr geantwortet hätte, aber so hatten wenigstens alle die Information, dass ein Brief aufgetaucht war.

„Sie war dir unglaublich sympathisch, was?" stellte Matthew mit einem Lächeln fest. Er erwartete keine Antwort, wollte Noir nur mitteilen, dass er es bemerkt hatte.

Sie warf ihm einen kurzen, nichtssagenden Blick zu und starrte wieder auf die vor ihnen liegende Straße. Sie war gespannt auf das, was in diesem Umschlag sein würde. Offenbar hatte Boise vorhergesehen, dass sie Diane Palmer finden würden; sie waren damit zumindest auf einer Spur, die Boise für sie ausgelegt hatte. Ob sie darauf vertrauen wollte, dass diese Fährte eine ertragreiche oder auch nur die richtige war, wollte sie nicht beurteilen.

„Ich würd gern noch etwas mit dir besprechen." durchbrach Matthew die Stille.

Noir bedeutete ihm, fortzufahren, doch er rang mit sich, wich aus.

„Es ist nicht so einfach."

„Sprich es einfach aus." ermutigte sie ihn. „Genau so, wie es dir durch den Kopf geht. Du weißt, ich mach mir nichts aus political correctness."

„Ich kann mich irren. Und ich möchte nicht, dass ich etwas Kritisches über jemanden sage, das sich dann als falsch herausstellt."

„Herrgott Matthew, worum geht es? Es kann unter uns bleiben, wenn es dir lieber ist."

Matthew warf einen kurzen Seitenblick auf Noir, dann fixierte er wieder die Straße. „Das wäre mir lieb." Seine Finger begannen, unruhig auf dem Lenkrad zu trommeln. „Ich weiß nicht, ob es dir aufgefallen ist. Es ist auch nur mein ganz persönlicher Eindruck, aber ich habe das Gefühl, dass Cooper sich merkwürdig dir gegenüber verhält."

„Merkwürdig?"

„Anders." wich er erneut aus.

„Das ist nicht nur dein Eindruck." antwortete Noir unbeeindruckt. „Das ist so. Der ist momentan etwas scharf auf mich, das ist alles. Ich weiß nicht, was dazu geführt hat, aber es hört auch wieder auf."

Matthew atmete hörbar auf, behielt jedoch den ernsten Gesichtsausdruck bei. „Hast du mal mit ihm darüber gesprochen?"

„Nein, wieso auch. Das ist etwas, das sich auch wieder geben wird. Du kennst Coop doch, der hat selten länger als drei Tage Interesse am selben Weib, und kontrollieren, auf wen er sich einen runterholt, kann ich eh nicht."

Matthew verzog kurz das Gesicht, was Noir ein Lächeln entlockte. „Sorry, du weißt ja. PC und ich, das liegt mir nicht. Zurück zum Thema, gib Cooper mal ein paar freie Abende, damit er sich austoben kann, und dann hat er auch wieder wen anders im Kopf."

Matthew ließ einige Augenblicke verstreichen. „Bist du dir sicher?"

Seine ernsthafte Besorgnis irritierte sie, und sie vergaß für einen Moment die wertvolle Fracht und musterte ihn intensiv. „Was beunruhigt dich? Hat er etwas zu dir gesagt?" fragte sie schließlich.

Auch diese Antwort kam nicht sofort. Matthew rang erneut mit sich, ehe er sich überwinden konnte. „Nein, er hat nichts gesagt. Und Cooper ist ein guter Kerl. Ich mag ihn. Er ist ein Schürzenjäger, auch kein Problem. Aber er ist hartnäckig. Ich mache mir Sorgen, dass... ich denke, dass er es probieren könnte."

„Was, dass er mich anbaggert?"

Vorsichtig sah er noch einmal zu ihr herüber. „Es täte mir sehr leid, wenn er das täte, ohne dass du darauf vorbereitet bist."

Dieses Mal forderte es Anstrengung, ein mildes Lachen hervorzubringen. „Falls er das versuchen sollte, ist er nicht der erste Mann, dem ich eine Abfuhr erteile." sagte Noir so leicht wie möglich und entgegen ihrem Gefühl. „Ich kann schon auf mich aufpassen, und er wird's überleben. Es ist ein rein sexuelles Interesse bei ihm, das nichts mit mir als Person zu tun hat. Der muss einfach mal wieder einen wegstecken, und gut ist's." Sie musterte ihn, sah, wie sich die Falten tiefer in seine Miene gruben und sein Mund schmal und klein wurde.

„Bist du dir da sicher?"

„Cooper ist nicht der Typ, der sich verliebt, falls du das meinst." entgegnete sie kühl. „Flachlegen und weitergehen."

Matthew schwieg.

„Denkst du, dass ich darauf eingehen will?"

Ein Kopfschütteln. „Nein. Aber darum geht es mir auch gar nicht." Kurz entschlossen fuhr er rechts heran und hielt an.

Noir hob die Augenbrauen; das war Frage genug.

„Ich sage dir das nicht als dein Mitarbeiter. Auch, wenn ich mich damit weit aus dem Fenster lehne, sage ich dir das als Freund. Wir sind ein gutes Team, und ich möchte, dass das so bleibt. Sexuelle Spannungen gab es bei uns nicht. Und ich möchte nicht, dass sie entstehen und du dich unwohl fühlst."

Für einen Moment sah sie Matthew an und wusste nicht, wie sie reagieren sollte. „Wieso denkst du, dass es mich in irgendeiner Art und Weise belasten könnte? Wirke ich so fragil?" fragte sie, bemüht, den Blickkontakt zu halten.

„Ich kenne Cooper. Ach scheiße!" Er schlug auf das Lenkrad und löste unabsichtlich die Hupe aus, die kurz über die leere Straße schallte. „Ich sag's jetzt einfach. Du bist gerade erst zur Ruhe gekommen. Und Cooper kennt keine Moral. Er mag sich im Zaum halten, weil sein Erbsenhirn das Thema Hierarchie noch irgendwie begreift - *noch*. Ich hab Angst, dass..."

„Dass?" Noir spürte, wie sie sich verspannte.

„Dass er dich bedrängt und es dir deswegen

schlecht geht." fasste Matthew zusammen. „Ich kann das nicht genauer sagen. Bitte versteh mich."

Sie rang sich einen entspannten Gesichtsausdruck ab. „Ich finde es wirklich lieb von dir, dass du es überhaupt erwähnst, und dass du dir Sorgen deswegen machst. Aber Cooper wahrt mir gegenüber die Grenze, und falls er die je überschreiten sollte, wird er eine unmissverständliche Antwort bekommen. Ich kann Männer sehr gut auf Distanz bringen, wenn es nötig ist. Mir ist nur nicht klar, wieso du mich als so zerbrechlich wahrnimmst."

Sie sah, dass sich Matthews Wangen leicht färbten. Er wandte sich ab.

„Es ist unangemessen. Wahrscheinlich genau so unangenehm wie Coopers Tour momentan." sagte er. „Ich kenne dich ja jetzt auch schon viele Jahre, und ich weiß eigentlich auch, dass du das allein geregelt bekommst. Ich hab manchmal das Gefühl, Ellis und dich irgendwie... beschützen zu müssen. Ich weiß, ich bin nicht dein... ach, vergiss es. Entschuldige."

Etwas zu hastig ließ er den Wagen wieder starten und kehrte auf die Straße zurück, ließ das Fahrzeug schnell beschleunigen.

Ein Lächeln bahnte sich auf Noirs Lippen. „Einen großen Bruder kann jeder gebrauchen." führte sie seinen Gedanken zu Ende und drückte kurz Matthews Unterarm. „Danke dafür, dass du auf mich aufpassen willst. Ich kann das aber wirklich alleine, ganz besonders in diesem Fall. Aber," sie wartete, bis sie seinen Blick kurz abfangen konnte. „danke, Matt."

Sie spürte, wie eine Gänsehaut über ihre Arme kroch, die nichts mit der Klimaanlage zu tun hatte. Es war wichtig gewesen, Matthew aus der Verantwortung zu nehmen - tatsächlich war es andersherum, sie hatte dafür Sorge zu tragen, dass er heil und gesund wieder nach Hause kam. Dafür mussten sich die anderen auf sie verlassen können, und das ohne das Bedürfnis, sie besonders schützen zu müssen. Allein die Geste, sich besorgt zu zeigen, hatte sie allerdings unerwartet berührt. Sie wusste darum, dass sie wenig sozial und noch weniger emotional beeindruckbar wirkte. Aber was für Führung nützlich war, machte einsam.

Keep your circle small.

Für sie fühlte sich die Einsamkeit sicher an.

Matthew kratzte an den Grundfesten dieser Überzeugung, und es war nicht so schmerzhaft, wie sie befürchtet hatte.

Matthew rang sich ein gequältes Lächeln ab. Ihm war das Gespräch offenkundig unangenehm, aber wichtig. „Ich hab das Gefühl, der Chef tut dir gut." fügte er hinzu, den Blick wieder starr auf die Straße gerichtet.

„Wie darf ich das verstehen?"

„Seitdem ihr zusammen seid - naja, jedenfalls seitdem wir überhaupt wissen, dass ihr zusammen seid -, wirkst du zufriedener. Ein wenig angekommen."

„Wie war ich denn vorher?"

Er überlegte. „Du warst auf einem Selbstzerstörungstrip, denke ich. Unsere Arbeit zeichnen sich ja allgemein eher nicht dadurch aus, dass sie besonders harmlos ist, aber eine Zeit lang... bist du wirklich über alle Grenzen gegangen. Wir waren im Team gespaltener Meinung, ob es Genie oder Wahnsinn war." Er lachte entschuldigend, wurde jedoch schnell wieder ernst. „Ich hatte den Eindruck, dass es dir ziemlich schlecht geht. Wenn ich ehrlich sein soll: Dass du versuchst, tödlich verletzt zu werden. Das hat irgendwann aufgehört, ich wusste nicht, warum, ich war nur dankbar dafür. Dann hast du wieder mehr gelacht, und irgendwann war dann klar, dass ihr ein Paar geworden seid. Inzwischen wirkst du manchmal gelöst. Ich möchte nicht, dass Cooper eine Situation provoziert, wegen der es wieder anders wird."

„Ich weiß nicht, was ich dazu sagen soll." gestand Noir aufrichtig. Matthew hatte Recht in dem, was er sagte, und war dennoch der erste, der es ihr gegenüber direkt aussprach. Es wunderte sie, dass sie sich selbst nie gefragt hatte, in wie weit ihre eigene Dunkelheit auch von

255

anderen wahrgenommen worden war.

„Dann sag gar nichts." Die Erleichterung, diese Unterhaltung hinter sich gebracht zu haben, stand ihm ins Gesicht geschrieben. „Wir sind in etwa einer halben Stunde da."

„Saved by the bell." sagte Noir und zog das vibrierende Handy aus der Tasche.

Komm her. Sofort. stand unter Tajos Nummer. Den Gedanken, Näheres zu erfragen, verwarf sie sofort; offenbar war es brisant genug, dass Tajo es nicht ausführen wollte, dann würde er es auch auf Nachfrage nicht tun.

„Es geht in die heiße Phase." sagte sie. „Zeig mal, was die Karre kann."

ZWÖLF

Bei der Unterkunft handelte es sich um einen groß-flächigen Ferienbungalow, der abseits des Zentrums von Las Vegas im Vorort Spring Valley lag.

William lag in einem abgedunkelten Zimmer und bewegte sich im Grenzbereich von Schlaf und Bewusstsein. Sein Kopf schmerzte nur noch leicht, sein Magen meinte es weniger gut mit ihm. Ein paar Stunden hatte er tief und traumlos schlafen können, dann war er unruhig geworden und dem Schlaf immer wieder entflohen, wenn auch nicht lang. Schließlich hatte sein Geist sich soweit gesammelt, dass er versuchte, sich zu orientieren.

Sein Blick glitt seinen Arm hinauf, über eine Venennadel und einen dünnen Schlauch bis zu einem fast leeren Plastikbeutel, der provisorisch an einem Nagel in der Wand aufgehängt worden war. Tajo hatte sie gelegt, daran erinnerte er sich dunkel. Sie schien die Wirkung nicht zu verfehlen, denn im Vergleich zu seinem Befinden im Flugzeug fühlte er sich bedeutend besser, nur die Scham lag schwer auf ihm.

Mühsam richtete er sich im Bett auf. Neben ihm stand ein Eimer, bis auf eine kleine Wasserpfütze leer, auf dem Nachtschrank einige Glasampullen und steril verpackte Nadeln. Auch wenn sich seine Augen langsam an die Dunkelheit anpassten, konnte er die Schrift nicht lesen, und so blieb es eine Überraschung für ihn, welche Dinge gerade in seinem Blut zirkulierten. Was immer es war, es funktionierte.

Neben dem Fenster bewegte sich etwas. Nur schemenhaft konnte er die Umrisse eines Mannes wahrnehmen, der dort auf einem Stuhl saß und ihn beobachtete.

„Willkommen zurück unter den Lebenden." sagte Tajo mit gedämpfter Stimme. „Geht es dir besser?"

257

„Mir geht's gut, danke. Tut mir leid, dass sie dich als Babysitter abgestellt haben." entgegnete William mit noch belegter Stimme und zog sich die Infusionsnadel aus dem Arm. „Scheiße, Mann." war sein Resümee des Tages.

„Passiert den Besten von uns." winkte Tajo ab und stand auf, um William zu helfen, doch dessen Stolz - so angekratzt der auch war - ließ ihn allein auf die Beine kommen.

„Wie spät ist es eigentlich?" fragte er, während er die Jalousien öffnete und plötzlich in gleißendem Licht stand. „Und wessen Klamotten habe ich überhaupt an?"

„Die Shorts sind von mir, das Shirt ist von Matthew. Wir mussten dich umziehen, du hast dich ziemlich bespuckt. Und es ist etwa halb zwei. Es gibt gleich die nächste Besprechung, du bist rechtzeitig wach geworden."

Ein undefinierbarer Laut gab an, dass William verstanden hatte. Gut, so gab es wenigstens zeitnah das Donnerwetter.

„Was habe ich verpasst?" fragte er und spürte das deutliche Verlangen nach einer Dusche. „Wo ist eigentlich das Bad?"

Tajo deutete auf die Zimmertür. „Den Flur runter, die letzte links. Brauchst du Hilfe?"

„Um Gottes Willen." William rang sich ein Lächeln ab. „Das kriege ich noch allein hin." Mit wackeligen Beinen durchquerte er das Zimmer und trat auf den hellen Flur hinaus. Seine Muskeln fühlten sich steif und unbeweglich an, die Gelenke schmerzten. Er beschloss, dass es das mit dem Alkohol gewesen war für ihn, wie er es in früheren Jahren immer beschlossen hatte, wenn er mit einem herz- und magenerweichenden Kater aufgewacht war. Er war gespannt, ob dieser Entschluss länger anhalten würde als die damaligen.

„Hey, wieder fit?" hörte er aus einem anderen Zimmer. Cooper lehnte sich in den Türausschnitt und winkte.

„Ja, danke. Alles wieder gut." William hatte nicht daran gedacht, die Einstichstelle abzudrücken, und ein sehr dünnes Rinnsal Blut bahnte sich seinen Weg zwischen den Haaren auf seinem Oberarm. Es hatte etwas beruhigendes, auch wenn er nicht wusste, weshalb. Sorgsam verschloss er die Badezimmertür hinter sich und atmete tief durch. Toilette zuerst, dann die Dusche.

„Wir warten nur noch auf Matti und Noir." rief Cooper durch die Tür. „Scheint heiß zu werden."
William wusste nicht genau, was Cooper gemeint hatte und wollte es vorsichtshalber zu diesem Zeitpunkt auch nicht wissen. Diffuse Bilder geisterten durch seine Erinnerungen, während er vor der Toilette stand. Bilder aus der Bar in Lexington, aus dem Flieger, von dem Transport vom Flughafen ins Haus. Alles war unscharf, die Bilder zitterten beinahe, ließen Grenzen verschwimmen und verzogen die Körper in groteske Formen.
Für einen schrecklichen Augenblick fragte er sich, ob es bei der Knutscherei mit der Fremden geblieben war, oder ob er sich dazu hinreißen lassen, mit ihr zu schlafen. Sein Magen versetzte ihm einen festen Hieb - falls ja, hatte er verhütet? Kondome hatte er nicht dabei gehabt, soviel war klar; seitdem er mit Ellis schlief und sie hormonell verhütete, hatte er nie welche zur Hand.
Nein, würde er schon nicht, versuchte er sich zu beruhigen. Bei dem Ausmaß an Alkohol, das er getrunken hatte, wäre es ihm auch kaum möglich gewesen. In einem Anflug von Panik sah er auf den Penis in seiner Hand, der sich klein machte.

„Hast du nicht." sagte er leise zu sich selbst. „Hast du nicht. Alles gut."
Die Unsicherheit blieb.
Als er aus der Dusche stieg, hörte er draußen ein Auto mit quietschenden Reifen vorfahren. Die Eile wurde in den raschen Schritten fortgesetzt, die durch die Haustür sprangen. Noch bevor Noir alle zusammenrufen konnte, hörte er Tajos tiefe Stimme, die gedämpfte Worte sprach,

danach Türklappen und es wurde still. Eine Gnadenfrist.

Mit einem Handtuch um die feuchten Hüften verließ er das Bad und sah sich etwas hilflos um. „Wo sind eigentlich meine Sachen?"

Tajo schloss die Tür hinter Noir. Sein Gesichtsausdruck war ernst und besorgt. Ohne weiteres zu sagen deutete er auf seinen PC, den er neben dem Fenster stehen hatte.

Noir wischte sich den Schweiß von der Stirn, den der kurze Weg vom Wagen zum Haus hervorgetrieben hatte, und beugte sich über den Bildschirm. Das beruhigende Gefühl, das sie mit Matthew empfunden hatte, verschwand augenblicklich und wurde von Kälte ersetzt. Kurz blickte sie zu Tajo, der nur nickte, dann ließ sie das bis dahin pausierte Video abspielen.

Eine Frau mittleren Alters war zu sehen, an Händen und Füßen gefesselt. Sie war komplett nackt, die Haut war schmutzig und an verschiedenen Stellen gerötet, doch nicht blutend verletzt. Der Raum, in dem sie auf dem Boden lag, schien ein Keller oder Abstellraum zu sein; jedenfalls fehlte natürliches Licht. Der Boden war staubig und von einer schlichten und unebenen Betonschicht überzogen, an den Wänden war dunkel das blanke Mauerwerk erkennbar. Jemand hatte sich die Mühe gemacht, Lichtstrahler aufzustellen, die die klägliche Glühlampe an der Decke deutlich überstrahlten.

Obwohl die Kamera hinter den Füßen der Frau stand, war Hellen McCarthy deutlich erkennbar.

„Läuft es?" Eine kurze Pause, in der offenbar eine wortlose Bestätigung kam. „Gut, dann wollen wir mal." sagte Leroy und trat in den Bereich der Aufnahme. Er hatte sein Hemd bereits auszogen und trug nur noch ein Unterhemd und deutlich gebrauchte Jeans. Er schaute abwechselnd zwischen seiner Schwester und der Kameralinse hin und her, während sich ein Grinsen in sein Gesicht fraß.

Bestialisch., dachte Noir angefasst. *Dieses Grinsen. Das ist die Bestie in ihm.* Schützend verschränkte sie die Arme vor der Brust und sah dabei zu, wie Leroy sich vollständig entkleidete und begann, die wimmernde Frau zu vergewaltigen. Ihr Magen zog sich zusammen und löste eine Übelkeit in ihr aus, die sie nur mühsam auszuhalten vermochte. Mit jeder Sekunde, die verstrich, wünschte sie sich intensiver, das Geschehen möge aufhören oder sie könnte selbst fliehen, sich dieses Anblicks und der Geräusche entziehen, die sich mit Gewalt in ihr Gedächtnis brannten. Doch das war nicht möglich. *Hellen hat es ertragen müssen, dann kann ich das auch.* sagte sie sich, und so sie zwang sich, dieses Video auszuhalten.

Leroy ließ sich Zeit bei dem, was er tat, und sprach dabei immer wieder mit jemandem hinter der Kamera, der nur kurze und schwer zu verstehende Antworten gab.

Hellen weinte leise. Die roten Striemen an ihren Handgelenken um die eng verknoteten Seile zeigten, dass sie versucht hatte, sich aus der Fesselung zu winden. Die Flecken auf ihrem Körper schätzte Noir auf unterblutende Schlagverletzungen, die noch an Intensität zunehmen würden - vorausgesetzt, sie hatte noch lange genug nach der Aufnahme gelebt.

Tajo und sie sprachen nicht, während die Bilder über den Bildschirm flackerten und eine Geräuschkulisse schufen, die Noir wünschen ließ, sie sei taub. Ohne erkennbare Regung stand sie neben ihrem großen Kollegen und versuchte, in seiner Anwesenheit etwas Schutz zu finden, während das Keuchen aus den Lautsprechern, untermalt von bösartigem Grinsen, lauter wurde.

Nach einer gefühlten Ewigkeit ließ Leroy von ihr ab. Sein mit dunklem Haar bedeckter Körper war verschwitzt und teilweise von Blut bedeckt, das aus einer inzwischen aufgeplatzten Lippe bei Hellen zu kommen schien. Ein zufriedener Gesichtsausdruck lag auf seinem Gesicht, sein Gang kündete von Zufriedenheit und Stolz. Er sah auf seine Schwester herab, und das Grinsen wuchs in die Breite. „Da habe ich dich doch endlich gekriegt." sagte er zu ihrem abgewandtem Gesicht.

Tajo wandte sich angewidert ab, und Noir beneidete ihn darum, das tun zu können.

„Okay." Leroy sammelte seine Kleidung vom Boden auf. „Du kannst sie haben, ich bin fertig." Dann verschwand er aus dem Bildbereich, das Platschen seiner Füße auf dem nackten Boden entfernte sich. Noir warf wieder einen kurzen Blick zu Tajo, der eindrücklich auf den Rechner deutete. Die relevante Information schien erst jetzt zu kommen, und sie fragte sich, weshalb sie dann unbedingt die Vergewaltigung hatte sehen müssen. Sie spürte ein Kribbeln in ihrem Gesicht, das sie mahnte, sich auf ihre Atmung zu konzentrieren; die ersten Anzeichen einer Hyperventilation waren bereits da.

Eine Weile blieb das Bild wie eingefroren, Hellen lag nahezu unbewegt dort. Langsam erstarb ihr Wimmern, bis eine unheilvolle Stille nicht nur den Kellerraum, sondern auch das Bungalowzimmer erfüllte.

Dann erwachten Schritte aus dem Nichts, in einem langsamen, gemächlichen Rhythmus. In ihrer Zurückhaltung wirkten sie bei weitem bedrohlicher als Leroys, die mit Energie und Schwere laut von seinem Körpergewicht kündeten. Diese waren ruhig; wer immer sich in dem Raum aufhielt, sah keinen Grund zur Eile. Die Schritte umrundeten das Kamerastativ, und ein großer, hagerer Körper schob sich in den Bildausschnitt. Ein älterer, weißhaariger Mann beugte sich herunter und ging mit dem Gesicht so nah an das Objektiv, dass es Mühe hatte, den Fokus scharfzustellen. Schließlich gelang es, und Garret Boises starrender Blick funkelte in die Linse.

„Hallo." sagte er mit leiser, bedrohlicher Stimme. Er erhob einen Arm und griff über das Objektiv, und mit einem Knopfdruck erlosch das Bild. Das Video war beendet.

Noir bemühte sich, ruhig zu stehen. „Okay." sagte sie schließlich. Nichts war okay.

„Es war auf der Festplatte vom Baumarkt."

erklärte Tajo. „In einer Dateiengruppe mit Unterlagen für das Finanzamt, unter dem Namen ‚Steuererklärung Nachreichung Geräteverleih‘, stark verschlüsselt. Ich denke nicht, dass der Betreiber es hinzugefügt hat." Er machte eine kleine Pause und musterte den jetzt dunklen Bildschirm. Weshalb hat Boise dieses Video hinterlassen?" Er deutete ein Kopfschütteln an. „Wieso gerade dort?"

Es dauerte, bis sie sich gesammelt hatte. Während sie die neuen Informationen verarbeitete, tobte es in ihr; diesen Sturm zu beherrschen forderte Kraft, die ihr an anderer Stelle fehlte.

„Ich denke, er wollte sicher gehen, dass wir Leroy auf dem Schirm haben." sagte sie schließlich. Als sie die ungewollte Doppeldeutigkeit ihrer Aussage bemerkte, verzog sie verärgert das Gesicht. „Setzen wir uns zusammen." Ein Seufzen brach sich nur mühsam seinen Weg. „Danke, dass du das gefunden hast, Tajo. Gut gemacht."

Das Wohnzimmer war groß, und sie versammelten sich in der geräumigen Sitzgruppe. William, inzwischen bekleidet und erneut mit Aspirin im Magen, ging auf Noir zu, als sie den Raum betrat, doch sie hob sofort die Hand. „Das hat jetzt keine Zeit!" sagte sie scharf.

Der Tonfall ließ keinen Zweifel daran, dass er sie deutlich verärgert hatte. Erneut hatte William das Gefühl, dass der T-Rex hinter den Bäumen lauerte und der tödliche Biss nur Sekunden entfernt war. Dabei konnte er nicht sagen, ob tatsächlich die Zeit drängte oder dieses Schmoren lassen Teil ihrer Bestrafung war.

Matthew fehlte noch; er hatte sich in dem Zimmer verschanzt, dessen Tür mit dicken Plastikplanen und Gewebeband abgedichtet worden war.

Solche Vorkehrungen trafen sie nur, wenn nicht klar war, ob aufgefundene Gegenstände infektiös waren, also hatten sie offenkundig etwas gefunden, schloss William. Es war ein denkbar schlechter Zeitpunkt, verkatert zu sein.

„Wir haben mit Leroys Exfrau gesprochen und dort

einen an mich persönlich gerichteten Brief gefunden." setzte Noir ohne Umwege an. „Was in dem Umschlag ist, untersucht Matthew gerade. Zudem ist ein Video aufgetaucht, auf dem Leroy seine Schwester Hellen missbraucht. Am Ende tritt Boise hinzu. Keine Frage mehr, ob sie einander kannten, sie waren ein Team. Das Video war auf der Festplatte des Baumarktes, wir werden den Besitzer erneut überprüfen müssen. Es ist möglich, dass er der Dritte im Bunde ist, während wir von einem Duo ausgegangen sind. Dagegen spricht, dass das Video sehr speziell verschlüsselt war, und die restlichen - ich sage mal ‚Sicherheitsvorkehrungen' auf seiner Festplatte sehr einfach bis nicht vorhanden waren. Zumindest bitte nochmal drüber nachdenken."

„Inwiefern war der Brief an dich adressiert?" fragte Ellis alarmiert und musterte ihre Chefin zugleich mit einer Skepsis, sie Noir nicht gefiel.

„C/o bei seiner Exfrau, Handschrift von Boise. Mein Klarname. Ich gehe davon aus, dass das der Brief ist, den Leroy abgeschickt hat."

„Der Brief mit dem Foto von seiner Leiche war nicht an dich persönlich gerichtet, sondern an die Agency." erinnerte Ellis. „Wäre es möglich, dass Leroy das Foto und den Brief quasi stellvertretend für Boise geschickt hat?"

Die Frage blieb unbeantwortet in der Luft hängen, denn Matthew betrat den Raum. Sein weißer Schutzanzug knisterte laut bei jeder Bewegung, der Kopf wirkte ohne den dazugehörigen Schutzhelm unproportional klein.

„Es ist eine Karte drin." sagte er und reichte Noir einen Plastikbeutel, in dem ein Stückchen weißer Karton war. „Nichts messbar, nichts sichtbar. Müsste alles im grünen Bereich sein." fügte er hinzu und zog den Anzug aus.

Noir nahm den Beutel entgegen und begutachtete seinen Inhalt. Die Pappe war dick und hochwertig verarbeitet; Boise hatte, wie bei allem, auch hier Wert auf Qualität gelegt. Darauf stand, mit der Hand und in dunkelblauer

Tinte geschrieben, eine Kombination aus Zahlen und Buchstaben.

2836IKHA3IQ3QQNCZQ0UVS1826Z1PPXVHQJK0HDR

Mit knirschenden Zähnen drehte sie die Mitteilung um und hielt sie in die Runde. „Irgendjemandem bekannt, oder kann einer was damit anfangen?" knurrte sie.

„Der Wichser spielt Schnitzeljagd mit uns." platzte Cooper heraus. Die Missbilligung stand ihm deutlich ins Gesicht geschrieben.

„Die Frage ist doch auch, warum." antwortete Ellis bedeutend sachlicher. „Wie sind wir derart in seinen Beachtungskreis gerutscht, dass er sich diese Mühe macht? Und was hat das mit dir persönlich zu tun, Noir?"

„Wir müssen verstehen, was der Code bedeutet, das hat Vorrang. Und Leroy finden, natürlich. Schickt das Ding an das Labor, in die Analytik, scheiße, meinetwegen an die BTK Rentner! Ich kümmere mich darum, was Boise oder Leroy mit mir persönlich verbindet." Noir fotografierte den Schrieb ab und zog sich dann an den Esstisch zurück. Arbeitszimmer gab es nicht, nur kleine Schlafräume ohne Schreibtische.

Ich vermisse dich schrecklich. schrieb sie an George und sehnte sich mehr denn je nach seiner Umarmung. Dann begann sie, ihre eigene private wie berufliche Historie mit bekannten Orten von Boise und Leroy abzugleichen.

Für Boise hatte sie das zwar im Vorfeld des Einsatzes bereits getan, doch sie wollte nicht mehr ausschließen, dass sie etwas übersehen hatte. Sie konnte sich nicht vorstellen, dass sich ihr Weg mit Leroys je gekreuzt hatte; er war ein Jahre älterer Handwerker aus Oregon, der in seinen beruflichen Reisen nie über den mittleren Westen hinausgekommen war. Mit ihrem Berufsstand hatte er ihres Wissens nach nie Berührungspunkte gehabt; persönlich an ihn erinnern konnte sie sich nicht. Nein, Leroy konnte nicht der Schlüssel sein. Das alles hier war zu ausgeklügelt, zu *intellektuell* für ihn. Hätte eine Leiche vor ihrer Bürotür gelegen, präsentiert wie die totgespielte Ratte einer Katze und ähnlich zugerichtet, dann hätte sie ihn näher in Betracht gezogen. Das hier musste Boise sein - was auch immer sein Beweggrund gewesen sein mochte.

Der Mittag ging unbemerkt in den Nachmittag über, der Nachmittag stumm in den Abend.
Im Haus war es still. Entweder in die Schlafzimmer zurückgezogen oder im Wohnzimmer verteilt saß jeder für sich und recherchierte, tüftelte und brütete.
Tajo hatte sich kurz aufgemacht und war einkaufen gefahren, nun stand er in der Küche und bereitete das Abendessen zu. Er hatte entschieden, dass weiteres Fast Food nicht mehr vertretbar war und füllte stattdessen das Haus mit Röstaromen und Gewürzduft.
Das Fleisch zischte laut, als er es in die heiße Pfanne legte, und übertönte das Geräusch der herankommenden Schritte.
„Das ist nicht nur das erste angenehme, dass ich seit Tagen rieche, das entschädigt sogar für den ganzen miesen Rest." Noir schloss die Augen und sog die Luft tief ein. „Tajo, an dir ist ein Koch verloren gegangen."
Er lächelte geschmeichelt. „Ich mach es gern. Einfach mal etwas komplett anderes, etwas anderes als die Arbeit. Das hilft, den Kopf wieder freizukriegen und hält im Gleichgewicht."
„Kann ich dir helfen?"
Tajos Lächeln wurde entschuldigend. „Nimm es mir nicht übel, aber... ich weiß, wie du kochst. Nein, lieber nicht. Wirklich."
Ohne Gegenwehr ergab sie sich dieser Beurteilung und nahm am kleinen Küchentisch Platz. „Woher kannst du eigentlich so gut kochen?" Jede Konversation, die ein anderes Thema hatte als ihren Fall, war ihr gerade willkommen.
„Ich hab es von meiner Abuela gelernt." erklärte er,

während sich die Schüsseln langsam füllten. „Als Kind hab ich sehr viel Zeit bei ihr verbracht, und sie war eine fantastische Köchin. Dagegen ist das hier nicht mal Hundefutter." Bei den Erinnerungen an sie glänzten seinen Augen. „Wir haben fast jeden zweiten Tag zusammen gekocht. Nach der Schule, in den Ferien. Manchmal sogar für die Nachbarn mit. Es war so eine tolle Zeit, ich vermisse sie unheimlich."

„Kochst du auch mit deinen Jungs?"

Er wog den Kopf leicht hin und her. „Es geht. Sie haben nicht so richtig Freude daran, und ich will sie nicht dazu drängen. Wir machen viel anderes zusammen, aber so richtig Leidenschaft haben sie nicht dafür."

Mit einem Glas in der Hand prostete sie ihm zu. „Dafür kommen wir jetzt in den Genuss deines Könnens, und du kannst dir sicher sein, dass wir dir alle unendlich dankbar sind." Sie sah seinen Handgriffen zu, lauschte der Melodie der Töpfe und Teller und entspannte sich. Dieser kurze Moment hatte etwas von Normalität, von Alltäglichkeit. Es gab ihr das Gefühl einer Heimat, die sie nicht kannte.

„Den Pool hinten im Garten habt ihr gesehen?" sagte sie und lehnte den Kopf gegen die Wand. „Den können wir benutzen. Vielleicht ist eine Pause gar nicht so falsch, und eine Abkühlung bei der Hitze wird auch nicht schaden. Mir passt der Zeitpunkt nicht, aber mit frischem Geist denkt es sich besser."

Tajo machte eine längere Pause, ehe er antwortete. „Ich glaube nicht, dass viele Schwimmzeug dabei haben."

„Dann springt halt so rein, oder mit Shorts. Mir sind eure Schwänze doch sowas von egal."

„Manche von uns haben Frauen zuhause, die das nicht gerne sehen." sagte er ruhig und sachlich.

„Was, dass wir zusammen schwimmen?" Es schwang deutliche Missbilligung mit, auf die Tajo nicht einging.

„Versuch, es aus deren Perspektive zu sehen." erklärte er. „Wir sind kaum zuhause bei unseren Partnern und verbringen dagegen deutlich mehr Zeit nur unter uns. Das ist für einige schon schwer genug, aber Ellis und du sind dabei. Ihr seid jung und nicht hässlich. Da kann bei jemandem Zuhause schon mal die Fantasie durchgehen. Wenn dann einer erzählt, da wären nackte Frauen dabei,..."

„Niemand hat gesagt, dass *ich* nackt sein werde." entgegnete Noir unwirsch. „Wir sind ein gemischt-geschlechtliches Team, und das darf kein Problem sein. Das war es bisher nicht, und für wen es das wird, der kann nicht bei uns bleiben." Sie merkte, dass ihr Tonfall bissiger geworden war, als sie es beabsichtigt hatte, und seufzte gestresst. Angespannt fuhr sie sich mit den Fingern durch die Haare. „Macht, was ihr wollt. Ich halt mich da raus."

„Vielleicht ist ein freier Abend wirklich wichtig. Ellis geht es heute auch nicht gut, das hast du mitbe-kommen?"

Alarmiert richtete sich Noir auf. „Nein? Ich hab keine Informationen erhalten."

„Cooper und sie kamen recht früh her. Sie hat sich hingelegt, Cooper sagte, sie vertrage das Wetter nicht."

Wut stieg in ihr auf. „Herrgott, muss ich denn jetzt alle jeden Tag zum Alkoholtest schicken?"

Tajo schüttelte den Kopf, während er Saucen in kleine Schalen füllte. „Den Eindruck hatte ich nicht. Wirklich nicht. Sie sah einfach mitgenommen aus. Wir haben alle kaum geschlafen die letzten Tage, der Klimawechsel dazu - da kommen manche schneller an ihre Grenzen."

All das sah Noir ein, und doch wollte der Ärger nicht aus ihr weichen. „Trotzdem, was soll der Scheiß? Absprache ist aus der Mode gekommen, oder was? Was ist denn los momentan?"

„Ganz ehrlich? Nach der Ansprache im Flieger und Williams Aktion hätte ich an ihrer Stelle auch nichts gesagt. Ich weiß nicht, wer da gerade welches Problem macht, und ich will es auch nicht wissen. Aber wir fühlen uns alle angezählt. Da ist man vorsichtiger." Er hielt ihr einen Stapel Teller hin. „Du kannst den Tisch decken."

„Von der Chefin zur Hausmagd." brummte sie und schickte ein Schmunzeln hinterher. „Na, ich hab's ja weit gebracht."

„Na, dann aber mal hopp hopp!" rief Tajo mit gespielter Strenge und lächelte in sich hinein.

Die Ankündigung, dass der Abend frei sein würden, sorgte für eine entspannte Stimmung beim Abendessen. Tajo hatte ganze Arbeit geleistet und dem Team ein breites Angebot an Fleisch, Gemüse und Salat zubereitet, dessen Reste auch den morgigen Tag komplett abdecken würden. Sie waren noch lange über das eigentliche Essen hinaus am Tisch sitzen geblieben und hatten dieses und jenes Thema gestreift, über private Anekdoten gelacht und die Arbeit weitgehend hinter sich gelassen.

Noir saß zurückgelehnt auf ihrem Stuhl, ein Bein schützend an den Körper gezogen und die Arme darum geschlungen, und betrachtete das Geschehen um sich herum. Sie selbst sprach kaum, sondern hörte zu, bekam einen intimeren Eindruck von den Menschen, mit denen sie zu viel Zeit verbrachte. So viel Unruhe momentan für sich genommen im Team bestehen mochte, so freundschaftlich und entspannt gingen sie hier miteinander um. Dabei spürte sie deutlich, wie wenig sie in diese Gemeinschaft integriert war. Es überraschte sie nicht; sie war als ihre Leitung in einer besonderen Position, die einen allzu freundschaftlichen Umgang verbot, und sie hielt zu sehr an der Hierarchie fest, als dass jemand wagen würde, diese Grenze auf sie zu zu übertreten. Hin und wieder warf Matthew ihr einen aufmerksamen und fragenden Blick zu, und einige Male erwischte sie sich dabei, dass sie ihm ein warmes Lächeln schenkte, um zu signalisieren, dass er sich keinen Sorgen zu machen brauchte.

William hielt sich etwas im Hintergrund. Auch er hatte

ihren Blick gesucht, doch sie hatte nur sacht den Kopf geschüttelt und ein stummes „Heute nicht." mit den Lippen geformt.

Ellis hatte wenig gegessen und tatsächlich blass und erschöpft gewirkt und nur bemüht an der Unterhaltung teilgenommen. Sie war die erste, die sich entschuldigte und aufstand. Mit einem um Verzeihung bittenden Lächeln bedankte sie sich für die Mahlzeit und gab an, sich hinlegen zu wollen; die anderen ließen sie.

„Für alle noch mal, der Pool ist für alle offen." sagte Noir und stapelte das benutzte Geschirr aufeinander. „Ich mach den Abwasch, erholt euch etwas, habt Spaß." Ohne den Blick vom Tisch zu heben, fügte sie mit einiger Bitterkeit hinzu: „Ellis und ich sind ja raus, es muss sich also niemand Sorgen machen." Sie spürte, dass Tajo sie enttäuscht ansah, und ignorierte es.

„Ich helf' dir." beeilte Cooper sich zu sagen, doch sie verneinte.

„Ich mach das allein, danke." Sie wedelte mit den Händen, um die Männer vom Tisch zu vertreiben und begann, das Übriggebliebene in die Küche zu tragen. Töpfe und Pfannen versanken in Bergen aus Schaum und warmem Wasser, die ihre Arme bis zu den Ellenbogen verschluckten und sich weich und leicht auf ihrer Haut anfühlten.

William stand vor der Küchentür und rang mit sich, zu klopfen. Noir hatte die Tür bewusst geschlossen und es brachte nichts, sie entgegen ihrer Entscheidung zu bedrängen. Nach Schwimmen war ihm nicht, auch wenn die anderen schon den Garten erobert hatten, und so kehrte er zunächst ins Wohnzimmer zurück. In der Terrassentür stand Tajo, der seinen Kollegen zusah, die Hände in den Taschen, ruhig, abwartend. William stellte sich zu ihm, und gemeinsam sahen sie zu, wie Cooper und Matthew sich am Rand des Pools balgten und Cooper ihn schließlich voll bekleidet in das Wasser warf.

William streckte Tajo die Hand hin, ohne ihn anzusehen,

der sie ergriff.

„Danke." sagte William schlicht, aber aufrichtig.

„Nichts zu danken, Will. Wirklich. Pass auf dich auf." Er klopfte ihm auf den Oberarm.

William nickte und wandte sich dann ab. „Ich zieh mich zurück. Bis morgen."

„William?"

Er blieb stehen.

„Sie regt sich auch wieder ab. Lass ihr ein paar Tage."

Er wusste nicht, ob Tajo Ellis oder Noir meinte, und so nickte er nur und verließ den Wohnraum.

Sein Bett war noch zerwühlt, das nasse Handtuch und ein paar Kleidungsstücke lagen verstreut herum; ein Chaos, das er nicht mochte und zügig beseitigte.

Hinter den hochgezogenen Jalousien erstreckte sich ein dunkles Land; die Nacht hatte sich zwischen die Häuser gelegt, durchbrochen nur von den fernen blinkenden Lichtern der Stadt der Sünde. Er würde das Haus heute nicht mehr verlassen, also er konnte sich genauso gut bettfertig machen. Bis auf Shorts und T-Shirt legte er die Kleidung ab und akkurat gefaltet zusammen. Griffbereit.

Obwohl der Garten zu einer anderen Seite des Hauses hinausging, verrieten die Geräusche, dass die Balgereien inzwischen im Wasser fortgesetzt wurden. Ihm war es zu laut und zu unruhig, also schloss er das Fenster, löschte das Licht und legte sich auf das Bett. Dunkelheit. Stille. So konnte er am besten nachdenken.

Mit dem Blick in die Dunkelheit malte er den Code in leuchtenden Zeichen an die Decke und betrachtete ihn. Vertauschte seine Zeichen, ersetzte sie, bildete Gruppen und ließ sie an ihren Ort zurückkehren. Gängigen Decodierungen war er nicht zugänglich, was aber nicht bedeutete, dass er nicht entschlüsselbar war. Auch durfte der Gedanke, dass er völlig ohne Inhalt war, nicht ganz außen vor gelassen werden; ohne Boises Motivation zu kennen, war es schwierig, die Gefahr einzuschätzen, dass

271

er sie sinnfrei durch das Land schickte.

Er wusste nicht, wie lange er dort gelegen und den Wegen seiner Gedanken gefolgt war, als sich die Tür leise einen Spalt breit öffnete. Das plötzliche Licht brannte in seinen Augen, und er richtete sich auf, während ein Schatten in das Zimmer glitt und die Tür geräuschlos wieder hinter sich schloss.

Überrascht sah er die Gestalt auf leisen Füßen das Zimmer durchqueren und die Jalousien schließen. Die fernen Lichter der Stadt erstarben in völliger Dunkelheit. Aller Sicht beraubt, fühlte William die Bewegung im Raum, jemanden auf sich zukommen.

„Sag kein Wort." flüsterte Ellis und ließ sich neben ihm auf dem Bett nieder.

Auch wenn er noch nicht wusste, was er sagen wollte, öffnete er den Mund. Sie legte ihren Finger über seine Lippen, sanft und vorsichtig. „Kein Wort." wiederholte sie sacht, während sie den Kopf gegen seine Brust legte.

Langsam ließ er sich zurück in die Kissen sinken und tat zunächst nichts. Ellis lag neben ihm, stumm und beinahe angespannt. Sie schien ebenso abzuwarten wie er, wie sich die Situation entwickelte, und er war nicht bereit, ihr diese Spannung abzunehmen. Was auch immer das hier sollte, sie war selbst dafür verantwortlich.

Ellis lauschte seinem Herzschlag und kämpfte darum, keinen Gedanken zuzulassen. Noch immer fühlte sie sich kraftlos und schwindelig, doch Williams Nähe gab ihr Sicherheit, obwohl ihr klar war, dass er sauer und verletzt war. Vorsichtig schob sie den Arm über seinen Bauch, bereit, bei Gegenwehr zurückzuweichen, die nicht kam. Zaghaft legte sie ihn auf seinem Oberkörper ab.

William blies nachdenklich einen Atemstoß durch die Nase. Sein Gehirn arbeitete noch so eifrig an dem Code, dass es ihm schwer fiel, umzuschalten und in sich hinein zu spüren. Er roch den hellen Duft von Ellis' Haaren und fühlte, wie die erst noch angespannt zusammengezogene Hand sich langsam öffnete und ihre Finger kaum wahrnehmbar über seine Brust strichen.

Er wartete lang genug, bis er sich sicher glaubte, dass Ellis nicht gleich wieder verschwinden würde, dann zog er die Decke unter sich weg und über seinen und ihren Körper. So überrascht und verletzt er war, so wenig konnte er abstreiten, dass etwas in ihm Erleichterung spürte, nun, mit ihr neben sich.

Ellis klammerte sich unter der Decke an William. Durch den dünnen Stoff, der sie bedeckte, bemerkte er, wie zerbrechlich ihr Körper wirkte. Ihre Muskeln schienen sie nicht mehr zusammenhalten zu wollen, ließen die Knochen auf ihn sinken und sachte auf ihm ruhen, als könne ein Windstoß sie forttragen.

Vorsichtig und mit unsicherem Gefühl legte er den Arm um ihre Schulter, spürte, wie sie unter der Berührung seiner Hand zusammenzuckte und fester nach ihm griff. Es hatte etwas verzweifeltes, das ihn bedrückte. Ihre Motivation war ihm unklar, und er hoffte, dass sie genug Verständnis hatte, es heute nicht mit Sex versuchen zu wollen. Er war sich sicher, das rein körperlich schon nicht bewerkstelligen zu können, aber er wollte es auch nicht. Selbst in dieser Situation war ihm nicht wirklich wohl; nicht nur war die Entdeckungsgefahr hier am höchsten, sondern auch ihre eigenen Differenzen warfen dunkle Schatten auf ihn und sie. Trotzdem fühlte es sich schön an, sie so nah an sich zu haben, ihren Atem an seinem Hals zu spüren und ihre Lippen so nah an seiner Haut zu wissen.

Jemand lief über den Flur, nasse Füße patschten laut und schnell an der Tür vorbei. Rufe hallten durch das Haus, die Schritte kehrten genauso eilig zurück in die Richtung, aus der sie gekommen waren. Draußen schienen die anderen immer noch die freie Zeit zu nutzen.

„Wie spät ist es eigentlich?" flüsterte William, als die Schritte wieder verhallt waren.

„Halb eins, vielleicht." antwortete Ellis. Sie musste unwillkürlich lächeln: Obwohl durch die Dunkelheit und

273

eine geschlossene Tür verborgen, hatten sie und William sich geduckt, als jemand durch den Flur gelaufen war. Die Unsinnigkeit dessen schaffte es, sie kurz aufatmen zu lassen.

William registrierte den leisen Laut, der ihr Lächeln begleitet hatte, und spürte seine Mundwinkel ebenfalls zucken. Kurz nach Mitternacht also. Er hatte den Tag über genug geschlafen, um noch eine Weile wach zu bleiben, während er den Eindruck hatte, dass Ellis sich nach Schlaf sehnte, ihn aber nicht loslassen konnte.

Die Situation war ungewohnt für ihn; sie lagen beieinander, völlig wort- und intimitätslos und einander dennoch so nah. Während er mit der Hand über ihre Seite fuhr, stellte er fest, dass sie keinen BH mehr trug und strich wie zufällig mit dem Finger über ihren linken Busen. Sie reagierte nicht, und eilig zog er die Hand wieder zurück. Es fühlte sich nicht richtig an.

Ellis drückte ihr Gesicht an seinen Hals. Der Arm, der sie hielt, fühlte sich an wie die Hand, die eine Marionette bewegte, sie aufrichtete und ihr die Kraft gab, zu laufen. Mit derselben Macht hatte sie sich zu ihm gedrängt gefühlt, gegen besseres Wissen. Jede Reaktion wäre sie zu ertragen gewillt gewesen, solange sie nur bei ihm sein konnte. Hätte er sie abgewiesen, angeschrien, sie beschuldigt - es wäre ihr recht gewesen.

William schien fairer zu sein als sie es hatte erwarten wollen. Als sie sich über den Flur geschlichen hatte, hatte sie gehofft, nur einen Augenblick mit ihm im selben Raum sein zu können, festzustellen, dass er noch da war, in ihrer Nähe, in ihrem Leben. Nun lag sie in seinem Arm, wie schon so oft zuvor, und wie so oft zog die Wärme seiner Haut sie an. Der gleichmäßige Takt seines Atems beruhigte sie, wirkte einschläfernd, und während die Müdigkeit immer mehr nach ihr griff, griff sie immer fester nach ihm. Das Gesicht so fest an seinen Körper gedrückt, dass sie kaum mehr Luft bekam, öffnete sie den Mund und spürte ihre Lippen über seinen Hals streifen.

Gänsehaut arbeitete sich ihre Wirbelsäure hoch. Sie kroch über ihre Schultern und ihren Nacken, ließ ihre Arme kurz zittern. Zögerlich fuhr sie erneut mit den Lippen über seine Haut, versuchte, ihn zu schmecken. William hielt sie fest und ließ sie gewähren, auch als sie begann, seinen Nacken zu küssen.

Verwirrt nahm er wahr, dass Ellis seinen Hals liebkoste. Zuerst noch einfache, zögerliche Berührungen, die ihm nicht unangenehm gewesen war, merkte er, dass sie schnell mit der Zunge über seine Haut fuhr, während ihre Lippen mit Nachdruck an ihm saugten.

Auf rein physischer Ebene fand er Gefallen daran, auch wenn sein Penis ihm mitteilte, dass er die Arbeit verweigern würde. Die Nähe, die Wärme, der feste Griff, mit dem sie sich an ihm hielt, das leise und doch nachdrückliche Begehren, das aus ihren Küssen sprach, taten ihm gut. Zugleich regte sich sein schlechtes Gewissen. So sehr er sich auch sagte, dass Ellis ihm deutlich mitgeteilt hatte, dass es lediglich Sex unter Kollegen war, das sie verband und der keinen von ihnen verpflichtete, fühlte er sich belastet. Das Gefühl, dort von ihr geküsst zu werden, wo ihn nicht einmal vierundzwanzig Stunden zuvor eine betrunkene Fremde betatscht hatte, behagte ihm nicht, ließ ihn unruhig werden.

Mit sanfter Gewalt schob er sie ein Stück von sich. „Ellis." flüsterte er und war dankbar, ihr Gesicht in der Dunkelheit des Raumes kaum erkennen zu können. „Das geht nicht."

Sie schien ihn einen Moment zu betrachten, dann lockerte sich ihr Griff um seinen Körper, sie ließ ihn los. Hin- und hergerissen zwischen dem Impuls, nach ihr zu greifen und sie wieder an sich zu ziehen, und dem Wunsch, allein zu sein und das Gefühl des Betrügers von sich wegschieben zu können, schwieg er.

Ohne etwas zu erwidern legte Ellis sich am Rand der Matratze ab, weit genug weg voneinander, dass ihre Körper sich nicht mehr berührten. Nur ihre Fingerspitzen konnte er noch erkennen, die noch sacht auf seinem Arm ruhten.

Wieder waren Schritte auf dem Flur zu hören, Türen öffneten und schlossen sich. Es schien allgemeiner Einschluss zu sein, Gute-Nacht-Wünsche wurden ausgetauscht, das gemeinsame Getrappel verwandelte sich erst in einzelne Tritte und erlosch schließlich ganz. William hatte ihnen gelauscht und versucht, sie den einzelnen Menschen zuzuordnen, die sich nun erschöpft in die Laken warfen. Seiner Zählung nach mussten nun alle verschwunden sein.

Stille trat ein, außerhalb und innerhalb des Raumes.

Er holte tief Luft und drehte sich zu Ellis. Er wollte mit ihr reden und wusste, dass sie es nicht tun würden. Durch die Dunkelheit hinweg sahen sie einander an, schweigend, allein, traurig.

Irgendwann hielt William die Einsamkeit nicht mehr aus. Gegen besseres Wissen beugte er sich zu ihr und legte seine Stirn gegen ihre Schulter. Vorsichtig. Zögerlich.

Ellis ließ ihn gewähren und begann, etwas unbeholfen seinen Schopf zu streicheln. Sie wusste, dass es unklug war und unfair ihm gegenüber. Nicht erst für klare Verhältnisse zu sorgen war ein Fehler. Dennoch: Der Moment, in dem sie seine Haut geschmeckt hatte, hatte in ihr ein Gefühl von Lust geweckt, das seine Zurückweisung zu einem beinahe körperlichen Schmerz gemacht hatte. Seine Nähe und Wärme hatte etwas heilsames - und das machte ihr Angst.

Mit tiefen Zügen nahm William ihren Geruch auf. Er wusste nicht mit dem dumpfen Schmerz in sich umzugehen, der Verletzung des Vorabends und der Nähe des Augenblicks. Sein Magen schmerzte nach wie vor unangenehm und erinnerte ihn an das, was er zu vergessen bemüht war. Und in Ellis' Armen war das Vergessen leicht. Er fühlte ihren Atem ihren Körper bewegen und unter seiner Hand den langsamen Herzschlag in ihrem Bauch. Eine Weile konzentrierte er sich nur auf dieses langsame Pulsieren, dann zog er ihr Shirt hoch und küsste ihren Bauchnabel.

Ihre Haut war warm und weich. Sanft fuhr er mit der Hand über ihren Bauch und ihre Beckenknochen, die etwas mehr als sonst unter ihrer Haut hervorragten, bedeckte sie mit stillen Küssen, während er ihren Hosenbund abtastete. Unter der Pyjamahose schien sie keine Unterwäsche zu tragen, und während der rationale Teil von ihm ihn fragte, wie sehr er es eigentlich noch vermasseln wollte, zog er sie ihr ein Stück herunter.

Noch nie zuvor hatte er eine Frau dort geküsst, er war nervös und erregt zugleich. Sein Glied blieb stur und weigerte sich, sich wirklich aufzurichten, was für den Moment ohnehin unwichtig für ihn war. Er kniete sich neben sie und küsste ihre Leisten. Ellis atmete hörbar tiefer ein, je tiefer er ging.

Etwas umständlich schob er die Hose zu ihren Knien, fuhr mit der Hand über ihre Oberschenkel und versuchte einzuschätzen, wie er es am besten angehen sollte. In der Dunkelheit konnte er ihr Gesicht nicht sehen, und Unsicherheit überkam ihn. Bevor er sich zu ihr hocharbeiten konnte, um zu fragen, ob sie wollte, was er so plötzlich begehrte, griff eine schmale Hand in sein Haar und dirigierte ihn sanft aber bestimmt in ihren Schoß.

William ließ sich führen. Der ihm so vertraute Duft zog ihn an, lud ihn ein, und mit vor Aufregung klopfendem Herzen fuhr er mit der Zunge das erste Mal zaghaft über ihren Schamhügel.

Ellis stöhnte bemüht leise auf, die Hand über den Mund gepresst. Es war ein tiefer, erregter Laut, den William ihr so nur selten entlocken konnte, und es überraschte ihn, wie angenehm es ihr zu sein schien, und weshalb sie es nicht längst ausprobiert hatten.

Mit immer leiser werdenden Zweifeln arbeitete er sich vor. Der leicht bittere Geschmack gefiel ihm, ließ es ihn wiederholen, tastend, neugierig. Kleine Stoppeln der wachsenden Härchen kratzten kaum wahrnehmbar über seine Nase und sein Kinn, während er seine Lippen um ihre schloss. Ihre Haut war warm und feucht, glühte beinahe, und er hatte das Gefühl, in dieses Glühen eintauchen zu wollen.

Mit einer schnellen Bewegung schob er sich zwischen ihre Beine, befreite dabei Ellis' Beine von der Pyjamahose, sodass sie lose um eines ihrer Fußgelenke hing.

Seine Zunge tastete die kleinen Falten in ihren Lippen ab, versuchte, sich jede Wölbung und jedes Tal einzuprägen. Sie wirkten an seinem Mund um ein vielfaches weicher und wärmer als unter seinen Fingern, und während er erst noch sacht an ihnen sog, war ihm klar, dass er niemals wieder etwas anderes tun wollte als sie zu spüren und zu schmecken.

Ellis öffnete vorsichtig die Beine etwas weiter, um ihn tiefer zu lassen. Ihr war bewusst, dass sie keinesfalls ein Geräusch von sich geben durften, und sie kämpfte darum, sich daran zu halten. Das Gefühl seiner Zunge an sich überwältigte sie und machte es schwer, sich nicht darin zu verlieren.

Sie nahm wahr, dass William ihre Lippen auseinanderschob und verspannte sich kurz. Er hatte sie bereits so oft berührt, so oft auch bei Licht ihren Körper gesehen und sich nie als von ihm abgestoßen gezeigt, und nun umfing die Dunkelheit sie; dennoch fürchtete sie einen Herzschlag lang, er könne sie ablehnen, weil sie ihm nicht schön genug erschien.

Bevor die Angst Besitz von ihr ergreifen konnte, drückte William sein Gesicht tief in ihren Schoß und leckte energisch über ihre Scheide. Lange, kraftvolle Striche, mit denen er ihre Feuchtigkeit fortnahm und nur seine eigene hinterließ.

Sie biss sich in den Unterarm, um Geräusche zu unterdrücken. Die Dunkelheit war es, die sie es hatte zulassen können: Ihr Körper war verborgen, ihr Gesicht sicher davor, entdeckt zu werden. Auch musste sie es nicht sehen, wenn Williams Mimik Ekel zeigen sollte, so

278

wie ihr Exmann es so deutlich getan hatte, als sie ihn das einzige Mal in ihrer Beziehung darum gebeten hatte. Was sie empfand, was er empfand - es war vor einander verborgen durch fehlendes Licht. Sie hatten Sex, ohne einander dabei wahrzunehmen zu müssen; anonym, intensiv, für sich selbst.

William spürte die Hand, die bisher auf seinem Kopf geruht hatte, sich in seine Haare graben und einen Augenblick fest zufassen. Ein kurzer Laut der Überraschung drang aus seiner Kehle und verlor sich ungehört in Ellis' Scham. Er wünschte, es wäre heller und er könnte sie sehen, könnte jeden Millimeter von ihr, den er liebkoste, genauestens erkunden und mit allen Sinnen erobern und genießen.

Rhythmische, schnelle Laute drangen von ihr zu ihm; es schien Ellis zu gefallen. Davon ermutigt ließ er den letzten Zweifel los und versuchte, mit der Zunge in sie einzudringen. Es gelang ihm nur ein kurzes Stück, doch das Gefühl überwältigte ihn. Er konnte spüren, wie sehr sich ihr Körper zunehmend anspannten; die Muskeln, die ihren Körper auf seine größte Anstrengung vorbereiteten.

Die Hand auf seinem Kopf presste sein Gesicht gegen ihre Scham, flehend, fordernd, sich nicht mehr von ihr zu entfernen. Kaum mehr unter Atem schob er seine Zunge energischer in sie, stieß gegen die warme, feuchte Haut und rang mit ihr. Er konnte fühlen, wie sich ihr Körper verkrampfte, als sie unter stummen Keuchen kam.

Schließlich wurde der Druck auf seinen Kopf weniger, und Ellis sank erschöpft auf die Matratze. Speichel rann von ihrem Unterarm herab, den sie so intensiv gegen ihren Mund gepresst hatte, dass ihre Zähne kleine Abdrücke hinterlassen hatten. Nur langsam ebbte das intensive Gefühl wieder ab und ließ ihr Bewusstsein in den dunklen Raum zurückkehren.

Hatte sie in den letzten Minuten nichts als sich selbst gespürt, wurde ihr schlagartig und schmerzhaft wieder bewusst, dass sie nicht allein war. William lag noch immer

279

zwischen ihren Beinen und streichelte sie noch vorsichtig, wie er es immer tat, wenn sie gekommen war, doch er würde bald wieder zu ihr hochkommen. Beschämung stieg in ihr auf; Scham darüber, dass sie ihn um etwas gebeten hatte, das sie noch nie erlebt hatte, Scham darüber, dass sie es so merklich genossen hatte und er vielleicht nicht. Sein gefürchtetes Urteil kam in zu schnellen Schritten näher und begann, ihr die Kehle zuzuschnüren.

William grinste. Sein Gesicht fühlte sich feucht an, und er fuhr sich mit der Hand darüber, genoss es, etwas von ihr an sich zu haben. Mit einem sehnsüchtigen letzten Kuss auf ihren Schamhügel richtete er sich auf und stellte überrascht fest, dass er zwar keine vollständige Erektion zustande gebracht, aber trotzdem ejakuliert hatte. Ein nasskalter Fleck breitete sich in seinen Shorts aus und ließ sie an seinem Oberschenkel kleben. Er fragte sich, wie viel davon der Stoff abgehalten haben mochte oder ob es nun irgendwo von Ellis herab rann, und wann das überhaupt passiert war. Er war so sehr in den Moment vertieft gewesen, dass es kein Zuvor und kein Danach gegeben hatte, sondern nur seinen und ihren Körper miteinander in einem einzigen, nicht endenden Augenblick.

Außer Atem, aber immer noch grinsend schob er sein Glied in eine bequemere Position und legte sich neben Ellis. Er war sich unsicher, ob er sie so küssen sollte; andererseits küsste sie ihn auch, wenn er in ihrem Mund gekommen war, was also sprach dagegen?

Ellis hatte inzwischen die Pyjamahose wieder hochgezogen und schmiegte sich eng an William. Mit dem Gesicht in seine Brust gedrückt vermied sie es, ihn ansehen zu müssen und rang noch eine Weile nach Luft. William lauschte, wie ihr Atem langsamer und gleichmäßiger wurde. Kurz fürchtete er, Ellis könnte versuchen, auch ihn befriedigen zu wollen, doch entweder hatte sie seinen ungeplanten Orgasmus mitbekommen oder sie hielt es für ausgleichende Gerechtigkeit, dass dieses Mal ihre

280

Bedürfnisse im Vordergrund standen; jedenfalls machte sie keine Anstalten, ihn anzufassen.

Für einen kurzen Augenblick schloss er die Augen und spürte in sich hinein, spürte die Erleichterung, sie wieder im Arm zu haben und den Nachklang von Befriedigung und Faszination. Verträumt strich er mit der Zunge über seine Lippen und versuchte, sich so intensiv wie möglich an das Gefühl ihrer Schamlippen an ihnen zu erinnern.

„Das sollten wir wirklich öfter machen." flüsterte er grinsend und strich behutsam über Ellis' Haar. Hatte sie sich zunächst entspannt, war etwas zur Ruhe gekommen, spürte er, dass ihre Stimmung langsam, aber unaufhaltsam kippte. Eine schwer greifbare Spannung stieg auf und begann, den Raum zu füllen wie Wasser, das unabwendbar in den Bauch eines Schiffes strömt, ohne dass für ihn ersichtlich war, an welcher Stelle sich ein Bruch gebildet hatte.

„Hey." flüsterte er und empfand wachsende Besorgnis, als Ellis nicht reagierte. Ihr Gesicht hielt sie fest von ihm abgewandt, und eine Anspannung baute sich in ihren Nackenmuskeln auf, die nichts mehr mit Erregung zu tun hatte.

„Was ist gerade los, hm?" Vorsichtig streckte er die Hand aus, um über ihr Gesicht zu streichen, und zuckte erschrocken mit feuchten Fingern zurück.

„Ellis, weinst du?"

Sie antwortete nicht, nur ihr Griff um seine Taille wurde fester.

Plötzlich sehr wach machte William sich mit Mühe frei von ihr und ließ das kleine Nachtlicht aufleuchten. Er blinzelte; obwohl die Lampe schwach war, brauchte es eine Zeit, bis sich seine Augen an die Helligkeit gewöhnt hatten. Ellis hatte ihm inzwischen den Rücken zugewandt und rollte sich in die Decke ein, den Kopf tief auf die eigene Brust gezogen. Nur die hellblonden Haare ragten noch aus dem Knäul, das sich ihm abgewandt zusammenkauerte.

„Hey, du." Vorsichtig rüttelte er an ihrer Schulter,

doch auch das brachte sie nicht dazu, sich umzudrehen.

„Ellis. Was ist denn los?" fragte er etwas hilflos. „Hab ich dir weh getan?"

Sie schüttelte den Kopf, gab ihre in sich gekehrte Haltung jedoch nicht auf.

Er robbte vorsichtig zu ihr, beugte sich über sie und versuchte, im Schatten des schwachen Lichtes zu erkennen, was geschehen war.

Ellis hielt die Augen fest geschlossen, die Lippen aufeinander gepresst, während sich einzelne Perlen zwischen ihren Wimpern sammelten und langsam ihre Wangen herunter rannen. Nur mit Mühe konnte sie ein Schluchzen unterdrücken, und so atmete sie nur kurz und flach.

William verstand den schnellen Wechsel ihrer Gefühle nicht, und etwas ratlos blickte er auf sie nieder. Er kannte sie nicht so emotional, und erst recht nicht so wechselhaft.

„Hey, meine Große." Sanft umfasste er sie und zog sie vorsichtig an sich, barg sie an seinem Körper und hielt sie. „Was macht dich gerade so traurig, mein Schatz?" Vorsichtig küsste er ihre feuchte Wange, während seine Hände ihre suchten. „Ich bin bei dir."

Ellis erstarrte.

Schatz.

Sie hatte das Gefühl, nicht mehr atmen zu können. Schwindel ergriff sie, drehte die Welt um sie in immer schneller werdenden Kreisen. Am liebsten wäre sie aufgestanden und gegangen, doch eine Schwere, die Schlaf oder Bewusstlosigkeit sein mochte, grub ihre Klauen in sie und zog unerbittlich.

Durch das Schwarz hörte sie Williams leise Stimme, die immer wieder sanft „Ich bin bei dir." sagte, während ihr Körper erschlaffte und ihr Geist sich der Dunkelheit ergab.

DREIZEHN

Das Klingeln zerriss ihren unruhigen Schlaf. Blind tastete sie nach dem Handy, während sie versuchte, den Kopf von der Decke zu befreien. Anstelle etwas Verständlichem brachte sie nur ein verschlafenes Brummen zustande, doch Williams leise, hastige Stimme wartete nicht ab.

„Ich habe ihn." sagte er eilig und mit unterdrücktem Beben. „Ich habe Leroy gefunden."

Endlich von der Decke befreit schnellte sie hoch „Was?" Ihr Herzschlag stieg an.

„Ich habe die ganze Nacht am Code... völlig egal, er ist in Riviera, Arizona. In einem Haus, ich kann ihn durch ein Fenster sehen."

Noir war aufgesprungen und stopfte eilig den Funkkopfhörer in ihr Ohr, während sie eine Ziffernkombination über das Handy eingab. Augenblick-lich ertönte aus den anderen Zimmern ein durchdringendes Schrillen. Es brauchte nur Sekunden, bis die ersten Türen aufgerissen und die Männer mit vorgehaltener Waffe den Flur stürmten. Mit prüfendem Blick scannten sie die Umgebung und sahen letztlich verwirrt zu Noir, die nicht weniger aufgeregt „Wir haben ihn!" rief.

„1142 McCormick Blvd." gab William durch. „Er scheint allein zu sein. Zugriff?"

„Nein, nicht allein. Wie weit ist es?"

„Etwa anderthalb Stunden von Vegas, ich schicke euch die Koordinaten. Warum soll ich nicht rein?"

Noir hatte ihr Shirt achtlos zu Boden fallen gelassen und zwängte sich in die taktische Unterwäsche der Einsatzkleidung. „Weil wir nicht wissen, wie die Profiszene involviert ist. Siehst du irgendwen?"

Es war einen Moment still in der Leitung, in welchem William sich umsah. „Ich denke nicht. Es sind weniger

283

Häuser hier, große Abstände - was einen Profi aber nicht behindern würde, im Gegenteil. Mir selbst ist jedenfalls nichts aufgefallen."

„Ich riskiere dich nicht. Bleib an ihm dran, in einer Stunde sind wir da. Schuss nur im Notfall, bitte lebendig." Damit beendete sie das Telefonat.

Cooper beeilte sich, die schnitt- und stichfeste Bekleidung anzulegen. Aufregung hatte ihn ergriffen, die Jagdfreude wuchs mit jedem Herzschlag. Durch die offenen Türen sah er die anderen, die sich ebenfalls in Eile bereitmachten, und versuchte einen Blick auf Noir zu erhaschen. In BH und taktischer Hose stand sie über ihre Tasche gebeugt und zog die schusssichere Weste hervor, das Scharfschützengewehr lag bereit. Ihr prüfender Blick glitt über die schwarze Oberfläche der Weste und fiel dann auf Cooper, der grinsend in seiner Zimmertür stand und ihr zuzwinkerte.

„Jetzt geht's los." rief er und sah, dass sie zurückzwinkerte.

„Welche Bewaffnung?" rief Matthew aus seinem Zimmer.

„Alles!" rief Noir zurück und suchte noch einmal Coopers Blick. „Wir nehmen die Scharfschützengewehre auch mit." Mit wieder lauterer Stimme fügte sie hinzu: „Wir wollen ihn *lebend*! Alle verstanden? Nur das, was unbedingt nötig ist, ich habe noch ein paar Fragen an den Sack!"

> Samstag, früher Morgen
> McCormick Blvd, Riviera, Arizona

William lag in dem gemieteten SUV, den er in der Auffahrt eines entfernt benachbarten Hauses abgestellt hatte, und beobachtete die Nummer 1142 aufmerksam. Das Haus, vor dem er stand, hielt er für unbewohnt; selbst wenn nicht, würde er wahrscheinlich noch ein oder zwei Stunden haben, bis das Leben in den Straßen erwachte.

Vom flach gestellten Fahrersitz aus sah er den Umriss des Mannes, der in dem grauen Haus keine halbe Meile vom Colorado River entfernt saß. Er hielt eine dunkle Flasche in der Hand und hatte sich in letzter Zeit nicht mehr bewegt in seinem Sessel.

Er sah auf die Uhr. Seit seinem Anruf waren erst elf Minuten verstrichen, es würde noch dauern, bis alle einträfen. Erstmals kam ihm die Frage in den Sinn, ob Ellis mitkommen würde.

Die Nacht war merkwürdig verlaufen. Ohne verstehen zu können, was ihren plötzlichen Gefühlsumschwung ausgelöst hatte, hatte er sie noch eine Weile im Arm gehalten und beruhigend gestreichelt, bis er den Eindruck hatte, dass sie eingeschlafen war. Er hatte sie betrachtet und sich immer mehr dem Gedanken ergeben, dass für ihn diese Beziehung mehr war als eine sexuelle Interessengemeinschaft, und dass er an diesen Punkt auch nicht zurückkommen können würde. Er würde sich darum kümmern, sobald die Zeit es erlaubte.

Weil Ellis irgendwann ruhig neben ihm leise geschnarcht hatte, hatte er sich wieder dem Code zugewandt. Stundenlang ergaben seine Bemühungen keine Ergebnisse, und er vermutete immer mehr, dass Boise sich einen Spaß erlaubt hatte, als sich im Dunkeln ein Algorithmus über eine unbrauchbare Antwort auf die unbekannte Frage geschoben hatte. Ging er davon aus, dass es sich tatsächlich um eine Bifid Chiffre handelte, ergab ein besonderes Wort tatsächlich eine Antwort, die ihm zumindest brauchbar erschien:

1142279McCormick14Blvd17Riviera12Arizona

Die Ziffern konnte er nicht zuordnen, aber das nicht weit entfernt gelegene Riviera im benachbarten Bundesstaat Arizona hatte einen McCormick Boulevard, dessen Hausnummern bis 1155 gingen. Sicher gewesen war er sich nicht, aber er hatte seinen Gedanken für interessant gehalten. Da war es gerade erst halb drei gewesen; den Gedanken, Noir für eine gegebenenfalls falsche Fährte zu wecken, hatte er sich nicht leisten wollen, nicht so früh, nicht für so wenig. Und so hatte er sich vorsichtig aus dem Bett geschält und Ellis mit Sorge betrachtet. Es hatte ihm widerstrebt, sie allein zu lassen. Dennoch, es musste sein. Liebevoll hatte er sie zugedeckt und ihr noch einmal über die inzwischen trockene Wange gestrichen, ehe er sich im Flur angezogen und schließlich die Autoschlüssel genommen hatte. Er würde zurück sein, bevor der Tag für alle wieder losging, wenn sich die Spur nicht erhärtete. Wenn doch, würde man ihm die Entwendung verzeihen.

Und dann hatte er den McCormick Boulevard gefunden. Die Gegend in Riviera war ungewöhnlich wenig bebaut, zwischen den einzelnen Grundstücken lagen mehrere Parzellen Brachland. Das Haus mit der Nummer 1142 war eines davon; rechts und links neben ihm hatte niemand ein Heim gebaut, der Boden war wild bewachsen und chaotisch. Das Haus selbst stammte aus der Zeit vor dem zweiten Weltkrieg, schätzte William, war einst mit Liebe zum Detail gebaut, danach aber nicht mehr wirklich gepflegt. Die Hauswand war vergilbt und gesprungen, Moos saß in den Steinen der Auffahrt.

Ein alter Dodge mit Kennzeichen aus Oregon stand in der Auffahrt. Dem hohen Unkraut nach, das dort wuchs, konnte er noch nicht lange dort ein- und ausgefahren sein; die Gewächse kitzelten seinen Unterboden und, so hielt William es für durchaus möglich beim Zustand der Karre, durchbrachen womöglich den Rost hier und dort.

Mitten in der Nacht war nur das linke Fenster erleuchtet gewesen. Nicht nur das Lampenlicht erfüllte den Raum, sondern auch die flackernden und wechselnden Lichter eines Fernsehers. Vor dem Fenster zeichnete sich ein dunkler Sessel ab, vor dem sich eine Figur sich mal hin, mal her bewegt hatte. Ohne Schwierigkeiten war Leroy McCarthy erkennbar gewesen.

Er hatte immer wieder geraucht und etwas aus dunklen Flaschen getrunken, bis irgendwann seine Hand niedergesackt war und sein Kopf auf der Rückenlehne

286

ihren Liegeplatz fand. Seit einer halben Stunde schlief der Mensch, den sie suchten, friedlich in Sichtweite.

Definitiv kein Profi., dachte William und schüttelte den Kopf. *Noch mehr auf dem Präsentierteller geht nicht.*

Ein erster heller Schimmer schmiegte sich eng an den Horizont, und William fühlte sich beim Fortschreiten der Zeit unwohl. Für den Moment mochte Leroy schlafen, doch was, wenn er hier nur Zwischenstation machte? Er schätzte, dass der Mann in seinem Sessel Bier getrunken hatte, und je nachdem, wie viele es gewesen sein mochten, sollte er müde und schläfrig bleiben bis zum Eintreffen der anderen. Selbst wenn er aufwachen und unmittelbar aufbrechen würde, wäre es händelbar: Allein ein Zielobjekt zu verfolgen und zu stellen war zwar unproblematisch, nur endete es nicht immer in einer Lebendübergabe.

Sicherheitshalber warf er einen prüfenden Blick auf die mit einem Schalldämpfer besetzte Waffe, die auf dem Beifahrersitz lag. Auch wenn der Dodge nicht so aussah, als könne er auch nur einen einzigen Meter noch bewältigen, hatte er Leroy von Oregon bis hier nach Arizona gebracht, er durfte ihn nicht unterschätzen. Sollte er versuchen, mit dem Auto zu flüchten, würde er die Reifen zerschießen, noch ehe Leroy den Motor starten könnte. Das sollte reichen, um ihn vorerst auf den Fußweg zu verweisen, falls er sein Haus verlassen wollte.

Ein dezentes Vibrieren seines Ohrstöpsels kündigte einen ankommenden Anruf an. Mit einem Tippen nahm er ihn an.

„Cooper hat dir gerade einen Bauplan geschickt, der bei der Stadt hinterlegt war. Schau mal, ob der noch aktuell ist." sagte Noir über das Geräusch eines laufenden Motors hinweg. „Wir sind in vierzig Minuten da. Wie ist die Lage?"

Nur zögerlich nahm er den Blick kurz vom Fenster und sah auf die neue Datei. „Von der Front her könnte der Bauplan stimmen." sagte er, „Mehr kann ich dazu nicht sagen. Ich kann meine Position nicht verlassen. Leroy liegt im Wohnzimmer und pennt; wenn ich das Haus näher untersuche, verliere ich ihn aus dem Blick. Er hat ein Auto da. Reifen jetzt schon plattschießen?"

„Nein, bisher nicht. Wir versuchen, den Schaden so gering wie möglich zu halten. Er soll nichts riechen können."

„Wir schauen, dass er das erst merkt, wenn es zu spät ist." brummte Cooper in freudigem Singsang. „Obwohl es fast schade wäre."

Ein Laut, der klang, als habe etwas auf eine gepolsterte Platte geschlagen, von Cooper ein übertriebener Schmerzenslaut.

„Wenn du nur aufs Jagen aus bist, musst du den Beruf wechseln. Kannst ja Boises Platz einnehmen, die Stelle ist unlängst frei geworden, hab ich gehört." klang wieder Noirs Stimme aus dem Kopfhörer.

„Willst du das echt? Dass ich gegen euch stehe?" stichelte Cooper weiter, und William war dankbar, dass niemand sah, wie er den Mund verzog. Das war ein Wesenszug, den er an Noir und Cooper häufiger feststellte und der ihn anwiderte: diese unbändige Leidenschaft am Zugriff. Natürlich gefiel ihnen allen letztlich das, was sie taten, aber ein so lustbetontes Jagen war ihm fremd und in diesen extremen Zügen unheimlich. Es mochte dafür sorgen, dass bei beiden ausreichend Adrenalin und Spannung produziert wurde, um ihre beste Leistungen abzurufen. Es mochte ebenso ein Hauch von Bösem sein, das in ihnen wütete. William maß sich nicht an, das endgültig zu entscheiden.

„Es ist egal, wo du stehst. Wenn ich dich kriegen will, kriege ich dich." antwortete Noir hochmütig und mit hörbarem Grinsen. Es entstand ein leichtes Rauschen im Funk, und Coopers Stimme drang leise und doppelt übertragen zu William durch, so als habe er sich nah an Noirs Ohr gebeugt.

„Legen wir es drauf an, Süße, ich bin bereit." flüsterte er und fing sich den nächsten Schlag auf die

Schutzweste ein.

„Herrgott, nehmt euch 'n Zimmer!" stöhnte Matthews Stimme genervt aus der Leitung.

Lachend ließ Cooper sich wieder zurück auf den Beifahrersitz rutschen und knuffte Noir auf die Schulter zurück, was sie mit einem beschwerten Grinsen kommentierte. Matthews Worte und seine Warnung waren ihr noch im Gedächtnis.

Schwungvoll drehte Cooper sich zu Ellis um, die auf der Rückbank saß und sorgfältig den Sitz des Waffenholsters überprüfte.

„Sag mal." fragte er mit gedämpfter Stimme und hielt eine Hand über sein Ohr, um die Übertragung seiner Worte an alle zu vermeiden. „Du bist heute Morgen nicht aus deinem Zimmer gekommen, oder?"

Ruhig sah Ellis ihn an, während ihre Hände weiter über ihre Waffe fuhren. „Doch." sagte sie gleichmütig. Es war ihr schon aufgefallen, dass Cooper sie in diesem einen Moment im Flur seltsam angesehen hatte, als sie nahe an Williams Tür gestanden hatte.

Das bedeutete aber nicht, dass sie das Offensichtliche bestätigen musste. Mit unaufgeregtem Blick sah sie ihm in die Augen, sah den Zweifel in ihnen und die enger werdenden Pupillen.

Cooper schien einen Moment zu überlegen, ob er darauf etwas antworten wollte, entschied sich dagegen und wandte sich wieder nach vorn.

„Gibt es eine Prämie darauf, wer ihn kriegt?" fragte er, wie der voll und ganz auf die Jagd konzentriert.

„Deine Prämie ist dein Gehaltscheck. Dafür kannst du ruhig mal was tun." antwortete Noir und trat das Pedal tiefer durch. Sie spürte die Ungeduld, die Cooper ausstrahlte, und ließ sich nur zu gern davon mitreißen.

„Ich tu', was immer du willst." hauchte Cooper zurück und bekam das angeekelte Augenrollen von Ellis nicht mit.

Das Auto hinter ihnen ließ die Scheinwerfer kurz aufleuchten. „Ernsthaft, könnt ihr diese Art von Gequatsche bitte lassen?" bat Tajo mit Nachdruck. „Mir geht das ziemlich auf den Zeiger, und ich würde mich gern konzentrieren."

Noir warf Cooper einen Seitenblick zu. „Er gelobt Besserung!" rief sie in den Funk und tauschte einen genervten Blick mit ihrem Beifahrer aus. Das bisweilen Anzügliche war zwischen ihnen der gängige Ton, wenn die Anspannung zu hoch wurde; sie sah es als Möglichkeit, sich abzureagieren. Das strapazierende Dehnen der Grenzen des Sozialadäquaten war der Grenzverstoß, der ihnen Erleichterung verschaffte und sie auf ganz andere Verstöße vorbereitete.

„William, sag mal." fragte sie in den Funk. „Was war das Schlüsselwort?"

Kurz füllte nur ein unangenehm werdendes Schweigen die Leitung. „‚Günstling'." sagte William schließlich verhalten, und niemand mochte darauf etwas antworten.

Sie fuhren schweigend weiter, bis der Colorado River vor ihnen auftauchte und die stählernen Brücke über ihnen aufragte.

„Tajo, ihr fahrt nach der Brücke links, wir rechts. Ihr kommt auf der Rückseite des Hauses an. Ich setze Ellis bei Will ab und Cooper und ich gehen von Westen ran. Wir wissen nicht, ob jemand Boise nicht noch einen Gefallen schuldete. Ich will, dass wir dort niemanden übersehen haben, wenn wir reingehen."

„Verstanden."

Die Brückenfeiler flogen an ihnen vorbei. Im Rückspiegel verfolgte Noir, wie der zweite Wagen hinter ihnen den Blinker setzte und nach links auf die Riverside Avenue abbog. Sie selbst riss das Lenkrad rechts herum, der Wagen schleuderte kurz und raste die Straße herunter.

„Geht das klar mit Will und dir?" fragte sie und ging nur widerwillig vom Gas, als das Wohngebiet vor ihnen auftauchte. „Sonst setz ich den Dicken hier raus."

Coopers Protest unterband sie mit einem gehobenen

Finger.

„Alles ohne Probleme." entgegnete Ellis ruhig.

Noir nickte abgehackt. „Will, wir sind in zwei Minuten da. Lage?"

„Alles unverändert." drang seine Stimme klar aus dem Funk. „Er liegt im Sessel und schläft. Drei Leute mit Hund sind draußen, alle entfernen sich vom Haus. Sonst ruhig. Ich glaube, ich sehe schon einen eurer Wagen hinter dem Haus."

„Matt und mich." gab Tajo durch, während er den Wagen geräuschlos ausrollen ließ. „Wir sind da."

Auch der erste Wagen hatte inzwischen kaum mehr als Schrittgeschwindigkeit, als er in den McCormick Boulevard einbog. „Ich lasse Ellis bei dir raus, wir stellen uns dann weiter hinten an den Garagentrakt da hinten." Betont unbeteiligt ließ sie ihren Wagen an Williams heranrollen und setze den Blinker, um neben ihm in der Auffahrt zu wenden. Ein etwas ungeschickt wirkendes Rangieren bot dabei ausreichend Zeit und Sichtschutz, dass Ellis durch die leicht geöffnete Tür auf den Boden gleiten konnte und von dort in Williams Wagen. Geräuschlos zog Cooper die Tür wieder zu, hielt sich geduckt und wartete, bis das Auto neben einem Garagenblock zum Stehen gekommen war.

Leises Murmeln drang aus dem Kopfhörer, das Noir nicht verstehen konnte. Halb verborgen hinter dem grauweißen Bau, der früher den Anwohnern eine Möglichkeit zum Parken hatte geben sollen und nun verlassen und mit teilweise demontierten Toren leer stand, gewährte ihr einen guten Blick aus das Haus am McCormick Boulevard mit der Nummer 1142.

Eine ursprünglich graue Hausfassade mit Erkerfenstern rechts und links der Eingangstür ragte wie ein einzelner Zahn aus dem mit Gestrüpp überwachsenem Grund. Die Straße lag tiefer als der Boden des Hauses, und eine breite Treppe führte zu der hölzernen Haustür hinauf, von der die weiße Lackierung abblätterte. Früher waren alle

Fenster mit Verzierungen in Weiß abgesetzt worden, das einen angenehmen Kontrast zu dem dunklen Grundton des Gebäudes gebildet haben mochte.

Ein wenig gefiel Noir das Gebäude. Es mochte die letzten Jahrzehnte verlassen und heruntergekommen sein, doch es hatte etwas herrschaftliches, selbst im diesem Zustand des Zerfalls. Die Fenster, die sich auf zwei Etagen und einen Giebel im Dach erstreckten, verbargen dunkle Räume hinter von Schmutz und Ruß leicht getönten Scheiben; nur hinter einem brannte Licht. Links der Haustür war der breite Erker erhellt und zeichnete ein leeres Bücherregal und einen Ohrenbackensessel ab, in dem eine Gestalt lag. Der Kopf war Richtung Fenster gerollt, während der Mann mit leicht geöffnetem Mund schlief, und auch sie erkannte McCarthy auf den ersten Blick.

„Ich sehe soweit niemanden." kam das leise Flüstern Matthews aus dem Kopfhörer. „Die Rückseite hat zugemauerte Fenster, da ist alles dicht. Soweit wir sehen, keine Gefahr im Umfeld."

Noir warf einen kurzen Blick auf den Bauplan, dann strukturierte sie das Gelände. Die fehlende Bebauung bot wenig Sichtschutz.

„Ich will dich oben auf dem Gebäude." sagte sie zu Cooper. „Falls jemand in den anderen Häusern liegt und darauf wartet, dass er uns sieht, will ich dich am Abzug wissen."

Er bestätigte mit einem Nicken und festigte den Griff um sein Gewehr. So wichtig ihm das anzügliche Rumgealbere im Vorfeld gewesen war, so konzentriert und unablenkbar war er nun. Auch seine Augen suchten die Straße und die Häuser ab, fanden den günstigsten und sichersten Weg zum Gebäude hin.

„Vorn sieht alles sicher aus." meldete sich William. „Aber es wird hell, wir müssen uns beeilen."

„Ich sichere nach hinten ab und bleibe draußen." Tajo klang ruhig und fokussiert. „K geht über die frontal rechte Seite rein."

„Wir gehen von frontal links rein, K geht aufs Dach." antwortete Noir und stieg aus dem Wagen aus. Lautlos schloss die Tür hinter ihr.

„Ich sichere nach vorn und behalte ihn im Auge, K geht frontal rein." beende William die Absprache.

„In Ordnung. Denkt dran, kurz und schmerzhaft, aber bitte nicht tödlich, wenn möglich." Noir machte eine kurze Pause. „United we stand. Ab dafür."

In der Leitung kehrte Ruhe ein. Sie zog sich die schwarze Sturmhaube über den Kopf und stopfte ein paar widerspenstige Haare in den Kragen, griff unter den Sitz und nach dem Scharfschützengewehr. Cooper überprüfte noch einmal den Sitz seiner Weste, öffnete dann leise seine Tür und schob sich heraus. Sein Gewehr hatte er über der Schulter, die Kleinkaliberwaffe in der Hand. Wie ein Schatten schwebte er neben dem Auto her und über die Garagenwand, dann tauchte er in das Dunkel der Alleebäume ein. Aus den Augenwinkeln sah er Noir, die den Parkplatz ebenfalls hinter sich gelassen und in Sichtweite zu ihm das Bauland neben der Nummer 1142 durchquerte. Als sei sie Bestandteil der kleinen, in sich geschlossenen Welt in diesem Randbezirk der Stadt geworden, bewegte sie sich mit dem sanften Wiegen der Bäume und Sträucher vorwärts, fließend mit dem Takt des frühen Morgens und nah genug am Boden, um für einen Streich gehalten zu werden, den die Morgendämmerung den Augen eines Betrachters spielte.

Weiter rechts von sich ahnte er William und Ellis, die den Schutz der wenigen Häuser nutzten, um sich anzunähern. Er selbst blieb mit Noir auf der Westseite des Gebäudes, und es störte ihn, dass er Leroy aus seiner Position nicht sehen konnte. So inaktiv er gerade auch sein mochte, hieß es nicht, dass er nicht von jetzt auch gleich eine schwer beherrschbare Gefahr werden konnte.

Die Front des Hauses war nach Süden gerichtet, die sich momentan noch schmucklos im Schatten der beendenden

Nacht hielt. Die Westseite hingegen, geöffnet in das Brachland, verfügte über einen breiten Gartenzugang, ohne dass die Terrasse davor noch bestand. Bodentiefe Fenster, brüchig und teils gesprungen, boten beim Näherkommen einen ersten Einblick in einen beinahe leergeräumten Raum.

Cooper hatte die Hauswand erreicht und warf einen eiligen Blick durch die Fenster. Im Inneren lag die Ruine eines einst teuer eingerichteten Hauses, das sich aus Staub und Spinnenweben ein dichten Kleid übergelegt hatte.

Er gab Noir ein Handzeichen, dass in dem Nebenraum keine Gefahr lauerte und hielt den Blick auf die Umgebung gerichtet, während sie sich einen Eindruck von dem ehemaligen Gesellschaftszimmer verschaffte.

Alter Dielenboden erstreckte sich durch das Zimmer, leicht verzogen und sich aufwölbend an einigen Stellen, beladen mit hölzernen Regalen, die gesprungen waren und nur noch wenige Bücher unter einer Schicht aus Staub beherbergten. Ein farblos gewordener Teppich war in der Zimmermitte zusammengerollt worden, der nun nur noch Mäusen als Nistplatz diente. Keine Fußspuren im dichten Staub, die von etwas größerem als Nagern stammten; hier war lange Zeit niemand mehr gewesen.

„Er schläft immer noch im Sessel." gab William als Zustandsmeldung durch. „K öffnet gleich die Haustür."

„Offenes Fenster, ich gehe rein." drang Matthews Stimme leise in ihrem Ohr.

„Wir treffen uns im Flur." gab sie zurück.

Es genügte ein nur wenig kraftvoller Zug an der Terrassentür, damit der feuchte, holzgefasste Rahmen nahezu geräuschlos aufbrach. Nur eine der eingelassenen Fensterscheiben war zuvor schon gesprungen gewesen und zerbrach durch die plötzliche Bewegung. Eine große Scherbe löste sich aus dem Verbund und fiel geräuschlos auf den trockenen Boden, wo einst eine steinerne Terrasse gelegen hatte.

Um ein verräterisches Knarren soweit es ging zu vermeiden, öffnete sie die Tür nur einen kleinen Spalt und schob sich hindurch. Ab hier lauerten weitere Geräuschquellen, und weder sie noch ihre Kollegen waren sonderlich leicht. Mit großer Vorsicht, um so wenig Lärm wie möglich dem Boden zu entlocken, betrat sie das Haus. Hinter ihr tauchte nun auch Cooper im Zimmer auf, die Waffe nach draußen gerichtet und ihr den Rücken zuwendend. Aufgeregt fiepende Mäuse flüchteten planlos vor ihr und ihrem Partner und ließen eine Spur aus Stresskötteln zurück.

„Im Haus muss eine Leiche sein." Die Ruhe, mit der Matthew sprach, wirkte beinahe unbeteiligt.
Noir antwortete nicht, nahm den Geruch allerdings ebenfalls wahr. Die Wände mochten dick und massiv sein, doch der leicht süßlich anmutende Geruch von faulendem Fleisch hatte sich mit ihnen verbunden. Der Anflug von Beunruhigung, dass Leroy selbst die Quelle des Geruch sein könnte, verschwand augenblicklich wieder; William hatte ihn noch in Bewegung gesehen, und so roch nichts, das nicht schon etwas länger tot war. Leroy hatte sich also einen Spielgefährten einladen.

„Liegt im hinteren Teil des Gebäudes. Eine Frau." setzte Matthew nach wenigen Augenblicken nach. „Ungefährlich."

„Beide Beine?" hörte Noir sich selbst fragen.
Matthew stutzte kurz, dann hatte er verstanden. „Es sind nicht Hellens Überreste." sagte er immer noch unaufgeregt, und Noir spürte, dass sie kurz aufatmete.
Mit Cooper im Rücken näherte sie sich der einzigen Tür, die angelehnt in das weitere Haus führte. Sie wusste, dass der Flur dahinterliegen musste, der die Treppe in den oberen Bereich beinhaltete und damit einen besonders gefährlichen Punkt darstellte. Nach einer schnellen Prüfung, ob die Tür über Sender oder Leitungen verfügte, warf sie einen ersten Blick in den Flur. Auch hier waren die Tapeten vergilbt und lösten sich leicht von den Wänden, offenbarten an manchen Stellen das Gerippe des

Hauses, das einst mit Leben gefüllt gewesen war. Das einzige Licht drang durch die fehlende Flurtür des bewohnten Zimmers, in dem Leroy lag, und zeichnete so zumindest die groben Umrisse des Inneren des Hauses ab. Mäuse und Käfer flohen auch hier vor den uneingeladenen Gästen, verbargen sich raschelnd in Höhlen und unter den heruntergebrochenen Deckenpanelen.

Mit der entsicherten Waffe im Anschlag arbeitete sie sich den Flur hinunter, warf einen Blick in den nächsten Raum und erkannte die Überreste einer einst teuren Kücheneinrichtung, während Cooper hinter ihr die Treppe mit großen Schritten nahm und im Obergeschoss verschwand.

Nahe dem Eingang erblickte sie die im Schatten der geschlossenen Hausflur stehende Ellis, die mit dem Kopf in Richtung des erleuchteten Raumes deutete.

„Oben ist nichts, ich gehe in Stellung." Ein leises Rascheln begleitete Coopers Worte, während er das Fenster im Dachgeschoss aufschob und sich in Position brachte.

Leise Schritte näherten sich, und Matthews Gestalt tauchte aus einem der östlich gelegenen Zimmer auf. Ohne etwas zu sagen, deutete er dorthin, woher er kam, und machte eine wegwischende Handbewegung: die Leiche war nicht relevant für sie.

Noir bedeutete ihm und Ellis, sich durch die Flurtür zu nähern, während sie zurück zu dem Durchgangszimmer trat, in welchem einst die Küche gelegen war. Der schmale Raum hatte einen Durchgang zu dem Raum, in dem der Fernseher immer noch plärrte und buntes Licht auf die schnarchende Gestalt warf. Es war ein neueres Modell, während der Sessel, auf dem sein Bewohner saß, von der ursprünglichen Einrichtung zu stammen schien. Er war sichtbar alt und schmutzig, der Stoff an den Kanten leicht brüchig geworden, doch zu früheren Zeiten erkennbar gepflegt worden. Wer immer hier gelebt haben mochte, musste geschätzt haben, was er hatte.

Der Geruch war unerträglich, und Noir wünschte sich den

Faulgeruch zurück, der im Flur immer dominanter geworden war. Der Boden des Fernsehzimmers war übersät mit Zigarettenkippen und Schachteln, eine Bierflasche war umgekippt und hatte sich über den Sessel und den Boden ausgeleert. Weitere leere Flaschen standen im Raum verteilt und gaben ihm eine Note von fruchtigem Wein und schal gewordenem Bier, gemischt mit kaltem Schweiß, Urin und Schimmel, der hinter den Wänden wucherte wie Fleisch an einem Knochen, besessen darauf, dem Haus wieder Leben einzuhauchen.

In dem Sessel saß ein dicklicher Mann mit spärlicher werdendem Haar und schlief. Ein Rinnsal Speichel floss von seinen Lippen auf das dreckige Polster des Möbels, und Matthew wusste nicht, ob der Sessel oder der Mann das Ekeligere an diesem Bildnis waren.

Kurzer Blickkontakt.

Nicken.

Noir stecke die Waffe ins Holster, während Ellis neben sie trat und ihre Waffe auf Leroys Brust richtete, während Matthew das Licht gelöscht und den Fernseher ausgestöpselt hatte. Im Raum herrschte nun Dunkelheit, nur schwach erhellt durch die sich langsam am Horizont abzeichnenden Sonnenstrahlen und lichterne Schatten von entfernten Straßenlaternen.

Noir fühlte ihr Herz angenehm schnell schlagen. Sich vergewissernd, dass Leroys Augen noch geschlossen waren, suchte sie den besten Griffpunkt an seinen Beinen. Mit kräftigem Griff packte sie seine Fußgelenke und riss den schlaffen Körper vom Sessel herunter.

Mit einem dumpfen Schlag fiel der spannungslose Körper auf den Boden.

Durch die plötzliche Bewegung erwachte Leroy, der orientierungslos versuchte, die Situation einzuordnen, während Noir ihn aus dem Schussbereich des Fensters fort zog und neben der Wand liegen ließ. Sie riss die Waffe wieder heraus und entsicherte sie hörbar.

Leroy sah von einem zum anderen, dann entspannte er

sich sichtlich.

„Ach, ihr seid's." sagte er und rieb sich den Speichel vom Mund. „Ich seh' euch ja gar nicht, warum habt ihr es denn so dunkel gemacht?"

Immer noch schlaftrunken schüttelte er den Kopf ein paar Mal. Noir starrte ihn an. Ihre Waffe war keine zwanzig Zentimeter von seinem Körper entfernt, doch Leroy zeigte keine Anzeichen von Angst.

„'N bisschen rabiat drauf, was?" Er sah in die Runde. „Ich hab's im Wagen gelassen, ist hoffentlich okay. Wird schon nicht schlecht geworden sein." Er machte Anstalten, nach Noirs Waffenlauf zu greifen, um sich daran abzustützen und aufrichten zu können.

Der Gedanke, dass seine stinkenden Finger ihre Hände berühren könnten, ließ einen Ekel in ihr aufsteigen, der ihr körperlichen Schmerz zufügte. Mit einer schnellen Bewegung drehte sie die Waffe in der Hand und schlug Leroy den Griff ins Gesicht, schnell, kräftig. Ein knackendes Geräusch, Blutspritzer. Leroy schrie auf und ließ sich zurück auf den Boden fallen.

„Scheiße man!" brülle er und hielt sich die Hände vor Nase und Mund, aus denen das Blut strömte. „Was soll denn der Scheiß?! Ich warte hier auf euch und das ist die Begrüßung?" Wütend betrachtete er den Glanz der Flüssigkeit auf seinem Handrücken. „Garret hat nicht gesagt, dass ihr solche Arschlöcher seid. Aber hätte ich mir ja denken können."

Noir trat zurück, den Lauf der Waffe wieder auf ihn gerichtet. Das Blut am Griff glänzte schwarz.

Matthew trat vor und riss an Leroys Schulter. „Hoch mit dir, Dickerchen." Nur mit Mühe konnte er den massigen Körper auf die Füße stellen, während Leroy immer noch fluchte und versuchte, seine blutenden Nasen und Lippen zu bedecken.

„Ich bring es euch doch. Ganz cool. Ihr kriegt es. Ich hab doch gesagt, es ist im Wagen."

Sie tauschten kurze Blicke aus. Es war unklar, wovon er

sprach; er schien sie für jemanden zu halten, den er erwartet hatte.

„Wollt ihr den Schlüssel oder soll ich's für euch holen?" Unschlüssig und langsam verärgert sah er von einem Augenpaar zum anderen. Zwei davon schienen zu Frauen zu gehören, der Dritte war ein großer, athletischer Mann. Dass sie zu Dritt aufschlagen mussten, empfand er als übertrieben, doch Garret hatte ihn vorgewarnt, dass das geschehen würde. Hatte der alte Sack also Recht gehabt. Je schneller die gingen, umso besser.

Ellis wickelte ihm einen Kabelbinder um die Handgelenke und zog zu. „Sei froh, dass du ihn nicht um den Hals kriegst." sagte sie in bedrohlicher Ruhe. „Geh vor."

„Wie soll ich so denn mein Auto aufmachen, du Fotze?" giftete Leroy zurück und ließ sich widerwillig Richtung Flur schieben. „Hey, ich will eine Zigarette! Gebt mir meine Zigaretten!" brüllte er, und das erste Mal kam tatsächliche Aufruhr in ihn.

Matthew trat gegen eine der Schachteln, die noch halb gefüllt neben dem Sessel gelegen hatte und verstreute ihren Inhalt über den Boden.

„Tu was für uns, dann tun wir was für dich." sagte er bitter und zertrat die Kippen betont langsam.

„Für dich Schwuchtel tu ich gar nichts! Du scheiß Arschficker!" schrie er. „Ich will meine Kippen!"

„Na, na, na." Ellis schnalzte missbilligend. „Wo ist denn da die gute Kinderstube geblieben?"

Williams Stimme unterbrach die Unterhaltung. „In den Nachbarhäusern werden gerade die Jalousien geöffnet. Wir sind sichtbar."

„Wir nehmen ihn mit." wies Noir an und löste damit den nächsten Wutanfall bei Leroy aus.

„Ich geh nirgendwo mit euch hin!" schrie er und stemmte sich mit den Füßen in den Boden. „Garret hat nur gesagt, dass ich das Paket übergeben soll! Ich geh nicht mit!" Die Kabelbinder um seine Hände schnitten sich tief in das aufgeschwemmte Fleisch, und er schwankte bedrohlich bei dem Versuch, sich Ellis' Drängen zu widersetzen.

„Wo ist das Paket?" fragte Matthew ruhig und stellte sich zwischen Leroy und Noir, die bereits einen Schritt auf ihn zu gemacht hatte und nun abgedrängt wurde. Außer einem wütenden Atemzug sagte sie jedoch nichts, blieb stehen und ließ sich widerwillig von ihm ausbremsen.

Matthew spürte die wütende Hitze, die ihm von Noir entgegenschlug, und war dankbar, dass sie sich zügeln ließ. Sie war verärgert und bissig, und er zweifelte daran, dass sie sich gerade von sich aus zurücknehmen wollte. Ihm war bewusst, dass die Zeit drängte und Leroy besser fortgeschafft würde, bevor die Nachbarschaft aufwachte oder das Sonnenlicht zu hell wurde. Doch Boise hatte sie an diesen Ort geführt und ihnen offenbar etwas hinterlassen. Den Moment mussten sie sich nehmen, und das nach Möglichkeit ohne weitere Schlägereien.

Leroy unterbrach seine laute Gegenwehr und sah Matthew zweifelnd an. „Bist du irgendwie dumm?" fragte er mit hörbarer Ungläubigkeit in der Stimme. „Wie oft habe ich denn jetzt gesagt, dass es im Auto ist?"

„Was ist da drin?" knurrte Noir und blieb nur mit Mühe hinter ihrem Kollegen stehen.

„Hab ich das Scheißding aufgemacht? Weiß ich doch nicht! Garret hat gesagt, dass ich es nicht öffnen darf." bellte Leroy zurück.

„Die ersten Leute kommen raus, um die Zeitung reinzuholen." Williams Stimme hatte etwas eiliges. „Wir müssen hier weg."

„Du bleibst vorn." antwortete Noir, noch immer bebend. „Das hintere Auto wird geholt, wir packen ihn ein und nehmen noch was mit. Ich sichere nach hinten."

„Bin unterwegs, Chef." hielt Tajo sich kurz.

Sie nickte Ellis und Matthew zu und warf Leroy einen letzten, hasserfüllten Blick zu, dann wandte sie sich ab und trat den Rückweg durch den Flur und das einsame

Wohnzimmer hinaus auf die abgedeckte Terrasse an. Selbst der Leichengeruch, der im Flur wieder wahrnehmbarer wurde, bot eine angenehme Ablenkung, und draußen angekommen atmete sie die frische Luft tief und dankbar ein. Sie hatte noch keine Zeit gehabt, sich die Tote anzusehen, doch sie verließ sich auf Matthews Einschätzung, dass sie für ihre Ermittlungen irrelevant war. Das minderte das Grauen nicht, das die Frau erlebt hatte, mit deren Überresten Leroy die letzte Zeit zusammengelebt hatte; es machte es für den Moment nur praktischer.

Für den Augenblick schob sie den Gedanken beiseite und beobachtete das leere Land hinter dem Haus, während Tajos Gestalt sich entfernte. Unaufgeregt, doch zügig verließ er das Grundstück und näherte sich mit großen Schritten der etwas entfernt liegenden Straße, in der er und Matthew geparkt hatten.

Ellis warf einen schnellen Blick aus dem Fenster und nahm besorgt wahr, wie hell es inzwischen geworden war. Es bedurfte nur eines Blickes aus dem Fenster eines der umliegenden Häuser und man würde erkennen können, dass vermummte Gestalten einen gefesselten Mann begleiteten.

„Wir gehen zum Auto." sagte sie kurzerhand. „Sichere uns von drinnen, bis wir draußen sind, dann hol unseren Wagen. Schlüssel steckt." An Leroy gerichtet fuhr sie fort: „Los, Dickerchen. Wir gehen zum Wagen, Bewegung."

Mit abschätzigem Blick musterte er die Frau, deren Figur selbst unter der klobigen schusssicheren Weste zierlicher wirkte als die der anderen, und schätzte seine Möglichkeiten ab. Solange sie die Waffe noch in der Hand hielt, war er klug genug, sie nicht anzugreifen. Der Mann, dessen Waffe konsequent auf ihn gerichtet war, schätzte er als größeres Problem ein, doch der schien sie bald zu verlassen; der Gedanke, dass er mit der Frau allein hinausgehen würde, behagte ihm sehr.

Dankbar dafür, dass sie Handschuhe trug, griff Ellis nach dem Oberarm des verschwitzten Mannes und schob ihn Richtung Tür, während Matthew ihr die Sturmhaube vom Kopf nahm.

Die Wahl, die sie getroffen hatte, war die klügste: Eine Frau, die mit einem älteren Mann gemeinsam an seinem Auto stand und schließlich in ein zweites Fahrzeug einstieg, weckte am wenigsten Argwohn. Er wusste, dass William draußen vor dem Haus wartete und Ellis Deckung geben würde, und so wartete er nur, bis sie und Leroy die Haustür geöffnet und auf die breite Treppe hinausgetreten waren, dann trat er in den schmalen Vorraum. Früher mochte hier ein Hausdiener untergebracht worden sein, nun war der Raum vollkommen leer. Das breite Fenster gab einen Blick auf die Straße frei, und er sah William an einem Stromverteilerkasten auf der gegenüberliegenden Seite des Hauses lehnen. Kurz fing er seinen Blick auf und wusste, dass er die Rückendeckung für Ellis übernommen hatte. Er nickte ihm zu und verschwand dann eilig durch den Haupteingang, um das Auto zu holen.

Ellis hatte Leroy so gedreht, dass die vor seinem Körper gebundenen Arme für zufällige Beobachter nicht erkennbar waren. Der Geruch im Haus hatte ihr zugesetzt, und sie war froh, wieder an der Luft zu sein. Zwar dünstete Leroy selbst ihn nach wie vor aus, doch der sanfte Wind, der vom Colorado River zu ihnen wehte, ließ ihn erträglich werden. Müdigkeit und das dumpfe Unwohlsein, dass sie die letzten Tage begleitet hatte, waren vergessen; mit hoch angespannten Muskeln begleitete sie den bulligen Mann die wenigen Schritte die Straße entlang zu der zementierten Auffahrt, in der sein Dodge stand. Ellis hatte sich beim Annähern an das Haus schon ein erstes Bild gemacht und festgestellt, dass trotz des verhältnismäßig geringen Stauraums extrem viel in dem Auto lagerte. Einzig frei war der Fahrersitz, dessen Polster stark strapaziert aussahen; Müllsäcke, Kleidung, Pappkartons und Verpackungen von Lebensmitteln waren wild durcheinandergeworfen, zwischen denen kleine Zigarettenstummel wie feiner Kies in die Lücken gerutscht war. Keinesfalls konnte sie ausschließen, dass Leroy dort Waffen oder Messer verborgen hielt, und so wusste sie, dass sie die unangenehme Aufgabe haben würde, in jedes Wrack zu greifen und nach dem Paket zu suchen.

Aus den Augenwinkeln konnte sie sehen, dass William näher kam und Leroy deutlich seine mit Schalldämpfer besetzte Waffe sehen ließ.

„Schlüssel." forderte sie, und Leroy streckte ihr das Becken entgegen, in dessen gespannter Hosentasche sich ein Autoschlüssel abzeichnete.

„Den wirst du rausholen müssen." raunte er anzüglich. Ein breites, dreckiges Grinsen breitete sich über sein Gesicht aus und zog seine blutenden Mundwinkel unnatürlich in die Höhe. Das wütende Grunzen, das von William kam, ignorierte sie und verdrehte die Augen, während sie ihm die Mündung ihrer Waffe in die Brust drückte und widerwillig die Hand in seine Hosentasche schob.

Die Jeans saß eng und spannte bereits über seinem Körper, sodass ihre Hand unangenehm gegen sein Bein gepresst wurde, während sie sich zum Schlüssel vorarbeitete.

„Ja, Kleines, schnapp ihn dir! Etwas tiefer!" Der frivole Klang, den er seinen Worten beimischte, war weniger an Ellis selbst gerichtet, sondern an William, der sich mit wütender Miene nur mühsam im Zaun halten konnte. Leroy warf den Kopf in den Nacken und schaute sich um. Die zweite Frau hatte die Gruppe bereits verlassen, der Mann, der sie begleitet hatte, war inzwischen eine gute Distanz entfernt. Blieb nur noch der Mann, dessen Kiefer vor Anspannung aufeinander gepresst waren und die Muskulatur deutlich nach außen treten ließ und so offensichtlich reagierte, wenn er sich der Frau näherte. Leroy bemühte sich nicht, ein Lächeln zu verbergen - seine Chancen hätten schlechter stehen können.

„Wo ist es?" fragte Ellis ungerührt, inzwischen mit dem Schlüssel in der Hand.

Leroys Miene verdunkelte sich. „Im Kofferraum. Ich kann es dir zeigen." Er deutete mit dem Kopf in Richtung des verbeulten Heck, durch dessen Scheibe man mehrere Kartons sehen konnte. Mit langsamen Schritten trat er darauf zu und stolperte. Ellis bot ihm keine Hilfe an, und so fiel der Körper ein zweites Mal an diesem Morgen haltlos auf den Boden. William unterdrückte ein Grinsen.

Leroy ließ sich Zeit. Je länger er zum Aufstehen brauchte, umso weiter würde sich der andere Mann entfernt haben. Mit strampelnden Beinen und lautem Ächzen raffte er sich mühsam und umständlich auf und wuchtete den ungelenken Körper hoch. „Ja vielen Dank auch!" fauchte er und schüttelte den Kopf, wobei kleine Blutstropfen von seiner Nase und seinen Lippen sprühten. Ein weiterer kurzer Blick genügte ihm. „Es ist das da, mit dem braunen Paketband drum. Das, was da unter dem Sack mit dem Hemd vorguckt."

William würde später nicht mehr sicher wissen, ab wann ihn die Gewissheit überfiel, dass sich gerade Schreckliches zutrug. Ellis hatte den Schlüssel in das Schloss des Kofferraumes geschoben und zögerte den Bruchteil einer Sekunde irritiert, weil er sich nicht öffnen ließ. Es mochte der winzige Augenblick sein, in dem Leroy William die Fratze seiner freigelegten Zähne zeigte, in dem er es begriff. Bevor er die Möglichkeit hatte, zu reagieren, griff Leroy zu.

Der Kabelbilder baumelte lose um sein Handgelenk, als sich seine Hand um ihren Hals schloss und die gegen ihren Kehlkopf schlug. Mit geübtem Griff hatte er Ellis gepackt und in der selben Bewegung an sich gezogen, mit der er seine andere Hand wie einen zu großen Handschuh über ihre schob, in der sie die Waffe hielt. Drei Finger standen unnatürlich ab, der Kabelbinder hatte stellenweise die Haut abgerissen, als Leroy seine fleischige

Hand herausgerissen hatte. Das hielt ihn jedoch nicht davon ab, ihre Waffe unter ihr Kinn zu pressen.

„Red!" William bemühte sich nicht mehr, seine Stimme leise zu halten, wenngleich ein Flüstern genügt hätte, um die anderen zu alarmieren. Die Waffe auf Leroy gerichtet war doch kein Schuss möglich; obwohl umfangreicher, verbarg er sich hinter Ellis' Körper, den er vor sich hielt und schüttelte wie eine zu große Puppe.

Ellis, am Rande des Bewusstseins, hing mehr an seinen Arm als dass sie stand. Vor ihren Augen verschwand die Welt. Kleine Lichter blitzten hindurch, doch sie genügten nicht, um sich zu orientieren. Sie fühlte eine blutverschmierte Hand sich über ihre Finger pressen und das kalte Metall an ihrem Kinn, ohne es zuordnen zu können. Das Drehen setzte wieder ein, als ihr Körper versuchte, ein Oben und Unten zu finden, während der penetrante Geruch kaum noch in ihre Lunge sickerte. Geräusche kamen und gingen, sie konnte sie nicht verstehen. Alles, worauf sie sich konzentrieren konnte, war das gepresste Gefühl an ihrem Hals und das Weichen der Angst vor der tiefen Stille, die ihr vollkommend fremd war und immer einladender.

„Jetzt halten wir mal alle ganz entspannt die Fresse." knurrte Leroy mit einem dunklen Grollen. Er wirkte unaufgeregt, geradezu ruhig, während er die Schmerzen in seiner gebrochenen Hand nicht einmal wahrzunehmen schien. Auch das Gewicht der Frau belastete ihn nicht merklich, und er nahm mit Gefallen wahr, dass die Kraft in ihren Händen, die versuchten, seinen Griff zu lockern, erstarb.

„Ich habe keine Sicht!" brüllte Cooper und hörte einen lauten Knall, der unter ihm abgegeben wurde und seinen Herzschlag kurz aussetzen ließ.
Ein zweiter folgte, ein dritter.

„Kein Treffer. Red." wiederholte William. Keiner der beiden Schüsse, die Leroy vage in seine Richtung abgegeben hatte, hatte auch nur annähernd seine Nähe erreicht, der dritte war unkoordiniert auf die Umgebung abgegeben worden, ehe er sie wieder an Ellis gepresst hatte. Mit der Waffe auf ihn gerichtet nahm er mit wachsender Besorgnis wahr, dass Leroy die kraftlos werdende Frau stetig in Bewegung vor sich hielt. Das machte nicht nur einen letalen Schuss unmöglich, sondern auch ein einfacher Verwundungsschuss konnte Ellis treffen.

Noir war bei dem Begriff „Red" losgesprintet, durch das Wohnzimmer, den Flur, zur Tür. Red. Agent in Lebensgefahr. „Freigabe!" schrie sie und stürmte aus der Tür.

Der Knall erreichte sie Bruchteile später als der Einschlag auf der Weste. Die Wucht der Kugel schleuderte sie gegen den Türrahmen und presste die Luft aus ihrer Lunge, holte sie von den Füßen. Mit dem Gefühl, dass sich ihr Inneres unter dem Druck des Schlages unwiederbringlich zu einem Diamanten zusammengepresst hatte, ließ sie sich zurück in das Haus fallen. Ohne genug Luft zu bekommen, um sprechen zu können, krabbelte sie hinter das zementene Geländer, das die Treppe hinauf zur Eingangstür geleitete.

„Keine Sicht!" rief Cooper, der nach wie vor im Giebelfenster lag und sich verzweifelt bemühte, die Umgebung nicht aus den Augen zu lassen und zugleich in die Handlungen eingreifen zu können, die sich unter ihm zutrugen.

In der Ferne waren zwei beschleunigende Auto zu hören. Nachbarn, die von den Schüssen aufgeschreckt ihre Köpfe aus den Fenstern streckten, wichen erschrocken zurück, als sie den blutverschmierten Mann mit der Figur in der Hand sahen, aus der immer mehr Spannung wich.

„Schieß, verdammt! Freigabe! Schieß!" Noirs Stimme kehrte zurück, erst brüchig, dann immer lauter. William wandte seinen Blick nicht von Ellis und Leroy ab. Er wusste, dass ihre Worte ihm gegolten hatten; er hatte als einziger freie Sicht. Doch so sehr Noir auch davon ausgehen mochte, dass er zu einem Schuss in der Lage war, der Leroy verwunden und Ellis unverletzt hielt, so sehr zweifelte er daran. Traf er ihn, ohne ihn zu töten, wäre Ellis ohne Zweifel tot - gleichgültig, ob willentlich oder durch den Schock des Treffers ausgelöst, würde er den Abzug tätigen.

„Ich weiß nicht, wer ihr scheiß fucker seid." knurrte Leroy. „Aber ich hab's jetzt satt." Dabei drehte er den beinahe leblosen Körper zwischen sich und William. Die schmale, schlaffe Frau war leicht zu halten, da hatte er es schon mit ganz anderen Biestern aufgenommen. Die Schusswaffe war ihm zwar nicht fremd, doch er war kein guter Schütze und er hatte nie Zeit investiert, um das zu ändern. Mit Waffen ging er nicht gern um, doch im Augenblick machte sie Eindruck genug, um ihm Zeit zu verschaffen.

„Schieß, verdammt!" brüllte Noir wieder, doch William zögerte. Mit der Waffe auf Leroy gerichtet stand er vor ihm und sah seinen Kopf sicher hinter ihrem Körper verborgen.

Mit quietschenden Reifen näherte sich beide Wagen, Tajo und Matthew sprangen heraus.

„Ein Schritt näher und ich puste der Kleinen das Hirn durch die Schädeldecke." kündigte Leroy an und spielte mit dem Trigger. „Wie weit kann ich ihn wohl durchziehen, bis das Ding auslöst, hm?" fragte er mit gespielter Nachdenklichkeit, während er die Gefahr auskostete, die von ihm ausging. Die Männer wichen zurück. Die Waffen im Anschlag wagten sie nicht, Leroy in dieser Situation zu provozieren: Das Anziehen des Triggers genügte. Dass dabei die Zeit eilte, war unübersehbar. Leroy war dabei, den Dodge zu umrunden, was ein zusätzliches Hindernis darstellen würde. Käme er mit Ellis in den Wagen, sähe er sich der ausweglosen Situation gegenüber, dass er nicht Ellis weiter als Schutzschild benutzen und zugleich fahren konnte. Wie das ausgehen würde, wagten sie sich im Augenblick nicht einzugestehen.

Noir sah das freilich anders. „Sieh dich um, Leroy!" rief Noir und schnappte immer noch nach Luft, während sie sich an der Mauer entlang bis zum Fuß der Treppe zog und versuchte, einen Winkel zu finden, der eine Schussabgabe ermöglichte. „Deine einzige Chance, das zu überleben, ist aufzugeben!"

„Mein Ticket ist dieses Schätzchen hier." Grob stieß er Ellis den Lauf der Waffe ins Gesicht, verletzte dabei ihre Braue. Als ein schmales Rinnsal hellen Blutes aus dem Spalt drang und über ihr Gesicht rann, zeigte sie keine Reaktion.

„Holt ihn vor!" zischte Cooper. „Zwei Schritte reichen!"

William riss kurz seinen Blick hoch, konnte Cooper auf die Schnelle aber an keinem Fenster erspähen. Tajo und Matthew standen hinter ihm auf der Straße, Noir lag am Boden. Er ließ die Waffe sinken.

„Ich nütze Ihnen mehr als eine tote Frau." sagte er tonlos. „Sie haben sie doch schon erwürgt."

Leroy sah von ihm zu dem weichen Stück Fleisch, das nur noch von seiner Hand aufrechtgehalten wurde. Eigentlich hatte er nicht besonders fest zugedrückt, hatte er gedacht, aber offenbar hatte der Mann recht: Die Arme der Frau hingen reglos herunter, und auch ein kräftiges Schütteln brachte kein Leben mehr in den Körper.

William ging langsam und mit erhobenen Händen auf Leroy zu.

„Nein!" überkreuzten sich die Schreie von Noir und Matthew, doch William legte seine Waffe langsam nieder, sank auf die Knie und verschränkte die Hände hinter dem Kopf.

„Ich bin Ihr Ticket, um hier lebend rauszukommen." William sah ihm unentwegt in die Augen. Seine Stimme war ruhig und kündete zugleich von einer tiefen Traurigkeit.

Leroy überlegte einen Moment, dann ließ er Ellis zu Boden sinken. Ein Lebender gegen eine Tote, der sich auch noch freiwillig ergab - das war ein guter Deal.

Ellis schlug auf dem Boden auf und blieb mit unnatürlich verdrehten Körper liegen, als Leroy über sie hinweg stieg. Er lachte, dunkel, tief, grausam, während er den ersten Schritt auf den knienden Mann zumachte. „Dann dann komm mal mit, mein Kleiner." sagte er und wollte nach Williams Arm greifen, als zwei Kugeln in seine Beine und eine in seine Schulter einschlugen.

VIERZEHN

Cooper lag weit über den Vorsprung gelehnt auf dem Dach. Er atmete ruhig und kontrolliert, den Finger noch am Abzug. Er sah dabei zu, wie Leroy von der Kraft der Kugel nach vorn geworfen und von zwei weiteren Kugeln getroffen wurde, die seinen Körper verdrehten, wie er halb heruntersank und William hochschoss und ihn unter sich riss.

Leroys Schädel schlug hart gegen den Asphalt. Tajo und Matthew stürmten zu William, der mit Handschellen und Kabelbindern seine Hände und Beine fesselte.

„Gesichert!" schrie William, obwohl alle so nah waren, dass es ihn nicht gebraucht hatte. „Geht zu ihr! Geht zu ihr!"

Mit schmerzender Brust lag Noir am Fuß der Treppe und legte die Waffe nicht ab. Der Geruch von Schießpulver und Kordit waberte um ihr Gesicht, während sie bereit war, eine zweite Kugel zu entfesseln und sich in das Tier vor ihr bohren zu lassen. Ihr Schuss hatte sein Bein nah an der Hüfte durchschlagen, Cooper hatte ihn in der Schulter getroffen. Ob die dritte Kugel von Matthew oder Tajo gekommen war, wusste sie nicht; auch nicht, wie schwer verletzt Leroy war. Er hatte Ellis losgelassen und war bewegungsunfähig und unbewaffnet - das hatte Vorrang.

„Zustand." sagte sie leise und wagte es nicht, den Blick abzuwenden.

„Save." keuchte William und riss den inzwischen bewusstlosen Körper des Mannes hoch, wuchtete ihn Richtung der Wagen, die mit offenen Türen auf der Straße standen.

„Save." meldeten auch Cooper und Tajo. Matthew kniete neben Ellis, die inzwischen wieder halb zu

Bewusstsein gekommen war und deren Kopf noch unkoordiniert baumelte, während sie nur flach und stoßhaft atmete. Vorsichtig tastete er ihren Hals ab, sprach beruhigend auf sie ein. „Lebt, kaum ansprechbar, atemreduziert und schwach. Ich bin save." meldete er sich schließlich.

Es erforderte Mühe und Tajos Hilfe, Leroy in den Wagen zu verbringen. Mehrfach gesichert und trotz der Bewusstlosigkeit mit Sack über dem Kopf zwängten sie ihn in den Fußraum der Rückbank, legten ihm eine Kette eng um seinen Nacken und vertäuten sie zweifach an den Sitzen. Es würde verhindern, dass er sich im Fall eines Erwachens bewegen könnte.

„Bringt ihn weg! Jetzt!" Mit Mühe stand Noir auf. Der Einschlag auf ihrer Brust schmerzte, drückte auf ihre Lunge und ihren Arm, der zunehmend taub wurde. Sie sah hinauf, winkte Cooper zu. „Komm runter. Du sicherst sie. Nimm den zweiten Wagen." Sie wandte sich an Matthew. „Wir müssen sie hier wegbringen. Wir haben noch maximal zwei Minuten, bis die Polizei hier sein wird." Unwirsch und ärgerlich deutete auf die Nachbarhäuser, vor denen sich ein paar Nachbarn versammelt hatten und ebenso schockiert wie sensationsgierig zu ihnen herüber starrten.

„Sein Wagen?" fragte Matthew und griff unter Ellis Arme, um sie auf die Füße zu stellen.

„Aufbrechen, kurzschließen, mitnehmen."
Cooper erschien am Kopf der Treppe. Noir wandte sich ihm zu, um ihn wegen des Schusses zu loben und sah überrascht auf das zerrissene Hosenbein, aus dem unaufhaltsam ein Strom als Blut in die Kleidung und über seinen Schuh lief.

„Du bist verletzt." stellte sie fest.
Cooper winkte ab. „Ich bin an was hängen geblieben. Nichts schlimmes, sieht viel wilder aus als es ist."
Das Adrenalin raste noch durch seine Adern, begleitet von Testosteron, sodass die Schmerzreize noch gar nicht bis zu

ihm durchgedrungen waren. Er spürte nur ein unnatürliches pulsieren und etwas feuchtes, das über seine Haut rann, doch sein Körper schien immun gegen den Schmerz der Verletzung und der Anstrengung, die er geleistet hatte. Auch, als Noir an sein Bein fasste, spürte er nichts.

Noir zog den Stoff beiseite. Die Haut war zerrissen, die Wundränder schmutzig und ausgefranst. Kritisch betrachtete sie die Verletzung und schob Cooper dann energisch in Richtung der Autos, die inzwischen Ellis und William aufgenommen hatten und nur auf die beiden noch warteten.

„Was machen wir mit der Leiche?" fragte Matthew vom Fahrersitz aus.

„Nicht unser Zirkus, nicht unsere Affen. Lasst die der Polizei." Damit sprang Noir auf die Rückbank und bedeckte die schmerzende Brust schützend mit der Hand, während in der Nähe die ersten Sirenen der Einsatzfahrzeuge aufheulten.

> Samstag, später Morgen
> Las Vegas, Nevada

Ellis saß auf dem Beifahrersitz und ließ die Beine kraftlos heraushängen, sodass ihre Füße über dem sandigen Boden schwebten.

Noir stand neben der offenen Autotür und beobachtete Tajo, der noch einmal die Pupillenreflexe überprüfte, ihre Kehle abtastete und vorsichtig den Kopf bewegte, bevor er ihr wieder die Sauerstoffmaske aufsetzte.

„Niedriger Blutdruck, Blutergüsse am Hals und wenige Petechien in Augen und in der Mundhöhle. Zungenbein scheint okay zu sein. Sonst okay. Ich halte es für nicht dramatisch, aber sicher sagen kann man das nur, wenn man sie wirklich gründlich untersucht." sagte er an sie gerichtet. Er streifte die Latexhandschuhe ab und legte Ellis behutsam die Hand auf das Knie. „Ich würde dich gern in ein Krankenhaus bringen, damit wir dich einmal durchchecken lassen können."

„Nein. Mir geht es gut. Ich habe nur ein wenig Kopfschmerzen, sonst geht es." winkte Ellis ab. „Ich lasse mich untersuchen, wenn wir zurück sind, jetzt sind andere Dinge wichtiger."

Noir tauschte einen Blick mit Tajo aus und bedeutete ihm, sie ein Stück zur Seite zu begleiten. Der packte das Untersuchungskid zusammen und folgte ihr ein paar Schritte.

„Ich verlasse mich auf deine Einschätzung." sagte sie mit kritischem Unterton. „Aber vom Gefühl her würde ich auf eine Untersuchung bestehen."

Tajo fuhr sich mit der Hand über das leicht stoppelige Kinn. „Am Hals scheint alles heilgeblieben zu sein. Er hatte sie nicht sehr lange am Hals, es dürfte nicht für eine wirkliche Schäden gereicht haben: Erwürgen dauert länger, und das waren keine zwei Minuten - mit einer einzelnen Hand, wohlgemerkt. Sie hätte nicht so schnell bewusstlos werden dürfen, wenn du mich fragst. Blutstauungen im Gehirn kann ich so allerdings nicht ausschließen, Petechien sind ja schon da, wenn auch nicht viele."

„Alternative Gründe?"

„Ganz ehrlich? Kreislauf, Überlastung, allergischer Schock, vielleicht eine Panikattacke. Ihr ging es vorher schon nicht gut. Wäre Ellis dem Tod wirklich nah gewesen, hätte sie auch die Schließmuskelkontrolle verloren, das ist nicht der Fall. Ganz sicher eine schlimme Erfahrung, aber sie ist ansprechbar und orientiert, Kopf und Wirbelsäule sind frei beweglich; es hätte viel schlimmer ausgehen können. Ich finde sie allerdings sehr reaktionsverlangsamt. Reflexe laufen ohne Probleme, aber die Vigilanz gefällt mir nicht wirklich."

Noir warf Ellis einen schnellen Seitenblick zu. „Wir bringen sie hin." entschied sie. „Ob sie will oder nicht. Mir ist das zu unsicher. Danke dir." Sie klopfte ihm dankbar auf den Arm. „Ich brauche dich hier, schick mir Matthew raus, der wird sie bringen."

Tajo nickte und entfernte sich, Noir ging zu Ellis zurück. Vor ihr sank sie in die Knie und verschränkte die Hände ineinander.

„Ellis, Matthew wird dich zu einem Arzt bringen. Ich bestehe darauf, keine Widerworte, ich diskutiere das nicht. Das Wichtigste bist jetzt erst mal du."

Ellis hielt den Kopf gesenkt. Die blonden Haare fielen über ihr Gesicht und warfen Schatten auf sie, die im Rhythmus ihrer flachen Atmung tanzten.

„Ich erinnere mich kaum." sagte sie leise, und ihre Stimme wurde durch die Maske noch gedämpft. „Ist jemandem etwas passiert?"

Noir unterdrückte einen Griff an den immer dunkler werdenden, schmerzenden Fleck an ihrer Brust. „Keiner ist ernsthaft zu Schaden gekommen." antwortete sie beruhigend. „Wir schauen jetzt zu allererst, dass dir nichts passiert ist."

Sie wartete bei ihr, bis Matthew zu ihnen gekommen war und besprach sich kurz mit ihm, dann wandte sie sich um und ging in die Auffahrt zum Bungalow hoch, während der Wagen ansprang und wendete.

Die Tür schloss sie hinter sich mehrfach ab und zog die Rollläden im Flur herunter, wiederholte es bei den anderen Zimmern. Einzig die Türen zum Garten ließ sie nicht nur unverhangen, sondern geöffnet.

Draußen stand William über eine kleine Müllhalde gebeugt. Sie hatten den gesamten Inhalt aus Leroys Wagen ausgeladen und im Garten auf mehreren Planen ausgebreitet, und er sichtete, was aus den Untiefen des Dodge aufgetaucht war.

„Mit dem Geruch kannst du ein ganzes Viertel ausräuchern." William zog sich die Atemmaske vom Gesicht und offenbarte eine aufgeplatzte Lippe und Kratzer vom Asphalt. „Es ist unfassbar viel Müll."

„Ist ein schmutziger Job." entgegnete Noir und ließ ihren Blick über die ausgebreiteten Dinge wandern.

Kartons, Zigarettenschachteln und -stummel, Ersatzreifen, Mülltüten von Kleidung und undefinierbaren Dingen, eine halb abgewickelte Rolle Toilettenpapier - sie hoffte, es war unbenutzt.

Für den Moment hatte sie ihre Wut heruntergeschluckt; Wut darüber, dass William ohne ein Wort an die Kollegen aufgebrochen war und so den Einsatz verzögert hatte; Wut darüber, dass er nicht geschossen hatte, Wut darüber, dass der Einsatz derart schiefgelaufen war und ‚unauffällig' sicherlich das letzte Wort war, das man ihm nachsagen konnte. Für den Moment musste das allerdings zurückstehen.

„Halt mich auf dem Laufenden, wenn du das richtige Paket gefunden hast."

Noir kehrte ins Innere des Hauses zurück, das sie mit einer bedrückenden Stille umfing. Die Ruhe vor dem Sturm.

Kurz sah sie sich im Wohnzimmer um, dann öffnete sie das Sideboard, in welchem sich die Gesellschaftsspiele und Kugeln befanden. Sie hatte es richtig in Erinnerung - im hinteren Teil des Schrankes lagen auch zwei Baseballschläger. Sie zog beide hervor und begutachtete sie; ein Exemplar war aus Aluminium, das andere aus Holz. Beide verfügten über deutliche Gebrauchsspuren, ein willkommener Umstand.

Sie entschied sich für den hölzernen Schläger, überprüfte, wie ausbalanciert er in der Hand lag und sich in Bewegung verhielt. Es würde schon reichen.

Tajo wartete bereits an der Tür zu dem Zimmer, das provisorisch zum Kontaminationsraum umgebaut worden war und warf einen demonstrativ besorgten Blick auf den Baseballschläger.

„Geh ich mit rein?" fragte er, doch sie schüttelte den Kopf.

„Wir holen dich, wenn wir dich brauchen. Halt die Ohren offen. Nur nicht zu sehr, es wird laut werden."

Betont langsam öffnete sie die Tür und schob sich durch

die Plastikvorhänge. Der Schläger kratzte dumpf über den Türrahmen.

Das Zimmer war ausschließlich durch das Lampenlicht erhellt, hinter dem mit Folie verhangenem Fenster schloss die Jalousie sie von der Außenwelt ab. Die Möbel waren an die Wände geschoben und ebenfalls mit Folie abgedeckt worden, nur ein Stuhl stand in der Mitte des Raumes. Auf ihm saß Leroy McCarthy, der schwer atmete und langsam auf den Boden blutete.

Cooper saß auf dem Bettgestell und spielte mit seiner Waffe. Geräuschvoll ließ er sie um einen Finger kreisen, kratzte über das Metall und ließ die Sicherung schnappen. Als er Noir eintreten sah, glühten seine Augen. Den Schläger kommentierte er mit einem Grinsen, das sie düster erwiderte, dann erhob er sich und trat zu Leroy, um ihm den Sack vom Kopf zu reißen.

Noir stand in einiger Entfernung, soweit der beengte Raum das erlaubte, und fixierte den Mann, der verschwitzt und blutverschmiert unter dem Stoff hervorkam. Er röchelte und schwitzte, doch er lachte. Seine glasigen Augen sprangen zwischen Cooper und Noir hin und her, und sein Lachen wurde lauter.

„Wer seid ihr?" fragte er. „Polizei? FBI?"
Noir schwieg einige Sekunden. Mit dem Schläger malte sie Zeichen in den nicht vorhandenen Staub zu ihren Füßen.

„Das wirst du dir noch wünschen, Leroy." sagte sie dann mit unbeteiligt. „Das wirst du dir noch sehr wünschen."

Cooper begann, den Stuhl mit seinem unfreiwilligen Gast zu umrunden, kleine Kreise, dicht genug an ihm, dass er ihn beinahe berührte.

„Und was wollt ihr Wichser dann?"
Die Schrammen im Gesicht und das aufgeplatztes Kinn erschwerten seine Aussprache. Ein paar Zähne schienen sich gelockert zu haben, als William ihn auf den Asphalt niedergerungen hatte, und kleine Blutströpfchen sammelten sich an seinen Lippen und auf dem Zahnfleisch, die er

beim Sprechen über seinen ohnehin blutenden Körper verteilten.

Noir kam nah an ihn heran. Der Geruch, den er ausströmte, brannte sich in ihre Lunge; eine unsichtbare Wand zwischen ihm und ihr, die sie abstieß und gegen die sie ankämpfte. Sie würde ihn nicht schützen.

Langsam beugte sie sich weit genug herunter, um mit ihrem Gesicht auf seiner Höhe zu sein und bedeutete Cooper, hinter ihm stehen zu bleiben.

Sekunden, die nur zäh vergingen, betrachteten sie einander beinahe Nasespitze an Nasespitze. Sie sah in seine blassen, grauen Augen, studierte die feinen Strukturen seiner Iris und fixierte den kleinen, dunklen Punkt seiner Pupille, hinter dem das Gräuel lauerte. Überrascht stellte sie fest, dass Leroy offenkundig eine krankhafte Veränderung der Augen hatte, die ihr bisher nicht aufgefallen war; während die linke Pupille ein einfaches, unscheinbares Grau trug, zogen sich durch sein rechtes viele dunkle Fäden, die um die Pupille eine zornige Krone bildeten. Sie fragte sich, welches Auge das Gesunde sein mochte.

Zugleich war sie sich bewusst, dass er sie ebenso taxierte, versuchte, in sie einzudringen und das schlachtbare Wesen in ihr suchte.

Cooper riss ihn hoch. Seine Hände packten Leroys Schultern und gruben sich fest in sein fahles Fleisch. Der Stuhl fiel um, als Leroy überrascht versucht, sich des Griffes zu erwehren oder zumindest auf seinen eigenen Füßen Halt zu finden. Der Durchschuss in seiner Schulter brannte auf, als Cooper seinen Daumen in sie stieß, und trieb ihm unfreiwillig Tränen in den Augen. So konnte er nur undeutlich und verschwommen erkennen, dass die Figur vor ihm einen Schritt zurücktrat und ausholte.

Ohne zuvor ein Geräusch gemacht zu haben, traf der Schläger auf seine Knie. Es splitterte, es knackte mehrfach und Leroys gellender Schrei erfüllte den Raum. Als habe der Schläge lediglich dünne Stäbe aus sprödem Holz

317

getroffen, brach er durch die Knochen und trieb Teile des Schienbeins durch die Haut der Kniekehle.

Noir richtete sich wieder auf und begutachtete das blutverschmierte Holz. „Schönes Teil." sagte sie positiv überrascht und drehte es in der Hand, während Cooper den noch immer schreienden Mann zu Boden fallen ließ. Seine Beine, unfähig, ihn noch zu tragen, klappten unkontrolliert weg und blieben unter ihm liegen.

„Was wollt ihr denn?" brüllte er schwer atmend. „Was hab ich euch denn getan? Warum tut ihr das?" Noirs Blick sprang vom Schläger zurück zu ihm.

„Wie viele Schläge wird es brauchen, bis du dir das selbst beantworten kannst?" fragte sie, doch Leroy antwortete nicht. Mit vor Panik und Schmerz geweiteten Augen starrte er sie an.

„Betrachte mich einfach als so eine Art... Verhörspezialistin." sagte sie nachdenklich. „Du solltest hier nicht mit der Gnade des Staates rechnen - was schlecht für dich und gut für mich ist." Die Ruhe, mit der sie sprach, verfehlte ihre Wirkung nicht.

„Werdet ihr mich umbringen?"
Noir zuckte mit den Schultern und gab einen Laut der Beliebigkeit von sich. „Unfälle passieren." sagte sie leichthin. „Manchmal."

Cooper stand hinter dem zusammengesackten Leroy und sah auf ihn herunter. Den Schmerz in seiner Wade spürte er nach wie vor nicht, zu hoch war sein Maß an Erregung. Das Adrenalin pulsierte in ihm, durchströmte seine Muskeln und animierte ihn durchgängig, sich in dieses Geschehen zu stürzen, von seiner Macht zu kosten und sie in jeder Faser seines Seins zu spüren. Er liebte diesen Moment, und er liebte es, ihn gemeinsam mit Noir zu erleben.

Leroy war ein wenig Zeit gelassen worden, um sich über das vermeintliche Angebot klar zu werden, ob er zu den ‚Verunfallten' gehören wollte oder nicht.

„Fragt, was ihr wollt." knurrte er schließlich. „Ich

antworte."

Noir strich zärtlich über die vermackelte Oberfläche des Schlägers. Sie konnte nicht abstreiten, dass ein kleiner Teil von ihre diese Situation genoss. Einem Wesen gleich, dass größtenteils in schwere Ketten geschlagen im Dunklen ihres Geistes wartete, fraß es sich nun weiter in ihr Bewusstsein, glühte, entfachte Feuer der Zerstörung. Es erforderte Kraft, diesen Teil von ihr zu kontrollieren. Sie fürchtete ihn in stillen Momenten, fürchtete das, was er aus ihr zu machen vermochte, wenn sie ihn nur ein einziges Mal völlig in ihr wildern ließ.

Doch in Augenblicken wie diesem, einem Menschen wie Leroy McCarthy gegenüber, spürte sie ihn - und ließ ihn langsam hervortreten, noch immer gefesselt, bewacht ließ sie ihn die Zähne fletschen und sie selbst und ihr Gegenüber das erahnen, was in ihr steckte. Vor Angst und Lust gleichermaßen spürte sie, wie ihr Herzschlag schneller wurde.

„Boise und du."

Leroy nickte langsam. Kurzatmig versuchte er, sich halbwegs aufzurichten.

„Habe ihn in Ridgewater kennengelernt." schnaufte er. „Er hat mich angesprochen. Im Baumarkt."

„Ergreifende Geschichte." kommentierte Noir kalt und ignorierte Coopers Grinsen.

„Ja was wollt ihr denn wissen?" fauchte Leroy zurück. „Dann frag halt genauer!"

Erneut drehte sie das Holz in der Hand, ließ es sich um seine Längsachse kreisen. Leroy quiekte verhohlen.

„Er hat mich angesprochen. Hat mich gefragt, ob ich mit ihm was machen wollte." Er überlegte merklich, wie viel er erzählen wollte. „Was aus seinem Hobbybereich."

„Es ist so schön, wenn man Hobbys teilt." stellte Noir fest.

Leroy musterte sie kritisch. Er war sich nicht sicher, wie er diese Aussage interpretieren sollte, ahnte jedoch, dass es sinnlos sein könnte, viel über sich selbst abzustreiten.

„Wir haben ein wenig geredet. Er hatte eine Hütte, oben, in den Bergen. Er hatte mich da schon eine Weile... beobachtet, sagte er. Keine Ahnung, wie."

„Du bist eine Drecksau." grollte Cooper. „Bei der Sauerei, die du hinterlässt, war das nicht schwer." Er stand hinter ihm an die Wand gelehnt, befand sich damit außerhalb von Leroys Blickfeld. Die kräftigen Arme vor der Brust gekreuzt, nahm er befriedigt zur Kenntnis, dass Leroy versuchte, sich zu ihm umzudrehen, sich aber nicht ausreichend drehen konnte. Stattdessen lachte er.

Noir hob leicht eine Augenbraue. Es gefiel ihr nicht, dass Leroy sich selbst bei Laune halten konnte; das zeugte davon, dass er die Situation nach wie vor nicht ernst genug nahm. Und so lachte er, ein Lachen, das seinen Stolz nicht verbergen konnte, und laut genug, um von den Wänden zurückgeworfen zu werden.

„Na, bisher hat es die Polizei jedenfalls nicht mitgekriegt."

„Leider, leider sind wir nicht die Polizei." erinnerte Noir und grinste. Leise. Lautlos. Böse.

Der blutende Mann verstummte. Das Lachen war verhallt, doch der Stolz blieb auf seinem Gesicht.

„Wir haben erst ein paar Nachmittage miteinander verbracht. Er kam ins Internetcafé oder wir haben irgendwo anders rumgesessen. Geredet haben wir nicht viel. Er kam erst irgendwann später damit raus, dass er einen Gefallen von mir wollte." fuhr er fort.

„Amigo, komm zur Sache, oder wir müssten noch mal darüber nachdenken, dich etwas anzutreiben." Zur Unterstützung seiner Worte trat Cooper gegen ein Regal, dessen Inhalt laut schepperte. Leroy zuckte zusammen.

„Er wollte, dass ich ihn töte." antwortete Leroy trocken.

„Alltägliche Bitte." kommentierte Noir. „Frage ich Fremde auch oft."

Wieder verzog sich sein Gesicht zu einem zähnefreilegenden Grinsen. „Das kann ich dir besorgen, Kleines. Sehr gerne sogar."

Cooper stieß sich von der Wand ab und trat Leroy kräftig in den Rücken. Der Mann kippte ungeschützt vornüber und schlug auf das Gesicht. Trotzdem lachte er laut und zufrieden. Er hatte es geschafft, die Kontrolle zu übernehmen, wenn auch nur für einen kurzen Augenblick: Er hatte den Anreiz gesetzt und eine Reaktion provoziert, und die war emotional und stark gewesen. Das gefiel ihm.

Noir sah zu Cooper und schüttelte leicht tadelnd, leicht amüsiert den Kopf.

Cooper stand noch immer hinter Leroy und blickte wütend auf ihn herab. Er war hungrig auf Bewegung und Kampf, und er war keinesfalls bereit, zu dulden, dass dieser Mann es wagte, seiner Noir zu drohen. Dennoch genügte ein unauffälliges Weisen mit dem Kopf Richtung Wand, damit er wieder zurücktrat.

Noir ließ Leroy liegen und beobachtete ruhig, wie er sich mühsam zurück in eine sitzende Position kämpfte. Es dauerte.

„Ernsthaft, Süße! Du würdest ein Meisterwerk werden!" schwärmte er, noch bevor er sich vollständig aufgerichtet hatte, und dieses Mal brauchte es eine deutliche Geste, um Cooper wieder zurückzuschicken. Einen Augenblick fürchtete Noir, ob Cooper ihrer Kontrolle zu entgleiten drohte.

„Das einzige Blut, das hier fließt, ist deins, falls dir das noch nicht aufgefallen ist." entgegnete sie ruhig. Automatisch glitt ihr Blick kurz zu Coopers Bein, an dem die zerrissene Hose herunterhing. Die Wunde hatten sie provisorisch versorgt und mit dunkler Bandage verbunden; so blieb Leroy verborgen, dass nicht er allein verletzt war. „Erfreu dich daran. Es wird das letzte Blut sein, das du je sehen wirst." Sie wartete, bis Leroy wieder willens war, zwischen Leidenschaft und Selbsterhaltungstrieb einen Mittelweg zu finden. Dann bedeutete sie ihm ungeduldig, fortzufahren.

„Garret war krank. Endstadium, Krebs." erklärte der schließlich. „Er hatte keine Lust, daran zu verrecken. Ich durfte es übernehmen."

„Der Preis?" Sie spürte, dass ihr Handy vibrierte, ignorierte es aber.

„Er musste nicht leiden." Leroy versuchte, mit den Schultern zu zucken, schaffte es jedoch nicht, die Geste zu Ende zu bringen. Die Schmerzen rissen an seiner Mimik. Der Schläger durchschnitt ohne Vorwarnung die Luft und schmetterte erneut auf das schwerer verletzte Knie. Der Knochen splitterte weiter auf, der Laut aus dumpfen Schlag und feuchtem Klatschen ging in Leroys Schrei unter.

„Ich frage noch mal." fuhr Noir ruhig fort. „Welchen Inhalt hatte der Deal? Wirklich, ich würde reden, Leroy, sonst müsste ich vielleicht zu Mitteln greifen, die nicht mehr so schonend sind wie dieses kleine Migränestäbchen hier."

Es dauerte eine Weile, bis Leroys Schreie abgeebbt waren und nur noch ein arrhythmisches Schluchzen übrig war.

„Ich verschaffe ihm ein letztes Opfer, und dafür darf ich ihn umbringen." presste er heraus. „Er wollte noch mal 'ne Frau haben, war aber zu schwach, um das selbst zu besorgen. Ich hab ihm Hellen gebracht."

„Wozu in die Ferne schauen, wenn das Gute doch so nah liegt?" bellte Cooper, und Noir spürte, wie es ihr einen Stich versetzte. In ihr weckte es die Bedrückung, das sie gespürt hatte, als sie durch Hellens Wohnung gegangen war. Unwirsch schob sie die Empfindungen beiseite. Dies war nicht der Moment, um zu fühlen.

Leroy machte ein Gesicht, das schwer zuzuordnen war. „Sie war letztlich da." sagte er schließlich. „Ich weiß nicht, was er mit ihr gemacht hat."

„Das weißt du sehr genau. Wir haben euren kleinen... Heimporno gefunden."

Einen Augenblick kehrte Stille ein. Noir fragte sich, ob

Leroy Schuld oder Scham deswegen empfand, auch wenn sie bezweifelte, dass er in der Lage war, so etwas zu empfinden.

Mit ernstem Gesichtsausdruck starrte Leroy sie kalt an. Es war ihm anzusehen, dass an dieser Stelle auch für ihn das Spielen vorbei war; sie hatte etwas angesprochen, das ihn im Kern ausmachte. Das ließ er sie nicht kritisieren, und schon gar nicht verurteilen.

Sie hielt seinem Blick stand.

„Ich habe sie ihm überlassen." grollte er. „Darauf kommt es an."

„Wie oft hast du sie eigentlich gefickt?"

Noir hob den Kopf und sah angewidert zu Cooper. Die Frage hatte sie sich zwar auch gestellt, doch sie besaß so wenig Relevanz für ihre eigentliche Suche, dass es ihr nicht in den Sinn gekommen wäre, sie momentan zu stellen.

Trotz der Schmerzen zwang Leroy seinen Körper, sich umzudrehen. Mit einem hasserfüllten Blick bedachte er den blonden Mann, ohne ein Wort von sich zu geben.

Cooper sah in die blutunterlaufenen Augen und nahm mit Genugtuung wahr, wie die angerissenen Lippen zuckten. Er wünschte, Leroy wäre nicht gefesselt und in der Lage, sich körperlich mit ihm zu messen. So musste er es dabei belassen, ihn emotional zu reizen. „Sag schon. Wie oft musste sie deinen schweinehaften Körper aushalten?"

Noir fühlte, wie sich ihr Brustkorb verspannte. Dankbar spürte sie die sich aufbauende Kälte und konzentrierte sich auf die Spannung in sich, während sie Leroys Stimme ertrug.

„Nur das eine Mal." raunzte er.

„Wir haben mit Diane gesprochen. Hast ohne Hellen keinen hochgekriegt, was? Und an sie hast du dich alleine nicht getraut, was? Brauchtest deinen Bog Boy dafür." Die Demütigung, die Coopers in seine Stimme gelegt hatte, war körperlich greifbar, und Noir empfand ehrlichen Ekel vor Cooper. Zwar war ihr bewusst, dass er es sagte, um Leroy zu provozieren, doch es klang zu befürwortend, zu animierend, als dass sie es auszuhalten gewillt war.

Wieder vibrierte das Telefon, wieder ignorierte sie es.

„Was ist mit Hellen eigentlich danach passiert?" Cooper wusste, dass die Antwort darauf für Noir wichtig war. Sie mochte nicht relevant für den Auftrag sein, doch wenn sie darauf je eine Antwort bekommen würden, dann jetzt. „Hast sie als kleine Mitbewohnerin mitgeschleppt nach Riviera?"

Ungläubig und angeekelt schnaubte Leroy. „Ich behalte doch keine Leichen." Er fühlte sich offenkundig brüskiert von der Unterstellung, er habe Hellens Körper nicht loslassen wollen. „Ich habe keine Ahnung, was er mit ihr gemacht hat; kaltes Fleisch interessiert mich nicht. Das in dem Haus war irgendeine Cracknutte, die da gewohnt hat. Garret hat sie nicht erwähnt, und sie hat mich genervt."

„Es reicht!" fuhr Noir voller Abscheu dazwischen. „Hergang."

Leroy sah sie unschlüssig an. „Von... wovon?"

Angeekelt verzog sie das Gesicht. „Von Boises Tod. Das Video haben wir gesehen. Erbärmlich. Einfach nur erbärmlich."

Leroys Blick wurde kalt. Alles an seinem Wesen verhärtete sich, der Hass gewann die Überhand. Er schien einen Augenblick zu überlegen, ob er der Forderung nachkommen oder noch etwas zu Hellen sagen wollte, entschied sich jedoch dagegen. Nur unwillig fuhr er fort.

„Wir haben einen Tag verabredet. Vorher seine Sachen aus der Hütte gebracht. Ich hab ihm den Schädel eingeschlagen, zack, das war's. Kein Meisterstück."

„Was ist mit seinen Sachen passiert?"

Er überlegte kurz. „Ein bisschen Kram hat er verkauft, Waffen zum Beispiel. Kleidung haben wir weggeschmissen, Medikamente hab ich an Tiere verfüttert." Er lachte bei dem Gedanken daran, doch niemand lachte mit. „Ansonsten hatte er ja nicht viel. Das Portemonnaie hab ich behalten. Wollte er zwar nicht, eigentlich sollte das verbrannt werden, aber was juckt es ihn jetzt noch? Das Geld ist ja nicht schlecht geworden, nur weil er hin ist."

„War das Aufmachen in der Hütte privater Spaß?" fragte Cooper. Seine Muskeln zitterten vor Anspannung, doch er hielt sich zurück.

„Nein, naja, doch. Aber nicht meiner. Seiner." Er erfreute sich an dem Unverständnis in Noirs Blick. „Er wollte, dass ich ein bisschen was rausnehme. Damit die Bären schneller kommen. Und ich sollte etwas verschicken."

„Verschicken?" fragte Noir verdutzt nach. Zum dritten Mal ignorierte sie das Handy.

„Ja, wobei, so ganz richtig ist das nicht. Ich sollte ja sowieso ein Foto machen und in einen Umschlag stecken. Den hatte er schon fertig gemacht, ich hab das Foto nur ausgedruckt und den Brief dann eingeworfen."

„An wen ging das?" Noir und Cooper tauschten einen schnellen Blick aus.

Leroy wirkte ungehalten. „Was weiß ich? Das hat mich nicht interessiert. Ich fand's lästig. Eigentlich hätt' ich auch direkt einen zweiten abschicken sollen, hab ihn aber erst vergessen. Ich hab nicht drauf geachtet, an wen die Dinger adressiert sind. Wozu auch, das war sein Ding, nicht meins. Er soll froh sein, dass ich's überhaupt gemacht habe."

„Was war im zweiten Umschlag?" fragte Noir und dachte an den Umschlag, den sie von Diane mitgenommen hatte.

„Keine Ahnung. War schon zu, als ich ihn bekommen habe. Ich war nur der verschissene Briefträger."

„Was hat das mit dem Aufmachen zu tun?" Cooper klang ungeduldig und zunehmend aggressiv.

Die Erinnerung an jenen Abend in der Holzhütte entlockte Leroy ein sehnsüchtiges Lächeln. „Ich sollte etwas aufheben." grinste er. „Verpacken und nach Riviera bringen. In das Haus, *das ihr ruiniert habt!*" Seine Stimme war strafend geworden, und Noir wusste nicht, ob sie darüber lachen sollte.

„Sollte dort abgeholt werden. Dass das nicht klappt, geht auf eure Kappe! Er hatte gesagt, dass das Paket hier abgeholt wird. Von Leuten, die er kennt." Er verzog das inzwischen blass gewordene Gesicht. „Ich dachte, das wärt ihr."

„*Leute, die er kennt?*" Wütend stemmte Noir die Hände in die Hüften.

„Hat er gesagt." Leroy schien aufrichtig in seiner Unwissenheit. „Ich sag' doch, mich hat der Scheiß nicht interessiert. Ich hab's eigepackt und den Scheiß dazugelegt, den Garret dabei haben wollte. Ist in meinem Auto. Wenn's noch da ist, wenn wir zurückkommen, könnt ihr's euch ja angucken."

Diesmal lachte Noir laut auf. „Zurückkommen. Der war gut."

„Was macht ihr denn sonst mit mir?" fragte Leroy argwöhnisch und zeigte das erste Mal intensive Besorgnis.

„Was war der ‚andere Scheiß', den du dazu gelegt hast?" entgegnete Noir laut.

Leroy starrte sie weiter an, ohne den Ausdruck von Angst verbannen zu können. „Ein Stück Plastik. Was werdet ihr mit mir machen?"

„Das Paket ist im Kofferraum." wiederholte sie ernst.

„Ja, im Kofferraum. Wenn es noch da ist, nehmt es euch halt, mir doch egal. Was wird mit mir passieren?" Panik brach in ihm durch.

Noir sah zu Cooper, beide nickten. Cooper griff den Stoffbeutel und zog ihn wieder Leroys Kopf, der haltlos zu schreien begann.

„Was macht ihr mit mir? WAS MACHT IHR MIT MIR?"

Wortlos verließen Noir und Cooper den Raum, ließen den brüllenden, panischen Mann mit sich selbst allein.

Tajo stand an der Tür und sah sie fragend an. „Ist er noch

repräsentabel?"

„In viel zu gutem Zustand." knurrte Cooper. Der Gedanke, dass Leroy McCarthy in diesem Augenblick zumindest eine Ahnung dessen bekam, was er seine Opfer zu spüren gezwungen hatte, befriedigte ihn.
Noir zog das Handy aus der Tasche und schaltete das Display ein, als William bereits am anderen Ende des Flurs auftauchte.

„Ich hab versucht, dich zu erreichen!" klagte er halb verärgert, halb aufgeregt. „Da ist ein Paket an dich."
Noir straffte die Schultern. Sie hatte es befürchtet. Das, was jetzt kam, würde unangenehm werden.

„Ich brauche Handschuhe." sagte sie und wandte sich Tajo zu. „Du kannst anrufen. Die können ihn haben."

„Muss ich ihn vorher wieder zusammenflicken?" fragte er und zückte sein eigenes Telefon.
Noir schüttelte den Kopf. „Nicht in der besten Verfassung, aber bis zur Übergabe schafft er es so. Hau Morphin rein, wenn du meinst, dass jemand wie er überhaupt Schmerzlinderung verdient hat, und gut ist. Die Chirurgie können die übernehmen."
William hatte in zweites Paar Handschuhe und eine Atemmaske organisiert, die Noir sich überstreifte. Zwiegespalten sah sie den nächsten Minuten entgegen.
Cooper stand dicht hinter ihr. Noch immer jagte das Blut durch seinen Körper, er fühlte sich aufgestachelt und intensiv. Eilig folgte er beiden hinaus in den Garten.

Ein braunes Päckchen aus einfacher Pappe stand abseits des Mülls auf einer Decke, etwas unordentlich mit Klebeband umwickelt und an den Ecken bereits eingeknickt; man sah ihm an, dass es nicht mit viel Sorgfalt verwahrt worden war.
Ein durch Klarsichtfolie geschützter Zettel klebte oben auf. In derselben krakeligen Handschrift wie auf den Briefumschlägen stand dort nur ein einziges Wort:

Noir.

Sie betrachtete das Paket, nahm es vorsichtig hoch, wog es

in der Hand. Es verteilte sein Gewicht ungleich in der Hand. Schließlich zog sie ein Schnappmesser aus der Hose und setzte die Klinge an.

„Das wird jetzt ekelig." warnte sie, ohne sagen zu können, ob die Warnung ihr selbst oder ihren Kollegen galt.

Die Klinge glitt eilig und ohne Widerstand durch das Klebeband. Unter den vorsichtig weggeklappten Pappflügeln offenbarte sich eine grob zugeschnittene Isolierfolie, das die Wände auskleidete und am oberen Ende lieblos zusammengeknüllt worden war. Mit dem Messergriff schob sie das metallbeschichtete Papier auseinander, um nicht hineingreifen zu müssen.

Unter ihm kam ein prall aufgeblähter Plastikbeutel hervor, dessen Inneres von Dunst beschlagen und mit Schlieren durchzogen war.

Er schien dicht zu sein, denn der Karton war im Inneren komplett trocken, und so hob sie den Beutel an und versuchte, seinen Inhalt zu erkennen. Ein dunkles Etwas, formbar in seiner Struktur und umgeben von Flüssigkeit, lag an seinem Grund.

Widerwillig und mit schmerzendem Magen legte sie den Beutel ab und stach das Messer in die sich aufwölbende obere Hälfte. Das Plastik platzte mit einem leisen Zischen auf, dann breitete sich intensiver Verwesungsgeruch aus.

Aus dem Schnitt ergoss sich eine dickflüssige Masse, die über ihre Finger rann und auf die Plane unter ihr tropfte. Noir verzog das Gesicht und war dankbar für die Handschuhe und Atemmaske. Sie hatte Recht gehabt mit dem, was sie befürchtet hatte. Vorsichtig legte sie den am Grund der Tüte befindlichen Klumpen frei.

Grau, schleimüberzogen und in Auflösung begriffen lag ein menschliches Herz vor ihr.

William, der nicht gewusst hatte, was sich in dem Karton befinden würde, wandte sich ab. Cooper griff sich die Schachtel, durchsuchte das Isoliermaterial und nahm die Pappwände auseinander.

„Da ist nichts mehr." stellte er alarmiert und unzufrieden fest.

„Hier aber." Noir deutete auf einen kleinen, wenige Zentimeter langen Schnitt zwischen den Herzkammern. Unter ihren Fingern spürte sie einen Widerstand, hart und unnachgiebig. Sie hielt die Luft an, dann zog sie die Spalte vorsichtig auseinander und fuhr mit zwei Fingern hinein, um eine kleine, fest eingeschweißte Speicherkarte hervorzuziehen.

Wortlos ließ sie die noch schleimige Karte in Coopers Hände fallen, drehte sich um und übergab sich.

FÜNFZEHN

William hatte sich einige Schritte entfernt und auf den Rasen gesetzt. Er war erschöpft. Seine Verletzungen schmerzten, und er hatte immer noch nichts von Ellis und Matthew gehört, was ihn beunruhigte. Das verwesende Organ stank fürchterlich. Seine Chefin kniete im Gras, die Atemmaske schmutzig um ihren Hals hängend, und verharrte auf allen vieren, sein Kollege stand daneben und sah zu. Die Erinnerung an Leroys Schreie hallten noch in seinen Ohren. Die Szenerie wirkte surreal auf ihn.

Cooper zog seinen Pullover aus und rieb die Karte daran sauber. „Sieht unbeschädigt aus." stellte er nüchtern fest. „Ist eingeschweißt, könnte noch funktionieren."

Noir hatte sich inzwischen gesammelt und sah zu ihm auf. „Gewöhn dich nicht dran, das ist das einzige Mal in deinem Leben, dass ich vor dir auf den Knien bin." Sie versuchte, sich ein gequältes Lächeln abzuringen. Ihre Nase, ihr Rachen, alles brannte von der Magensäure, beschützten sie aber ein Stück weit vor dem Geruch, der in der Luft hing.

Cooper lachte kurz, dann griff er unter ihre Achseln und zog sie hoch. „Komm, du kannst drinnen weiterkotzen." Etwas grob stellte er sie auf die Beine, ließ sie sich den Mund abwischen und den mit Speichel besprenkelte Pullover ausziehen.

„Ernsthaft, ein widerlicher Einsatz diesmal." kommentierte sie. „Widerlich."

Cooper steckte die Karte ein und ging leicht in die Knie, umfasste Noirs Beine und hob sie hoch. Sie gab einen überraschten Laut von sich, als er sie ins Haus trug und auf der Couch ablegte. „Bleib da. Ich hole einen Rechner und wir gucken uns die Karte an."

Noir rollte sich auf den Rücken. Der Schmerz, der ihren Oberkörper durchzog, drang mehr und mehr in ihr Bewusstsein. Bisher war keine Zeit gewesen, sich wirklich darum zu kümmern, was die Kugel angerichtet hatte; sie hatte lediglich während der Rückfahrt die Weste abgenommen und gesehen, dass sie nicht durchschlagen war. Die Kugel steckte noch im Metallkern; ein Teilmantelgeschoss, aufgepilzt. Sie hatte Glück gehabt, dass sie am Stein der Hauswand abgeprallt war, bevor sie sie getroffen hatte - andernfalls wäre die Weste durchgebrochen. Doch die Zeit hatte gedrängt, Ellis und Cooper waren verletzt gewesen, eine Inspektion des eigenen Körpers hatte warten müssen. Je weiter nun das Adrenalin absank, umso schmerzafter wurde es, und umso weniger hatte sie das Gefühl, atmen zu können.

Mit Mühe zog sie am Shirt, hob es an und schaffte nicht, es über den Kopf zu ziehen.

„Nicht der Striptease, den ich mir vorgestellt hatte, aber hey, besser als nichts." Cooper stand mit Laptop und mehreren Lesegeräten in der Tür und beobachtete sie amüsiert. „Was *machst* du denn da?"

Erschöpft und kapitulierend ließ Noir die Hände sinken. „Er hat mich getroffen." sagte sie unwillig. „Eine Kugel. Ich wollte sehen, was passiert ist, aber... ich kriege nicht..."

Sofort änderte sich Coopers Ausdruck. Er ließ die Technik auf den Tisch fallen und war mit zwei großen Schritten bei ihr. „Was? Wieso hast du nichts gesagt? Getroffen womit? Wo?"

Noir deutete vage auf die Gegend unter ihrem Schlüsselbein. „Die Weste hat gehalten, es ist nichts passiert. Du bist schlimmer verletzt, mach dir keinen Kopf. Es drückt nur... etwas."

Cooper griff in den Halsausschnitt, versuchte ihn ungeschickt ausreichend herunterzuziehen und konnte doch nicht genug sehen. „Kannst du den Arm über den Kopf heben?" fragte er mit wachsender Besorgnis.

Sie verneinte.

„Aber dem Kerl noch die Knie brechen können. Du bist unglaublich." Er schüttelte den Kopf, sah sich um und griff nach einem kleinen Messer. „Beweg dich nicht."
Vorsichtig schnitt er das Shirt am Bauch auf, während sie sich bemühte, einen runden Rücken zu machen, und ließ die Schneide den Stoff sorgsam bis zum Hals auftrennen. Er legte einen tiefdunklen Fleck frei, der sich zwischen Schlüsselbein und Brust ausbreitete und bis unter die Unterwäsche erstreckte.

„Oh." war alles, was Cooper sagen konnte. Die großen schwarzen Punkte in dem unterbluteten Gewebe gaben ihm Anlass zur Sorge, die auch Noir ihm ansah.

„Hey, immerhin war es unsere Waffe." versuchte sie, die Ernsthaftigkeit fortzuwischen. „Die Kugel hätte auch durchgehen können, ich hatte Glück." Allein der Umstand, dass Cooper sich auf die Verletzung konzentrierte und nicht einen Blick auf ihre Brüste warf, ließ allerdings auch bei ihr Unsicherheiten wachsen. „Ich hab es kaum gespürt bisher." versuchte sie zu erklären. „Jedenfalls nicht so sehr."
Er zog sie hoch in eine sitzende Position. „Tajo soll sich das gleich angucken, wenn er mit dem Drecksack fertig ist." sagte er und begann, ihre Arme aus dem Rest des Shirts zu ziehen. „Ich taste das einmal ab, okay? Da kann ohne Probleme ein Knochen durch sein."

„Hol den PC und lass uns die Karte ansehen, das ist bedeutend wichtiger." protestierte sie, doch als sie versuchte, sich aufzurichten, genügte das Anstoßen an Coopers Handfläche, um sie schmerzhaft zurückfallen zu lassen.
Er sah sie böse an. „Die Karte haben wir, das kann warten. Die nimmt uns keiner mehr weg."

„Hol mir einfach ein Schmerz..." setzte Noir an, unterbrach sich jedoch selbst. Sie sah die Notwendigkeit ein, billigte sie nur nicht. „Bitte schön... wenn es sein muss."
Cooper legte seine Finger auf den angeschlagenen Ort, und

ein Schmerz durchlief Noirs Körper, der erneut die Luft aus ihren Lungenflügeln drückte.

„Sag Bescheid, wenn es schmerzt." Vorsichtig befühlte Cooper die gesamte verfärbte Fläche ab, die inzwischen die Größe seiner Handfläche angenommen hatte, und versuchte, die Rippen und das Schlüsselbein zu ertasten.

Vor Noirs Augen sprangen Lichtpunkte umher, sobald seine Fingerspitzen ihre Haut berührten. „Alles gut." log sie. „Nicht übermäßig schmerzhaft."

„Aus meiner Perspektive würde ich sagen, da ist ein Knochen nicht mehr in Ordnung." murmelte Cooper und fuhr erneut mit den Fingern die Rippen entlang. „Sicher bin ich nicht. Tajo muss das checken. Du hättest sehr viel eher etwas sagen müssen."

„Es ist nichts im Vergleich zu Ellis, nicht einmal im Vergleich zu dir. Ich hab mir auch einen Fingernagel abgebrochen, willst du jetzt den Notarzt rufen? Jetzt hol den PC." Wenngleich sie die Situation als alles andere als sexuell erlebe, fühlte sie sich unwohl. Ihr Pullover lag im Garten, das Shirt hatte Cooper aufschneiden müssen. Nur in Unterwäsche am Oberkörper fühlte sich die Situation für sie zu intim an. So zog sie sich eine Decke heran und schlang sie um ihren Körper. Der schwere Wollstoff kratzte, aber bedeckt fühlte sie sich besser, und die sich schnell stauende Wärme linderte ihre Kälte, die sie trotz der Hitze draußen empfand.

Cooper erhob sich mit nach wie vor besorgtem und tadelndem Blick. Er hatte selbst schon einige Schüsse an den Körper bekommen und wusste, wie schmerzhaft so ein Einschlag selbst mit Schutzweste war. Nur weil eine Weste dazwischen war, hieß es nicht, dass es nicht zu inneren Verletzungen kommen konnte.

Aber gut, wenn sie unbedingt wollte, sollte sie es abtun. Es war ihr Körper, wie sie gerade offenkundig klarmachte.

Überrascht stellte er fest, dass er sehr wohl in der Lage gewesen war, sie anzufassen, ohne die Kontrolle über sich zu verlieren oder jene seltsame Furcht zu empfinden, die er in Lexington das erste Mal empfunden hatte. Ihre Haut war heiß und gespannt gewesen, geschwollen vom angesammelten Blut und Lymphwasser. Seine Sinne und seine Gedanken so sehr auf die Arbeit konzentriert, dass er wenig darüber nachgedacht hatte, dass sie mit freiem Oberkörper vor ihm gelegen hatte, seine Finger nur Zentimeter von ihrer Brust entfernt. In ihm war es ruhig geblieben: kein Trieb, keine Moral. Im Vergleich zu dem Abend im Hotel konnte er sein Selbstbild etwas geraderücken.

Die Karte war vakuumiert worden und so sicher vor Feuchtigkeit und Verschmutzung gehalten. Es erforderte einiges Geschick, sie aus ihrer Hülle zu schneiden, ohne sie zu beschädigen. Vorsichtig zog Cooper die 128 GB fassende Karte heraus und drehte sie.

„Sieht nach einer stinknormalen SD Karte aus." sagte er und hielt sie an den passenden Slot. „Bereit?"

„Tu es."

Milde lächelnd schob er die Karte ein. Der Rechner arbeitete nur Bruchteile von Sekunden, und augenblicklich poppte ein Ordner auf dem Display auf. Er zeigte zwei Dateien an: ein Programm, das den meisten Speicherplatz einnahm, und ein PDF Dokument. Noir beugte sich näher an den Laptop, Verblüffung auf dem Gesicht. Ungeduldig drängte sie Cooper beiseite und öffnete das Programm.

Quälende Sekunden lang rechnete der Laptop, dann öffnete sich eine detaillierte Maske, die sich automatisch ausfüllte. Sie duplizierte sich, füllte sich mit neuen Daten, um dann ein drittes und viertes Exemplar zu öffnen. Das Tempo nahm zu, es öffneten sich immer weitere Masken, jede versehen mit mindestens einem Foto und Dokumenten, teilweise mit Staatssiegel und dem Hinweis „vertraulich" im Hintergrund. Die Seiten überlagerten sich, und so waren in wenigen Sekunden hunderte Personaldaten geöffnet.

„Ich fass' es nicht." flüsterte Noir mit tonloser Stimme. Mit Entsetzen und Aufregung gleichermaßen verfolgte sie, was sich daumenkinogleich auf dem Bildschirm tat, bis das eilige Aufblättern ein Ende fand und eine letzte Maske aufgerufen wurde.

Ihr eigenes Foto blickte ihr entgegen. Es handelte sich um einen Auszug aus ihrer Firmenpersonalakte. Neben ihrem Bild waren persönliche Daten hinterlegt, Adresse, Abstammung, berufliche und persönliche Kontakte. Grundrisse der Wohnungen zweier ihrer Agents. Genaue Angaben zum Sicherheitssystem ihres Hauses und der Schule ihrer Kinder. Ihre Ehe mit Robert war nicht eingetragen. Das Dokument war also nicht mehr aktuell - wenigstens das.

Angespannt klickte Noir sich durch die einzelnen Seiten. Ohne den Blick abzuwenden zog sie ihr Telefon hervor und gab eine Nummer ein. „Wir haben die Dateien. Wir haben Nelsons Dateien." Ihre Stimme war immer noch rau und klang wie aus weiter Ferne. „Hunderte. Ein paar von uns. Etliche von anderen Diensten. Kontaktmänner. Syrien. Australien. Iran, Irak." Sie schwieg einen Moment, sah zu Cooper und suchte offenbar nach den richtigen Worten. „Boise hat sie uns - hinterlassen. Warum auch immer. Später mehr."

Langsam ließ sie das Handy sinken und schaltete es grußlos aus. Cooper warf einen schnellen Blick auf das Display, auf dem gerade Georges Name erlosch.

Zügig sicherte sie den Inhalt der Karte und kämpfte gegen ihre eigene Neugier an, völlig in dem Errungenen zu versinken. In diesem Moment gab es für sie nur noch die Daten, die sie gesucht hatten, nur noch den Rechner und sie selbst. Dass Tajo den Raum betrat, bemerkte sie nicht. Dass Cooper die Hand auf ihren Rücken gelegt hatte, ebenfalls nicht. Wenngleich sie sich kaum zu blinzeln traute, damit ihr keine Information entging, zwang sie sich, kurz zu unterbrechen und das PDF Dokument zu öffnen.

Zu ihrer Überraschung öffnete sich ein handgeschriebener und eingescannter Brief.

Sic semper tyrannis, Mrs. Hills!

Eines jeden Zeit geht irgendwann zur Neige, meine so wie auch Ihre. Da Sie mein Herz in Händen gehalten haben, wird es meine inzwischen schon sein.

Sie werden mein Grinsen verstehen, wenn ich daran denke, wie Sie die wundervolle Westküste erkundet, das Wetter verfolgt und den Wandel erlebt haben. Und ich kann mir lebhaft vorstellen, dass es Sie gequält haben muss, nicht zu wissen, wieso ausgerechnet Sie. Die Freude müssen Sie mir erlauben, es ist die letzte meines Lebens.

Wir hatten leider nie das Vergnügen eines persönlichen Gespräches, was ich aufrichtig bedauere. Aufeinander getroffen sind wir indes sehr wohl. Ich hatte einst einen Auftrag in Kolumbien, bei dem Sie mir zuvor gekommen sind - ärgerlich, durchaus. Aber so wurde ich immerhin auf Sie aufmerksam. Ist es nicht verwunderlich, dass wir dasselbe tun, aber ich das Monster bin und Sie der Kämpfer für die Nation? Dass man mich jagt und Ihnen das Wildern in der Welt erlaubt? Vielleicht nehmen Sie sich einfach mehr als ich.

Ihnen wird mein Kontakt zu Adam Nelson nicht verborgen geblieben sein; wenn doch, bin ich zutiefst enttäuscht. Ich bezweifle es jedoch. Nelson, ein elendiges Geschöpf, der mehr Glück als Verstand hatte; die Welt ist nicht ärmer geworden durch seinen Tod, glauben Sie mir. Ich fand seine Verderbtheit amüsant, jedenfalls bis zu einem bestimmten Punkt.

Diese Karte war sein ganzer Stolz, und diesen Stolz war er im Begriff zu verkaufen. Was aber ist ein Leben wert, wenn man seinen Stolz abgibt, ja gar verkauft? Nichts. Nun, ich zog die notwendigen Konsequenzen und nahm sie an mich. Ich finde ihren Inhalt uninteressant. Politik war nie meins, sondern das meiner Auftraggeber. Privat kann die Welt sich in Schutt und Asche legen und dabei die Fahnen der Moral hochhalten, was kümmert es mich. Doch wie mit diesem Sprengsatz verfahren?

Mehr aus Langeweile denn aus wirklichem Interesse habe ich ein wenig hierin gelesen, als ich auch Sie wiedergefunden habe. Man mag mir eine narzisstische Vernarrtheit vorwerfen, doch ich fand Gefallen an dem Gedanken, dass Sie mich suchen würden.

Unwissend darüber, wie viel die Bären von mir übrig lassen werden, muss ich Sie eventuell darüber informieren, dass der Krebs in den letzten Jahren Besitz von meinem Körper ergriffen und ihn letztlich überwältigt hat. Wie also kann ich Ihnen das hier zukommen lassen? Nein, meine Liebe, ich werde es Ihnen nicht überreichen, so sehr es mich auch reizt, über Ihrem Körper zu lauern, wenn Sie schlafen. Was gäbe ich nicht dafür, den Schrecken in Ihrem Gesicht zu sehen, wenn Sie zu sich kommen und mit Panik und Kampfes-willen realisieren, dass ich es bin, der in Ihr Privates vorgedrungen ist. Doch so sehr es mich schmerzt, es wäre zu gefährlich für mich. Mein Leben ist nicht mehr das, was es mal war. Daher werden Sie es sich anders verdienen müssen.

So reifte ein Plan in mir. Einer, der bedauerlicherweise einen Komplizen benötigte, und ich stieß auf diese Verschwendung von Fleisch und Knochen namens McCarthy. Ein unordentlicher, widerlicher Mensch, der glaubte, Kunst zu schaffen und dabei ein Dilettant war. Er verstand nichts vom Tod oder vom Töten; er war ein Fleischer, der einen Kadaver bestaunte und das Werk dahinter nicht sah. Ich beobachtete ihn einige Male und - es wird Sie überraschen - fühlte mich von ihm ebenso abgestoßen wie Sie. Kurzum, er war perfekt.

Ich war mir nicht sicher, wie offensichtlich ich werden musste. Haben Sie Hellens Beinknochen gefunden? Wenn ja: Chapeau! Und verzeihen Sie den Aufwand, den Sie treiben mussten.

Hellen. Mein letztes Kunstwerk. Sie hat nicht gelitten, nun,

337

jedenfalls nicht viel. An sich war sie mir zu alt, doch McCarthy war zu faul, mir jemand anderen zu besorgen. Sie hat genügt. Sollten Sie von Hellen keine Kenntnis erlangt haben, was mich ehrlich gesagt allerdings zutiefst betrüben würde: McCarthys Arbeitsweise für sich genommen wird schon ausreichend Spur legen, nehme ich an. Notfalls kann man der Spur aus Qualm folgen, die er hinterlässt. Sie war so ein lieber Mensch, der stets gewusst haben muss, welches Monster in ihrem Bruder gelebt hat. Wäre sie doch nur weggegangen, anstatt zu versuchen, die primitive Bestie im Zaum zu halten, sie hätte überlebt. Nun, die Welt ist nicht fair. Ich frage mich ernstlich, wie Sie mit Leroy verfahren werden. Lassen Sie ihn leben? Töten Sie ihn? Übergeben Sie ihn der Polizei? Dem FBI?

Lustig, wie gefragt ein so überflüssiger Mensch wie er werden kann, nicht wahr? Ich gönne ihm alles davon. Nicht, weil er ein Frauenmörder ist (auch wenn ich den Begriff als zu schön für ihn empfinde). Sondern weil er glaubt, ein Mensch zu sein, der das Töten versteht, während er nichts als ein seelenloser Metzger ist.

Nun, da das Ende absehbar ist - in jeder Hinsicht -, bereue ich, nie einen Schüler oder zumindest Kinder gehabt zu haben. Von mir wird nichts überleben. Der Staub wird auf mich fallen und in selben verwandeln, und die Zeit wird die Wunden bedecken und unter sich heilen lassen, die ich einst gerissen habe. Ich werde vergehen, ich werde vergessen werden.

Ihre Zeit, meine Liebe, ist noch lang nicht herum. In Ihnen habe ich ein Stück von mir selbst gefunden. Wie gern hätte ich Sie als meine Tochter gehabt. Sie sind es für mich; im Geiste sind wir eins. Daher ist dies mein Geschenk an Sie. Vermutlich das einzige, das ich zu Lebzeiten je gemacht habe.

In tiefer Verbundenheit mit Ihnen, meinem Günstling,
Garret Boise

Noir saß mit unbewegter Miene auf der Couch. Die Decke hielt sie fest um den Oberkörper gezogen, eine Sicherheit, die sie gerade brauchte. Jedes Wort las sie wieder und wieder und wusste nicht, ob der Ekel oder die Wut in ihr stärker war.

Cooper war an sie heran gerutscht, hatte mitgelesen und wartete gespannt ab, doch nichts geschah. Er spürte ihren Körper unter der Decke beben. „Hey." sagte er sanft. „Nimm dir das nicht zu Herzen." Langsam schob er seinen Arm weiter um ihre Taille und hatte beinahe schon sein Kinn auf ihre Schulter gelegt, als sie seine Hand fasste und energisch von sich stieß.

„Nimm deine Hände von mir!" grollte sie, ohne ihm einen Blick zu schenken. Ihr Ton, ihre Körpersprache - all das ließ keinen Raum für Zweifel an der Intensität ihrer Ablehnung.

Cooper stand auf. Die Zurückweisung war für ihn körperlich spürbar gewesen, und Wut brandete in ihm auf. Über sie, über sich. Darüber, dass er den Moment hatte verstreichen lassen, in dem sie halb nackt vor ihm gelegen hatte und er nichts besseres zu tun gehabt hatte, als ihre Verletzung zu untersuchen.

Mit versteinerter Miene sah sie vom Laptop auf und stellte erst jetzt fest, dass Tajo ebenfalls im Raum war. Der hatte still und abwartend an der anderen Seite des Raumes gestanden und räusperte sich nun.

„Matthew hat angerufen. Ellis geht es gut soweit. Größere Untersuchungen hat sie abgelehnt und darauf bestanden, schnellstmöglich wiederzukommen, aber es besteht keine ernsthafte Gefahr."

„Gut."

„Und der Kontaktmann ist da." fuhr er fort. „Soll ich ihm Leroy mitgeben?"

Sie nickte. „Wir haben, was wir brauchen. Sie können ihn bekommen. Wenn er noch lebt."

„Das tut er. Etwas weggetreten vom Morphin, aber er wird's schon schaffen, bis sie ihn einsammeln."

„Sie ist verletzt, kannst du..." setzte Cooper missmutig an, doch Noir fuhr ihm unwirsch über den Mund. „Wir müssen die Abreise vorbereiten. Benachrichtigt die Piloten."

„Kommen Matthew und Ellis hier her?" fragte er, bemüht, neutral zu klingen und nicht in ihre Richtung zu blicken.

„Ja, aber es wird eine Weile dauern." antwortete Tajo. „Wir richten hier alles her?"

„Ja." Sie sah sich um. „So ein Chaos wie in Riviera will ich nie wieder erleben." Sie schnaubte wütend und zuckte zusammen, als ein scharfer Schmerz von der Brust ausgehend durch ihren Körper fuhr. „Frag das FBI, ob sie auch sein Auto mitnehmen wollen, sonst kümmern wir uns darum, dass es verschwindet. Seinen Krempel behalten erst mal noch wir - nur wenn nichts relevantes mehr darin ist, können sie den Müll auch haben. Holt Will rein, wir müssen mit der Spurenbeseitigung anfangen." Sie seufzte und verzog schmerzverzehrt das Gesicht. „Und wir müssen versuchen, diesen widerlichen Gestank selbst wieder loszuwerden."

SECHZEHN

Das Büro war hell und sauber. Die Panoramafenster ließen freie Sicht auf die vertraute, kleine Stadt im Morgenlicht, die Noir genoss. Die Ruhe um sie herum, die Ordnung, die Abwesenheit von anderen Gerüchen als Holz und Sommerluft, all das tat ihr gut.

Ihre Brust schmerzte, erschwerte das Atmen und machte es unmöglich, den Arm zu heben, doch der Einschlag hatte aber außer einem tiefgehenden Hämatom und zwei angebrochenen Rippen nichts schlimmeres bewirkt. All das wirkte nebensächlich und verschmerzbar hier.

Wie sehr sie die Firma liebte. Ein Zuhause, in das sie zurückkehrte, in dem sie sich geborgen fühlte und am richtigen Ort. Hier war sie eins mit sich.

Es klopfte an ihrer Tür, und sie drehte sich wieder dem Schreibtisch zu. Die kleine Stadt verschwand aus ihrem Sichtfeld, während sie hinter ihrem Schreibtisch Platz nahm.

Ihr Blick glitt über die Sideboards und hielt kurz an der dort auf Glasstelzen präsentierten M1 Garant inne. Eigentlich hatte sie Boises Gewehr behalten, um es Cooper zu schenken, doch etwas in ihr sträubte sich dagegen. Sie kannte seine Leidenschaft zu alten Waffen und zu solchen, die aufgrund ihres Benutzers eine traurige Berühmtheit erlangt hatten, und hätte ihm gern diese Freude gemacht. Dennoch - ihr missfiel seine offen zur Schau getragene Kränkung über ihre Zurückweisung. Die Situation zwischen ihnen schien schwieriger zu sein als sie hatte wahrnehmen wollen, und das wollte sie keinesfalls honorieren. Also blieb die Schusswaffe zunächst bei ihr, bis sie entschieden hatte, was damit geschehen sollte.

„Komm rein." rief sie und sah William dabei zu,

wie er, aufrecht und mit unbewegter Miene, ihr Büro durchquerte. Sein Gesicht wies noch deutliche Spuren des Kampfes mit Leroy auf, inzwischen von erstem Schorf bedeckt und noch geschwollen. Die leichte Verfärbung des Gewebes passte zu dem dunklen Blau seines Anzugs.

„Nimm Platz." Sie wies ihm einen der Stühle zu, die für die seltenen Besucher bereitstanden, und mit einem Nicken nahm er Platz.

Eine Weile sah sie William stumm an. Er wusste um den Inhalt des Gesprächs und schwieg ebenfalls; es war ihr Recht, zuerst zu sprechen, und seine Pflicht, zu warten.

Noir atmete geräuschvoll aus. „Du weißt, warum du hier bist." sagte sie schließlich ruhig und sachlich.

„Ja, Ma'am."

Sie zog die Brauen hoch. Die Antwort reichte ihr nicht.

„Weil ich trotz Befehl keinen Schuss abgegeben habe." fügte er hinzu.

Noir nickte langsam, ohne ihn aus den Augen zu lassen. „Ich möchte dir die Gelegenheit geben, deine Begründung darzulegen, weshalb du so gehandelt hast."

„Ist das meine offizielle Anhörung?" entgegnete William mit einem Unterton, der Noir überraschte.

„Ja." antwortete sie mit harter Stimme. „Ich bin befugt, sie allein durchzuführen. Du hast hingegen das Recht, dich von einem Personalvertreter begleiten zu lassen, wenn du das wünschst. Wir können unterbrechen bis dahin."

William schüttelte den Kopf. Er wusste um diese Möglichkeit der Begleitung, sie hatte bereits in seiner Ladung gestanden, und er wollte sie nicht wahrnehmen. Für sich konnte er selbst einstehen. Er saß betont aufrecht, die Schulter straff nach hinten geschoben, die Atmung angespannt. Nichts an ihm strahlte Unterwürfigkeit aus - Schuld jedoch schon.

„Ich habe die Situation anders wahrgenommen, Ma'am. Ich war deutlich näher dran und hatte einen freien Blick auf die Gefahrenlage. Ich hatte durchgehend keine freie Schussbahn."

Es brauchte ein wenig Mühe, um ihre Stimme ruhig zu halten. „Ein Streifschuss wäre ohne jeden Zweifel möglich gewesen, mit dem du Leroy McCarthy zweifelsohne getroffen hättest. Ellis wäre frei gewesen."

„Es war nicht die beste Möglichkeit." hielt William dagegen. „Ich konnte nicht sicher abschätzen, ob ich ihn treffe, selbst wenn ich Ellis einem Streifschuss ausgesetzt hätte."

„Ein Mann hat die Unsrigen mit der Waffe bedroht und auf uns geschossen!" Noir konnte nicht verhindern, dass ihre Stimme ein tiefes Grollen wurde. „Er hat drei Menschen verletzt, was absolut unnötig gewesen wäre - und *du hast deine Waffe niedergelegt*!"

„Ich dachte, wir wollten ihn lebend." Auch William wurde lauter.

„Ganz genau! Weil du es nicht getan hast, mussten Cooper und ich schießen! Aus der beschissensten Position! Leroy hätte dabei sterben können! Ellis hätte dabei sterben können! Ellis hätte sterben können, weil du nicht zurande gekommen bist!" Sie hatte Mühe, sich zu zügeln, Platz zu behalten. Die Wut pochte in ihren Schläfen, in ihren Händen, brannte in ihrer Brust. „Du hattest die direkte Weisung, zu schießen!" Sie hielt den Atem an, um sich etwas zu sammeln. „Sind mehrere Agenten in Lebensgefahr, wird im Zweifel auf denjenigen verzichtet, dessen Chancen am geringsten und dessen Gefahr zugleich am größten ist. Das weißt du! Der Scheißkerl hätte uns alle töten können."

Für einen Moment schwieg er. Er wusste, dass sie Recht hatte, und er wusste, dass er dieses Verfahren zu Recht durchlief. Dennoch benötigte er einige Atemzüge, um sich etwas herunterzufahren. „Es war so: Ellis war kaum noch bei Bewusstsein, und wenn Leroy bei einem Treffer gezuckt hätte, gestrauchelt wäre, hätte es sein können, dass er den Abzug an ihrem Kopf drückt. Das wollte ich vermeiden. Das *habe* ich vermieden. Die Chance, dass

Ellis die Bewusstlosigkeit überlebt, habe ich für höher eingeschätzt als die, dass sie bei einem Schuss unvorhergesehen schwer verletzt wird."

„Stattdessen hat er auf uns geschossen." fuhr sie dazwischen, doch er ignorierte es.

„Er war unter Stress." fuhr er fort. „Sehr. Ich wusste, dass ich ihn überwältigen kann. Er musste nur Ellis loslassen und auf mich zukommen. Ich weiß, dass ich die Anweisungen nicht befolgt habe. Und ich weiß, dass ich es hätte tun müssen. Ich habe mich anders entschieden, und dafür trage ich die Verantwortung und die Konsequenzen. Aber Ellis hat es auch überlebt - und zwar ohne Schusswunde, ohne Blutverlust, ohne Folgeinfektion. Dass ihr verletzt worden seid, bedauere ich zutiefst, und ich bitte auch nicht um Verzeihung dafür. Das steht mir nicht zu. Ich kann nur meine Schuld euch gegenüber anerkennen." Das erste Mal brach der den Blickkontakt, sah sich unruhig und haltsuchend im Büro um. „Ich habe versucht, Verletzungen von einer Kollegin wegzuhalten und ihr Überleben zu sichern. Das ist Gott sei Dank geglückt."

„Wäre deine Handlung dieselbe gewesen, wenn du nicht mit ihr schlafen würdest?" fragte Noir kalt und sah, wie Williams Augen kurz zuckten.

Er musterte sie aufmerksam, spürte die Erregung, die in ihr schäumte. Es war nicht der Zorn darüber, dass sie verletzt worden war; es war die haltlose Ernüchterung darüber, dass er ihrem Vertrauen enttäuscht hatte, die sie nur schwer im Zaun zu halten vermochte.

„Nein, ich denke nicht." gestand er ohne Zögern.

Die direkte Ehrlichkeit entwaffnete Noir. Sie hatte nicht erwartet, dass William derart ehrlich antworten würde. Auf dem Rückflug hatte er sehr erschöpft und zurückgezogen gewirkt. Ein, zwei vorsichtige Vorstöße hatte er versucht, um mit Ellis ins Gespräch zu kommen, doch sie hatte sich abgewandt und sonst vorgegeben, zu schlafen. Schließlich hatte er es aufgegeben, und niedergeschlagen und in sich versunken geschwiegen.

Es war allgemein still gewesen, und wie es nach Einsätzen üblich war, war eine Comedyserie gelaufen, sie wusste nicht, welche, sie hatte nicht hingesehen. Keiner hatte gelacht. Wie immer. Trotzdem hatten sie an der Tradition festgehalten. Wie immer.

Matthew hatten geschlafen und Cooper hatte sie selbst vollkommen ignoriert. Der Rest hatte nachdenklich ins Nichts gestiert; eine besondere emotionale Nähe zwischen William und Ellis hatte sie nicht wahrnehmen können, auch wenn sie sie nach einem derartigen Ereignis erwartet hatte. Kurz hatte sie überlegt, ob die Affäre ein Ende gefunden haben mochte, das ihr noch verborgen geblieben war.

Noir seufzte und ließ ein wenig Entspannung in ihren Körper. Ihre Schultern sanken herab, ihre Lungen weiteten sich dankbar. „Ich hätte mir gewünscht, dass ihr mich in Kenntnis setzt." sagte sie. William verstand es nicht direkt als Vorwurf - es war eher Traurigkeit gewesen, die diesen Satz getragen hatte und die ihn schmerzte.

„Es ist einfach passiert. Wir haben das nicht geplant. Es sollte nie zu etwas werden, das wir hätten melden müssen. Es hat sich von allein dazu entwickelt. Es war nicht unsere Absicht, dich zu enttäuschen. Aber ich weiß auch, dass wir es trotzdem getan haben. Und das tut mir leid." war alles, was William dazu sagen konnte. Letztlich entsprach es der Wahrheit.

„Aus genau solchen Gründen wie diesem akzeptiere ich keine Beziehungen untereinander. Genau deshalb gibt es dieses Verbot." Noir bedachte ihn mit einem langen Blick, und William schlug die Augen nieder. Es war nicht die arbeitsrechtliche Maßnahme, die ihn traf. Lange hatte ihn das Gefühl begleitet, dass er einen Menschen verriet, der ihm vertraute, und er hatte es von sich fortgeschoben. Dort, in der Ferne, hatte es auf ihn gewartet, sich aufgebaut, und brach nun vollständig über ihn herein.

„Ich weiß, Ma'am."

„Bist du bereit, diese Affäre unmittelbar einzustellen?"

Die Frage überraschte ihn nicht, und William hatte seine Meinung dazu im Vorfeld gut durchdenken können. „Nein." antwortete er.

„Wie bitte?" Noir war überrascht.

„Nein." wiederholte er sicher und faltete die Hände über dem Bauch. „Ma'am, ich kenne die Regeln, und ich weiß, welche Bedenken im Raum stehen - die sich leider bewahrheitet haben. Ich bin bereit, die Konsequenzen zu tragen. Aber ich bin nicht bereit, Ellis aufzugeben."

Noir lehnte sich zurück und stützte sich auf ihre Hand. Sie begann, ihren Schreibtischstuhl langsam von links nach rechts und zurück zu drehen, sah auf ihren Schreibtisch und malte die Maserung des Holzes mit ihren Augen nach. William hatte eine Entscheidung getroffen. Sie auch.

„Du bist einer meiner besten Mitarbeiter, William." sagte sie.

„Und ich bin sehr dankbar, in deinem Team arbeiten zu dürfen." antwortete er.

„Deshalb tue ich das nicht gern." Ruckartig ließ sie den Stuhl zum Stillstand kommen und fixierte ihn. „William Theodor Scott, ich entbinde dich hiermit bis auf Weiteres des Dienstes. Deine Dienstwaffe, deinen Ausweis, dein Telefon und deine Zugangskarte händigst du mir jetzt aus. Du bist mit sofortiger Wirkung nicht mehr berechtigt, mit Kollegen in Kontakt zu treten, unabhängig von der Art des Kontaktes. Du darfst dich ausschließlich innerhalb von drei Meilen um dein Haus aufhalten, es ist dir nicht gestattet, die Stadt zu verlassen. Ich werde mindestens einen von euch des Dienstes vollständig entheben. Die Entscheidung darüber, wer es wird, habe ich noch nicht getroffen. Falls sich einer von euch freiwillig meldet, das Team zu verlassen, wird das meine Entscheidung nicht beeinflussen. Die Suspendierung erfolgt unter Einbehalt aller Dienstbezüge. Das Kontaktverbot bezieht sich - und ich sage das nur der Sicherheit halber - auch auf deine

Kollegin Ellis Carter."

William sah sie einen Moment schweigend an, dann erhob er sich und zog seine Waffe aus dem Holster, ließ das Magazin auswerfen und legte es nebeneinander auf den Tisch. Sein Ausweis und die Zugangskarte folgten, ebenso sein Diensthandy. „Sonst noch etwas?"

„Nur, dass ich sehr enttäuscht von euch bin. Du kannst gehen."

Er nickte. „Nur interessehalber: Wie hast du davon erfahren?"

Noir hob eine einzelne Augenbraue. „Dass ihr seit der Weihnachtsfeier vögelt? Ich bitte dich." Dabei ließ sie es bewenden. Nachdenklich und noch immer verärgert beobachtete sie, wie er seine Kleidung richtete und sich zum gehen wandte. „Du bist wirklich bereit, das alles aufzugeben?"

„Ohne jede Frage." antwortete er. Kein Bedauern, kein Zweifel.

„Beruflich ist es das dümmste, was du tun kannst."

Darauf gab es nichts zu antworten, und so nickte er, wandte sich ab und ging mit kraftvollen Schritten auf die Tür zu. Er hatte sie schon beinahe erreicht, als Noir noch einmal seinen Namen rief.

„Beruflich ist es das dümmste, was du tun kannst." wiederholte sie mit Nachdruck, dann schlich sich ein kaum wahrnehmbares Lächeln in ihr Gesicht. „Und es ist genau das, was ich auch tun würde."

William rang sich ein Lächeln ab, verabschiedete sich mit einem Nicken und trat durch die Tür, bereit, von den wartenden Sicherheitskräften aus dem Gebäude begleitet zu werden.

Der Parkplatz war in warmes Sonnenlicht getaucht. William genoss die Wärme auf der Haut und spürte eine merkwürdige Erleichterung. Kein Verstecken mehr. Kein Verheimlichen mehr. Kein Warten mehr auf die Situation, in der er zu einer Wahl gezwungen sein würde - die hatte er getroffen, und sie fühlte sich richtig an.

Im Magen lag ihm lediglich das Bewusstsein, dass er einen Menschen hintergangen hatte, dem er hatte gerecht werden wollen. Die eigene Enttäuschung darüber war schmerzhaft. Schmerzhafter gar, als er dachte, nun, da sie offenlag. Doch auch das musste und konnte er aushalten. Wie es nun weiterging? Er würde es sehen.

An seinem Auto angekommen drehte er sich noch einmal zum Gebäudekomplex um, betrachtete ihn ruhevoll und entspannt. Einige Zeit würde er ihn nicht sehen, was eine ihm unbekannte Form von Heimweh wachrief. Er fischte bereits nach seinem Autoschlüssel, als er eine schmale Gestalt auf den Parkplatz hinaustreten sah.

Ein verhaltenes Lächeln glitt über sein Gesicht, und er ging mit schnellen Schritten auf sie zu.

„Ellis!"

Sie hob mit angestrengtem Blick den Kopf, die Stirn in tiefe Falten gelegt. Ihre Schritte verlangsamten sich, sie blieb jedoch nicht stehen.

William hatte zu ihr aufgeschlossen, bereit, sie in die Arme zu schließen, doch sie wandte sich ab. Die Schulter demonstrativ gegen ihn gerichtet, beobachtete sie angestrengt, wie ihr Schatten über die großen Pflastersteine glitt, um ihn nicht ansehen zu müssen.

Nur halb überrascht ließ William die Arme sinken. „Ich habe versucht, dich zu erreichen." sagte er und versuchte, sich die Enttäuschung nicht anhören zu lassen. „Wie geht es dir?"

„Ja, habe ich gesehen." Ellis sprach mit leiser, aber fester Stimme. „Ich hatte zu tun."

„Hey! Warte doch mal." Er blieb stehen, hielt sie am Arm fest und spürte unmittelbar ihr Missfallen. „Wir hatten noch gar keine Chance, miteinander zu reden."

Sie starrte auf seine Hand auf ihrem Arm, spürte den Druck, und fühlte eine Mischung aus Wut und Furcht in sich aufkommen. Sie wollte fort.

Ihr Blick schien düster genug gewesen zu sein, denn William ließ sie los. Verunsichert stand er vor ihr und musterte sie besorgt. „Dir geht es nicht gut, was?"

„Will, hör zu." Ellis vermochte es, ihrer Stimme eine Dominanz zu verleihen, ohne die Lautstärke anheben zu müssen. „Es war nett. Aber es passt einfach nicht. Lass es uns lassen."

Einen Augenblick war es still, in dem William sie verständnislos ansah. Sie entgegnete seinem Blick kühl und distanziert, hoffte, dass er nicht sehen konnte, wie sehr ihr Herz raste.

„Was meinst du damit?" fragte er schließlich.

„Lass es uns einfach sein lassen. Ich will das nicht mehr. Diese... was auch immer es war."

"Der T-Rex weiß es. Wusste es schon die ganze Zeit, übrigens. Das steht uns nicht im Weg." hörte er seine Stimme blechern klingen. Ein kaltes Gefühl breitete sich in seinem Inneren aus.

Ellis verzog missbilligend ihr Gesicht. „Das ist egal, Will. Wir lassen es einfach. Es ist besser so." Sie bemerkte, dass ihre Hände zitterten, und verbarg sie in den Taschen ihres Jacketts. Intensiv spürte sie den Fluchtinstinkt in sich wüten, und es fiel ihr zusehends schwer, bei ihm stehen zu bleiben.

„Was hat sich verändert?"

Sie konnte sich nicht entscheiden, ob sie ihn als besorgt oder schockiert empfinden sollte.

„Was hat sich seit letzter Woche verändert, Ellis?" wiederholte er, obwohl er wusste, dass sie es nicht beantworten würde.

„Die Chefin fordert, dass ich ein paar Untersuchungen machen lasse und die Ergebnisse heute noch vorlege." entgegnete sie stattdessen. „Ich muss los. Es war nett mit dir, Will. Aber das ist jetzt vorbei."

Es schmerzte sie, sich abzuwenden. Die ersten Schritte von William weg fühlten sich taub an, und an die Stelle der überwältigenden Fluchttendenz trat ein tiefer, rauer

Schmerz. *„Ich halte es nicht aus."* formten ihre Lippen, doch die Worte schafften es nicht, ausgesprochen zu werden. Sie blieben in ihrem Hals, sammelten sich in einem Klumpen, der ihr die Luft nahm und ein Schlucken unmöglich machte. Sie hasste sich in diesem Augenblick. Dafür, dass sie ihn nicht mehr ertrug. Dafür, dass sie es hatte zu etwas ernstem werden lassen, das sie berührte statt ihren Körper. Dafür, dass sie ihn verletzte, weil die Furcht, dass er es tun würde, zu groß war, um ausgehalten zu werden.

Es klingelte nur wenige Male, dann meldete sich eine Stimme am anderen Ende.

„Lopéz." sagte eine müde Stimme.

„Hallo, Diane. Ich bin's." Noir hoffte, dass die Frau ihre Stimme wiedererkennen würde. „Erinnern Sie sich?"
Kurz war es still in der Leitung. „Sie waren mit dem Mann da." sagte Diane dann, zögerlich.

„Ja, das ist richtig. Wie geht es Ihnen heute, Diane?"

„Hören Sie, ich weiß nicht, ob es gefährlich ist, wenn Sie mich ständig so nennen." antwortete sie hastig. „Wenn er es irgendwie..."

„Hören Sie mir einen Augenblick zu, Diane." Noir achtete darauf, besonders ruhig zu sprechen. „Haben Sie gerade ein paar Minuten für mich?"
Sie hörte ein Seufzen aus der Leitung, dann ein gequältes „Ja."

„Vielleicht können Sie sich noch erinnern, dass ich Ihnen gesagt habe, Sie würden sich irgendwann entscheiden können, ob Sie Diane oder Alba sein möchten." Einen Herzschlag ließ sie still verstreichen. „Dieser Tag ist heute. Leroy McCarthy lebt nicht mehr."
Entfernt hörte sie ein dumpfes Maunzen, und das Bild des fetten Katers drängte sich wieder in ihren Geist. Sie war dankbar dafür, dass er seinem Frauchen gerade beistehen konnte.

„Wie meinen Sie das?" fragte Diane. Sie klang ungläubig und misstrauisch.

„Leroy ist am vergangenen Samstag gestellt und in ein Bundesgefängnis in Arizona gebracht worden. Aufgrund von... Verletzungen ist er auf der Krankenstation gewesen, auf der ihn heute ein Mithäftling getötet hat."

Das Maunzen wurde lauter, und ein dezentes Kratzgeräusch legte den Gedanken nahe, dass der Kater seinen Kopf am Telefonhörer rieb. Das leise geflüsterte „Ja, ich weiß auch nicht." empfand Noir als nicht an sie gerichtet und ließ sie einen Augenblick lächeln. Menschen und ihre Tiere, ein ganz besondere Allianz.

„Wovor Sie geflohen sind." fuhr sie fort. „Es kann Sie nicht mehr jagen. Es ist vorbei. Seit heute ist es vorbei. Sie sind frei."

„Woher weiß ich, dass Sie mir die Wahrheit sagen?" Dianes Misstrauen war ungebrochen und drohte, ins Aggressive zu kippen. „Wer sagt mir, dass Sie nicht mit ihm unter einer Decke stecken?"

„Zum einen können Sie es in ungefähr zwei Stunden in den Boulevardnachrichten in ganz Arizona lesen, denke ich. Gefängnismorde werden regelmäßig gemeldet. Deswegen rufe ich Sie auch an - ich möchte nicht, dass Sie davon überrascht werden, sein Foto zu sehen, wenn Sie den Fernseher anschalten oder ins Internet gehen. Zum anderen wird das FBI mit Ihnen reden wollen, weil Sie eine wichtige Zeugin sind - die wichtigste vielleicht. Ich habe um etwas Zeit gebeten, damit Sie sich sortieren können, aber spätestens heute Abend wird sich ein Agent Neil Gardener bei Ihnen melden. Sie können in der Zentrale anrufen und seine Personalien überprüfen lassen, wenn es Ihnen etwas Sicherheit gibt. Müsste die örtliche Polizeidienststelle aber auch hinbekommen."

„Ist er es sicher? Ist es wirklich... Leroy?"

„Ja, er ist es. Ich war selbst bei seiner Ergreifung dabei. Und ich habe persönlich mit den Beamten gesprochen und mir seinen Leichnam zeigen lassen."

Es trat ein langer Moment der Stille ein, in dem Noir den Wolken bei ihrem Zug über den Himmel zusah.

„Er ist tot?"

„Für immer."

Wieder entstand ein Augenblick des Schweigens.

„Wer hat ihn getötet?" Dianes Frage klang zaghaft, gerade so, als sei sie sich nicht sicher, ob sie es wissen wollte. „Wer *genau*?"

„So... unverständlich das auch ist, ich darf es Ihnen nicht sagen. Persönlichkeitsschutz des Insassen."

„Was bedeutet das alles für mich?"

Noir seufzte unentschlossen. „Was Sie wollen. Sie können sich ein anderes Leben aufbauen, wenn Sie wollen. Sie können Ihr jetziges Leben weiter ausbauen - nur ohne die Angst vor Entdeckung. Agent Gardener wird Ihnen helfen, in jeder Hinsicht. Ich habe Ihnen letzte Woche seine Nummer aufgeschrieben. Sie können sie auch jetzt nutzen, wenn Sie das Bedürfnis haben, eher mit ihm zu reden."

Vorsichtshalber gab sie erneut die Nummer durch und ließ Diane sie wiederholen, um sicherzustellen, dass sie in dem Schock, in dem sie sich befand, alles mitbekommen hatte.

Sie überlegte kurz, ob sie die Person sein sollte, die ihr von Hellens Tod erzählte. Am Telefon, aus der Ferne - nein, das würde beiden Frauen nicht gerecht. Das überließ sie Gardener. Er würde sie besser auffangen können, und ein Auffangen würde Diane brauchen.

„Sind Sie sich sicher?"

Sie nickte, in dem Wissen, dass Diane es nicht sehen konnte. „Ich bin mir zu hundert Prozent sicher. Ich schwöre Ihnen: Es ist vorbei."

Diane seufzte tief. „Vorbei." wiederholte sie leise wie zu sich selbst.

„Vorbei." wiederholte auch Noir und seufzte leise. „Kann ich gerade noch etwas für Sie tun? Soll ich Ihnen einen Police Officer oder einen Seelsorger vorbeischicken, der Ihnen Gesellschaft leistet, bis das FBI da ist?"

Es fiel Diane schwer, ihre Gedanken zu sortieren. Hörbar

suchte sie nach Worten, fand jedoch keine Sätze. „Kann ich Sie später nochmal anrufen? Ich muss gerade etwas nachdenken...“

„Nein... das geht leider nicht.“

„Wie kann ich Sie denn erreichen?“

Noir ließ die Frage unbeantwortet, und es wurde wieder eine Weile still.

„Ich muss das Gespräch leider beenden. Vertrauen Sie sich Agent Gardener an, er ist wirklich in Ordnung. Versprochen. Ich... wünsche Ihnen alles Gute, Diane... oder Alba, wofür Sie sich auch immer entscheiden. Ich wünsche Ihnen von Herzen alles Gute.“

„In Ordnung.“ Dianes Stimme klang abgeschlagen, und Noir konnte sich nur ansatzweise vorstellen, wie sehr die Nachricht sie gefordert haben musste, wie viel Verwirrung und Veränderung in den nächsten Wochen anstanden und sie noch fordern würden. Diane würde damit konfrontiert werden, mit einem Vergewaltiger und Serienmörder verheiratet gewesen zu sein und als eine der wenigen ihm entkommen zu sein - vielleicht als einzige. Sie würde sich vor den Details der Taten ihres Exmannes in den Medien nicht verschließen können, würde Medienanfragen aushalten müssen und sich mit der quälenden Frage konfrontiert sehen, ob sie nicht etwas hätte verhindern können. Sie würde von Hellen erfahren, die ihres Bruders wegen hatte sterben müssen und deren Skelett, fein säuberlich befreit von jedem Fleisch, das FBI tief unter dem so akribisch sauber gehaltenen Boden vor Boises Hütte gefunden hatte. Hellens Skelett, über das sie gelaufen waren, ohne es zu wissen. Hellen, die Boise ihnen beinahe auf dem Präsentierteller angeboten hatte und die sie zum größten Teil übersehen hatten.

„Ma'am?“

„Ja?“

„Es ist vielleicht unpassend. Aber bitte richten Sie dem Mitgefangenen meinen Dank aus.“ klang Dianes Stimme hohl an ihr Ohr.

Noir zwang sich, das Schweigen nicht zu lang werden zu lassen. „Ich werde sehen, was ich tun kann." wich sie aus. Mit beunruhigter Miene unterbrach sie die Verbindung und ließ ihre Hand noch einen Moment auf dem Telefonhörer liegen. Es war vorbei.

> später am Nachmittag
> Krankenhaus in Washington, D.C.

Es fühlte sich alles so fern an.
Das Metallbesteck, die Sonde, das unaufhörliche, schnelle Wummern, das aus dem Gerät drang und auf ihre Ohren einschlugen. Sie spürte die Hände der Ärztin kaum, die sie berührten, fühle ihr eigenes Herz nicht. Der Raum war angenehm beheizt, doch Ellis war schrecklich kalt. Sie wusste nicht, ob sie atmete. Sie wusste nicht, ob sie noch lebte. Sie spürte es nicht. Die Welt war so weit weg von ihr. Die Ärztin wischte die Sonde ab und hängte sie wieder ein. Sanft legte sie Ellis die Hände auf den Arm und drückte ihn liebevoll. „Vergessen Sie nicht zu atmen, Ms. Carter."

„Ich dachte, es wäre der Stress." hörte sie eine Stimme sagen, die wie ihre klang und von der sie doch nicht wusste, ob sie es war. Sie klang dumpf. Erstickt. „Nur der Stress."
Die Ärztin lächelte verständnisvoll. „Ich bezweifle nicht, dass Sie im Moment viel Stress haben. Aber nur daran lag es nicht." sagte sie ruhig und ließ Ellis einen Moment Zeit. „Sie sind schwanger."

Leseprobe

Ware

Triggerwarnung:

Die folgende Szene aus Band 2 enthält die explizite
Darstellung sexueller Gewalt.

Das Blut lief über ihre Schläfe.

Er hatte sie mit dem Kopf gegen das Treppengeländer geschlagen, und sie war kurz bewusstlos geworden. Als sie wieder zu sich kam, lag sie, und warmes Blut rann über ihr Gesicht. Ihr Kopf schmerzte, ihre Augen konnten sich nicht fokussieren. Einen wunderbaren Augenblick lang wusste sie nicht, wo sie war, was geschah, weshalb sie sich nicht bewegen konnte. Dann kehrte ihr Bewusstsein wieder zurück, in das kleine Einfamilienhaus, in den Flur, auf den Boden.

Sie lag auf dem Bauch, die Arme schmerzhaft über ihren Rücken verdreht. Den Versuch, sie in eine angenehmere Position zu drehen, gab sie sofort wieder auf: Das kalte, unnachgiebige Metall der Handschellen hielt sie oben, festgekettet an eine der Streben des Treppengeländers. Unmöglich, sich dem zu entziehen, ohne sich beide Schultern auszukugeln.

Etwas zerrte an ihr. Grob hatte er unter sie gegriffen und die Hose geöffnet, riss sie über ihre Beine. Sie schloss die Augen, fest, ganz fest. Sie wusste, was jetzt kommen würde.

Obwohl sie sich bemühte, nichts wahrzunehmen, hörte sie, dass er seine eigene Hose öffnete und auszog. Alles in ihr verkrampfte sich. Sie spürte, dass Tränen in ihre Augen stiegen, über ihr Gesicht liefen, doch es gelang ihr, keinen Laut von sich zu geben. Der Atem brannte in ihrer Lunge, der Schmerz in ihrem Kopf wurde größer. Obwohl sie die Augen geschlossen hatte, sah sie Funken sprühen, als er mit der Hand in ihre Haare griff und ihren Kopf nach unten drückte. Mit der anderen Hand zerrte er ihren Slip herunter, zerriss ihn dabei.

Sie versuchte verzweifelt, ein wenig ihre Muskeln zu entspannen, doch ihr Körper gehörte nicht mehr ihr und nicht mehr zu ihr. Sie spürte, was mit ihm geschah, ohne die Fähigkeit, auf ihn einzuwirken. Wie eine Marionette, die von fremden Fäden bewegt wird, spürte sie Zug auf ihren Körpergliedern und konnte nur stumm beobachten, in welche Verrenkungen er sie zog.

Sie wusste nicht, ob sie Mitleid mit diesem ihr fremden Körper empfand. Sie wusste nicht, ob sie Wut empfand. Sie wusste nur, dass sie Schmerz empfand.

Mit festem Griff stützte er sich auf ihren Hinterkopf, während er ihre Beine auseinanderpresste. Sie spürte seine behaarten Oberschenkel an ihren, hörte seinen angestrengten Atem, der gleich näher kommen würde. Sie hielt die Luft an.

Er rammte sein steifes Glied gegen ihren Schambereich und stellte unzufrieden fest, dass er aus dieser Position nicht in sie eindringen konnte. Einen grausamen Moment lang fürchtete sie, dass er aus Wut versuchen würde, anal in sie einzudringen, doch dann ließ die Hand ihr Haar los und grub sich in ihre Hüfte, zog sie hoch. Es riss an ihren Schultern, an ihren Muskeln und Bändern, und sie schrie auf vor Schmerz.

„Halt's Maul." herrschte er sie an. Er ließ die Hüfte los, packte ihren Kopf, schlug ihn erneut gegen die Fliesen. Der Druck in ihrer Schläfe explodierte, und für einen Moment bestand die Welt vollkommen aus Schmerz. Er überdeckte den Moment, in dem er gewaltsam in sie eindrang. Erst, als er langsam wieder abklang, spürte sie ihn in sich, fühlte den beißenden Schmerz, der sich durch ihr Becken fraß und bei jedem Stoß intensiver und zerreißender wurde. Er war über ihr, sie spürte die Hitze, die sein Oberkörper ausstrahlte, roch den Alkohol in seinem Atem und an seinem Körper.

Er keuchte angestrengt. So angetrunken, wie er war, würde es nicht schnell gehen, das wusste sie inzwischen. Sie lag still da, ihr Körper nur bewegt von seinen Stößen.

Noch immer hielt sie die Augen fest verschlossen und versuchte, ein Bild davon zu verdrängen, welchen Anblick sie bieten mussten.

Ein Kinderlied drang in ihre Gedanken, und sie klammerte sich an jede Zeile, an jeden Buchstaben. Immer und immer wieder wiederholte sie die Verse, versuchte, ihre

Gedanken laut genug zu machen, um nicht zu hören, wie er schließlich anfing zu stöhnen. Er wurde schneller, und sie spürte, wie sich alles in ihr zusammenzog. Er würde in absehbarer Zeit kommen, und er würde in ihr ejakulieren. Die Mühe, Kondome zu benutzen, machte er sich nicht und überließ es ihr, Schwangerschaften zu verhindern und den Tag mit dem Bewusstsein zu verbringen, etwas von ihm in sich tragen zu müssen.

Er stöhnte laut auf, als er endlich kam.

Schwer atmend hing er über ihr, Schweiß tropfte von seinem Gesicht und seinem Nacken auf sie herunter. Sie bewegte sich nicht. Hielt die Augen geschlossen. Und klammerte sich noch immer an das Lied, das ihr als Kind nie vorgesungen worden war und das gerade ihr einziger Halt war.

Eine Weile wartete er noch ab, hielt ihren Körper niedergedrückt und sah auf sie herab, dann zog er sein erschlaffendes Glied aus ihr und stand auf. Es fühlte sich an, als habe er mit einem Stück Stacheldraht in ihr gewütet und es nun herausgerissen; kein Atemzug war möglich, ohne dass ihr Körper unter dem Schmerz der leichten Bewegung zu kollabieren drohte. Er knurrte unzufrieden und griff nach ihrer Hose, wischte sich ab. Sie hörte, wie ihre Kleidung wieder auf den Boden fiel, der Knopf auf eine Fliese schlug und einen leisen Ton von sich gab.

Er zog sich seine Hose wieder an, richtete sie und ging durch den Flur zurück in die Küche. Die Kaffeetasse klirrte, er schob seinen Stuhl an den Tisch zurück.

Sie bewegte sich nicht. Das Blut lief über ihr Gesicht und brannte in ihren Augen, die sie sich noch immer nicht zu öffnen traute.

Seine Schritte näherten sich wieder, und er blieb über ihr stehen. Grob fasste er an die Handschellen, löste sie und hängte sie in ihre Halterung an seinem Gürtel ein, während ihre Arme schutzlos zu Boden fielen. Sie wagte nicht, sie unter ihren Körper zu ziehen.

„Mach das weg." sagte er und stieg über sie hinweg, durch den Flur, und verließ das Haus.

Sie lag noch einen Moment da, lauschte, wie Wagentüren klappten und ein Auto sich entfernte, und versuchte, wieder Kontrolle über ihren Körper zu bekommen. Nur mühsam konnte sie die Arme bewegen, ihre Schultern schmerzten, die Hände waren taub. Ihr Unterleib brannte unsagbar.

Endlich drehte sie sich auf die Seite und wagte es, vorsichtig die Augen zu öffnen. Ein paar Mal musste sie die Augenlieder schließen und wieder öffnen, um das Blut wegzublinzeln und mehr zu sehen als einen roten, undeutlichen Schleier, der ihr vorkam, als wolle er sie vor dem Anblick dessen beschützen, was um sie herum darauf wartete, gesehen zu werden.

Der Boden zwischen ihren Beinen war blutbedeckt, ebenso ihre Oberschenkel. Zu ihrer eigenen Überraschung fühlte sie Dankbarkeit für das Blut, denn es färbte das Ejakulat, verschluckte es und verbarg, das an ihr und in ihr war.

Ihre Hose lag neben ihr. Er hatte sie beschmutzt, als er seinen Penis an ihr sauber und trockengerieben hatte, sie würde sie nicht zur Arbeit anziehen können. Wenigstens hatte er sie nicht zerrissen.

Vorsichtig zog sie die Beine an den Körper. Ein ersticktes Wimmern rann über ihre Lippen und verhallte ungehört. Alles schmerzte. In ihrem Kopf summte immer noch das Kinderlied vor sich hin, das sich leise einen Weg bahnte und in dem leeren Haus widerhallte.

„...B, I, N, G, O, and Bingo was his name-o." hauchte eine Stimme, die wie ihre klang, während sie sich auf dem bebluteten Boden zusammenkauerte und versuchte, nicht zu sein.

.